rororo

Carsten Klemann, Jahrgang 1963, studierte Philosophie, Ethnologie und Psychologie. Der Krimi-Autor ist langjähriger Weinliebhaber mit einer Sammlung von Mouton Rothschild bis Heymann-Löwenstein. Er hat bisher mehrere Romane und Sachbücher verfasst, seine Erzählung «Die Abiturprüfung» wurde mehrfach verfilmt.

Carsten Klemann ist Senior Member des größten deutschen Internet-Portals zum Thema Wein.

CARSTEN KLEMANN

Moselblut

EIN WEIN-KRIMI

ROWOHLT TASCHENBUCH VERLAG

Originalausgabe
Veröffentlicht im Rowohlt Taschenbuch Verlag,
Reinbek bei Hamburg, September 2007

Redaktion Werner Irro
Umschlaggestaltung
any.way, Barbara Hanke/Cordula Schmidt
(Foto: Thomas Lemmler)
Satz Minion PostScript bei
Pinkuin Satz und Datentechnik, Berlin
Druck und Bindung Clausen & Bosse, Leck
Printed in Germany
ISBN 978 3 499 24542 8

I

Der letzte Riesling

Die Winzerin blickte gespannt in Eriks Richtung. Mehrere Flaschen standen vor ihm auf dem Probiertisch, vor dem die Menschen sich drängelten, aufeinander einredeten und versuchten, noch etwas eingeschenkt zu bekommen. Doch aus irgendeinem Grund interessierte sich die Frau nur für Eriks Reaktion. Christine, die mit ihm etwas abseits stand, beobachtete es genau. Erik merkte nichts.

«Der schmeckt zu breit», sagte er und nahm das Glas von den Lippen. Er sprach leise, und Christine vermutete, dass die Winzerin es nicht verstehen konnte. Erik zwinkerte der Frau im Weggehen zu, kippte den Wein in einen der bereitstehenden Auffangbehälter und ging zum nächsten Stand.

Es war kurz vor 19 Uhr, in wenigen Minuten sollte die Weinmesse schließen. Auf den langen, weißgedeckten Tischreihen zeichneten sich Rotweinflecken ab, die weißen sah man nicht. Christine blickte über zerknüllte Preislisten, einsame Prospektstapel und unzählige leere Flaschen hinweg. Viele Winzer würden sich noch heute auf die Rückfahrt zu ihren Gütern machen, und einige würden ihre Weinberge erst am Morgen erreichen. Christine wäre jetzt auch gerne gegangen. Doch Erik deutete mit dem Zeigefinger in Richtung eines Tisches, an dem sich drei Männer miteinander unterhielten. «Das könnte interessant werden.»

Mit einem der Männer war sie befreundet: Bert Gernsheim, ein 72-jähriger Hamburger Weinhändler. Gestern, am vorletzten Tag der Messe, hatte sie hier mit ihm zusammen viele Weine probiert. Über den zweiten wusste sie aus Zeitschriften Bescheid: Chris Raura, Star-Winzer von der Mosel.

Ein stämmiger Mittvierziger, der häufig dunkle Lederkleidung trug und vom Augenschein her auch Sänger einer Rockband hätte sein können.

Aber wer war der dritte Mann?

Erik steckte seine Adlernase bereits ins nächste Weinglas, während er die drei konzentriert beobachtete. «Lass uns mal rübergehen.»

Christine nahm einen Schluck des Grünen Veltliners und schmeckte die typisch pfeffrigen Noten der Weißweinsorte. Doch nach sechsstündiger, fast ununterbrochener Probe befanden sich ihre Geschmacksnerven nicht mehr in optimaler Verfassung. Sie wollte nach Hause.

Die Männer schienen über etwas Ernstes zu sprechen. Kein Lächeln, kein Griff zum Glas. Ab und zu hob Gernsheim die Hände für kurze, gemessene Gesten.

Der dritte Mann war blond und von gedrungener Gestalt. Irgendwo meinte sie auch ihn schon einmal gesehen zu haben. Er mochte etwas älter als Christine mit ihren 33 Jahren sein, Erik war drei Jahre jünger als sie. «Wer ist dieser blonde Frosch da?», fragte sie Erik.

Er antwortete nicht sofort, da er einen Schluck Wein gemächlich in seinem Mund hin und her bewegte. «Peer Steiger, praktisch ein Kollege von dir», erklärte er, nachdem er die Flüssigkeit gekonnt in den silbernen Degustierkübel gespuckt hatte. «Hat im Internet ein Weinmagazin gegründet und Leute dazu gebracht, jeden Monat ein paar Euro dafür zu zahlen. An und für sich schon eine Leistung, Leute dazu zu bringen, im Internet Geld auszugeben.»

Christine hatte keine Lust mehr auf anstrengende Gespräche, aber sie wollte sich von Bert Gernsheim verabschieden. «Also gut, lass uns rübergehen.» Sie kippte den Rest des Veltliners in den Kübel.

Während Christine und Erik auf den Tisch der Männer

zu steuerten, brach deren Gespräch ab. Der Winzer Chris Raura betrachtete die Näherkommenden mit einem Blick, als wollte er sagen: Ihr seid eingeladen, ich gebe gerne etwas zu probieren, aber zeigt euch meiner Weine würdig. Seine dunklen, halblangen Locken sahen frisch gewaschen aus, und er machte nicht den Eindruck, als ob ihn die Verkostungen und der Rummel der letzten Tage angestrengt hätten.

Bert Gernsheim lachte auf seine typische, herzliche Art. «Christine, Erik! Wo wart ihr den ganzen Tag? Ich habe euch heute überhaupt noch nicht gesehen.» Der Weinhändler hatte braungraue Haare, die seitlich an der Stirn gescheitelt waren, ein freundliches, aufmerksames Gesicht und hellblaue Augen. Zu seinem braunen Anzug trug er ein blaues Hemd mit Krawatte.

«Es sind so viele Stände hier …», sagte Christine und schüttelte ihm die Hand. Sie freute sich, ihn zu sehen. Von Bert Gernsheim hatte Christine viel über Wein gelernt. Er besuchte immer noch fast jedes der Güter selbst, deren Weine in den Regalen seines Geschäfts standen.

«Christine und Erik», stellte Gernsheim die beiden Peer Steiger und Chris Raura vor. «Gute Freunde von mir und große Genießer.»

Rauras Miene wirkte nun milder, während der Weinjournalist verlegen grinste. Christines Erfahrung nach musste man sich in ihrem Beruf vor den unsicheren Typen am meisten in Acht nehmen.

Erik schien sofort in einer anderen Welt zu sein. Er betrachtete die Flaschen auf dem Probiertisch von Weingut Raura, hob welche auf, um ihr Etikett besser studieren zu können, blätterte in der Angebotsliste. Er studierte Musikgeschichte und trieb sich in fast jeder freien Minute bei Verkostungen herum. Christine hatte ihn vor drei Monaten zufällig in einer Konzertpause kennengelernt, wo sie sich beide über die ausgeschenkten Weine geärgert hatten.

Chris Raura hob die Arme. «Was wollen wir also noch probieren? Oder besser gefragt, was haben Sie heute von meinen Weinen noch nicht probiert?» Bei diesen Worten lächelte der Winzer eine Spur zu selbstverliebt. Trotzdem strahlte er etwas aus, das Christine reizte. Während der viertägigen Weinmesse hatte Christine nur einmal kurz seinen Stand besucht. Raura war berühmt für seine Süßweine, und die ließen sich den Leserinnen von *Convention* – der Zeitschrift, für die sie arbeitete – nur schwer nahebringen. Zwar interessierten sich die jungen, erfolgreichen Frauen für hochwertigen Wein. Umfragen, die jeden Artikel daraufhin beleuchteten, wie intensiv er genutzt und wie er bewertet wurde, ergaben: Mancher Gourmet-Report mit Weinempfehlungen stach sogar die Mode- und Partnerschaftsrubriken aus. Allerdings wurde Trockenes bevorzugt. Ab und zu ein Dessertwein zum Käse oder zur Crème brûlée war ja okay, aber der sollte dann nicht 280 Euro pro Halbflasche kosten, wie es bei einigen von Rauras Tropfen der Fall war.

Er blickte Christine in die Augen, als ob nur sie seine Frage beantworten könnte.

«Suchen Sie doch etwas für uns aus», sagte sie.

«Sind Sie mit Chris' Kollektion gut vertraut?», fragte Peer Steiger. Er hatte auffallend helle Wimpern und auf den Wangen und der breiten Nase zahlreiche Sommersprossen.

«Nein.»

Der Weinjournalist hob verblüfft die Augenbrauen.

«Na gut, Kinder.» Chris Raura stützte sich mit den Handflächen auf dem Probentisch ab. «Wenn Frau …»

«Sowell», sagte Christine.

«Wenn Frau Sowell erst wenig von mir kennt, sollten wir bei den Ursprüngen beginnen. Für solche Anlässe habe ich immer was dabei – kommt ihr mit?»

Chris Raura lud sie mit einer Handbewegung hinter einen der Vorhänge ein, die neben den Verkostungstischen hingen. Dies war der einzige abgetrennte Bereich, den die Winzer für sich alleine nutzen konnten. Hier standen in langen Reihen Kühlschränke, Kisten und Handkarren.

Chris Raura öffnete einen Klimaschrank und nahm eine Halbflasche heraus. Er umfasste sie mit Daumen und Zeigefinger direkt unterhalb des Korkens und ließ sie in der Luft hängen, als ob er ein seltenes Tier an den Ohren hielt. Raura, Trockenbeerenauslese 1998, war auf dem Etikett zu lesen, und Christine wusste, dass dieser Wein das Gut einst schlagartig berühmt gemacht hatte. Gekeltert aus Reben mit einem extrem hohen, natürlichen Gehalt an Zucker und Geschmacksstoffen. Nun hatte Christine also die Flasche vor Augen, mit der alles begonnen hatte. Ein Schauer lief ihr über den Rücken, als Chris Raura sie mit einer ruckartigen Bewegung seines Korkenziehers öffnete.

Zügig schenkte er das Elixier in die Probiergläser ein, deren blasse Flecken davon zeugten, dass bereits reichlich australische Shiraz und spanische Tempranillos, französische Burgunder und deutsche Rieslinge in ihnen gebadet hatten. Jeder Besucher bekam am Eingang des Messesaales ein Glas gegen eine Leihgebühr ausgehändigt, und dann wurde versucht, das Exemplar so gut es ging immer wieder mit Mineralwasser auszuspülen. Christine kam das so vor, als würde in Hotels die Bettwäsche nach Abreise eines Gastes nur kurz ausgelüftet werden, bevor sich der nächste hineinlegte, aber sie vertrieb die Vorstellung und konzentrierte sich auf den mattgolden funkelnden Wein.

Gernsheim und Steiger hielten schon ihre Nasen in die Gläser, auch Raura fing an zu schnuppern. Wo war Erik? Wahrscheinlich war ihm in letzter Sekunde ein Weinfreund oder Winzer über den Weg gelaufen, mit dem er fachsimpeln musste – weshalb er den Genuss eines der begehrtesten Getränke versäumte, die in den letzten Jahren in Deutschland produziert worden waren. Seine Leidenschaft für Wein machte ihn manchmal buchstäblich blind. Immerhin konnte er damit sein Studium finanzieren, indem er gesuchte Gewächse preiswert erstand und später teuer verkaufte, meist über das Internet.

Nun hob auch Christine das Glas an ihre Nase, roch und spürte augenblicklich diesen Schock – für sie vergleichbar mit dem Gefühl, wenn die Plombe eines Zahns oder ein Schuhabsatz abbricht. Sie schaute zu den anderen. Die Männer beschäftigten sich versunken mit ihren Gläsern und nahmen bereits den ersten Schluck. Wo war Erik?

Sie machte zwei Schritte zur Seite und lugte durch den Vorhang. Nein, Erik unterhielt sich nicht, er stand hinter Rauras Stand und wühlte mit tiefgebeugtem Rücken in Weinkisten herum. Christine hatte keine Zeit, sich darüber Gedanken zu machen, denn schon schauten Raura, Gernsheim und Steiger mit erwartungsvollen Blicken über ihre Gläser.

Christine trank. Sie wusste, dass sie recht hatte.

«Kork.»

Sie spürte, wie ihr Wort seine zerstörerische Macht entfaltete und in den Augen der anderen Erregung und Angst auslöste. Sie mussten es doch auch schmecken, dieses dumpfe, muffige Aroma, das von einem fehlerhaften Korken ausging und die feinen Noten des Weines überlagerte. Christine empfand es so deutlich, dass sich ihr Gaumen zusammenkrampfte.

Peer Steiger schwieg, Bert Gernsheim kaute grimmig auf dem Wein herum, und Chris Raura roch noch einmal.

In diesem Moment schob sich Eriks schmaler Körper durch die Öffnung des Vorhangs. «Oh, habe ich etwas verpasst?»

«Nein», sagte Chris Raura. «Der Wein wurde leider vom

Korken verseucht. Das gab es noch bei keiner von diesen Flaschen. Aber irgendwann musste es ja mal passieren.»

Chris Raura bot als Ersatz andere Weine zum Probieren an. Sie waren schön zu trinken und wurden anerkennend kommentiert, doch die Stimmung war nach dem Erlebnis mit dem legendären 98er getrübt. Christine hatte fast ein schlechtes Gewissen.

Sie verabschiedeten sich von Chris Raura, der lange Christines Hand schüttelte und sie auf sein Gut einlud, gaben danach ihre Probiergläser ab und erhielten jeder zwei Euro Pfand zurück. Bert Gernsheim legte seinen Arm auf Christines Schulter und sagte mit gedämpfter Stimme: «Sag mal, kommt ihr gleich noch mit, du und Erik?»

Christine zögerte – morgen war Montag, ein harter Arbeitstag in der Redaktion stand bevor, und eigentlich freute sie sich auf ein paar Stunden Ruhe.

Bert Gernsheim blickte konzentriert zu Boden, als er sagte: «Ein paar Winzer haben mir wertvolle Proben frisch aus dem Fass mitgegeben, weißt du. Es ist mir etwas peinlich, das sagen zu müssen, aber ich habe Angst, alleine nach Hause zu gehen.»

«Ja, aber natürlich!» Christine drückte seinen Ellenbogen. «Gerne kommen wir mit.»

Bert Gernsheim wohnte direkt über seinem Weingeschäft und lebte allein. Dass er plötzlich Angst hatte, dorthin zurückzukehren, erstaunte Christine. Es war noch hell draußen, viele Menschen waren auf den Straßen unterwegs, und so wertvoll konnten seine Fassproben auch nicht sein. Bei ihren letzten Besuchen in seinem Laden hatte er manchmal geistesabwesend gewirkt, und hätte er vorhin nicht sofort den Kork in Rauras Wein schmecken müssen? Schnell verwarf sie den Gedanken, dass Gernsheim abbauen könnte. Ein vitaler Mann wie er?

Während Gernsheim umständlich die Fläschchen mit den

Fassmustern in seinem schwarzen Koffer ordnete, stellte Erik seinen Leinenbeutel neben einem der Raumteiler ab und bat Christine, darauf aufzupassen, während er noch einmal zur Toilette wollte. Der Saal leerte sich jetzt rapide. Schon morgen wollte Christine über ihre Erlebnisse schreiben. Sie freute sich darauf, auch wenn die Chefredaktion ihr nur begrenzt Platz einräumen würde. Die Verkostung von Rauras 98er wäre der Knüller gewesen. Erik hatte mit seiner Ahnung, dass es interessant werden würde, recht gehabt.

Ein klirrendes Geräusch ließ sie herumfahren. Ein Raumpfleger, der mit einem großen Besen den Boden fegte, hatte versehentlich Eriks Beutel umgestoßen. Christine hob ihn schnell auf und schaute, ob etwas kaputtgegangen war. Verblüfft erkannte sie ein Etikett: Raura Eiswein 2005. Wie kam die Flasche in seine Tasche? Sie war im Handel noch nicht erhältlich.

Christine erschrak, als er plötzlich wieder neben ihr stand und ihr mit einem gemurmelten «Danke» seinen Beutel aus der Hand nahm. Sie blickte in sein Gesicht. Manchmal kam ihr der Verdacht, sein schmaler, schöngeschwungener Mund und die kessen, aber oft wie in sich gekehrten Augen drückten etwas anderes aus, als was sie zu sehen glaubte.

Bert Gernsheim stand bereits am Ausgang und wartete unruhig auf sie. Christine lächelte ihm aufmunternd zu und berührte Erik, der schon wieder mit einem anderen Weinfreund im Gespräch war, an der Schulter. Es lag nun eine fröhliche Wärme in seinem Blick, die dazu verführte, die letzten Minuten zu vergessen.

«Bert wartet.»

Endlich bewegten sie sich zum Ausgang der Messehalle.

«Kommt, Kinder», sagte Bert Gernsheim und hielt ihnen die Tür auf. Er trug seinen Koffer mit beiden Armen vor seiner Brust und war ihnen gleich ein paar Schritte voraus.

Bis zur U-Bahn-Haltestelle mussten sie nur wenige Minuten zu Fuß gehen. Christine genoss die frische Luft und den Anblick der Menschen, die an diesem Sonntag zu einem Restaurant, einer Aufführung oder einem Rendezvous unterwegs sein mochten. Viele von ihnen würden auch Wein trinken, und einige würden sich später die letzten Tropfen von den Lippen küssen. Wenn der Wein gut war, würden sie anerkennend nicken, sich vielleicht sogar seinen Namen merken, aber nie etwas anderes im Sinn haben als ihren persönlichen Genuss. Davon konnte bei einer stundenlangen Verkostung, wie Christine sie gerade erlebt hatte, keine Rede sein.

Warum rannte Bert Gernsheim bloß so – es kostete Mühe, im Strom der Fußgänger auf Sichtkontakt mit ihm zu bleiben. Erik schwieg. Nach gemeinsamen Verkostungen sprach er üblicherweise viel, um Christine seine Erkenntnisse über die probierten Weine mitzuteilen. Sein jetziges Verhalten irritierte sie und fachte ihren Verdacht erneut an.

«Wieso hast du die Flasche mitgenommen?»

«Welche Flasche?»

«Rauras Eiswein. Du hast ihn an dich genommen, während wir hinter dem Vorhang standen!» Sie sprach zu laut, vorbeigehende Leute blickten sich zu ihnen um.

Erik schüttelte den Kopf, sagte aber kein Wort auf den letzten Metern bis zur U-Bahn. Christine löste einen Fahrschein, während Erik einfach neben ihr wartete. Die zugige Luft wehte ihr die langen, blonden Haare ins Gesicht.

«Wieso klaust du den Winzern ihre Weine?» Sie steckte den Schein in ihre Handtasche, und sie liefen auf die Rolltreppe zu. «Bist du vielleicht Kleptomane? Oder Alkoholiker, der nach jeder Flasche grabschen muss?»

Er blieb stehen. «Nein, Christine …» Etwas jungenhaft Verunsichertes lag in seinem Blick. «Bitte, mach nicht so eine

Geschichte daraus. Bei solchen Messen gehen Hunderte Flaschen verloren oder werden verschenkt.»

«Lass uns weitergehen.»

Vor ihnen betrat ein Paar mit Kinderwagen vorsichtig die Rolltreppe, und Christine wollte sich nicht an ihnen vorbeidrängeln. Endlich glitten sie abwärts, unten stand bereits der Zug. Christine winkte lächelnd Bert Gernsheim zu, der sich erneut zu ihnen umdrehte und nun einstieg.

Was erzählte Erik für einen Unsinn? Hätte er die Flasche geschenkt bekommen, würde er sich kaum so seltsam benehmen.

«Erik, du spinnst doch. Diese Leute produzieren mühsam in Handarbeit, damit es nicht nur Weine von der Stange gibt, und du bestiehlst sie.»

Er fuhr sich mit der Hand nervös durchs Haar. «Also ganz so romantisch würde ich die Arbeit unserer Lagenwinzer auch nicht sehen … Davon träumen vielleicht deine Leser, aber an das Bild vom Weinbauern, dessen höchstes Ideal die Natur und nicht der Profit ist, glauben nur ganz Naive.»

Christine mochte Erik. Er teilte gern seine Freuden und Entdeckungen mit anderen und war kein Angeber. Sie kannte wenige, die so gut wie er die Herkunft eines Weines allein anhand der Aromen auf seiner Zunge erkennen konnten. Erik trat zur Seite, um einen Drängler vorbeizulassen, und berührte Christines Arm.

Sein Ton hatte sich wieder beruhigt. «Ich kann mit dir jetzt nicht darüber reden.»

«Wie bitte?»

«Ich erkläre es dir später.»

Während das Paar den Kinderwagen auf die Plattform bugsierte, ertönte der Signalton, der das Schließen der Türen anzeigte. Vor Christines und Eriks Augen versanken die letzten Stufen der Rolltreppe, als sich mit einem saftigen, metallischen Geräusch die U-Bahn-Türen schlossen. Verdammt, sie hatten die Bahn verpasst, in die Bert Gernsheim eingestiegen war. Christine glaubte, sein erschrockenes Gesicht zu erkennen, als er jetzt ohne sie abfuhr: «Mist!»

Sie starrte auf die Gleise und hatte das Gefühl, gleich zerspringen zu müssen. Es dauerte ewig, bis der nächste Zug eintraf.

Als sie endlich fuhren, wirkten der schummrig vorbeirauschende Schacht, die im Neonlicht vor sich hin starrenden Passagiere und das tosende Fahrgeräusch beruhigend. Nach drei Stationen stiegen sie wieder aus. Christines Hoffnung, Bert Gernsheim würde hier auf sie warten, erfüllte sich nicht. Während sie zum Ausgang eilten, kam es ihr schon albern vor, dass sie sich solche Sorgen um ihn machte. Um einen Mann, der vor einem Monat ganz allein Neuseeland bereist hatte.

Oben auf der Straße schien grell die Abendsonne. Viele Autos fuhren mit Licht, um ihren tiefliegenden Strahlen zu begegnen. In diesem Stadtviertel mit gediegenen Geschäften, zahllosen Restaurants, Kneipen und Gründerzeithäusern befand sich Gernsheims Weinladen an einem kleinen Platz. Beim Näherkommen sah Christine die Flaschen und Gläser in seinem Schaufenster funkeln. Sie glaubte, ihn dahinter in seinem braunen Anzug zu erkennen, und winkte.

Die Tür stand halb offen, und sie trat ein. Bert Gernsheim saß zurückgelehnt auf einem Stuhl an dem großen Holztisch in der Mitte seines Ladens. Sein Kopf baumelte, als sei er kurz eingenickt, seitlich über der rechten Schulter. Eine blutige Wunde klaffte auf seiner Stirn.

Christine spürte einen mächtigen, dumpfen Schlag in der Brust. Ihr Mund öffnete sich automatisch zu einem Schrei, den sie im letzten Moment unterdrückte. Ihr Blick irrte durch den Raum auf der Suche nach irgendetwas, um die Wunde zu versorgen. Sie griff nach einem gemusterten Tuch, als Erik sie an den Schultern packte. «Hier kann noch jemand sein. Ruf die Polizei, ich kümmere mich um Bert.»

Christine wühlte in ihrer Tasche nach dem Handy und musste sich konzentrieren, um die richtigen Tasten zu finden. Warum brauchte das Ding so lange, bis es sich einschaltete? Endlich war die Leitung frei, sie tippte 112 und alarmierte so ruhig sie konnte einen Notarztwagen. Es war ihr unmöglich, den Blick abzuwenden. Erik bettete Bert Gernsheims schweren Körper auf den Boden und begann ächzend mit einer Herzdruckmassage. Zum Glück konnte er das! Es gab noch Hoffnung. Dann sah er kurz zu ihr herüber. Mit einem jammervollen, wie um Gnade flehenden Gesichtsausdruck. Christine legte das Tuch über Bert Gernsheims Beine.

II

In der Redaktion

Das Verlagshaus war in einem früheren Lagerhaus mit einer Fassade aus braunrotem Klinker untergebracht. Die Designer-Fenster und langen, metallenen Balkone, die erst vor wenigen Jahren angebaut worden waren, verliehen dem Gebäude neuzeitlichen Schick, ohne seine angenehme, beruhigende Ausstrahlung zu zerstören. Es lag an einem Kanal, der an beiden Ufern von weiteren, ähnlich aussehenden Gebäuden gesäumt wurde. Christines Büro bot Ausblick auf diesen Kanal mit seiner mal in der Sonne glitzernden, mal schwer und ölig unter Regenwolken dahinströmenden Schönheit. Es besaß nur einen Makel: das tägliche Stimmengewirr in der Redaktion, die klingelnden Telefone, die durch die Luft schwirrenden Bitten und Befehle und den immer leuchtenden Monitor des Computers.

Seit vier Jahren arbeitete Christine für die Frauenzeitschrift *Convention.* Es handelte sich um ein Monatsmagazin mit den üblichen Rubriken für Mode, Partnerschaft, Kochen, Gesellschaft, Reisen und Ratgeber sowie mit kleinen Buch- und Filmvorstellungen. Launige Glossen, Reportagen über Frauen in den verschiedenen Winkeln der Welt und ein wenig Berichterstattung über aktuelle politische Themen gehörten zur Mischung, die alle paar Monate verändert wurde. Marktanalysen und Leserbefragungen diktierten die Themenauswahl.

Christine hatte als freie Autorin bei der Zeitschrift angefangen, war aber bereits nach drei Monaten von Gesine Myersberger gefragt worden, ob sie Interesse an einer Anstellung habe. Angesichts ihrer mageren Auftragslage hatte sie zugesagt. Ihrem Spezialgebiet, dem Schreiben über Reiseziele, konnte sie danach nur noch ab und zu nachgehen, denn sie wurde fast für jede Seite eingesetzt, wenn Bedarf bestand. Inzwischen betreute sie allerdings ein eigenes, festes Ressort mit dem Titel *food & travel.* Dort berichtete sie vom Naherholungsgebiet und seinen kulinarischen Verlockungen ebenso wie von der Wiener Spitzengastronomie.

Es gab allerdings ein Problem: Christine konnte viele der Orte, über die sie schrieb, nur oberflächlich oder überhaupt nicht selbst in Augenschein nehmen. Wenn es in der Redaktionskonferenz hieß: «Thailand ist das Thema im Moment, Konkurrenzblatt soundso macht eine Thai-Kochschule, und sogar meine Tochter und ihre Freundinnen essen kaum mehr etwas anderes», blieb Christine nichts anderes übrig, als sich per Archivmaterial, Internetrecherche und Telefon ihre Informationen zu besorgen. Um dann einen stimmungsvollen Artikel zu schreiben, der keine Zweifel darüber zulassen durfte, dass sie soeben aus der asiatischen Metropole zurückgekehrt war. Eine gute Informationsquelle war immer Bert Gernsheim gewesen. Der war fast überall schon hingereist.

Christines Gefühl, mit Bert Gernsheims Tod ein Stück vom Leben verloren zu haben, war immer noch allgegenwärtig. Ihre Trauer beeindruckte es nicht, dass sie ihn nur ab und zu gesehen hatte und er kein intimer Freund gewesen war. So gut es ging versuchte sie, sich auf ihre Arbeit zu konzentrieren und sich abzulenken.

Nach dem Mord hatte sie zwei Tage Urlaub genommen und ihren niederdrückenden Gefühlen alle Freiheit gelassen. Sie hatte mit ansehen müssen, wie Bert Gernsheim im Sarg aus seinem Laden getragen worden war. Eigentlich hatte sie sofort gewusst, dass er tot ist – in dem Moment, als sie ihn mit der klaffenden Wunde an seinem Probiertisch sitzen sah, entstand die Welt neu als eine, zu der er nicht mehr gehörte.

Auch wenn er noch so nah zu sein schien, als könnte es genügen, die Hand nach ihm auszustrecken.

Offiziell vermutete die Polizei, das Verbrechen habe mit Drogenkriminalität zu tun. Ein seltsamer Verdacht. Nichts in seinem Laden ließ auf einen Raub schließen. Die offene Tür deutete darauf hin, dass er seinen Mörder selbst hereingelassen hatte und womöglich sogar im Begriff gewesen war, ihm Wein einzuschenken. Jedenfalls standen zwei leere Gläser auf dem Tisch, die er natürlich auch für Christine und Erik dort postiert haben konnte …

Man hatte sie nach der Tat stundenlang verhört, und ein junger Beamter namens Bandow hatte penetrant Fragen nach ihrem privaten und geschäftlichen Verhältnis gestellt. Es war ihm schwer zu vermitteln gewesen, dass Erik und sie gemeinsam mit dem Weinhändler zum Laden aufgebrochen, aber erst kurz nach seiner Ermordung dort eingetroffen waren. Der Beamte räsonierte über die Möglichkeit eines «Streits unter Alkoholeinfluss» – obwohl ihre Promillewerte nicht der Rede wert gewesen waren. Ganz offensichtlich waren sie die wichtigsten Verdächtigen. Diente die Informationspolitik der Polizei also nur dazu, sie beide in Sicherheit zu wiegen, damit sie früher oder später einen Fehler begingen? Wurde ihr Telefon abgehört? In diesem Fall sollten sie so schnell wie möglich miteinander telefonieren. Allein der Klang ihrer Stimmen, so glaubte Christine, würde ihre Unschuld beweisen.

Sie war froh, dass sich kein Kollege ungewöhnlich verhalten oder gar Beileid gewünscht hatte. Womöglich wusste nur Chefredakteurin Gesine Myersberger Näheres über Christines Verstrickung in den Fall. Sie hatte, wie sie Christine berichtete, der Kripo Fragen über ihre Mitarbeiterin beantworten müssen.

Auf Christines Computerbildschirm flackerte ein vor

kurzem angefangener Artikel über ihre Lieblingsregion Bordeaux und die Gepflogenheit dortiger Winzer, neben einem teuren Hauptwein einen zweiten, weniger anspruchsvollen und preiswerteren zu produzieren. Lohnte sich der Kauf? Oder handelte es sich nur um einen faden Abklatsch, der sich seinen Namen viel zu hoch bezahlen ließ? Ein interessantes Thema, aber Christines Fingerkuppen hingen unbeweglich über den kleinen schwarzen Quadraten ihrer Tastatur. Jeder Satz, der ihr einfiel, erschien ihr albern und ungelenk.

Christine trank tagsüber nie Alkohol, aber wenn jetzt ein gefülltes Glas neben ihr gestanden hätte, hätte sie vielleicht zugegriffen. Es gab Mitarbeiter im Verlag, deren Alkoholkonsum während der Arbeitszeit ein offenes Geheimnis war. Man tuschelte darüber, sonst nichts – die Betreffenden leisteten normale Arbeit.

Christine löschte ihre Sätze und starrte auf das jetzt völlig blanke Textfeld. In drei Jahren könnte sie immer noch hier sitzen, oder in zehn, wenn sie vorher nicht die Kündigung erhielt. Diesen Job hatte sie von Anfang an lediglich als Zwischenstation gesehen, um in finanzieller Sicherheit Pläne zu schmieden. Doch es war nichts geschehen. Sie arbeitete Tag für Tag, Woche für Woche und wusste, wie glücklich sie sich schätzen konnte, nicht zu der großen Zahl arbeitsloser oder unwürdig bezahlter Journalisten zu gehören. Aber wann kümmerte sie sich endlich darum, ihre Tätigkeit so weiterzuentwickeln, wie es ihr vorschwebte?

Sie verlor endgültig die Lust an ihrem Artikel und versuchte ein weiteres Mal, Erik zu erreichen. Wieder erfolglos. Seit dem Mordtag hatte sie nur ein einziges Mal mit ihm gesprochen. Sie wandte sich ihrer Post zu, die sie gerade deshalb noch nicht geöffnet hatte, um sich auf das Schreiben zu konzentrieren. Als Redakteurin für Reisen, Essen und Trinken bekam Christine viele Briefe. Fast täglich befanden sich Einladungen darunter: eine dreitägige Journalistenreise durchs Loire-Tal mit Verkostungen unter freiem Weinbergshimmel und Unterkunft in romantischen Schlössern, Bordeaux Grand Crus der 80er Jahre – außergewöhnliche Verkostung des Weinhandelshauses soundso im Berliner 5-Sterne-Hotel, Gourmet-Entdeckungsreise auf die Liparischen Inseln … Zwischen vielen Hochglanzbroschüren fiel ein kleiner roter Umschlag auf, der an «Christine Sowell – persönlich» adressiert war. Darin steckte ein ebenfalls rotes, mit gedruckten Lettern beschriebenes Kärtchen: *Vorsicht! Jedes weitere Wort ist gefährlich, und wo Beweise fehlen, werden sie gemacht. Ein Freund.*

Hitze schoss Christine ins Gesicht. Was war damit gemeint? Jedes weitere Wort über den Mord an Bert Gernsheim? *Beweise werden gemacht.* Von diesem Satz ging eine Bedrohung wie von einer Waffe aus. Stammte die Warnung von jemandem, der mehr wusste als sie und ihr helfen wollte? Oder handelte es sich vielleicht um einen Trick der Polizei, um sie aus der Reserve zu locken?

Vor der Glastür zu Christines Büro tauchte ihre Kollegin Tatjana Neiders auf und prüfte mit lächelnden Augen, ob sie stören durfte. Mit dumpfem Erschrecken fiel Christine die plausibelste Erklärung ein: Die Karte stammte von dem Menschen, der Bert ermordet hatte.

«Komm doch rein.» In der Hoffnung, ihre Besorgnis überdecken zu können, verzog Christine ihr Gesicht zu einem übertrieben breiten Lächeln. In der Tat schien Tatjana nichts zu bemerken. Ihre vollen Lippen waren dick mit Lippenstift bemalt, ihre Wangen trugen überdeutlich Rouge, aber dies ließ sie keineswegs unnatürlich aussehen, sondern passte zu ihren langen rotblonden Haaren, ihrer fröhlichen Art und dem oft vernehmbaren Lachen. Sie war wie geschaffen für das Ressort *love & emotion* – oder sah zumindest so aus, als hätte sie sich dafür verkleidet. Tatjana Neiders bekam die meiste Leserpost.

Christine überlegte, ob sie erzählen sollte, was sie erlebt hatte. Sie entschied sich dagegen. Tatjana kannte Bert Gernsheim nicht, sie würde aber mit einem Schwall erschrockener und mitfühlender Wendungen reagieren, die Christine sich ersparen wollte.

Tatjana zwinkerte ihr auf vielsagende Weise zu, was sie immer tat, wenn sie Tipps für ihre Texte brauchte. Meist half Christine ihr mit kulinarischen Details aus, Tatjana schätzte inzwischen aber auch ihren Rat zu anderen Fragen. Es war zum Ritual geworden, Szenarien für Artikel gemeinsam durchzuspielen, und Tatjana legte wie so oft ohne Einleitung los: «Stell dir vor, sie will es heute wirklich wissen, und ihr schwebt eine perfekte Inszenierung bei sich zu Hause vor, Menü und so. Nun hat sie es mit einem dieser IT-Fachkräfte zu tun, deren Hobby na du weißt schon ist und die noch am Wein rumschnuppern, wenn ich schon das halbe Glas geleert habe. Was schenkt sie ihm ein, und was soll sie dazu kochen?»

Tatjana kam näher. Sie liebte Körperkontakt und Gespräche, bei denen sich fast die Nasenspitzen berührten. Christine schob das rote Kärtchen mit dem Zeigefinger unter einen Prospektstapel. «Erst mal die einfache Lösung: Sie bereitet ein Gericht zu, das gleichermaßen eiweißreich und animierend ist: Meeresfrüchte, Lachs, Seehecht oder Geflügel. Dazu passt Chardonnay, aber es kann sein, dass der Typ Chardonnay hasst. Vor allem, wenn es sich um eines der überaromatisierten Gewächse handelt, mit denen die Regale vollstehen. Nun kann sie zu einem französischen Burgunder oder Chablis greifen. Diese Weine werden auch aus der Chardonnay-Traube gemacht, und mit den besten kann man nichts falsch machen. Sie kosten allerdings viel, und bei den preiswerten ist das Risiko groß, eine Enttäuschung zu erleben. Deine Heldin stünde wie eine Doofe da, die sich von großen Namen auf dem Etikett blenden lässt.»

Tatjana hörte ihr mit aufgerissenen Augen zu und griff nach einer alten Zeitung auf Christines Schreibtisch, um sich Notizen zu machen.

«Leichter ist es, einen frischen Muscadet oder einen nicht zu säurehaltigen Sauvignon Blanc von der Loire zu servieren. Oder sie lässt es richtig krachen.»

«Aha.»

«Wenn sie ihn richtig aufmischen, verblüffen und auch physisch in Topform bringen will, nimmt sie einen restsüßen Wein von der Mosel und kocht dazu etwas Asiatisches mit Chili.»

«Süüüüüß?» Tatjana spie das Wort geradezu aus, als habe sie sich in diesem Moment an etwas Restsüßem verschluckt. «Ich würde so was … Wir schreiben doch nicht für unsere Großeltern! Süßen Wein – der Typ würde süß für total uncool und rückständig halten.»

«Eben nicht!» Christine schlug mit der Hand auf die Tischplatte und erhob sich schwungvoll. Es war, als ob sie die Rolle einnehmen wollte, die Bert Gernsheim in Sachen deutsche Weine oft ihr gegenüber eingenommen hatte. «Trocken trinken ist in Deutschland Mode, das kann jeder. Die Reize der etwas gehaltvolleren Weine wissen dagegen nur die Kenner zu schätzen. Und die Amerikaner, denn die kaufen diese Weine wie Durstlöscher auf. Ich spreche aber von nur leicht süßen Weinen. Restsüß eben. Am besten einen, der irgendwann von selbst mit der Gärung aufgehört und den Zucker der Trauben nicht vollständig in Alkohol verwandelt hat. Die Dame sollte eine mehrere Jahre alte Spätlese von einem guten Erzeuger nehmen. Dann ist der Zucker nicht mehr aufdringlich, hält die Genießer aber fit. Auch der Alkoholgehalt ist geringer als bei trockenen Weinen, was Vorteile hat. All das passt zu China- oder Thaiküche, weil sich die scharfen Gewürze und die leichte Süße gut ausgleichen. Und was kann es bei einem Rendezvous Schöneres geben als ein Wechselspiel zwischen Süße und Schärfe?»

Tatjana gestand, dass sie dieses Mal nicht für einen Artikel, sondern in eigenen Liebesangelegenheiten um Rat gebeten hatte, und bettelte geradezu darum, in der Mittagspause mit Christine loszugehen, um einen solchen Wein auszusuchen. Christine zuckte bei dem Gedanken, ein Weingeschäft zu betreten, richtiggehend zurück, doch das war nun einmal ihr Job.

Fünfzehn Minuten später steuerte sie mit Tatjana absichtlich die riesige Weinabteilung eines Kaufhauses mit bekannt guter Moselecke an, wo die Atmosphäre anonym und völlig anders als in Gernsheims Laden war. Sie verließen sie mit der Flasche eines deutschen Starwinzers, die deutlich über Tatjanas Preisvorstellungen lag. «Was die hier für unter 10 Euro haben, dafür kann ich nicht garantieren», hatte Christine gesagt. «Dann kriegst du womöglich doch Bonbon-Wasser.»

Tatjana lud Christine zum Essen ein. Jetzt ergab sich vielleicht die Gelegenheit, über das, was sie belastete, zu sprechen. Es behagte Christine nicht, völlig darüber zu schweigen.

In der Innenstadt bewegten sich zu dieser Zeit besonders viele Menschen. Gegen 13 Uhr strömten sie fast gleichzeitig aus den Bürohäusern, um ihren Mittagsimbiss einzunehmen, und drängelten sich in den Lokalen auf der Suche nach freien Plätzen. Schon kurz nach 14 Uhr war die Mehrheit von ihnen wieder verschwunden und die Lokale fast schlagartig leer. Aber jetzt, um zwanzig nach eins, gab es sogar an den Würstchenbuden Wartezeiten.

Christine und Tatjana hatten Glück. Auf der Terrasse eines hübschen Restaurants, an deren Rand Pflanzenkübel aufgestellt waren, entdeckten sie einen freien Tisch mit Korbstühlen. Der Kellner lächelte ihnen trotz der vielen Gäste einladend zu, und sie nahmen Platz.

Behutsam legte Tatjana die Plastiktüte mit der in Papier eingewickelten Spätlese auf den leeren Stuhl zwischen ihnen. Die pralle Sonne schien darauf. «Tu sie in den Schatten. Bei den Weinen ist es wie bei den Vampiren, Sonnenlicht bringt sie um.»

Tatjana lächelte dankbar und stellte die Flasche unter den Tisch. Christine konnte sich nicht von dem Gedanken lösen, welche amourösen Folgen dieser Wein womöglich haben würde. Tatjana in ihrer Single-Wohnung mit einem adretten Burschen aus der Werbeabteilung oder jemandem, den sie bei ihren Ausflügen in die Clubszene kennengelernt hatte … Ein romantischer Abend und eine ekstatische Nacht dank restsüßem Wein. Es war ziemlich komisch. Vielleicht löste Christine mit ihrem Tipp eine Art Gegenrevolution im Lifestyle-Betrieb aus, und restsüße Weine würden, nachdem sich alle anderen neu belebten Moden aus den 70ern fast schon wieder totgelaufen hatten, zum neuen Kult.

Christine fiel es schwer, sich für etwas zu entscheiden. Die Speisekarte war ein Musterbeispiel für die Auswahl der Cityrestaurants. Neben der üblichen Suppen- und Salatauswahl, den Saltimboccas und Lamm-Chops und Scampis sollten Kohlgerichte mit Kasseler oder Aal mit Bratkartoffeln an marktfrische Regionalküche denken lassen. Sie blätterte auf die Weinkarte weiter, die ebenfalls den gehobenen Mainstream repräsentierte. Es fanden sich Gewächse aus dem Bordeaux, der Loire, der Toskana und Sizilien und außerdem deutsche Weine – nur weiße – von einigen jungen, aufstrebenden Gütern, welche zurzeit in Gourmet-Journalen und den Gastro-Rubriken von Regionalzeitungen gepriesen wurden.

Tatjana hatte ihre Karte bereits weggelegt. «Schweinerippchen auf exotisch-scharfer Soße», sagte sie und berührte mit ihrer Zunge die Lippen. «Welchen Riesling empfiehlst du mir dazu?»

«Oh!» Christine ließ sich zurück in ihren Stuhl fallen. Wasser mit Eiswürfeln, fiel ihr ein … «Die Rieslinge auf der Karte sind allesamt trocken, in diesem Fall ist dir daher mit einem kräftigen Rotwein am besten gedient.»

Christine staunte oft, mit wie wenig Zeit sie mittags in einem Lokal auskam. Die Gedanken an die Aufgaben des Nachmittags beschleunigten enorm den Takt, mit dem sie die Gabel zum Mund führte. Dabei entstand aber nie das Gefühl, zu schnell zu essen, im Gegenteil. Es war, als ob ein unendliches Hungerloch nach immer mehr verlangte.

Dem Kellner war die Hoffnung anzumerken, ihren Tisch mindestens noch einmal während der Mittagszeit neu besetzen zu können, er näherte sich halb über seinen Notizblock gebeugt. Christine wollte ihn stoppen, um noch ein paar Minuten zu überlegen, welcher Wein zu Schweinerippchen auf scharf-exotischer Soße passen könnte, als sie am anderen Ende der Terrasse, halb verdeckt von einer Speisekarte, ein Gesicht sah, das sie kannte. Die nach unten gerichteten Augen waren nur zu ahnen, doch die kleinen, festen Lippen des Mannes, seine akkurat geschorenen schwarzen Haare und die kantigen Backenknochen riefen unangenehme Erinnerungen wach: Es war der Kripo-Beamte, der sie in der Mordnacht vernommen hatte.

Christine knallte die Speisekarte auf den Tisch. Das pappige DIN-A4-Teil machte nur ein mattes Geräusch, entfachte allerdings einen Luftzug, der Tatjana die Haare aus der Stirn pustete. Christine presste ihre Lippen zusammen, ihre Hände umklammerten die Tischplatte. Ruckartig rutschte sie mit ihrem Stuhl zurück, schoss in die Höhe und lief zu dem Tisch des Mannes. Der schien noch ganz in seine Speisekarte versunken zu sein, als Christine sich zu ihm hinabbeugte.

«Was soll das?»

Er blinzelte, als müssten sich seine Augen an die Sonne gewöhnen. «Was soll was?»

«Dass Sie mich nicht in Ruhe lassen und mir nachspionieren.»

«Wie kommen Sie darauf? Wir sitzen auf der Terrasse eines Restaurants, wo jeder ein- und ausgeht, wie es ihm beliebt.»

«Dass ich nicht lache. Sie haben sich etwas in den Kopf gesetzt und lassen nicht locker, weil Ihnen und Ihren Kollegen nichts Besseres einfällt.»

«Warum regen Sie sich so auf?» Der weiche Tonfall seiner Stimme war frei von Ironie. «Kommen Sie, Sie wollen mir etwas sagen. Es ist doch gut, wenn ich hier bin. Sie müssen nicht lange grübeln und Entscheidungen treffen. Los! Sprechen Sie es einfach aus.»

Seine braunen Augen strahlten eine Ernsthaftigkeit aus, die Christine fassungslos machte. Mit welchen albernen Tricks arbeiteten diese Leute? Aber sie war selbst schuld und bereute bereits, den Mann angesprochen zu haben.

Wortlos wandte sie sich ab. Tatjana beobachtete mit halb belustigtem, halb erstauntem Gesichtsausdruck die Szene. Christine war schon fast wieder bei ihr, als der Polizist rief: «Frau Sowell, ich warte auf Sie.»

Christine nahm ihre Tasche vom Stuhl und versuchte, ruhig zu bleiben. «Tatjana, lass uns bitte gehen.»

Die Kollegin schaute ratlos zu ihr auf und machte keine Anstalten, sich zu rühren.

«Ich gehe schon einmal vor.» Christine eilte aus dem Lokal, und es ärgerte sie, wie hektisch und überstürzt sie sich dabei bewegte, doch sie konnte es nicht ändern. Sie spürte Erleichterung, als sie den Tisch des Polizisten hinter sich gelassen hatte. Aber sie wusste, dass er sie beobachtete. Also gut, die Straßenseite wechseln und auf Tatjana warten, die hoffentlich endlich begriffen hatte, dass es sich bei dem jungen Mann nicht um einen Bekannten von Christine handelte, mit dem sie geflirtet hatte. Christine stieß sich mit der Spitze ihrer flachen Schuhe vom Bordstein ab und übersah ein heranrasendes Motorrad. Stolpernd und sich gerade noch abfangend, rettete sie sich auf den Gehsteig zurück.

Tatjana tauchte atemlos und mit entsetzter Miene neben ihr auf. «Du kannst doch nicht einfach so über die Straße laufen!» Der Kripobeamte hatte sich von seinem Platz erhoben und stand wie zum Sprung bereit hinter den Grünpflanzen des Lokals.

Zum Glück maß Tatjana der Sache keine weitere Bedeutung bei. Sie hakte sich fürsorglich bei Christine ein und murmelte: «Wir sind alle etwas durch den Wind» – ein Satz, den sie oft gebrauchte.

Wein von einem Toten

Freitagnachmittag war Redaktionskonferenz. Sie fand wie immer in einem kahlen Raum mit Holzparkett und weißen Wänden statt. Es gab keinen Tisch, sondern nur Metallstühle mit schwarzer Bespannung. Verantwortlich für diese Einrichtung war irgendeine arbeitspsychologische Theorie, an die Christine sich nur noch dunkel erinnerte.

Diese Nachmittagsgespräche sollten dem Austausch von Meinungen und Eindrücken zur jeweils letzten Ausgabe der Zeitschrift dienen. Chefredakteurin Gesine Myersberger war zehn Jahre älter als Christine, eine schlanke, hochgewachsene Frau mit schmalem Gesicht und schwarzen Haaren, die in klassischem Schnitt bis auf Kinnhöhe fielen. Sie hielt genau wie Christine und die anderen Kollegen die neueste Ausgabe von *Convention* in den Händen. Man unterhielt sich sachlich über die Ausstrahlung des Models auf der Titelseite und ob das Mädchen zum Selbstverständnis des Blattes passte.

Einige besonders Eifrige – die Redaktion bestand etwa zu einem Drittel aus Männern und zu zwei Dritteln aus Frauen – blätterten bereits auf die folgenden Seiten, auf denen sie sich Anmerkungen gemacht hatten. Im Lauf der Diskussion kreideten sie Kollegen Verständnisprobleme an, wiesen auf offene Fragen oder zweifelhafte Aussagen hin. Den kritisierten Autoren merkte man an, wie hin- und hergerissen sie sich fühlten. Einerseits wollten sie sich gegen Anwürfe verteidigen, andererseits sich aber offen für Kritik zeigen. Das Ergebnis waren nicht selten ein unnatürlicher Gesichtsausdruck und das angestrengte Bemühen, nicht zu laut zu sprechen.

Heute richtete sich die Aufmerksamkeit mal wieder auf Inga Krone. Sie verantwortete eine kleine Rubrik namens *law & order*, war Mitte dreißig und hatte ein rundes, weiches Gesicht, dem sie durch eine eckige Designerbrille mehr Kontur zu geben versuchte. Sie liebte die Juristerei und die penible Textrecherche. Immer wieder warf man ihr vor, ihre Themenauswahl und Schreibweise seien zu akademisch. Heute lautete der Vorwurf, sie habe in einem Artikel über Mietrecht ganz die Perspektive des Vermieters eingenommen. «Aber das Urteil, auf das ich mich bezog – da ging es nun mal um eine unzulässige Mietminderung. Der Vermieter hatte recht!»

Die Textchefin von *Convention* sah genervt zur Decke. Christine schlug die Arme über der Brust zusammen, weil sie ahnte, was jetzt kommen würde.

«Unsere Leserinnen sind aber meistens kcine Vermieterinnen», sagte die Textchefin in betont harmlosem Tonfall. «Wohl besitzen sie Immobilien, doch bewohnen sie diese mit ihren Familien in der Regel selbst. Außerdem handelt es sich in dem von dir geschilderten Fall um einen äußerst unsympathischen Vermieter, auch, wenn er vor Gericht recht bekam.»

Es war zu spüren, wie die Kollegen im Geiste nickten. Chefredakteurin Gesine Myersberger lehnte sich mit mildem Lächeln zurück. Sie war sichtlich zufrieden mit der Diskussion, brauchte sich nicht einzumischen.

Christine konnte ein panisches Glitzern in Ingas Augen erkennen. Gleich würde sie mit wilden Gesten eine sinnlose Verteidigungsrede halten. Schon nach wenigen Minuten würde man sie zum ersten Mal unterbrechen, und zum Schluss würde sie den Konferenzraum mit dem Gesichtsausdruck einer Geschlagenen verlassen. Christine schauderte bei der Vorstellung.

«Also, ich finde es gut, wenn wir über den Tellerrand der Durchschnittsleserin blicken.» Die Kollegen sahen überrascht zu Christine herüber, die das Wort ergriffen hatte. «Wenn wir uns nur Klischees aus den Erhebungen der Marktforschung zusammenzimmern, werden wir von den Leserinnen nicht mehr ernst genommen. Viele von ihnen werden in den kommenden Jahren Erbschaften machen. Und auch wenn sie das nicht zugeben, machen sie sich jetzt schon Gedanken über Immobilien, die sie dann besitzen und zum Teil auch vermieten werden. Warum sollten sie nicht jetzt schon jeden Artikel zum Thema mit Interesse lesen?»

Filmkritiker Helge Werbner, ein Lockenkopf, der stets zu lächeln schien, aber gerne bösartige Sprüche von sich gab, nahm seine Brille ab und öffnete den Mund. Doch Christine war noch nicht fertig. «Wir sitzen hier wie in einem Raumschiff, schöpfen aus vorgekautem Material, beschreiben, was andere bereits interpretiert oder zur Mode erklärt haben. Wir sollten aber selbst Entdeckungen für die Leser machen.»

Schlagartig hatten alle Ingas Text vergessen. Die Arbeit der Redaktion in Frage stellen und dann auch noch andeuten, man wüsste, wie es besser geht – das war gefährlich. Gesine Myersberger reagierte wie erwartet. «Und wie stellst du dir das im Hinblick auf deine persönliche Arbeit vor, Christine?»

«Ich brauche mehr Zeit für Recherche. Ich kann Speisen oder Weine nicht in ein paar In-Lokalen kennenlernen. Ich muss öfter und länger die Regionen und Anbaugebiete bereisen. Du weißt, dass ein guter Freund von mir gestorben ist, ein Kenner der Mosel. Ich habe das Gebiet vernachlässigt, und zu einer gemeinsamen Reise dorthin ist es nicht mehr gekommen. Im Glauben, dass auch die Leser es vernachlässigen, habe ich sie mehr über Neuseeland oder Sizilien informiert als über die Anbaugebiete vor der eigenen Haustür.»

«Na ja, haha.» Filmkritiker Werbner hatte eine Hand in den Nacken gestemmt. «Moselwein – erinnere ich früher von Verwandtenbesuchen. Haben damals sogar meine Eltern die Nase drüber gerümpft und mit Wasser verdünnt, wenn es sich nicht vermeiden ließ. Dies süße, klebrige Zeug.»

Christine klatschte in die Hände. «Genau das ist es! So denken viele. Wenn wir uns mit dem Thema befassen, erfahren sie, wie viel sich dort verändert hat und dass die alten Vorurteile nicht mehr stimmen.»

Gesine Myersbergers Augen wirkten eine Spur samtener als sonst. «Ja, warum schreibst du nicht einen schönen Text darüber, du musst doch nicht um Erlaubnis fragen.»

«Natürlich habe ich schon über die Mosel geschrieben. Aber ich weiß zu wenig aus erster Hand.» Christine holte Luft. Jetzt musste sie sagen, was sie sich lange vorgenommen hatte. «Ich stelle mir vor, dass ich für ein paar Wochen hinunterfahre und in einer Serie über meine Erlebnisse berichte. Ich kann Weine und Rezepte empfehlen, Interviews machen …

Die Leserinnen sind für einen längeren Zeitraum wie live dabei, erleben die Region als Fortsetzungsroman.»

«Oh.» Gesine Myersberger machte mit schneller Hand Notizen. Es kam selten vor, dass ihre Mitarbeiter derart weitreichende Wünsche äußerten. «Ein interessanter Gedanke, Christine. Wir sprechen noch darüber.»

Diese Worte ihrer Chefin verfolgten Christine den ganzen Tag: *Wir sprechen noch darüber.* Es machte ihr noch einmal klar, wie viel ihr daran lag, etwas zu ändern. Es war ein tiefer Wunsch von ihr, den sie nicht der Meinung einer Vorgesetzten unterordnen wollte.

Christine arbeitete lange an diesem Tag. Bevor sie nach Hause fuhr, rief sie noch einmal bei Erik an. Auch dieses Mal läutete sein Telefon vergeblich.

Sie wohnte in einem schlichten Backsteinbau aus den 50er Jahren, von dem aus Parks, Lokale und Geschäfte gut zu erreichen waren. Die Umgebung bestand aus einem unordentlichen Durcheinander hübscher Bürgerhäuser der vorletzten Jahrhundertwende, riesiger Ausfallstraßen, von Tankstellen und Hochhäusern. Viele Studenten lebten hier.

Das Treppenhaus war in einem schmutzabweisenden cremigen Weiß gestrichen, das bei künstlicher Beleuchtung ölig glänzte. Auf den Steinstufen mit ihrem Dekor aus wirren Punkten hallten die Schritte laut, kühl und sauber durch das Haus. Wenn ein Mieter seine schwere Tür aufschloss, bekamen das viele Nachbarn mit.

Christine hängte ihre Jacke an die Garderobe in der Diele, nahm mechanisch Notizen, Ordner und Prospektmaterial von Weingütern aus ihrer Tasche und beobachtete sich dabei wie in einem Trancezustand.

Mit wenigen Schritten war sie in der Küche, wo sie mit ein paar Handgriffen aufräumte und den Kaffeebecher vom

Morgen in der Spüle auswusch. Dann nahm sie eine in Seidenpapier gehüllte Flasche vom Regal. Bert Gernsheim hatte sie ihr am ersten Tag der Weinmesse überreicht. «Habe ich von der Mosel mitgebracht», hatte er hinzugefügt. «Noch jung und ein Prototyp. Deine Meinung würde mich interessieren.»

An den ersten beiden Tagen hatte Christine an der Weinmesse jeweils nur kurz teilnehmen können, weil sie tagsüber arbeiten musste. In der Redaktion war es hektisch zugegangen, wieder einmal sollten Neuerungen und Umstrukturierungen vorgenommen werden, hinzu kamen technische Probleme mit neuen Computersystemen. Abends hatte Christine die Flasche irgendwo abgestellt und dann bis jetzt vergessen.

Christine wickelte sie aus ihrer Umhüllung aus, packte sie am Hals, legte sie in die Fläche der anderen Hand und wog sie bedächtig. Es war ein Rotwein! Hinweise auf einen Erzeuger oder die Rebsorte gab es nicht. Nur ein handbeschriebenes Klebetikett, auf dem *Moselblut* stand. Es konnte sich um Bert Gernsheims Schrift handeln, doch Christine war sich nicht sicher.

Bert Gernsheim hatte ihr oft schon Weine von der Mosel angeboten. Häufig am Ende von gemeinsamen Essen oder Verkostungen, um den Abend ausklingen zu lassen. Immer waren es Weißweine. Meist Auslesen oder Beerenauslesen, die von besonders reifen Reben stammten. Ihre Farbe schimmerte wie Gold aus einem Märchenschatz, ihre Fruchtaromen und verführerische Süße überwältigten den Gaumen. Es handelte sich um Desserts. Wenn Bert Gernsheim erklärte, auf welchem Boden die Reben gewachsen, welchem Wetter sie ausgesetzt waren und wie der aus ihnen gewonnene Wein über Jahre seine Aromen ausgeprägt hatte, glaubte Christine, vorsintflutliche Gesteinsschichten und paradiesische Gärten voller Blumen und Früchte auf der Zunge zu schmecken.

Mit diesen Süßweinen der Extraklasse hatte sie kein Problem. Doch in der Regel schätzte sie Weine, die richtig trocken waren – wie die französischen. Manche Experten meinten, Moselweine in Vollendung müssten immer eine gewisse Süße haben. Ihre Reben wurzelten tief in Schieferhängen, sie waren intensiver Sonne ebenso wie kühler Feuchtigkeit ausgesetzt. Raffinierte und feine Weine entstanden so, mit einer lebhaften und für manche Geschmäcker zu strengen Säure, die angeblich den Zucker als Puffer brauchte. Wenn dem so war, hatte Christine Pech. Oder musste dazulernen.

Glatt wie Butter ließ sich der Korken mit dem Kellnermesser aus der Flasche ziehen. Christine schenkte den Wein in ein kleines Burgunderglas ein und bereute dies sofort, als sie die satte, tiefdunkle Farbe sah. Anscheinend benötigte dieser Wein ein weit größeres Glas.

Rotwein durfte erst seit einigen Jahren an der Mosel angebaut werden: roter Spätburgunder, der auch Blauburgunder oder Pinot Noir genannt wurde, und der unwichtigere Dornfelder. Aber nur ein Bruchteil der Mosel war mit diesen Sorten bestückt. Früher sahen die Spätburgunder ziemlich hell aus. Ihr Stil hatte sich in der letzten Zeit geändert, doch das Dunkelrot von Berts Wein passte eher zu einem französischen Cabernet. In seinem Duft lag etwas Schweres, Verschlossenes, und als Christine probierte, ähnelte der Geschmack dem Aroma fester, frisch gepflückter Kirschen. Dies sollte ein Spätburgunder sein? Er erinnerte Christine sonst mehr an Beeren aus dem Wald. Aber in solchen Fragen konnte man sich leicht täuschen. Die meisten Aromen auf der Zunge wurden ja in Wahrheit gerochen. Und die Nase war ein Künstler, der unendliche Assoziationen, Erinnerungen und Einbildungen mischen konnte …

Der Wein schmeckte gut, aber noch unreif und würde sich besser entfalten, wenn sie ihn einige Zeit an der Luft stehen ließ. Was hatte sich Bert dabei gedacht? Die Flasche gab keinerlei Aufschluss über ihre Herkunft, und so untersuchte sie den Korken. Immerhin, hier fanden sich zwei Buchstaben: *WM*.

Vorsichtig drehte sie das einzige Indiz, das ihr vielleicht einmal Aufschluss geben konnte, aus dem Korkenzieher. Sie wickelte den Korken in ein Stück Küchenpapier und legte ihn hinter ihre Kaffeedose. Dort würde sie ihn leicht wiederfinden.

Aus der Nachbarwohnung waren die Schreie eines Babys zu hören. Christine spitzte die Ohren und hörte die begütigende Stimme der Mutter. Manchmal unterhielt sie sich im Hausflur mit der jungen Frau, die den Vater ihres Kindes wegen irgendwelcher Streitigkeiten aus der Wohnung geworfen hatte. Doch er besuchte Mutter und Kind fast jeden Tag. Vielleicht würde die kleine Familie ja wieder zusammenkommen.

Eines war sicher: Der Wein in ihrem Glas kam von der Mosel, und Bert hatte seine Gründe, wenn er keine weiteren Angaben darüber gemacht hatte. Er stammte von einem der steilen Hänge am breiten, verschlungenen Fluss, der das Sonnenlicht auf einige der besten Weinlagen der Welt reflektierte. Die hatte Bert trotz seiner Reisen in alle erdenklichen Anbaugebiete anscheinend am meisten geliebt. Christine griff noch einmal nach dem Glas, während ihre Augen feucht wurden. Sie trank es in einem Zug aus und machte wegen der harten, den Gaumen zusammenziehenden Gerbstoffe eine unfreiwillige Grimasse.

Sie musste endlich mit Erik sprechen. Ob er wirklich nicht zu Hause war? Christine bestellte ein Taxi.

Erik wohnte in einem unansehnlichen Hochhaus aus den 70er Jahren mit blauverkleideten Balkonen und einem Bataillon metallener Briefkastendeckel neben der Haustür. Christine bezahlte den Taxifahrer, stieg aus, und augenblicklich fuhr ein frischer Wind in ihre Haare. Ein typisch hamburgischer Wind, der sie nur für ein paar Sekunden losließ und dann umso wuchtiger zurückkehrte. Wie automatisch blickte sie hinauf zu Eriks Fenstern im 8. Stock. Ein matter Lichtschein zeigte, dass er zu Hause war.

Christine drückte den Klingelknopf neben seinem Namen. Nichts passierte. Sie wartete eine Weile, klingelte erneut. In der Erwartung des üblichen brüchigen Summtons schärfte sie ihre Ohren, doch sie hörte nur den Verkehrslärm hinter ihrem Rücken und das Geräusch des Windes. Heute war Freitag. Wie oft hatte sie Erik seit Bert Gernsheims Tod angerufen? Und jetzt war er schon wieder nicht da, aber hatte anscheinend vergessen, das Licht in seinem Wohnzimmer auszuknipsen.

Sie lief über dieselben Gehwegplatten zurück, auf denen sie gekommen war. Erneut reckte Christine den Kopf und schaute hinauf zum 8. Stock. Jetzt waren die Fenster von Eriks Wohnung dunkel.

Vielleicht hatte auch Erik einen Einschüchterungsbrief erhalten und wollte sich vor ungebetenen Besuchern verstecken? Oder befand er sich in ganz anderen Schwierigkeiten, die mit seinen Internetgeschäften und dem Eiswein zu hatten, den sie nach der Messe in seiner Tasche entdeckt hatte? In jener Nacht nach Gernsheims Tod hatte sie nicht mehr daran gedacht, ihn noch einmal auf den Vorfall anzusprechen.

Christine ging ein paar Schritte weiter in Richtung Straße und verschloss sorgsam ihre Handtasche. Dann umklammerte sie fest den Henkel mit einer Hand, holte mit dem ganzen Arm aus und ließ die Tasche in weitem Bogen durch die Luft kreisen. Fünf-, sechsmal schwang sie ihre großräumige, schwarze Lacktasche durch die Luft und bemerkte keuchend, dass auf die blauverschalten Balkone Mieter getreten waren und sie beobachteten. Erneut lief sie zur Eingangstür und klingelte – es wurde sofort geöffnet. Erik hatte sie offenbar bemerkt.

Als sie aus dem Fahrstuhl stieg, stand er in der Tür. Im weißen T-Shirt und schwarzer Lederhose, frisch rasiert, was ihm ein noch jüngeres Aussehen gab als mit dem dunklen Flaum, den er gern sprießen ließ. «Du kannst auch hier drinnen üben», meinte er und ließ sie hinein. Mit einem Lächeln, das zeigte, dass er sich freute.

Ein Stapel Schallplatten lehnte malerisch neben einem orientalisch anmutenden Diwan, so als sei die Szene für das Foto in einem Wohnmagazin inszeniert. Taschenbücher und geöffnete Bildbände lagen auf Fußboden und Möbeln und erweckten den Eindruck, als ob er mehrmals täglich zwischen den verschiedenen Leseorten wanderte, eine Art geistigen Globus umrundete und dabei zwischen Themen wie der Musik Schuberts, Elaboraten zur Sprachphilosophie und den Songtexten Bob Dylans wechselte. Er recherchierte seit Monaten für seine Doktorarbeit. Es ging um eine geheimnisvolle Musiksprache, die er entdeckt hatte und beweisen wollte. Weinbücher hatte Christine noch nie bei ihm gesehen. Auf seinem Schreibtisch standen fünf Gläser, und in jedem befand sich eine unterschiedliche Menge Rotwein. Zweifellos eine seiner halbwissenschaftlichen Untersuchungen: Wie schmeckte derselbe Wein unter verschiedener Einwirkung von Luft und Zeit, oder wie reagierten verschiedene Weine im gleichen Glas. Und dergleichen.

Christine setzte sich auf ein mit großen roten Kissen gepolstertes Bastsofa.

«Wieso hast du zuerst nicht aufgemacht?»

Erik bewegte sich in Richtung Küche und machte eine Geste, als ob dort eine dringende Erledigung auf ihn wartete. «Erzähle ich dir gleich. Eine komplizierte Geschichte. Ich wollte gerade etwas zu essen machen.»

Christine folgte ihm.

«Worauf hast du Appetit?»

«Auf etwas, wozu man etwas Restsüßes trinken kann.» Christine fragte sich, ob ihr Tipp für Tatjana wirklich eine so gute Idee gewesen war.

Erik riss die Tür des Kühlschranks auf und schaute konzentriert hinein. Er schloss sie wieder und sagte: «Ich hol noch was vom Griechen.» Dann löschte er im Wohnzimmer das Licht. «Wir brauchen ja keine Festbeleuchtung. Mach niemandem auf, ich komme mit meinem Schlüssel herein. Bis gleich.»

Christine war zum ersten Mal ganz allein in Eriks Wohnung. Die Küche sah wie immer fast klinisch sauber aus. Kein Gewürz, kein Gefäß oder Geschirr stand offen herum.

Sie ging ins Wohnzimmer und schaltete automatisch wieder das Licht an. Erik war einer der wenigen weinbegeisterten Menschen, der zu Hause auf sein Hobby nicht durch Tischdecken mit Abbildungen von Weingütern, Weinreben-Lampenschirme, Chianti-Poster oder Ähnliches hinwies.

Eine halboffene Tür in der Diele lud dazu ein, einen Blick hindurchzuwerfen. Christine sah aufgewühlte Bettwäsche und zugezogene Vorhänge. Auf einer Kommode stand eine Flasche Wein. Oder war es Sekt? Daneben stapelten sich Weinkisten bis unter die Decke. Sein Lager im Keller reichte also nicht mehr. Christine ging ins Wohnzimmer zurück und schaute aus dem Fenster.

Am Rand des Platzes vor dem Hochhaus bemerkte sie zwei Gestalten. Sie trugen Trainingsanzüge und blickten nach oben, genau in ihre Richtung. Schnell wich sie zurück. Unwahrscheinlich, dass die beiden sie gesehen hatten – bei so einem großen Gebäude mit so vielen Menschen. Andererseits, wenn sie die ganze Zeit exakt Eriks Fenster im Visier gehabt hatten … Christine löschte das Licht und bereute es in derselben Sekunde. Verdammt, jetzt hatte sie genauso auf sich aufmerksam gemacht wie Erik zuvor.

In diesem Augenblick schrillte die Türglocke. Christine schrak so heftig zusammen, dass sie fast aufgeschrien hätte. Sie brauchte einige Sekunden, um sich zu sagen, dass sie in dieser Wohnung sicher war, dass hier niemand so einfach eindringen konnte. Aber Erik hatte doch erklärt, er wolle seinen Schlüssel benutzen … Sie machte zwei große Schritte zurück zum Fenster, wobei ihr ihr unsinniges Bemühen auffiel, sich so lautlos wie möglich zu bewegen. Die Typen in den Trainingsanzügen hatten sich in Bewegung gesetzt, in Richtung Hochhaus, einer trug eine voluminöse Tasche unter dem Arm. Jetzt verschwanden sie aus Christines Blickfeld. Es klingelte noch einmal.

Was, wenn die beiden hinter Erik her waren, der in der Eile seinen Schlüssel nicht fand und gleich vor seiner eigenen Haustür von ihnen eingeholt werden würde? Vorsichtig setzte sie Fuß vor Fuß, um den eisernen Wohnzimmertisch und einige andere Möbel zu umrunden, und tastete in der dunklen Diele nach der Gegensprechanlage. Sie fand einen Knopf und drückte ihn.

Wie lange würde es dauern, bis etwas passierte? Würde überhaupt etwas passieren? Wenn Erik dort unten etwas zustoßen sollte und er Hilfe bräuchte, durfte sie nicht zu lange abwarten, sondern musste zu ihm.

Christine starrte auf ihre Armbanduhr. Fünf Minuten. Fünf Minuten waren ein großzügiger Zeitraum, um unten in den Fahrstuhl zu steigen und in den 8. Stock zu fahren. Danach würde sie etwas unternehmen müssen. Gebannt blickte sie auf ihre Uhr. Ohne den stetig vorrückenden Sekundenzeiger hätte sie die Wartezeit schwer ertragen.

Bereits nach einer Minute und dreißig Sekunden hörte sie das schwache Rumsen der Fahrstuhltüren. Schritte näherten sich draußen, und dann drehte sich der Schlüssel im Schloss. Die Tür ging auf, und Erik stand vor ihr.

«Oh, es tut mir leid.» Er trat ein und tippte mit der Hand gegen den Lichtschalter. Christine kniff die Augen zusammen. «Ich habe mich so über den Preis geärgert, dass ich unten vergaß, meinen Schlüssel zu benutzen.» Er schloss die Tür hinter sich und hob einen Plastikbeutel in die Höhe. «500 Gramm rohes Lammfleisch. Daraus macht Thassos sonst einen seiner Eintöpfe. Wenn ich aber nachrechne, verkauft er mir das Fleisch so teuer, als hätte er es in seiner Taverne mit Salat und Retsina serviert.»

«Erik, du machst mich allmählich nervös.»

«Es tut mir leid. Ich kann dir alles erklären.» Sie gingen wieder in die Küche, wo er begann, das Fleisch von Sehnen und Fett zu befreien und abzuwaschen.

«Eine wissenschaftliche Mitarbeiterin, Gudrun. Wir hatten etwas miteinander, nur ganz kurz. Wir haben uns freundschaftlich getrennt, so in der Art, aber sie gibt keine Ruhe. Ständig Anrufe, ständig unangemeldete Besuche, das ganze Programm. Ich fürchtete, du wärst sie, und entschloss mich, nicht zu Hause zu sein.»

Christine dachte an das zerwühlte Bett und fragte sich, wie lange die Trennung wohl zurücklag. Aber das war nicht ihr Problem. Seine Erklärung klang einleuchtend und beruhigend. Mit flinken Fingern trocknete er das Fleisch ab und schnitt es in Stücke, öffnete den Kühlschrank, nahm zwei Joghurtpackungen heraus und füllte sie in ein Porzellangefäß. «Und nun zu Chris Rauras Eiswein», sagte er. «Ich habe ihn nicht geklaut. Trotzdem hast du mich am Sonntag bei einer heiklen Sache erwischt.»

«So heikel, dass aus dir kein Wort herauszubekommen war.»

«Nein, dir hätte ich es schon erzählt. Aber ich fürchtete, wir würden jeden Moment wieder mit Bert zusammentreffen und der würde mir den Kopf abreißen. Ich schäme mich, wenn ich jetzt daran denke.» Er quetschte zwei Knoblauchzehen aus und fügte sie dem Joghurt bei, rieb etwas frischen Ingwer hinein, den er aus einem Küchenschrank holte, und streute ein gelbes Pulver dazu, bei dem es sich nach Christines Einschätzung um Cumin handelte.

«Auf der Weinmesse habe ich Chris Rauras Kellermeister getroffen. Das ist zumindest seine offizielle Bezeichnung, er ist Mädchen für alles, wozu Raura und seine Frau keine Lust haben.» Erik schüttete Kräuter und Chilipulver in den Joghurt, rührte die Mischung um und legte das Fleisch hinein. «Dieser Kellermeister – Henrik – brachte mir eine Flasche des 05er Eisweins mit, die es im Handel noch überhaupt nicht gibt. Es handelt sich um eine Abfüllung für Weinkritiker. Für Experten in der ganzen Welt, die den Tropfen hoch bewerten sollen, damit er sich gut verkauft. Es wird von den Rauras penibel darauf geachtet, wer in den Genuss eines solchen Vorausexemplares kommt. Glaub mir» – er wühlte auf den Knien in einem seiner Küchenschränke und schaute zu ihr auf –, «ich nicht.» Mit zwei Zwiebeln kam er wieder nach oben und bearbeitete sie mit einem großen Messer. «Wenn der Wein außergewöhnlich gut sein sollte – ein Urteil darüber traue ich mir zu –, kann ich ihn jetzt günstig vorbestellen. Lange bevor die Medienleute seine Qualität hinausposaunen und es schwer wird, größere Mengen zu bekommen. In zwei, drei Jahren dann, wenn es überhaupt keine Flaschen mehr auf dem ersten Markt gibt, kann ich alle, die ich nicht selbst trinken will, für eine hübsche Summe versteigern.»

«Also hat Henrik die Flasche geklaut.»

«Nicht direkt. Er hat sie nur an eine Person weitergegeben, die nicht dafür bestimmt war. Und das kann ihn den Job kosten. Es wäre nett, wenn du diese kleine Geschichte nicht gleich in deiner Zeitschrift veröffentlichst.»

Erik stellte die fein geschnittenen Zwiebeln neben den Herd. «Ich bin immer froh, wenn ich damit fertig bin.» Seine Augen glitzerten feucht.

Christine hielt ihm den Drohbrief hin, den sie mit ihrer Post erhalten hatte. «So was hast du wahrscheinlich nicht bekommen?»

Erik ergriff den Zettel mit spitzen Fingern, legte ihn hin und wusch sich die Hände. Er trocknete sie ab, dann las er.

«Es dauerte, bis mir klar wurde, dass diese Zeilen überhaupt nicht im Zusammenhang mit dem Mord an Bert stehen müssen», sagte Christine. «So was flattert ab und zu mal rein von frustrierten Lesern. Gleich nach Berts Tod habe ich natürlich etwas anderes gedacht.»

Er sah sie an. «Welcher Mörder wäre so dumm, seine Tat schriftlich zu kommentieren? Aber du solltest den Zettel der Polizei übergeben.»

Gedankenverloren blickte Christine zum Fleischberg in der Joghurtmarinade. Sie hatte einen anstrengenden Tag hinter sich und seit dem Morgen nichts gegessen. Erik registrierte ihren Blick. «Eigentlich muss das Fleisch drei Stunden einliegen, aber wir brauchen nicht so lange zu warten.»

Er nahm eine beschichtete Pfanne aus dem Schrank, träufelte Öl hinein und fing an, die Zwiebeln anzubraten.

«Soll ich dir helfen?»

«Im Kühlschrank sind Tomaten. Einfach klein schneiden, das wäre nett.»

Als sie damit fertig war, hatte er das Fleisch bereits angebraten und ließ die Tomaten mitköcheln. Er streute Gewürze ein und füllte die Pfanne mit Wasser auf.

«Es muss noch ein bisschen einschmoren, dann ist es fertig. Ich mache Reis dazu, okay?»

«Ist das indisch oder dein Rezept?»

«Lamm auf Andhra-Art, nein, nicht von mir. Ich koche

selten indisch, aber es fiel mir ein, als du mich fragtest. Wobei man süßere Weine auch zu weniger exotischen Gerichten trinken kann. Ist doch oft nur eine Sache der Gewohnheit.»

«Aber wenn man mit seinem Liebsten einen tollen Abend verbringen will, ist diese Kombination wohl nicht schlecht.»

Erik lachte schreckhaft auf und stellte große, bauchige Gläser und eine 1990er Spätlese aus Ürzig auf den Tisch. Der Winzer war Christine unbekannt. Mit einem saftigen Geräusch verließ der Korken den Flaschenhals, dann strömte eine mattgoldene, schwerfällige Flüssigkeit in die Gläser. Christine hob ihres an die Nase und schnupperte: der typische Geruch eines Moselweins. Noten von zarten Blüten und wie von einer frisch aufgeschnittenen, hellen und eher herben Frucht stiegen auf. Sie nahm einen Schluck und konnte keine Alterungsnoten feststellen, was in Anbetracht des erhöhten Zuckergehaltes normal war. Die Süße wirkte nicht aufdringlich. Alle Elemente bildeten ein Ganzes.

«Ich habe es nicht so scharf gemacht, wie es eigentlich sein müsste», erklärte Erik, als er das Lammgericht in einer großen Schale auf den Tisch stellte. Die Stücke waren von einer gelblichbraunen Soße überzogen und mit zerkochten Tomatenstückchen bedeckt.

Trotz der moderaten Schärfe hatte Erik unverwechselbar indisch gekocht. Der Knoblauch drang nur schwach hindurch, das Fleisch war zart. Der Wein dazu war allerdings gewöhnungsbedürftig. Erst nach mehreren Schlucken genoss es Christine, wie die pikante Würze des Essens mit den fruchtigen Rieslingnoten zusammentraf. Sie fand den Wein in keinem herkömmlichen Sinne «passend», er wirkte zunächst wie ein Widerspruch zu den Bissen auf der Gabel, ein Widerspruch, der sich nach einem Moment aber auflöste und dann etwas ganz Neues schmecken ließ.

«Ach, ich muss dir noch etwas zeigen!« Christine kramte den Korken der Flasche *Moselblut* aus ihrer Handtasche. «Der gehört zu einer Flasche, die Bert mir gegeben hat. Ein Rotwein von der Mosel, über den er meine Meinung wissen wollte … Genaueres weiß ich nicht. Kommt dir der Korken bekannt vor?»

Erik starrte konzentriert auf das Stück Eichenrinde. «Nicht wirklich. *WM* könnte Schlossweingut Meckling bedeuten. Eines der ganz großen an der Mosel. Aber deren Korken sehen eigentlich anders aus.»

«Könnte aber passen, Bert hat oft von Meckling gesprochen.»

Unterwegs

Das Angebot kam überraschend und ausgerechnet am Tag von Bert Gernsheims Beerdigung.

Christine hatte sich den Vormittag frei genommen, um an dem Begräbnis teilzunehmen zu können. Bert wurde auf dem Friedhof eines Hamburger Vororts beerdigt, er wusste seit Jahrzehnten, dass sein Körper einmal in das dortige Familiengrab kommen würde. Außer seiner Schwester und deren Familie nahm etwa ein Dutzend Personen an der Feier teil. Sie fand klassisch mit pastoraler Ansprache und Orgelmusik statt. Erik umfasste Christines Hand, als die Tränen über ihre Wangen liefen.

Der große Sarg aus dunklem Holz mit goldenen Beschlägen besaß etwas Standesgemäßes, das zu Bert passte. Die sechs vom Beerdigungsunternehmer mit altertümlichen Kostümen ausgestatteten Sargträger wirkten hingegen operettenhaft, und Bert wäre dazu bestimmt ein bissiger Spruch eingefallen.

Christine warf eine Rose auf seinen Sarg, an die ein kleiner Rebzweig gebunden war. Als kleiner Dank für alles, was er mit ihr geteilt hatte, die Gespräche, die sich fast immer um Wein und fremde Länder gedreht hatten.

Sie hatte Gernsheims Schwester gesagt, dass sie nicht zum Leichenschmaus bleiben würde. Sie wollte nicht mit dieser ihr unbekannten Familie das Wechselbad aus Trübsal und befreiendem Gelächter erleben, wie sie es von Totenfeiern aus ihrem Verwandtenkreis kannte. Erik blieb. Er kannte die Schwester schon länger flüchtig, nun sollte er ihr bei der Auflösung der Warenbestände helfen.

Zurück in der Redaktion, war Christine froh, die geschäftigen Kollegen um sich zu haben. Allerdings würde sie keine einzige Zeile an diesem Tag schreiben können. Vielleicht ein paar Mails beantworten, Unterlagen sichten, nach neuen Themen suchen …

Als Christine ihr Büro aufschließen wollte, tauchte am anderen Ende des Ganges Gesine Myersbergers schlanker, hoch aufgeschossener Körper auf. Sie winkte Christine mit lässig über dem Kopf ausgestrecktem Arm zu sich.

Gesine Myersberger machte oft ein fröhliches, geradezu kindlich argloses Gesicht. Doch es konnte sich im nächsten Moment übergangslos verändern und dann fordernd und kompromisslos erscheinen. Auf dem Besuchersofa in ihrem Büro saß ein kleiner Teddy, der angeblich ihr erster war. Während die meisten Chefbüros von futuristischen Lichtaufhängern beleuchtet wurden, stand auf ihrem Schreibtisch eine verschnörkelte Jugendstil-Lampe. Gegenüber hingen getrocknete rote Rosen in einem großformatigen Rahmen hinter Glas. «Von einem Verehrer», sagte Gesine Myersberger, wenn sie nach dem Künstler gefragt wurde. Manchmal war Christine anwesend, wenn Leute von Marktforschungsinstituten oder PR-Abteilungen das Zimmer betraten. Deren staunende Blicke schienen zu sagen: Ja, in einer solchen Umgebung arbeitet die Chefredakteurin einer erfolgreichen Frauenzeitschrift. Gesine Myersberger war kinderlos, seit zwölf Jahren geschieden, und man munkelte, sie sei glücklich verliebt.

Als Christine den langen Flur hinter sich gebracht und das Chefsekretariat erreicht hatte, saß Gesine Myersberger wieder an ihrem Schreibtisch. Versunken starrte sie auf ihren Computer und tippte plötzlich wie entfesselt Buchstaben ein. Christine mochte wetten, dass sie nicht an einem Artikel, sondern an einer E-Mail schrieb.

«Ah, Christine.» Gesine Myersberger stand auf, als sie ihre Mitarbeiterin bemerkte, lief um sie herum und schloss die Tür. Ein deutliches Zeichen, dass es um ernste Entscheidungen ging. Sie schien vergessen zu haben, warum Christine an diesem Vormittag der Redaktion ferngeblieben war, obwohl sie bei ihr persönlich um Erlaubnis gebeten hatte. Wahrscheinlich wusste die Chefin nicht einmal mehr, dass Christine überhaupt fort gewesen war.

Gesine Myersberger nahm wieder Platz, ohne Christine einen anzubieten. «Ich fand deine Idee auf der letzten Redaktionskonferenz großartig. Ich konnte das dort nicht weiter mit dir besprechen, du weißt.» Ihre Augen rollten genervt. «Was du erzählt hast, genau so was brauchen wir. Nach draußen gehen, sich selbst ein Bild machen, Vorreiter sein. Selbst wenn sich nur ein Bruchteil der Leser wirklich dafür interessiert oder die Texte liest. Für das Image von *Convention* ist es unbezahlbar, und es soll Leute geben, die behaupten, *Convention* sei nichts als Image.» Christine Myersberger lachte vergnügt und schob sich mitsamt ihrem Stuhl näher an den Tisch heran. «Lass uns eine Abmachung treffen, mit der wir beide glücklich sind. Setz dich doch!»

Christine brach an einem Freitagnachmittag, zwei Wochen nach dem Gespräch mit Gesine Myersberger, in Richtung Mosel auf. Die Chefin hatte es plötzlich eilig gehabt, den Plan zu verwirklichen. Nur Christine sah sich bis zu ihrer Abreise täglich vor einem neuen Hindernis stehen. Sie musste für die Zeit ihrer Abwesenheit eine Menge vorarbeiten und organisieren, ihr Konzept planen, obwohl sie sich noch gar nicht bereit fühlte für das Projekt, das sie selbst vorgeschlagen hatte. Sie war davon ausgegangen, frühestens in einem halben Jahr loszufahren – auf alle Fälle erst, wenn sich ihr Alltag beruhigt hatte.

Sie legten nicht fest, wie lange Christine an der Mosel bleiben sollte. «Sieh dich um, schick uns Texte, und dann schätzen wir die Lage ab», hatte Gesine Myersberger gemeint. Eine Volontärin, die bald ihre Ausbildung abschloss, sollte Christines Alltagsgeschäfte in der Redaktion übernehmen. Dass sie sich dafür in ihrem Büro einrichtete und persönliche Fotos aufstellte, erstaunte Christine. Aber egal, die Dinge sollten ihren Lauf nehmen, so oder so …

Die Hamburger Straßen boten das übliche Bild. Christine fuhr im Schritttempo durch eine von Marktfahrzeugen verstopfte Straße, sie sah die großen Ankündigungstafeln eines Kinos, vor dem heute Abend die Leute Schlange stehen würden. Bald kam die Einfahrt zu einem riesigen Weingeschäft, in dem Christine oft einkaufte, wenn sie abends Gäste hatte. All diese Dinge schienen plötzlich unendlich fern zu sein.

Sie fuhr bereits 30 Kilometer auf der Autobahn, als es ihr einfiel: Sie hatte vergessen, den vermeintlichen Drohbrief bei der Polizei abzugeben. Sofort nahm sie den Fuß vom Gas, während sich in ihrem Kopf finstere Vorstellungen jagten, welche Folgen ihre Unterlassung haben könnte. Immer noch konnte sie umkehren, doch bei dem Gedanken graute es ihr. Bei der nächsten Abfahrt entschied sie sich im letzten Moment dagegen, rechts zu blinken. Sie konnte den Brief ja auch per Post schicken. Er musste nach wie vor in einem Seitenfach ihrer Handtasche stecken. Wahrscheinlich beruhte er sowieso auf nichts Ernstem, geschweige denn, dass er mit dem Mord an Bert Gernsheim zu tun hatte. Ihr schlechtes Gewissen konnte Christine trotzdem nicht ganz vertreiben.

Da sie keine Lust hatte, über 700 Kilometer an einem Stück zu fahren und erst am späten Abend an der Mosel anzukommen, hatte sich Christine einen Ort im Münsterland als Zwischenstation ausgesucht. Kurz nach Münster fuhr sie von der Autobahn ab. Das plötzliche Grün der Umgebung, die weiten landwirtschaftlichen Flächen, die Gehöfte und Baumgruppen entspannten ihre Augen. Dann verfuhr sie sich auf der Suche nach ihrem Hotel, plötzlich befand sie sich auf einer schmalen Straße inmitten welliger Weideflächen. Diese Landschaft unterschied sich von den Wäldern und Wiesen der norddeutschen Tiefebene, in der Christine aufgewachsen war. Es schien, als ob das Grün der Bäume hier mehr Schattierungen besaß und die Ebenen nie ganz plan waren.

Christine wusste genau: Sie hätte in der Redaktionskonferenz niemals die Mosel als erstes Ziel für ihre Weinreports genannt, wenn Bert Gernsheim noch leben würde. Nur wegen seiner Begeisterung für die Region und wegen der Flasche, die er ihr hinterlassen hatte, war ihr das Anbaugebiet so wichtig geworden. Gut möglich, dass es sich hier nicht nur um irgendeinen Wein zum Probieren handelte; aber was steckte dann dahinter?

Endlich fand sie das Hotel, einen ehemaligen Gutshof mit mächtigen, beschlagenen Türen und Holzbalken in der Fassade. Christine fuhr auf den leeren Parkplatz, nahm ihre Reisetasche und trat durch den Eingang. Ein langer Teppichläufer führte über Dielenbretter an alten Stichen und Gemälden vorbei zu einem Tresen. Ein junges Mädchen schien nur auf

Christine gewartet zu haben. Sie übergab ihr einen schweren Schlüssel.

Ihr Zimmer war groß, mit Blick auf einen Hinterhof zwischen malerischer Fachwerkarchitektur. Christine packte nur die Sachen aus, die sie am nächsten Tag anziehen wollte. Im Bad wusch sie ihr Gesicht und richtete sich die vom Autogebläse verunstalteten Haare. Alles, was nun geschah, hing nur von ihr allein ab. Ein aufregendes Gefühl.

In der Dämmerung verließ sie das Hotel. Eine Fremde allein auf den Straßen einer Kleinstadt, dachte sie lächelnd. Es waren nur wenige Menschen unterwegs, graue, kissenartige Wolken bedeckten den Himmel. Trutzige, aus dunklem Backstein gebaute Häuschen säumten die Gehwege, und wer jetzt an seinem Fenster hinter einer der weißen Gardinen hinausspähte, mochte seiner Phantasie über Christine freien Lauf lassen. Die neue Lehrerin der Grundschule, die sich zum ersten Mal umsah? Die Geliebte eines Familienvaters, angereist aus der Stadt?

Im Ortskern gab es eine hübsche Kirche und einige uralte Gebäude, einstige Gesindehäuser, Reste von Gutshöfen. Hungrig betrat sie die Ratsschänke, ein imposantes Backsteingebäude mit Erkern und großen halbrunden Fenstern. Sie gelangte in einen Saal mit Palmengewächsen und Lichtorgeln in den Ecken. Gegenüber dem Tresen stand ein Großbildschirm, auf dem eine Fernsehshow flackerte. Am Tresen lehnten Leute in Freizeitkleidung. Die Tische waren alle frei.

Christine nahm neben einer monströsen Holzsäule Platz und studierte die Speisekarte mit Imbisskost. Eine junge, blasse Frau kam mit herzlichem Lächeln an Christines Tisch. Sie bestellte eine Pizza und einen namenlosen Sauvignon Blanc aus Frankreich. Eigentlich hatte sie sich den ersten Abend ihrer Reise anders vorgestellt, aber sie fühlte sich wohl. Und war gespannt, wie genießbar das Bestellte sein würde. Wie viele

Reisende waren nicht immer wieder darauf angewiesen, die nächstbeste Gelegenheit zum Sattwerden zu nutzen? Leider las man selten über die Qualität von Imbissbuden und gutbürgerlichen Gaststätten, für die man weder reservierte noch einen längeren Anfahrtsweg in Kauf nahm.

Wo Christine morgen essen oder schlafen würde, wusste sie nicht. Es gab genug Möglichkeiten an der Mosel. Sie wollte so bald wie möglich Schlossweingut Meckling besuchen. Laut den Weinführern produzierte es keine Rotweine, das Zeichen WM bedeutete möglicherweise etwas ganz anderes. Doch Christine hatte sich die alten E-Mails von Bert noch einmal angesehen, und in einer schwärmte er über die Aussicht, die ein Weinberg des Gutes bot: «Moselabwärts von Traben-Trarbach, eine Stichpiste hinauf. Es gibt steilere und berühmtere Landschaften, aber ich mag die Gegend am liebsten.» Er hatte die Lage genau beschrieben, und Christine wollte sie auf alle Fälle sehen.

Die Pizza war in Ordnung. Auch der Wein – ein richtig trockener Sauvignon, glasklar und ohne Holznoten. An der Mosel würde niemand auf die Idee kommen, ihn als Hauswein auszuschenken. Das Münsterland war keine Anbauregion, Wein war hier ein beliebiges Getränk unter vielen.

Bei ihrer Rückkehr ins Hotel wurde der menschenleere Empfangssaal schwach von Leuchtstoffröhren unter der Decke erhellt. Christine hatte das Gefühl, ganz allein im Haus zu sein. Als sie ins Bett stieg, fühlten sich die Laken bügelstraff an und rochen so intensiv nach frischer Sauberkeit, dass sie ein Gefühl der Kälte auslösten. Christine schaltete den Fernseher ein, doch noch während die Spätnachrichten liefen, fielen ihr die Augen zu.

Am Morgen schien die Sonne über den Hinterhof ins Zimmer. Ein Blick auf die Uhr zeigte, dass Christine zehn Stunden geschlafen hatte. Der Himmel vor dem Fenster wölbte sich wie ein hellblauer, straffgespannter Baldachin. Christine sprang aus dem Bett. Sie war in die Welt gefahren! Beschwingt wie heute hatte sie sich nach dem Aufstehen lange nicht gefühlt.

Während des Frühstücks in einer großen Wirtsstube mit Holztischen und alten Jagdwaffen an den Wänden bekam sie nur zwei Hotelangestellte zu Gesicht. Das üppige Buffet konnte nicht nur wegen ihr hier stehen. Jetzt erst bemerkte Christine noch einen Tisch, der mit Frühstücksgeschirr gedeckt war. Es gab also mindestens einen weiteren Gast, und sogar einen, der noch später frühstückte als sie. Da es bereits kurz vor zehn war, würde er sich beeilen müssen.

Als Christine kurz darauf an der Rezeption ihre Rechnung bezahlte, hörte sie hinter ihrem Rücken, wie jemand mit schnellen Schritten die Treppe herunterkam und an ihr vorbeiging.

Sie verstaute das Gepäck im Kofferraum, setzte sich in den Wagen und schaltete ihr Handy ein. Tatjana hatte sich auf ihrer Mailbox gemeldet: «... also gestern war dann Uwe da, und ich habe doch nicht ganz so exotisch gekocht. Er brachte einen tollen Bordeaux mit, er ist Fachmann auf dem Gebiet, und da haben wir den erst mal getrunken. Aber dann später zum Käse den Riesling probiert. Das hat Spaß gemacht, vielen Dank nochmal für deine Hilfe, aber irgendwie bin ich doch froh, den Wein nicht zur warmen Mahlzeit serviert zu haben, vielleicht ein anderes Mal ...»

Christine fuhr grinsend los, tankte den Wagen voll und fädelte sich in den Blechstrom auf der Autobahn ein. Im Radio ließ sie ein politisches Magazin laufen, es folgten Nachrichten, sie schaltete auf einen Sender mit Popmusik um, wieder Nachrichten. Irgendwo hinter Bonn schien die Straße in eine gigantische Bühne hineinzuführen. Eine weit ausgedehnte, hügelige Landschaft mit schlanken, elegant zugespitzten

Baumkronen und lieblichen Farbtönen erstreckte sich bis zum Horizont. Auf einem Foto hätte Christine die Toskana vermutet, wären da nicht die seltsamen beckenförmigen Gebilde gewesen, bei denen es sich wohl um Überbleibsel von Vulkanen handelte … Begann hier vielleicht schon das Land, wo die Zitronen blühen? Goethe hatte Moselwein und Rom geliebt, und die Römer hatten den Anbau des Getränks an diesem Fluss eingeführt. Die Keltereien, Brunnen und Villen, die sie zurückgelassen hatten, wollte Christine sich unbedingt ansehen.

Ihre erste Station sollte Winningen sein, doch bis dahin waren es noch 150 Kilometer. Vor fünf Jahren hatte ein Journalistenkollege dort von einem Erbteil einen kleinen Weinberg gekauft und seinen Traum vom Winzerleben wahr gemacht. Christine hatte lange keinen Kontakt mehr zu ihm gehabt, doch letzte Woche hatte sie mit Harald Lod telefoniert und ein Treffen vereinbart. Wenn danach noch Zeit war, wollte sie das berühmteste Weingut der Untermosel besuchen. Es befand sich seit Jahrhunderten in Familienbesitz, gelangte aber erst zu seinem Ansehen, nachdem die Zwillingsschwestern Sarah und Dagmar Gordon vor zehn Jahren die Leitung von ihrem Vater übernommen hatten.

Auf einem Straßenschild tauchte zum ersten Mal «Winningen» auf. Christine spürte Ehrfurcht, als ob sie das Etikett eines berühmten, sehr alten Weines betrachtete. Nach der Abfahrt folgte eine schmale, von großen Bäumen überwachsene Straße, die eher wie eine Verbindung zwischen zwei Dörfern aussah. Plötzlich öffnete sich das waldige Dickicht, und das Moseltal trat hervor. Zuerst seine schroffen, bewaldeten Hänge. Die Bäume streckten ihre Laubkronen dicht an dicht und unübersehbar der Mittagssonne entgegen, doch keine einzige Rebe war zu sehen.

Christine folgte den Wegweisern in Richtung Ortsmitte, da sie für ihren Besuch bei Harald Lod noch über eine Stunde Zeit hatte. Er war Österreicher, und sie hatte ihn einst in Wien kennengelernt, wo sie nach ihrem abgebrochenen Studium zwei Jahre als freie Journalistin arbeitete. Als Ressortleiter eines Stadtmagazins sprach er über die Clubs und Weinbars, als handelte es sich um wichtige kulturhistorische Sehenswürdigkeiten. Es machte Spaß, bis zum Morgengrauen mit ihm durch die Bezirke zu streifen. An die Küsse unterm Herbstlaub des Stadtparks oder in der Straßenbahn, wenn die Männerstimme vom Band mit ihrem warmen Wiener Akzent die nächste Haltestelle ankündigte, erinnerte sich Christine gern. Es war aber nur eine kurze Verliebtheit gewesen. Mittlerweile war er verheiratet und hatte zwei kleine Kinder.

Sie konnte direkt am Marktplatz parken, stieg aus und spürte die vom Fahren angespannten Beine. Die Sonne knallte in ihr Gesicht, die sommerlich frische Luft fühlte sich angenehm auf der Haut an. Sie legte eine Hand auf das Dach ihres Autos und blickte sich um. Es herrschte eine ruhige Atmosphäre, als hätte sie nicht eine touristisch begehrte Winzermetropole, sondern ein abgelegenes Bergdorf erreicht.

Sie spazierte über kleine Straßen zum Fluss hinunter. Fachwerkhäuser mit spitzen Giebeln, gedrechselten Fenstervorsprüngen und blumengeschmückten Veranden standen neben glatten, funktional aussehenden Fassaden. Wenige Schritte weiter kam sie an Jugendstilvillen und Gebäuden vorbei, die an englische Cottages erinnerten. Gutbürgerliche Schenken warben mit regionalen Gerichten wie Gebaaken Mösselfösch. Es schien aber mindestens genauso viele Ristorantes und Döner-Buden zu geben. Der Fluss floss schwer und breit vorbei und spiegelte das Blau und Grün von Himmel und Bäumen. Er schien wie gemacht für die Kulisse eines deutschen Märchens.

Langsam schlenderte sie zurück zu ihrem Wagen, nun mit Blick auf die Rebenhänge, die zwischen den Häuserzeilen auftauchten. Der *Winninger Domgarten* wies in großen weißen Lettern wie ein Bahnsteigschild auf sich hin. Auch seine strenggeordnete Rebfläche, die von nüchternen Treppenaufgängen zerschnitten wurde, strahlte die Romantik einer Gleisanlage aus. Christine setzte sich hinters Steuer und studierte die Karte, welche Harald ihr letzte Woche gefaxt hatte. Sie musste wieder ein Stück hinauffahren, um zu seinem Haus zu gelangen.

Sie traf auf ein schmuckloses, alleinstehendes Wohnhaus. Eine zweiflügelige, schräg in die Fassade eingelassene Kellertür zeigte, dass hier schon früher Winzer gelebt hatten. Christine parkte ihren Wagen an der Straße und hörte Kindergeschrei. Als sie den Hof betrat, kam ein großer schwarzer Hund mit glattem Fell bellend um die Ecke geschossen. Sie blieb stehen. Das Tier ebenfalls, während es unentwegt weiterbellte. Ein Pfiff ertönte, und Harald Lod tauchte hinter einer Scheune auf.

Er war nicht besonders groß, sein Körper war jedoch athletisch und hager wie bei einem Langstreckenläufer. Trotz des warmen Wetters trug er einen langärmeligen Pullover. Das strenggeschnittene, knochige Gesicht wirkte griesgrämig. Seine kurzgeschorenen Haare überraschten Christine.

Ein Lächeln trat auf seine Lippen, als er sie erkannte. Er befahl dem Hund, sich zu setzen, und kam ihr mit ausgestreckten Armen entgegen.

«Wie schön, dass du da bist. Wie geht es dir?»

Zwischen Schuppen, Flaschencontainern und einem Traktor stand ein Tisch mit Stühlen. Nach hinten wurde der Hof von einem überwucherten, steil ansteigenden Hang begrenzt, in der Ferne waren die Moselhänge zu sehen. Harald streckte seinen Zeigefinger zu einem ungewissen, weitentfernten Ort aus: «Da – man kann meine Lage von hier aus sehen.»

Wieder ertönte Kindergeschrei, vermischt mit Befehlen einer Frau, die nicht zu sehen war. «Edda, meine Frau.» Wieder ein Lächeln auf seinem Gesicht. «Edda! Edda!», rief er.

Sie kam mit langen, schweren Schritten über den Hof, als würde sie durch Schnee stapfen. Edda hielt ihren Kopf gesenkt, als wüsste sie nicht, dass Besuch gekommen war. Doch dann drückte sie Christine mit einem herzlichen Blick die Hand. Eine hübsche, schlanke Frau mit halblangem, dunklem Haar, die Christine sich gut in einer Hamburger Redaktion oder in einem Szenelokal hätte vorstellen können. Doch es lag ein verdrossener Zug auf ihrem Gesicht, und ihre Kleidung wirkte vernachlässigt.

«Christine, eine alte Bekannte von mir», stellte Harald sie vor. «Ich habe dir von ihr erzählt.»

«Guten Tag, herzlich willkommen», sagte Edda. «Machen Sie es sich doch bequem. Ihr habt euch sicher viel zu erzählen.» Sie wies in die Richtung, aus der sie gekommen war, und machte eine vage Kreisbewegung mit dem Zeigefinger, um zu bedeuten, dass sie dort etwas zu tun hatte. Harald Lod sah seiner Frau nach, bis sie erneut den gesamten Hofplatz überquert hatte.

«Kommst du mit in die Küche?», fragte er Christine.

In der Diele des Hauses roch es muffig, und die Tapete erweckte den Anschein, als ob bereits mehrere Generationen von Bewohnern mit ihr gelebt hatten. Kisten, Werkzeuge und dreckige Stiefel lagen herum. Auf dem Küchentisch stand ein Laptop, daneben stapelten sich Zeitungen und ausgedruckte Texte. Es roch nach Kartoffeln und Grünzeug. Christine hatte nicht den Eindruck, dass hier aufwändige Gerichte zubereitet wurden. Als Harald den Kühlschrank öffnete, wirkte dieser sauber, aufgeräumt und fast leer. Er holte eine Schüssel mit einer quarkartigen Masse heraus. «Hier in der Küche kann ich am besten den Schreibkram erledigen.»

Christine spürte wieder ihre Füße und ihre Knie. Sie griff automatisch nach einem Stuhl und setzte sich. «Dir geht es gut?», fragte sie.

Harald stellte die Schüssel hin und setzte sich ebenfalls. «Na ja. Eher nicht.»

«Verkaufst du zu wenig?»

Er lachte auf. «Das ist nicht das Problem. Das Problem ist, an wen ich verkaufe!»

«Ich verstehe nicht.»

«Na ja, der Gastwirt um die Ecke würde gerne ein paar Flaschen von mir anbieten, wenn ich ihm einen Rabatt von 40 Prozent gebe. Ich könnte auch einen Discounter anschreiben und bitten, mir die Weine unter Selbstkostenpreis abzunehmen.» Er sprach mit gedämpfter Stimme, als wollte er niemanden aufwecken. «Die Arbeit in den Steillagen, wenn man sie richtig macht, müsste allein wegen des körperlichen Aufwands erheblich mehr Geld einbringen. Wenn ich dann an die Qualität meiner Weine und die von einigen anderen denke und dazuzähle, dass nur durch unseren Einsatz die Kulturlandschaft der Mosel gerettet werden kann, komme ich zu astronomischen Preisen. Gerechtfertigte Preise, nicht künstlich hochgeschraubte wie im Bordelais. Aber ich will sie gar nicht. Ich will, dass die Leute bezahlbare Weine trinken können. Das Einzige, worum ich bitte, ist, dass ich und meine Familie von unserer Arbeit leben können.»

«Andere schaffen es doch, zu überleben», sagte Christine. «Manche sogar sehr gut.»

Er stand wieder auf.

«Weil sie gut im Marketing sind. Reden schwingen beherrschen einige Moselwinzer anscheinend am besten. Und wenn man dann die entsprechenden Kontakte hat ...»

«Du bist doch vom Fach,. ausgerechnet dir fällt PR schwer?»

«Das habe ich nicht gesagt.» Harald holte einen Brotlaib aus einem Schrank und schnitt Scheiben ab. «Aber ich habe nicht den Beruf gewechselt, um Worte zu drechseln oder Zirkusveranstaltungen durchzuführen.»

Christine konnte sich ausmalen, dass Haralds Hang, es bloß niemandem recht machen zu wollen, seine Geschäfte erschwerte.

«Machen die Gordon-Schwestern auch nur Marketing?» Die Zwillinge gehörten zu den Winzern, die Haralds Probleme nicht hatten. Gesine Myersberger hatte Christine kürzlich sogar gefragt, warum sie denn noch keinen Bericht über die beiden gebracht hätte.

«Die Gordons sind nicht die Schlimmsten.» Harald säbelte sorgfältig und langsam an dem Brot herum. Drei Scheiben hatte er bislang geschafft.

«Ich glaube sogar, dass sie den Terroir-Begriff verstanden haben. Einen Weinberg lieben, seine Natur, die Tiere, die auf ihm leben, und die Sonne, die ihn bescheint. Begreifen, wie der Berg wurde, was er ist: durch einfühlsame Menschenhände, durch den Respekt vor der Natur und das Herauslocken ihrer Möglichkeiten. In Jahren, in Jahrhunderten. Dieses Werk fortführen und im Keller, im Fass, in der Flasche einen Wein hervorbringen, der all das in sich trägt. Im Glas dieses Kunstwerk schmecken, an dem Mensch und Natur über Generationen gearbeitet haben und immer weiterarbeiten. Die Gordons sind noch weit entfernt davon, einen solchen Wein in die Flasche zu bringen. Immerhin, die Idee, die haben sie so ungefähr verstanden. Und damit haben sie den meisten meiner Kollegen einiges voraus.»

Der Hund bellte wieder. Harald sprang auf und blickte aus dem Küchenfenster. Ein blauer Kombi fuhr auf den Hof. Edda rief den Hund zurück. Aus dem Wagen stieg ein Ehepaar, etwa Mitte fünfzig. Er mit grauer Ponyfrisur, Jeans und

Sweatshirt, sie mit Kurzhaarschnitt, halblanger Hose und bunter Bluse.

«Entschuldige», sagte Harald und lief aus der Küche. Kurz darauf konnte Christine beobachten, wie er mit lebhaften Gesten und gutgelaunter Miene auf die beiden einredete. Es schienen wichtige Leute zu sein. Plötzlich liefen Harald und seine Frau hektisch aus Christines Blickfeld. Das Paar stand eine Weile unschlüssig da, dann aber lächelten sie wie befreit. Harald und Edda begannen, Stühle, Weinflaschen und Gläser heranzutragen. Harald verschwand im Haus und stand kurz darauf wieder vor Christine in der Küche.

«Sorry. Kundschaft. Komm doch mit raus!» Er nahm das Tablett mit dem Brot in die eine Hand, die Quarkschüssel in die andere und verschwand wieder.

Das Paar nahm am Tisch Platz, und auch Harald und seine Frau setzten sich. Edda stand mehrmals wieder auf, und Christine beobachtete, wie sie zu ihren Kindern lief, die jetzt im Innenhof spielten. Zwei Söhne im Vorschulalter. Christine ging hinaus.

Am Tisch wurde Wein eingeschenkt. Harald hatte verschiedene Sorten nebeneinander aufgereiht und sagte: «Sehen Sie sich die Etiketten auf den Flaschen ganz genau an.» Pflichteifrig schob das Paar die Köpfe vor und zog sie wieder zurück, als Christine eintraf. Beide nickten ihr zu, sichtlich erleichtert darüber, dass sie nicht allein mit den Winzern probieren mussten.

Harald füllte auch für Christine ein Glas zu einem Viertel. «Also» – er streckte den Zeigefinger aus –, «wie Sie sehen, ist es ein Kabinett.» Er nahm sein eigenes Glas und hielt es an die Nase. Christine und das Paar taten es ihm gleich. Haralds Frau hatte ihren Stuhl etwas vom Tisch weggerückt und befand sich in einem rufenden Austausch mit ihren Kindern.

«Der Kabinett ist ein Wein, der in Deutschland große Tradition hat. Gehaltvoller als ein einfacher Qualitätswein, besitzt er doch etwas Spielerisches und hält sich gern in einer Sphäre zwischen Himmel und Erde auf. Er muss sich nicht entscheiden, zu welchem Element er wirklich gehört. Vielleicht ist er auch ein Tänzer, der von der einen zur anderen Schönheit wechselt, aber jede ehrlich bewundert.»

Gedämpftes Gelächter ertönte. Sollte das ein kleiner Lehrgang werden?, fragte sich Christine. Oder worauf wollte Harald hinaus?

«Laut Gesetz darf sich ein Wein nur ab einem bestimmten Mostgewicht Kabinett nennen. Der Most, das ist ganz einfach der ausgepresste Traubensaft, noch nicht zu Alkohol vergoren.»

Eines war klar: Weinkennern würde er diese Details nicht erzählen. Wahrscheinlich kannte er das Paar überhaupt nicht und behandelte jeden wie einen König, der zufällig seinen Hof betrat. Sein Wein schmeckte nicht schlecht, vielleicht war er noch etwas zu unreif und säuerlich.

«Also, den Kabinett», fuhr Harald fort, «den würden manche Weinfunktionäre und Winzer am liebsten abschaffen. Genau wie die Spätlese und die Auslese. Können Sie das verstehen?» Er blickte in die Runde, doch niemand reagierte, weil alle wussten, dass es sich um eine rhetorische Frage handelte. «Nun, der nächste Wein ist in seiner Mineralik tiefgründiger und schwerer zu verstehen als der vorige. Probieren Sie!»

Sie kosteten diesen und noch einen weiteren, bevor der Mann mit dem Pony sagte: «Kabinette haben doch so etwas Beschwingtes. Warum abschaffen?»

Harald lächelte finster. «Weil die Geschäftemacher es wollen! Die Qualität der Weine, ihre Kultur, interessiert sie nicht. Sie wollen aus allen Modegesöffe machen.»

«Aber Harald«, mischte Christine sich ein. Sie hätte lieber geschwiegen, doch konnte das Gerede nicht länger mitanhören. «Noch sind wir weit davon entfernt, die Prädikate abzuschaffen. Und Winzer, die ohne sie auskommen, haben bestimmt nicht nur Mode im Sinn.»

«Ahhhhh«, rief Harald gedehnt. «Madame fühlt sich dem Kartell bereits zugehörig. Ja, die Herrschaften glauben, wir sollten Weine so produzieren, wie die Bordeaux-Mafia es tut. Auf deren Flaschen steht bestenfalls drauf, aus welcher Gegend ein Wein kommt. Und der Markenname, der ist am wichtigsten. Wie bei Coca Cola, MilkyWay oder McDonald's. Wissen Sie, von welchen Gütern ich spreche?» Dieses Mal beugte er sich über den Tisch und fixierte qualvoll lange das Ehepaar.

Die beiden schauten einander an: «Weißt du es?», fragte sie. Er schüttelte den Kopf.

Er lehnte sich wieder zurück. «Chateau Margaux, Chateau Mouton, Lafite und Co. Ich will nicht bestreiten, dass einige dieser Bordeaux-Güter Weltklasse-Weine produzieren können. Aber wer kauft diese Flaschen? Würden Sie eine Flasche Mouton Rothschild – ich spreche von einer einzigen Flasche – für 400 Euro kaufen?»

«Das ist doch der Wahnsinn», sagte die Frau.

«Sie würden es nicht tun, weil Sie Liebhaber sind. Solche Weine sind für Millionäre gemacht, die sich nach Etiketten orientieren. Französische Winzer aber, die bezahlbare Weine produzieren, müssen einer nach dem anderen aufgeben. Ist das richtig, Christine?»

«Vielen geht es nicht gut», sagte sie gequält.

«Warum sollten wir also das französische System kopieren?»

Haralds Frau hatte inzwischen den Tisch verlassen. Sie kniete auf dem Rasen und half einem ihrer Söhne, Spielzeug in eine Plastikwanne zu legen.

«Meine Freundin hier» – er machte eine galante Handbewegung in Christines Richtung – «hat das schöne Wort

Prädikat in den Mund genommen.» Haralds Gesicht zeigte rote Flecken, und Christine hatte den Eindruck, dass ihm der Alkohol zu Kopf gestiegen war, obwohl er kaum getrunken hatte.

«Die Prädikatsweine schützen uns davor, dass irgendwann alle Weine gleich schmecken. Der Winzer nimmt andere Trauben für den Kabinett als für die Spätlese oder die Auslese. Er verarbeitet sie auch ganz unterschiedlich und lässt jeden Wein reifen, wie es zu ihm passt. Sein Feingefühl entscheidet darüber. Und Erfahrungen über Generationen hinweg. Das wollen wir uns rauben?»

Man konnte über Haralds Thesen diskutieren. Doch wegen seiner demagogischen Art wollte Christine sich am liebsten verabschieden.

Er nahm die nächste Flasche, hielt inne und betrachtete das Etikett. «Falscher Jahrgang. Wir sind erst bei 01! Hat jemand Lust, in den Keller mitzukommen?» Das Paar warf sich einen versonnenen Blick zu. Es hatte sicher schon viele Keller besichtigt.

Harald stand auf, und alle außer seiner Frau folgten ihm. Es ging zu einem Vorbau neben dem Wohnhaus und dann ein paar Stufen hinab. Harald zog ein schweres Holztor auf. Der schwarze Hund schlüpfte vor seinen Füßen treppabwärts in ein dunkles Gewölbe.

Glühbirnen flammten auf. Christine spürte angenehme Kühle auf der Haut. Es roch sauber, der Geruch von Schimmel wie in vielen anderen Kellern fehlte. Das Metall moderner Gärtanks blitzte. Junge, helle Eichenholzfässer standen in der Nähe von uralten, die Färbungen angenommen hatten, welche an die Felle wilder Tiere erinnerten. Harald bemerkte Christines Blick und deutete auf eines: «Habe ich vom Winzer übernommen, dem ich den Laden abkaufte. Er war seit 80 Jahren in Familienbesitz.»

Sie erreichten einen Raum, in dem sich fast bis zur Decke Flaschen in Regalen stapelten. Harald ging zielstrebig darauf zu und zog eine heraus. Er trug sie, indem er den Flaschenhals nur mit Daumen und Zeigefinger umschloss. Wohl, weil er die Temperatur des Weines so wenig wie möglich beeinträchtigen wollte.

Christine und das Ehepaar folgten ihm zurück zur Treppe, sie ließ die beiden vorgehen. Nach einigen Schritten aufwärts kam die kleine Kolonne plötzlich zum Stehen. Christine blinzelte ins Sonnenlicht und konnte den Grund dafür nicht erkennen. Hundegebell schallte herab und dann Haralds laute, scharf klingende Stimme. Es war nicht zu verstehen, was er rief, aber oben schien sich etwas Bedrohliches abzuspielen.

Christine drängte sich an dem Ehepaar vorbei die Stufen hinauf. Harald stand im Licht der weitgeöffneten Kellertür und hielt den bellenden Hund am Halsband. Er beugte seinen Oberkörper nach vorne und rief mit wütender Stimme: «Was tun Sie hier?»

Es folgte eine Pause, dann rief er erneut: «Was tun Sie hier?»

Christine starrte über seine Schulter hinweg und erblickte einen korpulenten Mann im hinteren Teil des Hofes. Er wich langsam zurück, während er Harald und den Hund fast die ganze Zeit über im Auge behielt. In seiner Richtung gab es nur den Hang mit hohem Gras und lauter Büschen.

«Was ist mit ihm?», fragte Christine. «Vielleicht will er auch Wein probieren?»

«Der nicht. Er kam von dahinten, wo meine Spritzmittel lagern.»

Der Unbekannte breitete die Arme aus. «Ich bin gewandert und habe mich verlaufen. Ich will zurück zur Straße.»

Harald antwortete nicht, sondern ging mit dem Hund langsam auf ihn zu. Als er am Tisch vorbeikam, an dem sie die Weine probiert hatten, nahm er einen Flaschenkorken auf und warf ihn in die Richtung des Fremden. Der Mann trug einen Anzug ohne Krawatte und bewegte sich weiter in Richtung des Hangs. Wie ein Wanderer sah er nicht aus.

Edda und die Kinder waren nirgendwo zu sehen.

Harald wandte sich zu Christine um. «Sie spionieren mich aus. Sie sabotieren meine Arbeit, verunreinigen meine Hefen, verschmutzen die Fässer. Es passiert nicht zum ersten Mal.»

Christine wollte ihn nicht alleine lassen und folgte ihm quer über den Hof. Das Ehepaar war vor dem Weinkeller stehen geblieben und beobachtete gespannt, was passierte.

Der Mann lief mit großen Schritten an Haralds Trecker vorbei, ließ Stellagen für leere Flaschen, eine Garage und einen weiteren Schuppen hinter sich. Nach wie vor vermied er es, Harald vollständig den Rücken zuzukehren.

«Ich Ein-Mann-Betrieb mache ihnen Angst«, sagte Harald. Seine Schritte wurden schneller. «Kannst du dir das vorstellen, Christine?»

«Lass ihn doch einfach. Warum solltest du jemandem Angst machen?»

«Weil ich besseren Wein mache. Deshalb wollen sie sich meine Lagen einverleiben.»

«Wer denn? Das klingt, als steigerst du dich da in etwas hinein.»

Er drehte sich kurz zu ihr um, um sein aufgebrachtes Gesicht zu zeigen.

Der Fremde hatte den Hang erreicht und begann, sich mit einer Hand immer wieder am Boden abstützend, hinaufzuklettern. Der Hund bellte ohrenbetäubend. Harald blieb stehen, bückte sich und warf einen Stein in hohem Bogen durch die Luft. Er prallte in der Nähe des Flüchtenden auf dem Boden auf. Der Mann sah sich um, seine Gesichtszüge waren angespannt, aber nicht ängstlich.

Harald bückte sich abermals, griff nach dem nächsten Stein. Christine hielt seinen Arm fest. «Hör auf damit, bist du wahnsinnig?»

Harald blickte sie scheinbar ruhig mit seinen hellen, wässrigen Augen an. Im nächsten Moment ließ er den Hund frei, und das Tier schoss los. Seine Vorderbeine arbeiteten sich schwungvoll durch das Gestrüpp des Hanges, und schnell erreichte er steileres Gelände.

Der Mann drehte sich jetzt vollständig um in Richtung des Angreifers, griff rechts in sein Jackett und schrie: «Rufen Sie den Hund zurück!» Dann streckte er die Arme aus, wobei seine Hände etwas Schwarzes umfassten. Es glänzte metallisch in der Sonne.

In der nächsten Sekunde gellte Haralds lauter Pfiff durch die Luft. Ein Ruck ging durch den Körper des Hundes, als sei er in ein straffgespanntes Seil gelaufen. Er blieb stehen, zornig weiterbellend.

«Varus, komm! Komm sofort, Varus!» Der Hund gehorchte, während er sich immer wieder nach dem Mann oben auf dem Hang umblickte.

Der war, als der Hund unten bei ihnen ankam, verschwunden.

Der Vorhang geht auf

Christine entschloss sich, das Gut der Gordons trotz des Zwischenfalls noch zu besuchen, sie wollte Winningen nicht so verlassen. Aber sie war froh, als sie von Haralds Hof abfuhr. Er hatte sich bei ihr und dem Paar entschuldigt, und wie es schien, machte ihm sein Verhalten ein schlechtes Gewissen. Kein Wort mehr über Verschwörungstheorien. Auch die Besucher sagten nichts mehr zu dem hässlichen Vorfall, alle wollten nur weg. Das Ehepaar kaufte auf die Schnelle ein paar Kartons mit Weinen, und Harald versprach Christine beim Abschied, mehr auf sich zu achten und ruhiger zu werden. Sie versprach, sich bald wieder melden zu wollen.

Das Weingut der Gordons lag gerade einmal zehn Fahrminuten entfernt in einer alten Villa, die mit ihren Rosetten in der Fassade, den romantischen Säulen und Rundbögen wie ein kleines Märchenschloss aussah. Hinter der hohen Hecke des Gartens wuchsen wilde Blumen. Statt sich, wie Christine es ursprünglich geplant hatte, als Journalistin erkennen zu geben und den Betrieb zeigen zu lassen, verhielt sie sich wie eine ganz normale Kundin, die auf der Durchfahrt ein paar Flaschen kaufen wollte.

Eine der jungen Schwestern bediente sie persönlich im gewölbeartigen Erdgeschoss, wo die abgefüllten Weine lagerten. Im Garten bauten Handwerker eine Lichtanlage und Stühle für eine Veranstaltung auf. Helen Gordon erzählte, dass sich einige Moselgüter zusammengetan hätten, um sich reihum mit Weinbergswanderungen, abendlichen Weinproben und Menüs Kunden und Fachleuten zu präsentieren. Die Teilnehmer konnten sogar auf den Gütern übernachten.

«Also, wenn Sie Lust haben – es sind noch ein paar Plätze frei», warb Helen Gordon mit einem aufmunternden Lächeln. Um ihr anmutiges Gesicht schlängelten sich bronzerote Haare. Die freundliche Normalität hier tat gut. Die Veranstaltung passte perfekt zu Christines journalistischer Mission, doch sie wollte weiterfahren. Helen Gordon übergab ihr einen Prospekt über die Aktion mit dem Titel: «Weingut hautnah». Wie sich zeigte, nahm auch Schlossweingut Meckling daran teil.

Man konnte nicht sagen, dass Harald Lods Gut im Vergleich zu dem der Gordons ärmlich wirkte. Allein die Größe des hiesigen Flaschenlagers und die Gelassenheit, mit der hier gearbeitet wurde, strahlten jedoch bereits den Nimbus des Erfolges aus. Helen Gordon half ihr, die Einkäufe zum Wagen zu bringen. Dann fuhr Christine am Fluss entlang weiter in Richtung Südwest.

Wer war der Mann, der in Haralds Hof allem Anschein nach eine Waffe gezogen hatte? War er, ganz anders als von Harald vermutet, in Wirklichkeit an Christine und dem Mord an Bert Gernsheim interessiert? Oder standen die Ereignisse bei Harald in keinem größeren Zusammenhang und ließen sich durch eine Reihe von Zufällen erklären? Es war müßig, darüber zu spekulieren, und gern ließ sich Christine durch die Landschaft ablenken.

Die Winninger Weinberge erhoben sich entlang des Flusslaufes. Ihre Rebstöcke wuchsen bis in gefährlich anmutende steile Höhen. Schutzwälle aufgeschichteter Steine bewahrten sie davor, von Lawinen aus Regenwasser und Geröll mitgerissen zu werden, nun hockten die Reben wie auf Logenplätzen in einem unübersehbaren Auditorium. Felsplatten durchbrachen hoch oben immer wieder das Grün, dunkle Thronsessel aus Schiefer. Die Mosel strömte breit von einer Windung zur nächsten, Christine konnte stets nur für ein paar Minuten sehen, wohin die Uferstraße sie führte. Die Weinlagen wechselten ab mit bewaldeten Hängen, die sich wie bedrohliche Riesen dicht vor das Auto schoben. Innerhalb dieser monströsen Landschaft wirkten die mittelalterlichen Burgen auf den Hängen geradezu niedlich.

Am Himmel tauchten schwarze Wolkengebilde auf, doch die Sonne blieb sichtbar. Christine fuhr durch Orte mit Bootsanlegern, blumengeschmückten Fassaden und Gastwirtschaften, die mit auffallenden Schildern für sich warben. Die Uferregion von Hatzenport lag verlassen da, über die von Cochem strömten viele Touristen. Hier präsentierten sich die

Gebäude, die Hotels und Lokale mit ihrer pittoresken Architektur buchstäblich wie auf einem Laufsteg.

Einige Kilometer hinter Cochem fing es zu regnen an. Kurz nach 17 Uhr tauchte das Wetter die Landschaft in völliges Dunkel. Das Wasser schüttete gegen die Windschutzscheibe, und Christine sah nur noch wie durch einen blasigen Film. Sie fuhr langsamer auf der kurvigen Straße, auch wenn hinter ihr ein anderes Fahrzeug drängelte.

Auf der nächsten Brücke passierte sie den Fluss. Bislang hatte Christine nicht daran gedacht, irgendwo nach einer Unterkunft zu fragen, sie wollte tiefer ins Moseltal vordringen. Doch der Himmel blieb dunkel, und das Wasser klatschte ihr entgegen, als ob Meereswellen über dem Fahrzeug zusammenbrechen würden. Es waren keine anderen Fahrzeuge mehr zu sehen, und die Straße machte den Eindruck eines trüben, ins Ungewisse führenden Weges. Die Scheinwerfer erfassten ein Straßenschild: Traben-Trarbach 5 Kilometer. Das war's!

Sie fuhr weiter, bis sie die Jugendstilbrücke zwischen Trarbach und Traben erreichte. Christine zögerte unwillkürlich, denn die Brücke sah wie ein Museumsstück aus, das man nicht berühren durfte. Schließlich fuhr sie hinüber und kurvte in Traben eine Weile orientierungslos herum, bis sie auf die Einfahrt eines großen Hotels stieß.

Sie fuhr über einen parkähnlichen Vorplatz und stoppte hinter einer schwarzen Limousine. Regenschirme wurden über die sich öffnenden Wagentüren gehalten, und dann tippelten elegant gekleidete Männer und Frauen zum Eingang des Hauses.

Im Rückspiegel prüfte Christine ihr Aussehen, richtete Haare und Bluse und lief dann zur Drehtür, wo sie von einem strammstehenden Portier begrüßt wurde. *Convention* muss das alles zahlen, dachte sie, buchte aber ein Einzelzimmer der einfachsten Kategorie. Man gab ihr zum gleichen Preis ein Doppelzimmer mit Blick über das Moseltal.

Leider war durch den Regen wenig zu sehen. Angesichts des Wetters verzichtete sie auf einen Rundgang durch den Ort und entschied sich für ein Abendessen im Hotel.

Geduscht und erfrischt betrat Christine zwei Stunden später das Hotelrestaurant. Sie trug ein schwarzes, knielanges Kleid und hatte Perlen-Ohrringe angelegt, die sie von ihrem Vater zum Abitur geschenkt bekommen hatte. Christine hatte sich absichtlich elegant angezogen – sie hatte keine Lust, unscheinbar und verschämt am Einzeltisch zu sitzen. Sie erinnerte sich, wie ihre Großmutter früher bei gemeinsamen Familienurlauben durchblicken ließ, dass sie einsame junge Frauen in Hotels für leichte Mädchen hielt. Sehr komisch – schade, dass sie Christine jetzt nicht sehen konnte.

Eine Gruppe von jungen Männern in Anzügen, die in einer Nische des Restaurants speisten, machte große Augen, als ein Kellner Christine zu einem großen Tisch mit Ausblick auf den Garten führte. Ungebeten servierte ein Kellner ein Glas Champagner. Christine ging von einem Willkommen des Hauses aus und bestellte Mineralwasser. Eine gutgelaunte Gruppe holländischer Urlauber, einige amerikanische Touristen und ein paar Gestalten an der Bar bevölkerten das Restaurant … Unwillkürlich fragte sie sich, ob auch ein Polizist anwesend war, wie beim Restaurantbesuch mit Tatjana Neiders? Einer, der herausfinden sollte, warum sie Bert Gernsheim umgebracht haben könnte? Musste es nicht Verdacht erregen, wenn nach der Ermordung eines Weinhändlers die Hauptverdächtige ein Anbaugebiet bereiste?

Sie studierte noch die Speisekarte, da kam ein «Gruß aus der Küche». Drei Scampi drapiert um ein Schälchen mit pikanter Soße. Dazu ein Edelstahlspießchen zum Aufspießen und Eintunken. Auch umsonst. Wow! Ein sehr junger Kellner brachte ihr das Wasser. Er musste unter achtzehn sein, seine Gesichtszüge wirkten noch unausgebildet und etwas plump. Es war erst zu ahnen, wie er als Mann aussehen würde.

Christine entschied sich für Tomatensuppe und «Winzervögel»: Kalbsbrust im Gemüsemantel. Die Weinkarte präsentierte viele örtliche Erzeuger. Christine überflog die Namen und danach das Angebot französischer und italienischer Weine. Manchmal stieß man in Hotels wie diesen auf exzellente französische Weine zu günstigen Preisen.

Natürlich würde sie keinen Wein aus Frankreich, sondern einen von der Mosel trinken. Aber welchen? Als der junge Kellner in ihrer Nähe war, sprach Christine ihn an. «Welchen Wein würden Sie mir zu den Winzervögeln empfehlen?»

«Ich werde dem Sommelier Bescheid sagen.»

«Mich würde auch Ihre Meinung interessieren.»

Sie zwinkerte ihm lächelnd zu. Der junge Mann errötete, und Christine bereute ihr Verhalten. Er hatte hier seinen Dienst zu tun, und sie wollte ihn nicht in Verlegenheit bringen. Bevor er deshalb etwas erwidern konnte, bestellte sie den Kabinett-Wein eines Öko-Winzers.

Der Sommelier kam trotzdem einige Minuten später an ihren Tisch. Ein junger Mann mit halblangen Haaren und durchdringendem Blick. «Wir möchten Ihnen aus unseren Kellerbeständen einen vorzüglichen 95er Chateaux Poujeaux empfehlen, der mit Ihrer Menüauswahl vorzüglich harmoniert.» Er betrachtete sie wie ein Arzt, der dringend eine andere Therapie empfiehlt.

Christine lehnte sich zurück. «Vielen Dank. Ich habe schon gewählt.» Mit einem geradezu mitleidigen Gesichtsausdruck zog er sich zurück.

Als das Essen endlich kam, war Christine viel zu hungrig, um sich um alle Feinheiten zu kümmern. In der Tomatensuppe steckte zu viel Sahne. Aber Christine aß mit Genuss, der Abend machte Spaß. Der Öko-Wein war ganz nett, keine Offenbarung, aber er regte die Gehirnzellen an.

Christine geriet ins Grübeln. So vieles war geschehen und undurchdacht geblieben. Wie jener Drohbrief, der in ihrer Tasche steckte. Erst ein einziges Mal hatte sie ihn gelesen, in der Redaktion von *Convention* … Christine legte Messer und Gabel auf den Tellerrand und schob ihre rechte Hand in die Tasche, die auf dem Stuhl neben ihr stand. Sie tastete nach dem kleinen Seitentäschchen, und dann spürten ihre Finger das Papier. Sie zog es heraus und las: *Vorsicht! Jedes weitere Wort ist gefährlich, und wo Beweise fehlen, werden sie gemacht. Ein Freund.*

Diesen Spruch konnte jeder Witzbold geschrieben haben, ein Gastronom, der über eine Restaurantkritik wütend war, eine Leserin, die sich über eine Formulierung aufgeregt hatte. Falls aber nicht … Einmal angenommen, Bert Gernsheims Mörder hatte diese Sätze verfasst, weil er fürchtete, Christine und Erik hätten am Tatort etwas mitbekommen, was ihn verraten könnte. Mal angenommen, der Täter wollte damit drohen, der Polizei Hinweise zuzuspielen, die den Mordverdacht auf sie beide lenken würde …

Woher wusste der Mörder aber, wer Christine war und dass sie bei *Convention* arbeitete? Ihr Name war in keinem Bericht über das Verbrechen erwähnt worden. Es gab nur eine Möglichkeit: Er kannte Christine und hatte nach seiner Tat beobachtet, wie sie mit Erik am Tatort erschienen war. Vielleicht war diese Person auf der Weinmesse gewesen und hatte verfolgt, wie Christine, Erik und Bert zur U-Bahn gegangen waren. Gut möglich, dass der Mörder zusammen mit Bert in dem Zug gefahren war, den sie verpasst hatten … Es gab auch eine Erklärung dafür, warum nur Christine, aber nicht Erik einen Drohbrief erhalten hatte. Der Mörder wusste ganz einfach nicht, wer Erik war und wohin er einen Brief an ihn schicken sollte. Bei Christine ging das einfacher. Auf der Messe war sie öfter als «Frau Sowell von *Convention*» vorgestellt worden.

Nach dem Essen bestellte Christine einen Cappuccino. Es waren nun nur noch zwei weitere Gäste anwesend. Der junge Kellner notierte die Bestellung umständlich, dann beugte er den Kopf zu ihr herab.

«Sind Sie vom Go?»

«Wie bitte?»

«Oder vom Giedmischlän?»

Erst jetzt verstand sie. Der junge Mann meinte den *Gault Millau* und den *Guide Michelin*, die beiden berühmten, von anonymen Testern verfassten Restaurantführer. Wegen schlechter Bewertungen sollen sich Köche schon das Leben genommen haben, wie sie gehört hatte.

«Wie kommen Sie denn darauf?»

Er sah zur Bar hinüber und legte die Hand auf den Tisch. «Der Restaurantchef meinte, wir sollten uns besondere Mühe geben. Ich hoffe, dass Sie …»

Christine bemühte sich, nicht zu lachen. Von wegen leichtes Mädchen. Eine gutgekleidete Frau ging allein ins Restaurant, und man konnte sich dabei nur eine Gourmet-Kritikerin vorstellen. Warum keine normale Besucherin? Sie berührte seinen Arm: «Ich wurde von Ihnen hervorragend bedient. Aber ich arbeite nicht für einen dieser Restaurantführer.»

«Nicht?»

«Ich bin von *Convention.*»

Der Kellner starrte sie einen Moment rätselnd an, bevor er sagte: «Ah, *Convention*!»

Am nächsten Morgen ließ Christine das Frühstück ausfallen, um lange zu schlafen und sich in Ruhe auf den Tag vorzubereiten. Sie bezahlte ihre Rechnung, verstaute das Gepäck im

Wagen und marschierte durch den Ort. Die Sonne schien auf die feuchtglänzenden Straßen. Zwischen Gebäuden mit hoch aufragenden spitzen Türmchen, schlossartigen Stadtvillen und Fachwerkhäusern lag Dunst. Der Ort schien aus einer verschwenderischen Fülle von Ideen und Baustoffen entstanden zu sein, als hätte jemand eine Spielzeugstadt entworfen, die ihn über die Wirklichkeit hinwegtrösten sollte, und sie dann wirklich gebaut. Das mächtige, alte kaiserliche Postamt wäre woanders ein Regierungssitz gewesen.

Christine lief über die Brücke, die sie gestern in der umgekehrten Richtung befahren hatte. Hinter Trarbach stiegen Wälder hoch hinauf. Sie wurden von Rebflächen unterbrochen, die wie überdimensionale Fensterläden im Hang saßen. Nebelschwaden, die Reste einer Ritterburg und ein Bergschlösschen dekorierten die Szenerie.

Christine folgte entspannt den Schaufensterbummlern durch die Brückenstraße, bis sie sich am Markt in ein Café setzte. Sie bestellte «Eierschmier» – eine Art Pfannkuchen mit Zwiebeln, Speck und Brot – und Kaffee und notierte einige atmosphärische Eindrücke für den ersten Artikel, den sie schreiben wollte.

Dann besuchte sie das Mittelmosel-Museum und merkte, wie sie den Aufbruch hinauszuzögern versuchte. Bert Gernsheims Lieblingsweinberg lag nur wenige Kilometer entfernt von hier und gehörte zu den Besitzungen des Schlossweingutes Meckling. Heute wollte Christine seiner Beschreibung dorthin folgen, zugleich scheute sie davor zurück. Sie fürchtete, Bert auf irgendeine Weise dort oben zu begegnen, auf eine traurige Weise.

War der Aussichtspunkt vielleicht derselbe, den Goethe einst verpasst hatte? Christine hatte in seinem Bericht «Kampagne in Frankreich» über seine Abenteuer an der Mosel gelesen. Er hatte über 300 Jahre vor ihr das Mittelmosel-

Museum betreten – damals war es noch die Villa einer berühmten Trarbacher Kaufmannsfamilie gewesen. Nach einer stürmischen Bootsfahrt von Trier, die ihn und seine Begleiter beinahe das Leben kostete, lud ihn der Hausherr unter sein Dach ein. In Goethes Schilderungen waren die Schönheit und die Gewalt des Flusses zu spüren, der damals noch nicht gestaut war und die Reisenden wie ein Urtier zu verschlingen drohte. Kaum war Goethe wieder trocken, begann es ihn «schon wieder zu treiben». Er und seine Begleiter genossen «des köstlichsten Moselweins, an dem sich mein Gefährte, der eine Wiederherstellung freilich am nötigsten haben mochte, besonders erquickte».

Doch Goethe widerstand dem Angebot des Gastgebers, bei ihm zu übernachten, und dem Versprechen, am nächsten Tag zu einem einzigartigen Aussichtspunkt über der Mosel geführt zu werden.

Warum lag dem Gastgeber so viel daran, fremde Menschen dorthin zu führen? Goethe begründete seine Ablehnung so: «Aber es ist wunderbar: Wie sich der Mensch an ruhige Zustände gewöhnt und in denselben verharren mag, so gibt es auch eine Gewöhnung zum Unruhigen; es war in mir die Nötigung zu einem rollenden Forteilen, der ich nicht gebieten konnte.»

Das schien Christine wie ein Motto für ihr eigenes Leben, seitdem sie Hamburg verlassen hatte. Doch was wäre geschehen, wenn Goethe in Traben-Trarbach geblieben wäre und in dem Haus übernachtet hätte?

Endlich riss sie sich los, eilte zu ihrem Wagen, der immer noch vor dem Hotel stand, während der Himmel über ihrem Kopf wieder dunkler wurde. Bevor sie ihr Auto erreichte, spürte sie die ersten Regentropfen auf ihrem Gesicht.

In weitem Bogen führte die Hauptstraße aus der Stadt, während die Scheibenwischer behäbig gegen den Sonntagsregen arbeiteten. Auf dem Beifahrersitz lagen ein Prospekt von Schlossweingut Meckling und Bert Gernsheims Wegbeschreibung zum Aussichtspunkt.

Trotz des Wetters machte es Spaß, auf der Straße dahinzugleiten, ins Ungewisse zu fahren. Ständig kamen Autos mit ausländischen Kennzeichen ihr in den Blick, deren Passagiere die Heimreise vom verregneten Wochenendurlaub antraten. Vielleicht würde sie heute in Ürzig übernachten und dort einige Tage bleiben. Vielleicht sollte sie direkt dorthin fahren und den Ausflug auf den Weinberg angesichts des Wetters verschieben. So, wie Goethe es getan hatte. Nein, der war nur auf der Durchreise gewesen und wollte weiter nach Koblenz. Christine hatte Zeit.

Als hätte Bert Gernsheim die Abzweigung zu dem Weinberg nicht in einem Halbsatz beschrieben, sondern in starken Farben gemalt, wusste Christine sofort, dass sie jetzt vor ihr lag. In engen Kurven ging es bergan. Baumäste hingen wie riesige grüne Tatzen in den Weg, bis nach einiger Zeit eine Lichtung mit einem erneuten Abzweiger auftauchte. Christine bog in einen mit Steinchen bedeckten Sandweg ein. Es rasselte bedrohlich gegen das Bodenblech des Wagens. Gestrüpp wucherte zu beiden Seiten der Piste, und von Reben war weit und breit nichts zu sehen. Ein Schuppen tauchte auf. Sie fuhr an ihm vorbei und folgte der weiter bergan führenden Biegung, vorsichtig den Fuß auf dem Gaspedal auf und nieder bewegend. Der Wagen arbeitete sich mit einem ausdauernden Dröhnen hinauf, bis sich plötzlich ein weiter Blick über das Moseltal eröffnete. Bert Gernsheim hatte die Stelle in seiner Beschreibung vermerkt: «Der Vorhang geht auf!» Es handelte sich aber noch nicht um das eigentliche Panorama.

Christine parkte den Wagen, stieg aus und spannte ihren Regenschirm auf. Eine Weile starrte sie in die Ferne. Es gelang ihr nicht, den Ausblick über die im Regendunst liegende

Landschaft richtig zu würdigen. Wahrscheinlich war das Wetter schuld.

«Weiter, selbst wenn es scheinbar nicht mehr geht», hatte Bert geschrieben. Christine stieg wieder ein und gehorchte. Die unablässig ansteigende Straße wurde enger und holpriger, bewachsene Bodenwellen verursachten ächzende Geräusche in der Karosserie. Erneut knickte der Weg ab, und genau an dieser Stelle war der Boden ein wenig eingesenkt. Christine hörte, wie sich die Hinterreifen in feuchtem Sand rieben und wütend befreiten. Sie schluckte. Ohne Berts entschiedene Empfehlung wäre sie umgekehrt – doch wie? Wenden war zurzeit nicht möglich. Ob die Straße bei diesem Wetter überhaupt sicher war, hatte Bert nicht geschrieben.

Im Rückspiegel tauchte kurz die Mosel auf, und geradeaus waren endlich einige Weinparzellen zu sehen. Verdammt, es ging noch höher – in einer langgezogenen Linkskurve, die irgendwo hinter der Wölbung des Berges verschwand. Entschlossen trat Christine fester auf das Gaspedal. Eine gute Entscheidung, der Wagen bewegte sich sicherer über den glitschigen Boden. Auf der Beifahrerseite kam der Abgrund an manchen Stellen gefährlich nahe. Doch vor ihr entfaltete sich jetzt ein unübersehbares Meer aus Reben.

Ob Christine den Trecker zu spät bemerkte oder ob er soeben von einem Seitenweg gestartet war, wusste sie nicht. Er kam ihr mit hoher Geschwindigkeit entgegen und fuhr ohne Licht. Christine hatte selbst vergessen, die Scheinwerfer einzuschalten, was sie sofort nachholte. Der Trecker fuhr in gleichbleibendem Tempo und machte ab und zu kleine Hüpfer über den unebenen Boden. Er sollte allmählich langsamer fahren, dachte Christine, damit die Fahrzeuge sich aneinander vorbeischieben konnten. Ein schneller Seitenblick bestätigte ihr, dass für ein Passieren nur an wenigen Stellen genug Platz war.

Der Trecker rollte unaufhaltsam weiter, als gäbe es Christine überhaupt nicht. Guckte der Fahrer in die Luft, weil er die Straße auswendig kannte und hier keine Menschenseele vermutete? Oder ging er wie selbstverständlich davon aus, dass ein fremdes Fahrzeug hier nichts zu suchen hatte und den Weg räumen musste?

Christine stoppte und kniff die Augen zusammen. Eine Gestalt mit einer Kapuze auf dem Kopf kauerte über dem Lenkrad des Treckers. Angst legte sich wie ein schweres Gewicht auf ihre Brust. Sie tastete nach dem Schalthebel, suchte den Rückwärtsgang und konzentrierte sich nur noch auf die nächsten Schritte. In den Rückspiegel schauen, Gas geben – ihr Wagen setzte schwungvoll zurück, doch der Blick nach vorn zeigte: Sie musste noch viel schneller rückwärtsfahren, wollte sie einen Zusammenprall verhindern. Der Kühlergrill des Treckers und das Profilmuster seiner Reifen wurden immer größer. Der Fahrer schien beinahe auf seinem Lenkrad zu liegen, so tief hatte er den Kopf hinabgebeugt. Unmöglich, sein Gesicht zu sehen.

Endlich verlangsamte der Trecker sein Tempo leicht, sodass er nicht mehr schneller fuhr als Christine, sondern die Distanz in etwa gleich blieb. Jetzt konnte sie sich besser nach einer Ausweichfläche umsehen.

Direkt hinter ihr erschien die Strecke besonders schmal. Christine musste bremsen, um ihren Wagen auf der Spur bergab zu halten. Das Hinterrad krachte gegen irgendeinen Widerstand, sie korrigierte mit zusammengepressten Lippen die Lenkung und sah beim raschen Blick nach vorne, wie schnell der Trecker nun wieder näher kam. Glaubte der Fahrer, sie könne den riesigen Rädern ausweichen? Es blieb ihr nicht anders übrig, als genau dieses zu versuchen.

Christine riss das Lenkrad herum, sodass die Hinterräder die Piste verließen. Krachend schlug der Wagen auf das Geröll neben der Straße auf und rutschte die Böschung hinab. Wie schon einige Male in ihrem Leben, wenn Christine unachtsam mit dem Fahrrad die Straße überquert hatte, ein Auto gefährlich nahe gekommen war oder sich ein Sturz von der Kellertreppe nicht mehr hatte verhindern lassen, fühlte sie sich mit einem Mal schicksalsergeben. Die Angst war verschwunden, etwas Unvermeidliches würde geschehen.

Da der Wagen mit dem Kofferraum voran abwärtsrutschte, sah Christine nur, wie die Straße vor ihren Augen verschwand. Lärmend brach das Fahrzeug durch Zweige, schrammte an Baumstämmen vorbei und blieb irgendwo im Geäst hängen. Christine unterdrückte die Tränen. Sie war noch am Leben.

Ringsum war nur Laubwerk zu sehen. Die Vorderreifen hatten die Haftung mit dem Boden verloren, und die Kühlerhaube ragte in die Luft. So, wie Christine jetzt mit nach oben weisenden Knien im Sessel lag, hätte sie auch zum Mond starten können. Sie fragte sich, wie weit wohl die Fahrertür vom Erdboden entfernt war. Die Hinterreifen waren immerhin auf etwas gelandet, von dem womöglich ihr Leben abhing. Ob sie versuchen sollte, die Tür zu öffnen, um sich mit einem Sprung ins Dickicht zu befreien? Oder war das zu gefährlich, weil sie nicht wusste, wie viele Meter sie vom Erdboden trennten? Die Tasche mit ihrem Handy war unerreichbar auf die Lehne der Rückbank gerutscht.

Plötzlich drang neben dem Regen ein weiteres Geräusch an ihr Ohr. Der Wind … Zuerst klang er wie ein sanftes Pusten, dann schwoll er an zu einem durchdringenden, unheimlichen Pfeifton. Das grüne Laubwerk, das sich gegen die Scheiben drängte, erzitterte.

Christines Herz klopfte schneller, immer schneller. Sie reckte ihre Schulterblätter und strich sich über die Brust, doch der Druck unter den Rippen nahm noch weiter zu. Bewegte sich denn keine Menschenseele auf der Straße oben, niemand, der sie sehen und ihr helfen konnte? Tock, tock, tock, tock – ihr Herz lief wie der Motor einer Nähmaschine.

Sie musste etwas tun, sofort!

Christine legte die Daumen auf das Lenkrad und drückte. Das Dröhnen der Hupe hörte sich inmitten dieser grünen Wildnis außerordentlich lächerlich an. Einmal kurz, dreimal lang, dreimal kurz – war dies nicht das SOS-Zeichen? Christine ließ es, mit großen Abständen zwischen den Tönen, immer wieder erschallen und lehnte sich dann erschöpft im Sessel zurück. Immerhin hatte sich ihr Herz wieder beruhigt.

Sie schaltete das Radio an, es funktionierte: *Wird das Ultimatum an den Iran, seine …* Sie machte wieder aus. Wann kam hier der nächste Trecker vorbei? Konnte man sie überhaupt von der Straße aus sehen? War hier eventuell immer nur der gleiche Trecker unterwegs, überlegte sein Fahrer schon, wie er Christine endgültig den Garaus machen konnte? Vielleicht hätte sie nicht hupen sollen.

Ein Motorengeräusch näherte sich, und Christine kurbelte beide Seitenscheiben herunter. Wie ein Trecker hörte es sich zum Glück nicht an. Die aufragende Wagenschnauze machte es unmöglich, die Straße zu sehen. Nach einer Weile wurden Türen zugeschlagen, und Christine glaubte, Stimmen zu hören. Die Vorstellung, dass dort mehrere Menschen waren, beruhigte sie. Abwarten – abwarten.

«Hallo!», rief eine männliche Stimme. Dunkel und volltönend, tatkräftig, sich kümmernd – so erschien Christine dieses *Hallo*, und sie spürte eine Welle der Erleichterung durch ihren Körper ziehen.

«Hallo! Ich bin hier!», schrie sie durch das Seitenfenster. «Ich lebe noch.» Christine schaute an sich hinunter. «Ich bin unverletzt.» Das glaubte sie zumindest.

Nichts geschah. Waren sie wieder fort? Dann endlich das Geräusch von Schritten, die durch Zweige brachen. Das Geäst neben ihrem Seitenfenster bewegte sich, Hände tauchten auf, und dann wurden Äste und Blätter beiseite gezogen. Ein Gesicht erschien. Es beugte sich hinab, woraus Christine schloss, dass der feste Boden nicht so weit entfernt sein konnte. Der Mann hatte einen schwarzen Vollbart und sah sie besorgt an. Nein, dieser Mensch wollte sie nicht töten.

«Können Sie Ihre Arme und Beine bewegen?»

«Ja, kein Problem.»

«Wie ist es mit Ihrem Rücken, Ihrem Kopf?»

«Wirklich alles bestens.»

Der Mann besaß große, empfindlich wirkende Augen, die sein Gesicht überstrahlten, und eine beinahe zierliche Nase. Christine schätzte ihn auf Anfang fünfzig.

«Es gibt jetzt zwei Möglichkeiten», sagte er. «Entweder wir warten auf einen Notarztwagen, und Sie werden professionell befreit. Dann besteht nicht die Gefahr, dass Verletzungen verschlimmert werden. Oder wir holen Sie sofort da raus.»

«Ich wäre glücklich, wenn Sie mir sofort helfen. Ich weiß nicht, wie lange der Wagen in dieser Position bleibt. Ich bin nicht verletzt, das steht fest.»

Er nickte. Christine öffnete vorsichtig die Tür, kam damit jedoch nicht weit – Astwerk drückte dagegen. Der Mann packte mit beiden Händen den Rahmen und zog ächzend daran. Christine drückte von innen, doch der Spalt vergrößerte sich nicht mehr als eine Handbreit. Erschöpft hielt er inne, während sich nun ein zweiter Mann näherte. Zusammen zogen die Männer am Türrahmen, bis die Tür krachend nachgab und sich so weit aufziehen ließ, dass Christine ihren Körper durch die Öffnung quetschen konnte. Der Bärtige umgriff ihre Schultern und bewegte sich vorsichtig rückwärts. Langsam tauchte ihr Körper immer weiter ins Freie, und bevor ihre Beine das Wageninnere verließen, spürte Christine zwei weitere Hände, die ihre Unterschenkel umfassten. Für Sekunden schwebte sie in der Luft, dann wurde vorsichtig ihr Rücken umfasst und ihr Körper auf den abschüssigen Boden gestellt. Die Männer hielten sie weiterhin fest.

«Danke.»

Das Gesicht des zweiten Mannes kam ihr bekannt vor. Sein Körper steckte in einem schwarzen Anzug, das Gesicht war glattrasiert. Ein gutaussehender Typ, trotz der langen Nase und der etwas engstehenden, kleinen Augen, die von der *Convention*-Cover-Layouterin retuschiert worden wären.

«Ich hoffe, es geht Ihnen gut», sagte er mit amerikanischem Akzent. Jetzt wusste Christine, um wen es sich handelte: Patrick Kerry, US-Weinkritiker, der in manchen Blättern als «Robert Parkers Nachfolger» bezeichnet wurde. Der Vergleich mit diesem Guru, dessen Weinbewertungen nach wie vor Geschmäcker und Preise bewegten, war sicher übertrieben. Aber Kerry war ja auch zwanzig Jahre jünger. Während Parker durch seine Beschreibungen und Benotungen von Bordeaux-Weinen zu Ruhm gelangt war, hatte sich Kerry ein Spezialgebiet ausgesucht, auf dem der ältere Kollege als nicht besonders kompetent galt: deutsche Rieslinge.

Christines Knie begannen zu zittern, als sie realisierte, dass sie nicht mehr in dem Wagen saß. Dankbar registrierte sie, wie die beiden links und rechts ihre Arme umfassten und ihr beim Aufstieg zur Straße halfen.

Oben, auf der schlammigen Piste, stand ein weißer Lieferwagen, der hinten und an den Seiten die Aufschrift trug: *Schlossweingut Meckling.* Der Bärtige streckte seine Hand aus: «Graf Tomas von Meckling, einfach Tomas Meckling. Ich schlage vor, wir bringen Sie zu meinem Gut. Wir haben da im Moment viele Gäste, ein, zwei Ärzte sind auch dabei. Die sollten einen Blick auf Sie werfen.»

Christine schüttelte seine große, weiche Hand. «Wirklich, ich habe zum Glück nichts abbekommen, bin aber froh, wenn

Sie mich mitnehmen.» Sie machte eine Geste in Richtung ihres verunglückten Wagens. «Die Polizei muss alarmiert werden, denn dies war kein Unfall, sondern ein Attentat.»

«Wie bitte?» Tomas Meckling ließ ihre Hand los.

«Ein Trecker ist mit voller Absicht auf mich zugerast. Wenn ich nicht ausgewichen wäre, wäre wahrscheinlich alles noch viel schlimmer gekommen.»

Meckling schaute sich nervös um. «Das ist ganz unmöglich. Warum sollte der Fahrer eines Treckers so etwas tun? Hören Sie, Frau …»

«Sowell, Christine Sowell.»

«Frau Sowell, Sie befinden sich hier auf meinem Grund. Hier halten sich normalerweise nur meine Mitarbeiter und meine Gäste auf. Äußerst selten kommen Fremde wie Sie hierher. Denn wie Sie bereits bemerkt haben werden, befinden sich die Straßen in keinem guten Zustand. Es sind Pisten für Arbeitsfahrzeuge und für Menschen, die sich hier auskennen.»

«Ach – und deshalb ignorieren sie andere Fahrzeuge?»

«Ganz sicher nicht. Ich will ja nicht in Frage stellen, was Sie sagen, was Sie angeblich erlebt haben. Es ist nun mal so, dass wir vor zwei Stunden mit mehreren Fahrzeugen, darunter auch einige Trecker, hier hinaufgefahren sind. Es befinden sich jetzt etwa 25 bis 30 Personen auf dem Berg. Mit Ihnen 31.» Er lächelte. «Wenn Ihnen ein Trecker zu schnell entgegenkam, dann hat der Fahrer vielleicht nicht gut genug bedacht, dass Sie ihm schlecht ausweichen konnten. Es gibt hier so selten Gegenverkehr!» Schmunzelnd wandte sich Graf von Meckling zu seinem amerikanischen Begleiter um, der jede von Christines Bewegungen mit fürsorglichen Blicken verfolgte.

«Wissen Sie was?» Tomas Mecklings Augen bewegten sich fröhlich. «Wir fahren zu meinem Gut und gucken uns die Trecker an. Einer von ihnen muss es ja gewesen sein! Vielleicht tuckert der Attentäter auch just gemeinsam mit uns ein – vielleicht einer meiner Angestellten, die seit Jahren für mich arbeiten.»

Christine wandte sich überdrüssig ab und spürte sogleich die behutsame Hand von Tomas Meckling auf ihrer Schulter.

«Tut mir leid», sagte er. «Ich wollte mich nicht über Sie lustig machen.»

«Ich habe nicht behauptet, dass Ihre Leute oder Fahrzeuge etwas damit zu tun haben. Ich kann nur sagen, was passiert ist.»

Erneut schaffte es Christine, nicht in Tränen auszubrechen, und senkte den Kopf. Es war schwer zu begreifen, jetzt wieder auf sicherem Boden zu stehen, während sie noch vor wenigen Minuten Todesangst gehabt hatte.

«So excuse me.» Patrick Kerry drängte Tomas Meckling zur Seite und ergriff Christines Arm. «Kommen Sie, ich bringe Sie zu unserem Wagen.»

Unter Weinfreunden

Schlossweingut Meckling lag einsam auf einer Hügelkuppe oberhalb der Mosel, umgeben von Wiesen und Wäldern. Als sich der Lieferwagen näherte, sah Christine zuerst nur die ausgedehnte Schlossmauer. Vor dem geschlossenen Tor sprang Graf Meckling aus dem Wagen, um es zu öffnen.

Sie fuhren vorbei an Kelteranlagen, Lieferwagen und Hallen, in denen sich Gerät und Kisten stapelten. Fast überraschend tauchte dann zwischen den Wirtschaftsgebäuden das Schloss selbst auf. Über den verschachtelten Flächen seines Schieferdachs erhoben sich Türme mit Glockenköpfen, die wie mit einem schwarzen Lack überzogen waren und in der Sonne glänzten. Das helle Mauerwerk trug auf halber Höhe einen Gürtel aus lachsfarbenen Rosetten. Auch die Fenster waren mit lachsfarbenen Umrandungen geschmückt.

Das Schloss besaß einen großen Vorplatz, dem Tomas Meckling nach links auswich, um, nachdem er einige langgestreckte, zweigeschossige Gebäude mit lauter geschlossenen Fenstern passiert hatte, vor einer Reihe von Treckern zu stoppen. Zwei der Fahrzeuge waren mit Anhängern verbunden, an denen sich Arbeiter zu schaffen machten.

Tomas Meckling beugte sich über Patrick Kerry hinweg, der in der Mitte saß, zu Christine herüber. «Und?»

«Das kann ich nicht sagen, ob es einer von denen gewesen ist. Ich habe mir in der Situation nicht einmal die Farbe des Treckers gemerkt.»

«Schade. Jedenfalls wird einer dieser Trecker Ihren Wagen wieder auf die Straße ziehen. Ich hoffe nicht der, der ihn in diese unangenehme Lage brachte.» In seinen Augen zeigte sich milder Spott. «Was die Polizei angeht: Die ist schon da. Kriminalrat Krose aus Trier gehört zu der Gesellschaft, denen wir heute die Berge gezeigt haben und jetzt am Abend ein großes Degustations-Menü servieren werden. Ich hoffe, ich darf Sie dabei auch willkommen heißen. Keine Publikumsveranstaltung, nur handverlesene Gäste. Vielleicht eine kleine Entschädigung für die Unannehmlichkeiten, die Ihnen auf meinem Gut widerfuhren …»

«Das ist sehr nett, aber ich denke, ich werde mich um einiges kümmern müssen.»

«Warum? Wie gesagt, meine Leute ziehen Ihren Wagen heraus und sehen sich den Schaden an. Derweil können Sie sich von dem Schreck erholen. Die Zimmer im Schloss sind alle belegt, aber eine kleine Ferienwohnung in einem der Nebengebäude ist noch frei.»

Christine zögerte.

«Ich mache Ihnen einen Sonderpreis.»

«Das ist nicht nötig. Aber die Wohnung nehme ich gerne.»

Es war eine kleine, mit Küche ausgestattete Wohnung, in die man sie führte. Die Wände waren weiß und ohne ein einziges Bild, auf dem Holzparkett lagen grobe Matten. Christine hatte hier vollkommene Ruhe, die umliegenden Räume dienten als Lager, und die rückwärtigen, ebenerdigen Fenster gingen auf eine Wiese hinaus. Von Weinreben oder der Mosel war nichts zu sehen.

Der Beinahe-Zusammenstoß mit dem Trecker nur ein Versehen? Es war verführerisch, daran zu glauben und das Ereignis angesichts der Situation, in der sie sich jetzt befand, zu verharmlosen. Sie wohnte auf Schlossweingut Meckling, kannte bereits den Besitzer und würde heute Abend eine illustre Probe miterleben.

Die Sonne war wieder hervorgekommen. Während am Rand des Himmels Wolken entlangzogen, lag die Wiese bereits voll in ihrem intensiven Spätsommerlicht. Nur eine Baumgruppe vor dem Fenster warf Schatten. Es gab nichts auszupacken. Hoffentlich konnte ihr Wagen mit dem Gepäck bald geborgen werden.

Christine betrachtete ihr Gesicht im Licht der Badezimmerlampe und staunte, wie gut sie nach den Ereignissen aussah. Sie wusch sich und rubbelte sich kräftig mit einem Handtuch ab.

Später ging sie hinaus. Auf dem Schlossplatz bauten Kellner Tische und Stühle aus weißem Metall auf. Weinkühler standen zu Türmen ineinandergestülpt auf dem Boden, einige Handwerker zimmerten noch an einer kleinen Holzbühne. Vor einem der Schlossflügel stand ein Koch mit weißer Mütze und rauchte eine Zigarette. Ein anderer begutachtete die Ladung eines Lieferwagens. Obst und Gemüse wurden von jungen Küchenhelfern mit weißen Handschuhen ins Gebäude getragen.

Einige Personen in gepflegter Freizeitkleidung streiften ziellos über das Gelände. Sie schauten in offene Lagerhallen hinein, studierten Ornamente auf der Schlossfassade und blieben, wenn sich ihre Kreise trafen, stehen und sprachen ein paar Sätze miteinander. Seitlich vom Schloss stand ein Gebäude aus dunklen Steinquadern, vor dem sich eine größere Menschenmenge gebildet hatte. Ein Herr in blauem Anzug verließ es mit einer Weinkiste in den Händen, ein zweiter folgte ihm, ebenfalls mit einer Kiste. Beim Näherkommen bestätigte sich Christines Vermutung, dass es sich um den Gutsweinkeller handelte.

Christine schritt über die breite, nicht sehr lange Treppe hinab. Neonröhren beleuchteten ein riesiges Gewölbe, das durch ein eisernes Gitter in zwei Areale aufgeteilt war. Dicht an dicht standen Regale mit Weinflaschen. Es roch moderig wie nach einem schon vor längerer Zeit aus der Erde gezupften Pilz. Dieser Geruch ließ in den Seitengewölben, in denen Fässer lagerten, nach. Besucher defilierten an den stählernen und hölzernen Gebinden wie an Bildern in einer Ausstellung vorbei. Chromblitzende Stahltanks standen vor brüchigem Mauerwerk und wirkten wie Objekte, die aus einer fernen Zukunft hergezaubert worden waren.

Christine ließ, während sie weiterging, ihre Hand über die Marmorierungen und Eisenbeschläge alter Holzfässer gleiten. Jemand stand auf ihrem Weg.

«Ach, Sie sind auch hier.» Es klang enttäuscht. Im Dämmerlicht waren die Sommersprossen auf Peer Steigers Gesicht kaum zu erkennen, und seine Augen erschienen wie zwei dunkle Höhlen. Er hielt die Hände auf dem Rücken verschränkt. Christine erinnerte sich sofort, wo sie den Journalisten zum letzten Mal gesehen hatte. Auf der Weinmesse in Hamburg, mit Bert Gernsheim, Erik und dem Winzer Chris Raura. Nicht viel mehr als eine Stunde vor Berts Ermordung.

«Ja, ungeplant.»

«Traurige Sache mit Bert.»

Christine nickte.

«Mal sehen. Es ist gut, hier auf ihn zu trinken. Was kann man sonst tun? Er wäre bestimmt auch hier, wenn …»

«Wenn sein Mörder das nicht verhindert hätte.»

Er nickte bedächtig mit dem Kopf. «Chris Raura und seine Frau Sonja sind auch hier. Es wird ein enorm interessanter Abend. Waren Sie mit auf dem Berg? Ich habe Sie gar nicht gesehen. Die Reben sehen gut aus, aber der Regen war eigentlich zu kurz nach der langen Trockenperiode.»

«Ich war da, aber nicht mit der Gruppe. Haben Sie dort Trecker gesehen?»

«Trecker? Haben Sie auf einem der Anhänger gesessen?»

«Hat sich einer der Trecker plötzlich entfernt?»

«Keine Ahnung. Wir waren verschiedene Gruppen. Wieso entfernt? Weshalb fragen Sie?»

«Ist schon gut.» Christine wies in die Richtung, aus der erneut ein blaugekleideter Mann mit einer Weinkiste kam. «Ich will mir das alte Flaschenlager ansehen.»

Das alte Lager, auch Schatzkammer genannt, befand sich hinter dem großen, jetzt geöffneten Stahlgitter und war schon oft für Hochglanzmagazine fotografiert worden. Es beherbergte Flaschen, deren Inhalt teilweise noch im 18. Jahrhundert gekeltert worden war. Schon damals schmückte eine Kohlezeichnung des Schlosses das Etikett der Weine von Gut Meckling. Weil das Motiv weniger altmodisch und verkitscht als viele andere aussah, wurde es während der letzten Jahrzehnte kaum verändert.

Christine durchschritt das offene Gitter, und ihr Blick

fiel rechts auf ein Seitengewölbe mit einem Schild darüber: *Toiletten.* Ausgerechnet hier im alten Weinkeller? Vielleicht ließen die alten Wasserleitungen keine andere Lösung zu … Christine hatte schon Fotos von Weinproben in diesem legendären Keller gesehen – mit berühmten Weinexperten, Schauspielern, Politikern, die konnte man wohl schlecht durch das halbe Schloss schicken, wenn sie sich erleichtern mussten.

Christine ging weiter an endlosen Reihen uralter Flaschen entlang, die an den kühlen, dunkelfarbenen Kellerwänden lagerten. Ein Schritt genügte, um ein ganzes Weinjahrzehnt hinter sich zu lassen. Mit all den Hoffnungen der Winzer und ihrer Familien – oder katastrophalen Hagelschauern, Dürreperioden und Preisverfall.

«Das schönste Reich auf Erden liegt unter der Erde, nicht wahr?» Christine fuhr herum. Sie hatte nicht gehört, wie Tomas Meckling sich ihr genähert hatte.

«Ja, Weinkeller sind faszinierend.»

Er hatte sich umgezogen und trug nun einen schwarzen Anzug mit einem weißen Hemd und einem roten Tuch am Hals.

«Ich habe Sie ja gar nicht gefragt, bin aber stillschweigend davon ausgegangen, dass Sie Weinliebhaberin sind. Wozu sonst in diese entlegene Gegend fahren, wo Trecker ihr Unwesen treiben. Wie kamen Sie auf die Idee?»

«Ich bin Journalistin. Und ich war eine Freundin von Bert Gernsheim. Er empfahl mir, mich dort umzusehen.»

«Wirklich?» Er machte zwei große Schritte auf sie zu und umfasste ihren Unterarm mit der Hand. «Sie waren eine Freundin von Bert Gernsheim? Oh, das macht mich glücklich. Ich wäre so gerne auf die Beerdigung gekommen, doch wir mussten zu einer Präsentation nach San Francisco. Warum haben Sie das nicht gleich gesagt? Bert … wir haben so viel zusammen gemacht, Jahr für Jahr, probiert, geredet … Hat man diesen Junkie endlich gefangen, der das getan hat?»

«Nein, man weiß nicht, wer ihn ermordet hat.»

«Könnte ein solches Verbrechen hier bei uns an der Mosel geschehen? Ich frage mich das ernsthaft. Gut, Sie haben da etwas Blödes erlebt oben auf dem Berg. Aber was soll es in dem Fall nutzen, das an die große Glocke zu hängen? Da hat mal jemand auf seinem Trecker gepennt. Wenn er Pech hat, wird er dafür aufgeknüpft. Nicht, weil er wirklich ein Verbrecher ist. Sondern weil der Staat die richtigen Verbrecher nicht belangt und andere Schuldige braucht, für sein eigenes Versagen.»

Das war ja interessant – sehnte sich der Graf nach aristokratischen Verhältnissen zurück?

«Ich bin froh», fuhr er fort, «dass alles so gut gelaufen ist, nach Ihrem Unglück. Das Haus ist voll von Leuten.»

«Denen hätte es auf den Gaumen schlagen können, wenn ich dort oben zu Tode gekommen wäre, nicht wahr?»

Er lachte. «So habe ich das nicht gemeint. Aber Sie wissen schon – Klatsch und Tratsch, üble Nachrede … Leider geht es in meinem Geschäft nicht nur um die Qualität von Weinen, sondern wie bei jedem Unternehmen auch um das Image. Sogar mehr als bei anderen Unternehmen, denn wir verkaufen auch eine Marke. Glauben Sie mir, viele Kunden trinken meine Weine vor allem wegen dem, was auf dem Etikett steht. Bert wusste das auch. Er hat mich immer gut beraten.»

Sie gingen weiter, tiefer in das Gewölbe hinein.

«Er hat von Ihnen erzählt», sagte Christine. «Ich hatte den Eindruck, dass er selbst gern Winzer geworden wäre.»

«Dieser Wunsch blieb ihm leider unerfüllt. Meine Stieftochter hat geheult, als sie von der Weinmesse zurückkam. Sie hat an dem Tag seines Todes lange mit ihm gesprochen! Wir haben alle nur noch geheult, als wir es erfuhren.»

«Am Stand von Schlossweingut Meckling war ich auch. Die junge Frau war Ihre Tochter? Das hat Bert mir nicht gesagt, als er uns vorstellte. Ich habe mich auch mit ihr unterhalten.»

«Beatrix.»

Tomas Meckling war etwas größer als Christine und bewegte sich mit stapfenden, festen Schritten voran. Vielleicht wegen langjähriger Arbeit in den Weinbergen? Nein, er wirkte nicht wie jemand, der seinen Körper übermäßig strapaziert hatte.

«Ich hatte den Eindruck, Berts Plan, eigene Weine zu produzieren, sei schon weit fortgeschritten», knüpfte Christine das Gespräch noch einmal an. «Als ob er schon mit eigenen Weinen experimentierte.»

Graf Meckling blickte auf eine Reihe von Flaschen aus den 20er Jahren. «Schön, die Korken scheinen zu sitzen, soweit man das beurteilen kann. Letzte Woche ist uns aus viel jüngeren Flaschen der Wein ausgelaufen. Weiß gar nicht, wie das passieren kann. Ich denke manchmal, es gibt hier bei Wetterumschwüngen Temperaturwechsel, die den Wein gegen die Korken drücken. Ach, wahrscheinlich nur altersschwach, die Korken. Aber alles umkorken? Dann lieber unseren Gästen da oben servieren. Sagen Sie mir, wenn Ihnen eine kaputte Flasche auffällt.»

Christine antwortete nicht, während sie weiterliefen.

«Keine Ahnung, ob er was Konkretes vorhatte oder ob das nur ein Luftschloss war. Vielleicht in Italien? Das könnte ich mir vorstellen, dass er sich dort gerne an einem kleinen Weingut beteiligt hätte. Er machte sich viele Gedanken wegen der Veränderung des Klimas. Eine Herausforderung, in Italien künftig Weine zu produzieren. Niemand weiß, wie sie künftig aussehen werden.»

Rechterhand folgte am Ende der Flaschenreihen eine vergitterte Tür. Von hier führte ein Treppengang noch tiefer in den Keller hinab. Tomas Meckling steuerte allerdings auf eine kleine, nur bis zum Oberkörper reichende Holztür am Ende des Gewölbes zu, während er einen Schlüsselbund aus der Tasche zog. «Abkürzung.»

Er schloss auf und ließ Christine den Vortritt. Sie betrat mit eingezogenem Kopf einen Treppenaufgang mit kleinen, wie für Kinder gemachten Stufen. Vorsichtig gingen sie nacheinander hinauf und hielten sich an einer baumelnden Eisenkette fest, die das Geländer ersetzte. Oben kamen sie an eine weitere Tür, die nicht abgeschlossen war.

Christine und der Graf traten auf den ausgeblichenen Läufer eines schmucklosen Flurs. Unter ihren Füßen ächzte der Dielenboden. Plötzlich schoss eine Gestalt im Kellnerfrack auf sie zu und hob ein Tablett über den Kopf, um ihnen auszuweichen.

Tomas Meckling deutete scherzhaft eine Geste an, als ob sie sich bei ihm unterhaken sollte, damit er sie weiterführen könne. Er ging aber sofort los in die Richtung, aus der der Kellner gekommen war. Sie folgte ihm.

Einmal deutete er mit dem Daumen nach rechts in ein offenes Zimmer mit einem Computer: «Mein Büro. Immer geöffnet.»

Geschepper, metallisches Klirren und zischendes Fett waren zu hören, und ein paar Schritte weiter stießen sie auf den Eingang zu einer Küche. Der Raum musste schon seit langer Zeit eine Kochstelle beherbergen. An der gegenüberliegenden Wand befand sich eine kaminartige Abluft für offenes Feuer, die nicht mehr genutzt wurde. Jetzt standen zwei moderne Herde darunter. Neben einem kleinen Fenster mit Butzenglasscheiben befand sich ein riesiger Block wie aus Marmor. Auf seiner glatten Oberfläche lag ein Fleischstück. Christine hatte solche uralten Schneidebretter aus Baumstämmen schon öfter gesehen, jahrhundertelange Arbeit ließ ihre Oberfläche wie Stein aussehen.

Neben drei Köchen arbeitete eine Frau in dem Eckgewölbe, anscheinend die Küchenchefin. Sie schnupperte an einem Löffel mit Soße, sah im nächsten Moment in die Pfanne eines der Männer, rief einen Befehl und lief dann zu einem Tablett, um Teller mit Gurkenscheiben zu inspizieren. Die Frau trug keine Arbeitskluft, sondern ein Seidenkleid mit fließenden Farben aus Gelb, Orange und Ocker, sowie ein Amulett. Dazu Sandalen an den nackten Füßen. Ihre hochgesteckte Frisur bestand aus grauen und schwarzen Haarsträhnen. Sie war nicht besonders groß und besaß eine üppige Figur, ohne dick zu sein.

Tomas Meckling lächelte, als ob seine Gedanken bei fernen, schönen Dingen wären. «Die arbeiten nicht immer hier, leider. Ich koche auch nicht schlecht, aber bei so vielen Gästen ...»

Die Küchenchefin schien etwas erwidern zu wollen, wandte sich dann aber einem Tablett zu, auf das ihre Kollegen kleine Tellerchen stellten.

«Kommen Sie!» Meckling machte eine ausholende Bewegung, als wollte er seinen Arm um Christine legen.

Auf den Küchenflur folgte ein Eingangsbereich mit Wänden voller Wappen, Schilder und Waffen. Ein roter Teppich führte von der Tür zu einer wuchtigen, düsteren Treppe und ins obere Stockwerk. Daneben lag ein großer Saal, in den Meckling Christine kurz hineinschauen ließ – ringsum hingen Gemälde mit Mosellandschaften, Burgen und Ahnenporträts. Tische und Stühle standen wie zur Lagerung an die Wände gerückt. Ansonsten gab es keine Möbel.

Meckling öffnete die hölzerne, eisenbeschlagene Tür nach draußen. Die Sonne blendete.

«Hoffentlich hält das Wetter für unsere Hofparty», murmelte er. «Wird grandios, verspreche ich Ihnen, entschädigt für den Tag. Ich muss mal da rüber, bis später.»

Meckling verschwand in Richtung eines Gebäudes auf der anderen Seite des Schlossplatzes. Christine blieb mit einem schlechten Gefühl vor dem Schlosseingang stehen. Sie hatte sich von Graf Meckling einwickeln lassen, stellte sie verärgert fest. Er wollte keine Unruhe auf seinem Gut, schon gar nicht in Anwesenheit der Gäste. Also bestach er Christine mit einer hübschen Wohnung und einer glanzvollen Verkostung und rieb sich über allseitige Zufriedenheit die Hände.

Sie ging zu ihrer Wohnung. Im Wohnzimmer, zwischen zwei im rechten Winkel zueinander angeordneten, ausziehbaren Sofas, stand ein Tischchen mit Telefon. Christine nahm den Hörer ab und wählte 110. Ein Beamter meldete sich, dem sie knapp erklärte, wer und wo sie war und was im Weinberg geschehen war. «Ich hatte den Eindruck, dass ich absichtlich attackiert wurde, und deshalb rufe ich an.»

«Und warum sollte Sie jemand attackiert haben?»

«Ich weiß es nicht genau … Ich bin Journalistin.» Sie berichtete nicht vom Mord an Bert Gernsheim, das führte jetzt zu weit. Der Beamte bedankte sich für den Anruf und versprach, der Sache nachzugehen.

Gegen 18 Uhr dröhnte Graf Mecklings Stimme laut über den Schlossplatz. «Zeit für den Gutsriesling!»

Er hielt eine Flasche Wein in der einen Hand und spreizte die Finger der anderen, um von einer Anrichte Gläser an ihren Stielen aufzunehmen. Bald bewegte sich eine von ihm angeführte Prozession, der auch Christine angehörte, um das Schlossgebäude herum bis zu einem Aussichtspunkt mit einer Steinbank. Immer mehr Leute versammelten sich und starrten auf Wälder und Rebhänge hinab. Kellner folgten mit weiteren Flaschen und Gläsern.

«Diese Bank wurde im 17. Jahrhundert von einem meiner Urgroßväter hier hingesetzt. Damals, als die Bäume noch nicht so hoch und der Verlauf des Flusses auch noch etwas anders war, hatten er und seine Angebetete von hier aus einen prächtigen Blick auf die Mosel.»

Er stellte die Gläser auf die Bank und bearbeitete die Flasche mit einem Korkenzieher. «Der Weingraf», stand auf dem Etikett.

Die ersten Buchstaben waren altertümlich verschnörkelt, der Wortteil «graf» hingegen besaß ein futuristisches Design. Meckling bemerkte Christines Blick auf das Etikett, er deutete mit dem Kopf in Richtung von Peer Steiger. «Hat er sich ausgedacht.»

Christine kannte die Meckling'schen Weine bislang nur von der Weinmesse im August, eingeschenkt von seiner Tochter. Dieser Wein war anscheinend nicht dabei gewesen. «Peer meint, für die einfachen Gutsweine bräuchte man eine knallige Präsentation, die aber nicht plump sein darf.»

Der Korken ploppte aus der Flasche. Graf Meckling hob sie zum Einschenken an, und Christine nahm ihm den Korkenzieher ab. Er lächelte dankbar. «Und nun gucken Sie mal hier.»

Auf dem Etikett war die scherenschnittartige Darstellung eines Mannes mit Barett und mittelalterlicher Bekleidung zu sehen, der nicht wie Münchhausen auf einer Kanonenkugel, sondern auf einem gefüllten Weinglas durch die Luft flog.

Peer Steiger lächelte stolz. «Das Schönste ist, dass sich der erste Jahrgang mit diesem Etikett so gut verkauft hat!», rief er herüber.

War Steiger nicht der Herausgeber eines angeblich objektiven Newsletters? Christine staunte – anscheinend wechselte er problemlos und ohne einen Hehl daraus zu machen die Rollen.

Tomas Meckling beugte sich zu Christine, sie spürte seinen Mund nah an ihrem Ohr: «Der gute Mann hat recht», flüsterte er. «Nur verkauften wir vorletztes Jahr noch gar keine Cuvée.

Wenn doch, wetten, hätte er sich auch ohne Peer fabelhaft verkauft.»

Während er und die Kellner den anderen Gästen einschenkten, drehte Christine den Korken aus dem Korkenzieher. Abgebildet war darauf eine Darstellung der vorderen Front von Schloss Meckling mit seinen Türmchen, spitzen Dächern und dem großen Eingangsportal. Die Hoffnung, einen Korken wie aus jener Flasche zu sehen, die Bert Gernsheim ihr geschenkt hatte, wurde enttäuscht. Allerdings handelte es sich bei dem leichten Wein, den Meckling und seine Mitarbeiter servierten, um einen Weißwein.

«Ein hübscher Korken», sagte Christine zu Graf Meckling. «Sehen alle so aus?»

«Jaja, aber wir stellen wohl auch bald auf Schraubverschluss um. Das machen ja schon die großen Châteaus im Bordeaux. Die Ausfälle wegen Korkschmeckern im Wein sind einfach nicht mehr hinnehmbar, wenn es andere Möglichkeiten gibt.»

«Keine Angst vor Kunden, die sich Wein ohne Korken nicht vorstellen können?»

«Doch, jeder Winzer hat Angst vor denen! Ohne diese Kunden und ihre sentimentalen Gefühle hätten wir alle längst auf Schrauber oder Glasstöpsel umgestellt. So dauert die Revolution eben ein wenig länger. Wichtig ist, dass immer mehr Güter mitmachen, hervorragende Güter. Ich darf nicht abwarten, bis andere mir den Weg geebnet haben.»

«Produzieren Sie auch Rotwein?»

«Wir sind ein klassisches Rieslingweingut, ein bisschen Elbling und Weißburgunder noch. Aber die Frage ist interessant. Rotweine werden ja erst seit einigen Jahren wieder an der Mosel produziert. 200 Jahre lang gab es hier nur Riesling wegen des Verbots von Kurfürst Wenzeslaus. Ein Riesling-Verrückter und Rotwein-Ignorant, denn eigentlich sind die

Lagen hier gut für den Pinot geeignet. Aber 20 Jahre sind für den Weinbau eine kümmerlich kurze Zeit, in der man sich nicht so schnell auf eine Sorte einstellt, die ganz andere Bedürfnisse als der Riesling hat. Durch den Klimawandel jedoch, wie gesagt …»

Eine schreiende Stimme stoppte seine Worte. Die Gläser in den Händen der Umstehenden blieben in der Luft stehen. Das Schreien kam aus der Richtung des Schlossplatzes und klang nicht wie eines, das aus Not oder Angst ausgestoßen wurde, sondern in Wut.

Schweigend ging Tomas Meckling los, um zu sehen, was passiert war. Christine und die meisten der anderen folgten ihm.

Vor dem Schlossportal standen die weißen Tische und Stühle ordentlich aufgereiht. Zur Dekoration gab es nur Kerzen, keine Blumen, denn deren Geruchsnoten hätten den Duft der zu präsentierenden Weine gestört. Es war wie ein Szenenbild für ein Märchen. Denn die Tische und Stühle befanden sich in einem großen Kreis aus Weinlaub, den die Mitarbeiter des Guts in kurzer Zeit ausgerichtet und effektvoll aufgeschichtet hatten. Aus dem Grün stachen in regelmäßigen Abständen Weinflaschen hervor, die wiederum kleine Fackeln trugen.

In dieses Arrangement, das den größten Teil des Schlossplatzes ausfüllte, war ein Fahrzeug geraten: Christines Auto, von einem Trecker abgeschleppt. Es hatte die Laubmauer durchbrochen und einige Flaschen zerschlagen. Obwohl sich der Schaden in Grenzen hielt, wurde er von einer jungen Frau schimpfend und wild gestikulierend kommentiert: Beatrix. Erst als zwei weitere Fahrzeuge auf den Platz fuhren, hielt sie inne. Es waren Polizeiwagen.

Beatrix begann, sich hektisch über ihre langen, schwarzen Haare zu fahren. Sie hatte ein schönes Gesicht mit tiefgründigen, dunklen Augen, perfekt geschwungenen Wangenkochen und einer zierlichen, aber nicht zu kleinen Nase. Der Ausdruck ihres Mundes war schwer zu erfassen, er strahlte Mut und eine geheimnisvolle Leidenschaftlichkeit aus.

Niemand hatte Christine auf der Weinmesse gesagt, dass sie Mecklings Stieftochter war. Sie konnte sich gut an das Gespräch mit ihr erinnern. Beatrix wollte kaum damit aufhören, Christine Weine vorzusetzen und ihre Meinung darüber zu hören. Nur weil Erik drängelte, löste sich Christine schließlich vom Stand der Frau, die ein paar Jahre jünger als sie sein musste und ihr eine Kusshand hinterhergeworfen hatte.

Jetzt stand Beatrix starr mit vor der Brust verschränkten Armen neben Tomas Meckling, und beide redeten mit den Polizisten. Christine ging zu ihnen hinüber und erklärte, dass sie den Vorfall in den Bergen gemeldet hatte. Die Gäste des Weinguts beobachteten das Geschehen neugierig und verhielten sich still, um so viel wie möglich aufzuschnappen. Beatrix setzte sich nach einiger Zeit auf eine Treppenstufe, wo sie ihr Gesicht mit den Händen abstützte und ab und zu den Kopf schüttelte.

Tomas Meckling musste den Beamten auflisten, mit welchen Personen und Fahrzeugen er auf dem Berg gewesen war. Die Fahrer der Trecker erklärten, wann und wo sie mit ihren Fahrzeugen unterwegs gewesen waren. Von einem Zwischenfall mit einem Pkw wusste keiner zu berichten.

Christine bemerkte in der Reihe der Zuschauer einen Mann mit rundem, blankem Schädel, der sich Notizen machte und immer wieder ungehalten gen Himmel blickte, als wollte er Stoßseufzer dorthin schicken. Schließlich – Christine wartete schon darauf – trat er vor und wandte sich an die Uniformierten. «Kriminalrat Krose, Trier. Ich war, wie Sie auf der Liste sehen, selbst mit auf dem Berg und habe auch die Trecker dort gesehen, die jetzt hier in einer Reihe stehen. Nach meinem Eindruck beruht der Vorfall, den wir erörtern, auf einer Reihe von Zufällen und Missgeschicken, aber vielleicht auch auf Fehlern, was die Ermittlungen ans Licht bringen werden. Die verfügbaren Informationen sollten dafür herhalten können, um dies zu beurteilen. Denken Sie nicht?»

Die Beamten nickten, fuhren aber unbeeindruckt fort, Fragen über zeitliche Abläufe während des Ausflugs und dergleichen zu stellen. Als sie endlich wieder abfuhren, stöhnte Tomas Meckling auf. «Dann kann es ja weitergehen.»

Er sah erschöpft aus und blickte unwirsch zu Christine. «Bitte, Freunde», rief er den Gästen zu, «nehmt doch Platz.»

Kellner ersetzten die kaputten Flaschen und richteten das Weinlaub. Die Gäste nahmen an den Tischen Platz. Eine junge, schlanke Frau machte ihrem etwa gleichaltrigen Begleiter ein Zeichen, der daraufhin eine Geige aus ihrem Futteral befreite und sich mit ihr auf die kleine Holzbühne stellte. Christine spürte kein schlechtes Gewissen, im Gegenteil. Es wäre fahrlässig gewesen, den Vorfall nicht zu melden. Auch wenn dadurch eine Veranstaltung kurzzeitig getrübt wurde, auf die sich viele Menschen gefreut hatten.

Die Musik erklang, noch bevor sich alle gesetzt hatten. Der Geiger begleitete die schöne Sopranstimme seiner Begleiterin, die deutsche Lieder zum Besten gab. Christine wählte den nächstbesten Stuhl zwischen unbekannten Leuten. Die Kellner eilten mit Suppenterrinen heran.

Noch bevor Christines Teller gefüllt wurde, landete ein Regentropfen darin. Minuten später musste der Geiger sein Instrument in Sicherheit bringen, und die Kellner retteten die Suppe vor strömendem Regen.

Das Schlosstor wurde weit geöffnet, und die Gesellschaft drängte sich hindurch. Über die große Treppe im Empfangsbereich ging es hinauf in den zweiten Stock, wo ein Saal mit Stehtischen für den späteren Abend hergerichtet worden war. Nun musste hier die gesamte, bislang völlig chaotische Schlemmerdegustation über die Bühne gehen.

Die Kellner servierten die Suppe und schenkten erneut den Gutsriesling ein. Immer mehr Hände hoben sich über die Tische, um die Gläser kreisend durch die Luft zu bewegen. Die meisten ließen den Wein nur für zwei, drei schnelle Runden zirkulieren, denn es war ein einfacher Wein, und man wollte es mit der Lüftung nicht übertreiben. Auch die Prüfung durch die Nase fiel kurz aus. Christine hatte jedoch schon öfter die Erfahrung gemacht, dass auch vermeintlich simple Weine bei längerem Luftkontakt aufblühten. Handelte es sich hingegen um ausgesprochene Schwächlinge, konnte Sauerstoff ihren Aromen ähnlich schaden wie der frischen Farbe eines aufgeschnittenen Apfels.

«Sauber gemacht», «noch etwas hefig», «schöne Frucht», lauteten Kommentare, die an Christines Ohr drangen. Beatrix half beim Einschenken und stand eine Weile darauf mit dem zweiten Wein des Abends, einem trockenen Kabinett aus dem letzten Jahr, vor Christine. Christine wollte sie ansprechen, doch Beatrix wandte den Blick nach dem Einschenken sofort ab, als könnte sie sich nicht an sie erinnern. Dies war gut möglich, denn die Winzerin absolvierte jährlich unzählige Weinpräsentationen.

Erst jetzt merkte Christine, dass von diesem Stockwerk aus die Mosel zu sehen war. Der Regen hatte aufgehört, und die Strahlen der Abendsonne glitzerten auf dem fernen Wasserband. Sie zwang sich, von den servierten Köstlichkeiten zu essen, obwohl ihr die Ereignisse den Appetit genommen hatten. Auch die in rascher Abfolge servierten Weine nahm sie nur unscharf wahr.

Tomas Meckling, der von Tisch zu Tisch ging und erläuternde Worte zu seinen Weinen sagte, blickte öfter beleidigt zu ihr herüber. Schließlich kam er an ihren Tisch, zog sich einen Barhocker heran und machte ein theatralisch zerknirschtes Gesicht.

«Zufrieden, dass Sie Ihren Willen bekommen haben?»

«Sie machen Witze. Nur weil das Ganze auf Ihrem Grund passierte, ist hier keine gesetzesfreie Zone.»

«Schon gut. Vergessen wir die Sache und hoffen, dass der Beinahe-Täter seiner gerechten Strafe zugeführt wird.»

Die Kellner servierten jetzt Kappes – das typische Moselsauerkraut in Kartoffelbrei mit feingeschnittenen Scheiben Ochsenbrust. Unwillkürlich lief Christine nun doch das Wasser im Mund zusammen.

«Dazu brauchen wir etwas Pikantes», murmelte Meckling, zog einen Kellner zu sich und flüsterte ihm etwas ins Ohr. Dann folgte eine befehlende Geste in Richtung von Peer Steiger, der am anderen Ende des Saals stand, aber Blickkontakt zu Meckling hielt und nun herüberkam. Meckling machte auch Beatrix ein Zeichen. Sie hantierte an einem Buffetwagen und reagierte zunächst mit einer fragenden Miene. Meckling nickte resolut mit dem Kopf, woraufhin sie genervt die Lippen schürzte und ebenfalls an den Tisch kam.

«Ich möchte, dass ihr was probiert», sagte er. «Ich will auch noch einen Toast ausbringen. Das ist Christine Sowell, unser neuer Gast.»

Christine reichte Beatrix die Hand. «Wir haben schon auf der Weinmesse in Hamburg gesprochen, im August.»

«Ja, ich erinnere mich.» Beatrix sprach mit leiser Stimme. Sie trug ein klassisch geschnittenes Kleid, das ihre gebräunten Schultern frei ließ. Wahrscheinlich hatte es ihr der Stiefpapi beim letzten Paris-Besuch geschenkt, mutmaßte Christine, wo mit befreundeten französischen Grafen große Bordeaux der letzten Jahrzehnte degustiert worden waren. Auf der Weinmesse hatte Beatrix einen ganz anderen Eindruck gemacht. Sie war blass gewesen und hatte ihren Oberkörper verhüllt.

In Hamburg sei ihr immer fröstelig, hatte sie zu Christine gesagt, obwohl es an dem Tag warm gewesen war.

«Sie sind die Assistentin von Bert Gernsheim, nicht wahr?» Beatrix legte ihre unlackierten, aber schön manikürten Fingernägel an ihr Kinn.

«Assistentin – nein. Eine gute Bekannte von ihm.»

Beatrix blickte überrascht auf. «Nein? Er hat mir öfter von Ihnen erzählt, dass Sie ihm eine große Hilfe seien und ihn bei Vorhaben unterstützten.»

«Ich?» Christine überlegte, was Bert mit diesen Worten gemeint haben könnte. Sicher: Sie hatte ihm oft ihre Meinung zu Weinen und dem Angebot in seinem Laden gesagt, und er hatte aufmerksam zugehört. Mehr fiel ihr jedoch nicht ein.

«Er hat Andeutungen gemacht, dass er vielleicht einmal die Fronten wechseln und Wein produzieren statt nur verkaufen will», sagte Christine. «Aber wir haben nie über genaue Ideen gesprochen.»

«Bert hatte immer viele Pläne», mischte Peer Steiger sich ein.

Die Gespräche im Saal verebbten, weil eine Prozession von Kellnern auf das kleine Tischchen zu marschierte, an dem Christine, Beatrix, Peer Steiger und Tomas Meckling standen. Der erste Mann trug eine Flasche in einem Schmuckkästchen in seinen Händen, zwei weitere hielten Tabletts mit frischen Gläsern.

Tomas Meckling lachte. «Was für eine Operette. Ich will doch nur die Flasche aufhaben!»

Die Umstehenden versuchten, einen Blick auf das Etikett zu erhaschen. Auch Peer Steiger, der seinen Oberkörper so weit über den Tisch bog, dass Christine und Beatrix wegrückten.

«Ahh», sagte er schließlich, als er sein Ziel erreicht hatte. Seine Stimme klang matt.

«Von welchen Plänen hat Bert Ihnen denn erzählt?», fragte Christine den Journalisten.

«Ach, dies und das. Vielleicht ein Weingut in Italien? Hätte zu ihm gepasst. Oder es war nur eine fixe Idee, keine Ahnung.»

Nanu? Bert schien diese Idee mehr als einmal geäußert zu haben. Allerdings nie gegenüber Christine. Sie erinnerte sich an Sätze wie: «Falls ich je aus Hamburg weggehe, dann, um als Weinbauer an der Mosel zu leben.»

Ein italienisches Anbaugebiet würde hingegen zu dem Geschmack des Rotweins passen, den er ihr wenige Tage vor seinem Tod gegeben hatte. Aber warum stand auf dem Etikett des Weines dann *Moselblut*?

«Welcher Tropfen wird uns also gerade serviert?», wollte Beatrix von Peer Steiger wissen.

«Nun, es ist ein *Ürziger Würzgarten* 2005.»

«Haben Sie etwa keine Lust, ihn zu probieren?», fragte Beatrix und warf Christine einen verschwörerischen Blick zu, als ob an Peer Steigers Fachverstand gründlich zu zweifeln sei. «Mein Vater bewirtschaftet seit kurzer Zeit Parzellen in der berühmten Lage.»

Peer Steiger schüttelte heftig den Kopf. «Natürlich habe ich Lust, den Wein zu probieren. Ich wusste nur nicht …» Er machte eine Pause und schien einem wichtigen Gedanken nachzuhängen.

Beatrix lächelte auf eine Weise, die ihr Gesicht wie im Schein einer Kerze betörend aufleuchten ließ. Sie ballte ihre Hand zur Faust und knuffte sanft gegen Steigers Schulter. «Also, was nun? Was wussten Sie nicht?»

«Ich kenn ja schon die Fassproben vom Ürziger 05. Ich dachte, wir würden einen Wein aus der Schatzkammer bekommen. Einen uralten Riesling!»

«Meinem Vater bedeutet der Wein aus dem Würzgarten

viel», sagte Beatrix ernst. «Es ist eine Ehre, den ersten Jahrgang in der Flasche serviert zu bekommen.»

«Ja, schön, aber bitte ohne Mord.» Christine zuckte zusammen.

«Wie bitte?», fragte Beatrix.

«Schon gut», antwortete Steiger.

Christine hatte die Andeutung wohl verstanden. Auf der Weinmesse an Bert Gernsheims Todestag hatte Chris Raura ebenfalls seinen ersten Jahrgang serviert, eine Trockenbeerenauslese von 1998. Christine suchte mit ihren Blicken nach ihm und entdeckte ihn im Gespräch mit Patrick Kerry.

Peer Steiger schob dem Kellner sein Glas hin. Er und Bert Gernsheim waren also für Schlossweingut Meckling tätig gewesen, überlegte Christine. Steiger war es immer noch. Sie hatten sich auf der Hamburger Weinmesse getroffen und kurz vor Berts Tod intensiv miteinander unterhalten. Zufall oder nicht?

Andere Gäste, die von dem Ürziger Würzgarten etwas abbekommen wollten, umdrängten den Stehtisch. Die Gläser von Christine und Beatrix waren jetzt gefüllt, und sie hoben sie vor die Augen.

«Tut mir leid, wenn das Fest durch den Polizeieinsatz gestört wurde», sagte Christine zu ihr. «Aber jemand hat mich in den Bergen in eine sehr unangenehme Lage gebracht.»

«Machen Sie sich keine Gedanken.» Beatrix hielt ihre Nase nicht ins Glas, sondern ließ sie ein Stück weit darüberschweben. Das zarte Riechorgan sah so aus, als ob es weit mehr Duftstoffe wahrnehmen konnte als die meisten anderen Menschen. «Ich war nur im ersten Moment sehr aufgeregt, als hier das Chaos ausbrach. Ich hoffe, das klärt sich bald alles auf.» Sie deutete mit dem Kopf zu Peer Steiger.

Er hielt sich nicht lange mit Schnuppern auf, sondern nippte mehrmals in kleinen Schlucken an seinem Glas. Immer wieder hielt er inne, blickte angespannt ins Leere und sprach Kommentare, die nur er selbst verstehen konnte.

«Er ist eifersüchtig», flüsterte Beatrix ihr fröhlich ins Ohr. «Mein Vater wollte seinen neuen Ürziger ursprünglich in einer Sonderaktion der Öffentlichkeit präsentieren. Mit Peer als Cheftester, versteht sich, und flankiert von Getrommel in seinem Mediendienst. Das kann er jetzt vergessen.»

«Ist doch ein herrlich mineralischer Wein für den Jahrgang 05», ertönte hinter ihrem Rücken Patrick Kerrys Stimme. Die Frauen drehten sich zu ihm um, Beatrix lächelte Kerry an, trank und sagte nichts. Neben ihm standen zwei junge Männer in Anzügen ohne Krawatte und eine Frau von etwa Mitte fünfzig mit wallenden blonden Haaren, kleiner Brille und resolutem Gesichtsausdruck.

Sie fixierte Patrick Kerry, als sie das Glas zum Mund führte, probierte, und sagte dann mit ruhiger, tiefer Stimme: «Etwas Grapefruit, etwas Ananas, flambierte Aprikose. Devonschiefer vor allem im Abgang. Tief, gute Säurestruktur und Länge.»

Die beiden jungen Männer schnupperten noch. «Ich habe Maiglöckchen und Weißdorn, helles Steinobst, gelbe Pflaumen», sagte der eine.

Der andere nickte. «Gelbe Pflaumen habe ich auch.»

Peer Steiger machte dem Kellner ein Zeichen und ließ sich in sein fast geleertes Glas nachschenken. Die jungen Männer entdeckten weitere Blumendüfte, als Peer Steiger sein Schweigen mit einem langen «Hmmmm» beendete. «Das ist ein Wein wie ein wunderschöner Frauenfuß auf griechischem Marmor. Er besitzt Wärme, Anmut und ist ein Ausbund an Leben. Und zugleich den Rückhalt, die Bodenhaftung eines edlen und schier unverwüstlichen Materials.»

Die Gruppe lächelte.

«Warum ist es keine Hand?», fragte Christine.

«Wie bitte?»

«Es könnte doch auch eine Männerhand sein.»

«Eine Männerha… ha, ha, entschuldigen Sie, Frau Kollegin, ich sehe das völlig frei von sexuellen Ausrichtungen – rein metaphorisch. Und da steht eine Männerhand nun wirklich für gröbere Dinge, mit denen wir kaum einen filigranen, sich elegant über dem Boden aus Mineralität und Fruchtextrakt bewegenden Wein beschreiben können. Eine Männerhand, ja, vielleicht eine treffende Beschreibung für einige fette australische Rote oder zusammengepanschte Ami-Plörren, nicht?»

Er blickte in die Runde, die etwas verquält kicherte. Steiger erkannte erst mit Verzögerung, warum.

«Oh, Entschuldigung, Mister Kerry! Ich wollte nicht die amerikanische Nation und ihren Weinbau beleidigen. Und von Al Qaida bin ich auch nicht!» Einige lachten. «Scherz beiseite. Hinsichtlich mancher Produkte, die aus der Neuen Welt zu uns gelangen, ist es manchmal schwer, die richtigen Worte zu finden. Davon sind die Gewächse ehrbarer US-Winzer natürlich ausgenommen.»

«Oh, wir sollten doch nicht von den Nationalitäten abhängig machen, wie wir über die Weine reden, sondern von den Qualitäten.» In Patrick Kerrys Blick lag etwas Fröhlich-Verträumtes, Christine hatte es schon mehrfach bemerkt, wenn er mit anderen sprach. Es ließ ihn jedoch nicht naiv, sondern selbstbewusst erscheinen. «Ob die Deutschen oder die Winzer aus Übersee die Weingeschichte auf Abwege bringen … Wir wissen es erst beim Jüngsten Gericht, denn da wird mit Sicherheit Wein getrunken.»

«Und Sie, Frau Kollegin?», fragte Peer Steiger. «Was sagen Sie zum Ürziger Würzgarten?»

Christine wurde von der Frage überrascht. «Er hat …» Sie probierte noch einmal. «Ich finde, er hat etwas Prickelndes, Unterhaltsames, da hat man auch an einem langweiligen Abend einen guten Gesprächspartner.» Tomas Meckling, der auf der anderen Seite des Tisches mit Gästen beschäftigt war, reckte ein Ohr so weit wie möglich in ihre Richtung.

«Womit ich jetzt nicht meine …»

«Oh no, nicht noch mehr Richtigstellungen», unterbrach sie Patrick Kerry, «wir wissen, dass Sie nicht uns, sondern die Leute meinen, mit denen Sie sonst immer Ihre Abende verbringen.»

Alle außer Christine lachten.

«Also, wie gesagt.» Sie schaute auf ihr Glas. «Schmeckt mir gut, eher trocken, obwohl der Restzucker bestimmt zu hoch ist, um den Wein offiziell als trocken deklarieren zu dürfen. Viele Weine aus 2005 sind mir von der Frucht her etwas zu schwer.»

«Stimmt», sagte Steiger. «Von trocken stand nichts drauf.»

Die blonde Frau nahm noch einen Schluck, bevor sie fragte: «Und Sie sind wie Herr Steiger eine Weinjournalistin? Für welches Blatt schreiben Sie?»

«*Convention.*»

«Haha.» Große Fröhlichkeit breitete sich auf dem Gesicht der Frau aus. «*Convention* – das ist doch diese …»

«Die mit den teuer behängten Elfen auf dem Titel und den Parfuminseraten innen», sagte einer der jungen Männer.

«Oh Gott, wenn ich nur daran denke …», meinte die Frau. «Die ganze Zeitschrift muss doch furchtbar nach all diesen Parfumproben stinken. Hoffentlich haben Sie kein Exemplar dabei, das macht ja das Aroma des schönsten Weins kaputt. Allein schon der Anblick.»

«Die einen mögen die Aromen von Weinen, die anderen die von Parfums», antwortete Christine. «Nur Blasiertheit stinkt zum Himmel.»

Den letzten Satz hätte sie sich vielleicht sparen sollen. Aber Christines Fähigkeit, auf Unverschämtheiten gelassen zu reagieren, war für diesen Tag aufgebraucht.

Die Frau warf ihr einen bösen Blick zu, bevor sie sagte: «Also, als nette Abendunterhaltung würde ich dieses Riesling-Meisterwerk weiß Gott nicht bezeichnen. Aber vielleicht bringt man Weine den etwas zu verwöhnten und etwas zu wohlhabenden Leserinnen Ihrer Zeitschrift mit so einem Blabla am besten nahe. Nur schade, wenn auf diese Weise die besten Weine zu Modegetränken gemacht werden und nur noch von Leuten bezahlt werden können, die außerstande sind, sie zu würdigen.»

Christine wollte antworten, als Patrick Kerry gegen ihren Arm tippte. «Ja, gute Weine sind wie Menschen, mit denen man sich gut unterhalten kann. Anders als der gemachte Stoff, der nur auf Effekte zielt. Junge amerikanische Winzer fahren hierher zu den Steillagen, um zu lernen, weg vom Industriestoff.»

«Das macht allein aber auch nicht selig», wandte Beatrix ein. «Mit Kleinbauernarbeit wie aus dem 19. Jahrhundert können wir der Massenfabrikation in der Neuen Welt nichts entgegensetzen. Ein paar Edelgütern gelingt das, vielleicht. Falls sie es schaffen, rentabel zu sein. Aber warum sollten wir nur Edelstoff für Betuchte machen? Wir müssen auch im Massenmarkt mitmischen. Leute mit wenig Geld haben auch Anspruch auf guten Wein. Seht euch die großen Güter in Australien an. Die produzieren gute Qualität vom Kochwein bis zum Jahrhundertwein.»

«Oh, sure, aber gegen deren Anbauflächen ist die Mosel ein Vorgarten.»

«Dafür haben wir das einzigartige Klima und die einzigartigen Steillagen mit unserem Riesling. Daraus können wir Preiswertes mit Charakter machen. Allerdings müssen wir die Leute davon überzeugen, dass sie für eine Flasche Wein mehr als für eine Currywurst an der Bude ausgeben sollten.»

«Was ist, wenn die Welt immer wärmer wird?», fragte

Christine. «Viele Winzer fürchten doch, der Riesling könnte dadurch seinen Charakter verlieren.»

«Ach was. Wir sind hier weit im Norden. Dann schmeckt der Riesling eben etwas fruchtiger oder süßer. Na und? Das ist vielleicht sogar besser als jetzt.»

Ein Glockenschlag ertönte. Alle sahen zu Tomas Meckling, der jetzt mit einem Glas in der Hand am Kopf des Saals stand.

«Ich darf Sie mit einiger Verspätung zu unserer Abendverkostung begrüßen», hob er an. «Lassen Sie sich die Weine und die Köstlichkeiten unserer Moselküche schmecken, aber bitte erlauben Sie mir einen Moment der Besinnung. Der trauernden, aber vor allem der frohen Besinnung darauf, einen Menschen gekannt zu haben, den ich wie kaum einen anderen geschätzt, ja, ich darf sagen, geliebt habe. Erheben wir unser Glas auf Bert Gernsheim, der in diesem Jahr von uns gegangen ist. Bert, in unseren Herzen lebst du weiter!»

Tomas Meckling hob sein Glas in die Höhe wie die Freiheitsstatue in New York ihre Fackel. Christine trank ihr Glas in einem Zug leer.

Schleichweg

Am nächsten Morgen stand neben den anderen Treckern ein weiterer, der gestern noch nicht da gewesen war.

Christine hatte nur wenige Stunden geschlafen, fühlte sich aber gut erholt. Als sich gestern am späten Abend die meisten Gäste auf ihre Schlosszimmer zurückzogen, hatte sie mit Patrick Kerry noch aus einigen der offenen Flaschen nachprobiert. Er berichtete ihr, dass die herrische blonde Dame eine wichtige Persönlichkeit der Berliner Kunstszene namens

Doris Schmitz sei und mehrere Galerien besäße. Christine überlegte, ob sie den Namen kannte. Das Verlagshaus, für das sie arbeitete, vergab einmal pro Jahr Preise für herausragende Maler, Bildhauer oder andere verdienstvolle Leute aus der Kunstbranche. Die Verlegerin hatte diesen Preis nach dem Tod ihres Mannes gestiftet und nach ihm benannt.

Durch Patrick Kerry erfuhr Christine auch mehr über Beatrix.

«Ich weiß nur ein bisschen», meinte er mit seinem angenehmen Akzent. «Wie das Leben so spielt, wie die Deutschen sagen, ist Tomas Meckling ja lange Zeit in der Welt mit seiner Frau wie ein Hippie rumgezogen. Mit dem Erbe auf der Bank war das kein Problem. Und Beatrix, die war, wie sie mir sagte, Tochter einer Diplomatenfamilie, in Indien aufgewachsen. Mr. Meckling war befreundet mit denen, und es gab wohl irgendein schreckliches Unglück. Kurzum hat Mr. Meckling Beatrix adoptiert, noch in Indien, da war sie aber auch nicht mehr vierzehn. Sie machte dann eine Ausbildung in Frankreich. Dann wurde Mr. Meckling an der Mosel sesshaft, wo er sich entschloss, das alte Weingut nicht mehr zu verpachten, sondern selbst zu managen. Und vor drei Jahren kam auch Beatrix hierher. Sie hat eine kurze Ehe hinter sich gebracht und heißt nicht mehr Meckling, sondern Erker.»

«Beatrix Erker?»

«Ja, genau.»

«Was ist mit Tomas Mecklings Frau?»

«Das weiß ich nicht genau.»

Es war angenehm, mit Patrick Kerry zusammen zu sein. Obwohl er unendlich viel über Weine wusste, sprach Christine lieber über andere Dinge mit ihm. Wie sie aufgewachsen waren – er in Minnesota, sie in Schleswig-Holstein –, welche Orte in der Welt sowohl sie als auch er schon besucht hatten und wo sie sich theoretisch hätten begegnen können. Und sie sprachen über ihr gemeinsames Bedürfnis, ihr Geld frei von Bevormundungen zu verdienen. Er verabschiedete sich mit einem Wangenkuss, der Christine sanft durchzuckte. Beschwingt war sie zu ihrer Wohnung gegangen.

An diesem Morgen duschte Christine, als täte sie es zum ersten Mal. Sie spürte, wie sich jede einzelne Faser ihres Körpers entspannte und reinigte.

Jemand hatte gestern Abend noch ihr Gepäck in die Wohnung gestellt. Beim Anziehen sah sie, wie die Sonne durchs Fenster knallte. Da der Kühlschrank leer war, musste Christine erst mal zu einem Supermarkt fahren. Aber wo war ihr Auto?

Christine trat ins Freie. Zur Jeans hatte sie eine hellblaue Bluse angezogen, die sie im Gehen an den Ärmeln aufkrempelte. Keine Spur mehr vom schlechten Wetter, es war wieder warm geworden. Da bemerkte sie den zusätzlichen Trecker. Er stand in einer Reihe mit den anderen, aber nicht so gerade wie sie.

«Schon wach?» Tomas Mecklings Stimme hallte laut über den Schlossplatz. Sein Gesicht war völlig ausgefüllt von einem Lächeln, er schien geradezu begeistert zu sein über Christines Anblick.

«Ja», sagte sie und ging näher an den Trecker heran. Tomas Meckling erreichte sie, und sie schüttelten sich die Hände zur Begrüßung.

«Ich möchte mich bei Ihnen entschuldigen», sagte der Graf. «Sie hatten in allem recht. Heute Morgen wurde einer unserer Trecker kurz vor dem Tal in einem Graben gefunden. Er wurde gestohlen, wir hatten ihn oben auf einer Bergstraße geparkt. Aus Bequemlichkeit, weil wir dann morgens nicht immer mit allen Fahrzeugen von hier aus losmüssen. Das ist einem Gauner aufgefallen. Ich vermute, er hat das Fahrzeug kurzgeschlossen und wollte gerade abhauen, als Sie den Berg hochfuhren. Wahrscheinlich hat er Angst gehabt, ertappt zu werden.»

«Das wäre zumindest eine Erklärung.»

Tomas Meckling hob die Arme. «Die schöne Mosel ist eben nicht nur eine Idylle. Uns geht's ja noch gut. Aber denken Sie an all die kleinen Winzer, die ums Überleben kämpfen. So ein Trecker wird schnell farblich umgespritzt oder verkauft.»

Christine ging langsam um den Trecker herum und stieg an ihm hoch, um ins Führerhaus zu blicken.

«Ich habe Kriminalrat Krose schon informiert, und er wird mit weiteren Fragen auf Sie zukommen. Die Staatsanwaltschaft wird sicher nicht nur wegen Diebstahl, sondern auch wegen versuchter Körperverletzung oder Ähnlichem ermitteln.»

Meckling hielt sein Gesicht der Sonne entgegen. «Jedenfalls haben Sie sich in einer Kriminalakte in Trier verewigt. Davon können Sie noch Ihren Enkeln erzählen.»

Christine wurde unwirsch. «Haben Sie schon einmal Todesangst gehabt?» Meckling machte eine Miene, als sei sie ein krankes Kind. «Wollen Sie die ganze Geschichte hören?»

«Natürlich.» Sein Gesicht wurde ernst. «Lassen Sie uns ein Stück gehen.»

Auf dem Schlossplatz trugen Gäste ihr Gepäck zu den Autos, um nach Hause oder zum nächsten Winzer zu fahren, der sich an der Aktion «Weingut hautnah» beteiligte. Tomas Meckling führte Christine durch eine Gasse mit Kopfsteinpflaster, die in Richtung der Schlossmauer führte.

«Nach Berts Tod bekam ich eine Art Drohbrief», sagte Christine, «der mich zum Schweigen zwingen sollte. Dann tauchte bei meinem Besuch bei dem Winninger Winzer Harald Lod – kennen Sie ihn?»

«Lod … Lod …»

«Österreichischer Winzer in Winningen, ein Quereinsteiger.»

«Aha!»

«Bei ihm auf dem Hof tauchte plötzlich jemand mit einer Waffe auf. Es sah jedenfalls so aus.» Wie ihre Worte klangen! In Mecklings Ohren wahrscheinlich total konfus. Und war es richtig, ihm das alles zu erzählen?

Er streckte Arm und Zeigefinger aus. «Wir müssen mit dem Auto lange fahren, um vom Schloss zur Mosel zu kommen. Aber dort, auf dem Fußweg den Hang hinunter, sind es nur zehn, fünfzehn Minuten.»

Christine blickte geradeaus und sah eine Lücke in der Schlossmauer. Über die Gasse, auf der sie gingen, konnte man das Gelände verlassen oder betreten. Sie passierten den Durchgang und gelangten auf einen Weg, der durch dichten Wald abwärtsführte.

«Gestern passierte dann die Sache mit dem Trecker auf dem Bergpass», sagte Christine.

«Moment mal!» Tomas Meckling blieb stehen. «Bert ist ermordet worden – schlimm genug. Und da ist man schnell dabei, überall Zusammenhänge erkennen zu wollen. Ein Unbekannter taucht also auf dem Hof eines Winninger Winzers auf. So etwas passiert alle Tage. Die Sache mit dem Trecker – da müssen Sie der Ermittlungsarbeit einfach vertrauen, sonst kann ja jeder seine Verschwörungstheorien schmieden.»

«Jedenfalls habe ich es Ihnen erzählt», sagte Christine und ging weiter. «Vielleicht kann es noch einmal wichtig sein, dass Sie es wissen. Vielleicht nach dem nächsten Mord.»

«Sie meinen, nachdem Sie ermordet wurden?» Er lachte heiser. «Ich hoffe nicht. Auf Schlossweingut Meckling sind Sie sicher. Ach, was reden wir da überhaupt für einen Quatsch!»

Sie erreichten eine Lichtung und kamen an einer Weide mit sattem, hochgewachsenem Gras vorbei. Der Himmel war blau wie über einer Insel in der Ägäis. Dann wurde der Weg wieder von Bäumen gesäumt, und die Mosel war erneut zu sehen.

«Wir kehren jetzt besser um», sagte Christine. «Ich muss einiges erledigen.»

«Schauen Sie mal!» Tomas Meckling deutete auf die Weinberge der anderen Moselseite. «Da oben, der rote Kombi neben der Kapelle.»

Christine versuchte zu erkennen, was er meinte. Tomas Mecklings Zeigefinger wies auf einen Punkt in der Mitte des Berges. Christine kniff die Augen zusammen und sah einen Weg, eine weiße Kapelle und ein rotes Auto.

«Der Pater ist da. Ich hoffe, dass Sie ihn bald kennenlernen. Er heißt nur so.»

«Pater?»

«Er wollte mal einer werden … Die Umstände hinderten ihn. Ein interessanter Mann. Sie sind doch Journalistin. Theo weiß alles über die Region. Aber Sie können auch immer mich fragen.»

Christine erzählte ihm von den Reportagen, die sie über die Mosel schreiben wollte.

«Ich habe manchmal nicht viel Zeit», sagte Tomas Meckling. «Aber wenn es geht, können wir gerne herumkurven. Hoch, die Lagen angucken, was Sie möchten.»

Auf dem Schlossplatz verabschiedeten sie sich. Tomas Meckling tippte an einen imaginären Hut auf seinem Kopf und verschwand.

Sollte, konnte sie ihm trauen? Er war charmant und interessant, aber schwer einzuschätzen. Vielleicht hatte Christine ihm schon viel zu viel gesagt. Sie hatte den Wunsch gehabt, sich auszusprechen. Jetzt schämte sie sich für ihre Unvorsichtigkeit.

Sie fand ihren Wagen auf einem Parkplatz in der Nähe des Schlossgebäudes. Nach dem Unglück auf dem Berg und ihrer

Befreiung hatte sie den Zündschlüssel stecken lassen. Jetzt war er weg, die Türen waren abgeschlossen. Hinter der Windschutzscheibe steckte ein Zettel: *Im Lager melden.*

Wo war das Lager? Christine blickte sich um. Doch schon näherte sich einer der Arbeiter, die man ständig beim Umladen von Fässern, Transportieren von Flaschenpaletten oder Reinigen von Geräten und Böden sah. Ein Schlüssel baumelte zwischen seinen Fingern.

«Ihrer», sagte er.

«Vielen Dank.» Christine holte ihr Portemonnaie aus der Tasche.

«Dafür nicht. Wir haben ihn durchgecheckt», sagte der Mann. «Können wir genauso gut wie die Werkstatt. Wenn oben auf dem Berg ein Motor ausfällt, ist das ja gar nicht schön.»

«Und Sie meinen, jetzt ist alles in Ordnung?»

Der Mann streckte seinen hageren Körper. «Also er fährt sicher und ohne Probleme, da brauchen Sie sich keine Sorgen machen. Wir haben ihn nur abgeschleppt, gestern Abend, und dann kam ja auch noch die Polizei auf den Berg.»

«Was schulde ich Ihnen?»

«Nein, nein, ist schon gut.»

Christine gab ihm 20 Euro, die er nicht annehmen wollte.

«Für die Kaffeekasse», fügte sie hinzu. Jetzt nahm er das Geld.

Beim genaueren Hinsehen wies die Karosserie deutliche Schrammen und Dellen auf, die bei dem Ausweichmanöver entstanden waren. Wenn der Trecker den Wagen berührt hätte, würde es jetzt wenigstens handfeste Beweise für ihre Version des Unfalls geben.

«Da kann ich Ihnen jemanden nennen, der das günstig macht.» Als Christine nicht sofort auf seine Worte reagierte, fügte der Mann hinzu: «Oder noch günstiger.»

«Vielen Dank, ich überlege es mir.»

Christine setzte sich hinter das Steuer und verließ das Schlossgelände. Allen hier war daran gelegen, den Unfall so schnell wie möglich ungeschehen zu machen, überlegte sie. Mit ihrer Suche nach einer Antwort stand sie ganz allein da.

Es herrschte nur wenig Verkehr, und manchmal kam es Christine vor, als führe sie mitten durch Weinberge, so nah bauten sich die Reben neben der Moselstraße auf. Mal erschienen die Anbauflächen schroff und abweisend, mal wie romantische Gärten.

Für ihre Recherchen war ihr Aufenthalt auf Schloss Meckling ein Glücksfall. Leider war es ihr nicht gelungen, mehr über Bert Gernsheims Aktivitäten zu erfahren. Über Dinge, die vielleicht auch im Zusammenhang mit seiner Ermordung standen. Oder musste sie sich doch ganz woanders umsehen – vielleicht in Italien? Bei ihrer Rückkehr durfte sie nicht vergessen, Tomas Meckling zu fragen, was ihre Wohnung kosten sollte. Auf keinen Fall wollte sie dort umsonst wohnen.

Christine überquerte die Brücke von Kues nach Bernkastel und parkte unten am Hafenbecken. Sie ging die Treppe in die Stadt hinauf, zur Uferstraße *Am Gestade*, wo hohe Geschäftshäuser und Hotels standen. Von dort gelangte sie über eine Gasse zum Markt und fand sich plötzlich in einer mittelalterlichen Welt aus Brunnen, Torbögen, Plätzen und steil ansteigendem Kopfsteinpflaster wieder.

In großen Gruppen spazierten Besucher durch den Ort. Das Faszinierende an Bernkastel waren die Perspektiven. Christine ging um eine Häuserecke, und sofort taten sich neue Gassen auf, die sich um urtümliche Fassaden hinauf zu den Weinbergen schlängelten.

Die Kaffees und Lokale waren gut besucht, und manche der Menschen, die Christine entgegenkamen, machten den

Eindruck, dass sie schon einige Weinproben absolviert hatten. Bald merkte sie, dass ihr die Muße zum Flanieren fehlte. Sie war nervös und konnte sich nicht dazu entschließen, einen der Winzerläden zu betreten. Sie schaute nur in die Schaufenster, wo die Flaschen mit den berühmten Namen auf den Etiketten ausgestellt waren: *Graacher Domprobst*, *Zeltinger Sonnenuhr*, *Bernkasteler Badstube*, *Erdener Treppchen*, *Brauneberger Mandelgraben* ... Lagen, die Imperien, Kriege und technische Umwälzungen überdauert hatten.

In den Häuserzeilen unterhalb des *Doctor*-Weinbergs fand Christine einen Supermarkt. Dann ging sie zurück zum Wagen.

Als sie hinter dem Lenkrad saß, schaltete sie ihr Handy ein. Erik hatte auf ihre Mailbox gesprochen: «Hallo, es geht dir hoffentlich gut. Gib mir doch Bescheid, wenn du die Rauras triffst. Vielleicht kannst du etwas für mich herausfinden. Hier läuft alles normal.»

Etwas herausfinden? Wahrscheinlich sollte sie ihm wie damals der Kellermeister eine Flasche unter der Hand zukommen lassen ... Christine beschloss, die Bitte zu ignorieren. Ihr fielen Harald ein und das Versprechen, sich bald wieder bei ihm zu melden. Seit ihrem Besuch dachte sie mit Sorge an ihn.

Haralds Frau meldete sich mit tonloser Stimme und rief nach ihm, als Christine ihren Namen genannt hatte. Er begrüßte sie freudig.

«Wie geht's?», fragte Christine.

«Na ja. Abgesehen von zu viel Schulden und Arbeit hervorragend.»

«Es wird bestimmt besser. Du bist einfach zu gut.» Christine wusste, wie abgedroschen das klang, und Harald lachte auch sofort auf. Aber sie meinte es so.

«Wenn die meine Weine ruinieren und mein Land okkupieren, nützt mir das nichts.»

«Wer ‹die›?»

«Investoren, Mafiosi, Verbrecher, nenne sie, wie du willst.» Seine Stimme fing wie vor einigen Tagen gefährlich zu vibrieren an.

Es hatte keinen Zweck, weiter mit ihm über dieses Thema zu reden. Christine beendete das Gespräch und fuhr zurück zum Schloss.

Während sie ihre Einkäufe auspackte, sah sie durchs Fenster Tomas Meckling mit Arbeitern sprechen. Christine ging zu ihm und fragte nach dem Mietpreis für die Wohnung. Nach einigem Hin und Her einigten sie sich auf 25 Euro pro Nacht und verabredeten einen Ausflug in die Weinberge für den nächsten Tag.

Den Nachmittag verbrachte Christine in ihrer Wohnung und begann, einen Text über Haralds Weingut zu schreiben – über seine Entstehung, die Art seiner Weine, die Lagen, auf denen die Reben wuchsen. Christine hatte noch nie etwas über ihn veröffentlicht, aus Scheu, über Freunde zu schreiben. Doch jetzt war es höchste Zeit, ihn bekannter zu machen.

Danach tippte Christine Sätze für einen zweiten Artikel in ihren Laptop. Abgefasst in der Form eines Märchens: Eine arme Bauernmagd flüchtet sich eines Tages auf ein Schloss, auf dem König Wein regiert, umgeben von einem schwärmenden, unterwürfigen und intriganten Hofstaat. Ähnlichkeiten mit lebenden Personen und der Weinparty auf dem Schloss waren rein zufällig. Die blonde Galeristin machte sie zur eingebildeten Zauberin, der ständig Missgeschicke passierten. Sie verwandelte den Wein des Königs in Parfum, den schönen Geliebten der Prinzessin in einen uralten Mann und Ähnliches. Mal sehen, dachte sie, ob *Convention* die Satire drucken wird.

«Wird ein guter Jahrgang!» Die Winzer schienen diesen Satz zu lieben – oder sprachen sie ihn wie eine Beschwörungsformel? Christine war um neun Uhr am Morgen mit Graf von Meckling aufgebrochen, und nun besuchten sie ein Weingut nach dem anderen. Er drückte einfach gegen geschlossene Kellertüren, die prompt Einlass gewährten in die Welt der eingelagerten Weine, von denen zu dieser Zeit die besten des letzten Jahrgangs auf Flaschen gefüllt wurden. Männer in Gummistiefeln und Schürzen, oft angespannt wirkend, lächelten wie fröhliche Spielkameraden, wenn sie den Grafen sahen, und schienen ihre Arbeit kurz zu vergessen. Christine erkannte oft erst auf den zweiten Blick berühmte Winzer, deren Gesichter in Büchern und Fachzeitschriften immer wieder abgedruckt wurden.

«Wird ein guter Jahrgang», sagten auch diejenigen, die Christine und Graf Meckling inmitten ihrer Weinberge trafen. Schon bald bekam es Christine jedoch mit einem Problem zu tun, das sie nicht erwartet hatte. Als Tomas Mecklings Jeep höhere Regionen erreichte und die Pisten schmaler wurden, packte sie die Angst, es könnte jeden Moment erneut etwas auf sie zukommen, dem auszuweichen unmöglich war. Tomas Meckling verstärkte dieses Gefühl, da er forsch und schnell fuhr und auf Kurven buchstäblich zuraste. Christine versuchte, sich nichts anmerken zu lassen, obwohl sie manchmal am liebsten aufgeschrien hätte. Wahrscheinlich, so tröstete sie sich, war dies die Konfrontationstherapie, die sie in fünf Jahren sowieso hätte machen müssen, wenn ihr die Begegnung auf dem Berg dann immer noch im Kopf herumspuken würde.

Es bedeutete eine große Erleichterung, wenn Tomas Meckling plötzlich spähend den Kopf nach vorne beugte oder aus seinem Mund Ausrufe kamen wie: «Na, der hat zu tun», oder: «Da ist der Harry.» Denn sofort verlangsamte sich das Tempo, und der Jeep kam nach einigen Metern am Straßenrand zum Stehen. Christine atmete durch und lächelte, um ihre erstarrten Gesichtszüge zu lockern. Kurz darauf standen sie dann einem Winzer gegenüber, der auf seinen Berg gefahren war, um die Reben zu begutachten. Schon prüften er und Meckling gemeinsam Blattwerk und Früchte, fachsimpelten und nickten mit den Köpfen. Christine stand daneben und stellte ab und zu eine Frage.

Ihr fiel auf, dass viele der Männer sie kaum ansahen. Als sie aber einer Winzerin begegneten, starrte diese Christine immer wieder an, durchbohrte sie geradezu mit ihren Blicken. Christine ärgerte sich, wandte sich der Frau zu und fragte: «Ja, bitte?» Die Frau schlug die Augen nieder, wies auf den Boden und sagte: «Beschmutzen Sie sich nicht.»

Tomas Meckling schien nichts davon zu bemerken. Lächelnd und Hände schüttelnd bahnte er sich seinen Weg, durchschritt die Keller und riss Trauben zur näheren Prüfung ab oder probierte aus Fässern, als ob sie ihm gehörten. Doch dies wirkte nicht selbstherrlich, allenfalls wie ein zu leidenschaftliches Interesse.

Sie kehrten immer wieder zur Moselstraße zurück, um von dort aus neue Lagen zu erkunden. Häufig streckte Graf Meckling den Finger aus und nannte Namen von Weinbergen, an denen Schlossweingut Meckling beteiligt war. Einen der wichtigsten steuerte er allerdings nicht an. «Ich denke, Sie haben im Moment keine Lust, an den Ort des Unfalls zurückzukehren.»

Sie ließen den Jeep auf einer einsamen Piste zwischen Traben-Trarbach und Pünderich stehen und kletterten in eine Landschaft aus zerklüfteten Hängen. Hier trat der braune Schiefer immer wieder nackt hervor, und es gab gewaltige senkrechte Felsklippen und Abstürze. An einigen Stellen hielten Bäume die Weinpflanzen in Schach, an anderen umliefen die Rebstöcke den Wald, wie Wasser einen Fels im Meer umströmt, und wuchsen über ihm weiter in die Höhe.

Ein schmaler Wirtschaftspfad führte hinauf in die Pflanzungen.

«Ich habe hier nur wenige Parzellen, die ich für Cuvées benutze», erklärte Tomas Meckling. «Riesling und Weißburgunder, bunt aus verschiedenen Lagen zusammengemixt, je nach Geschmack. In Deutschland wollen die Leute ja entweder Wein trinken, der nach ein bisschen Traubensaft mit Alkohol schmeckt, oder sie wollen die Lagen erschmecken und verlangen vom Winzer, dass in seinem Wein jede Gesteinsformation im Boden und wohl auch noch jede Insektenart, die da lebt, einen Ausdruck im Wein hinterlassen. Banausen oder Naturwissenschaftler. Hilfe! Wein ist Genuss, meiner Meinung nach.»

Der Weg endete, doch Meckling führte Christine weiter hinein in die Weinbergsparzelle, mitten durch eine der Schneisen zwischen den ordentlich paradierenden Traubenpflanzen. Dann lenkte er sie auf den nächsten Trampelpfad, und so ging es immer weiter. Christine bot nur der in der Tiefe sichtbare Fluss Orientierung. Er strömte an Wiesen mit gelbblühenden Blumen und gedrungenen Bäumen vorbei. Vereinzelt stachen grazile Wipfel heraus.

Eine Gruppe von Wanderern kam ihnen entgegen. Die Gesichter der Leute belebten sich, als sie Tomas Meckling erkannten. Es handelte sich um eine Gruppe von Weinfreunden, die Lagen in Augenschein nahmen, die sie sonst immer nur auf den Etiketten der Flaschen sahen. Bald schon hörte Christine Tomas Meckling über Dinge schwärmen, über die er soeben noch gelästert hatte. «Die Mineralik, die holen sich die Wurzeln ja viele Meter tief aus dem Boden, die kämpfen darum. Und sehen Sie sich mal an, woraus die Wurzeln erwachsen, wie der Boden hier lebt. Das kommt alles dem Wein zugute.»

Christine ließ den Blick zurück zum Fluss schweifen und staunte, wie weit sie und Tomas Meckling in der kurzen Zeit hinaufgekommen waren. Sie lief ein paar Schritte zurück, weil ihr kurz vor dem Zusammentreffen mit den Wanderern ein Trampelpfad zwischen zwei Rebenreihen aufgefallen war. Noch war die Unterhaltung zwischen ihnen und Tomas Meckling gut zu verstehen. «Aber Sie selbst ernten doch auf chemisch totgedüngtem Boden», ertönte die Stimme eines Weinfreundes.

«Wenn wir das je getan haben sollten», erwiderte die Stimme Tomas Mecklings, «dann haben wir aus unseren Fehlern gelernt.»

Auf einmal befand sich Christine ganz allein zwischen den Reben. Obwohl es sich um landwirtschaftliche Nutzpflanzen handelte, strahlten sie eine anmutige Schönheit aus. Der schmale Pfad schien zu keinem Ziel zu führen, so als könne Christine endlos weiterlaufen.

«Frau Sowell!», ertönte Tomas Mecklings Stimme.

«Ich komme sofort.»

Der Pfad ging nun leicht bergab, und sein blankgetretener Anteil verbreiterte sich.

«Frau Sowell, Frau Sowell …»

Sie blieb stehen. Tomas Meckling tauchte keuchend zwischen zwei Pflanzenreihen auf.

«Da sind Sie!», rief er. «Vorsicht, hier kann man sich verlaufen.»

«Zur Not braucht man doch nur abwärtszugehen.»

«Mit dem Erfolg, dass man womöglich vor einem steilen Abgrund steht. Kommen Sie hier entlang.» Er führte sie quer zu dem Trampelpfad durchs Dickicht des Weinlaubs, woraufhin sie nach wenigen Minuten wieder den Wirtschaftsweg erreichten. Allerdings weit oberhalb der Stelle, an der Christine sich selbständig gemacht hatte.

Tomas Meckling wollte erneut den Weg verlassen und quer durch die nächste Weinlage spazieren.

«Sie sind doch fit, nicht? Ist von hier aus eine prima Abkürzung.»

Er half ihr, ein niedriges Mäuerchen zu erklimmen. Dann bewältigten beide hechelnd und keuchend die Steigung.

Sie bemerkten erst spät, dass sich ihnen stampfende Schritte näherten. Das Weinlaub raschelte, Christine und Tomas Meckling blieben stehen und hörten nun die Geräusche von anderen, die ihnen entgegenkamen, aber noch unsichtbar waren.

Plötzlich erzitterten die Zweige vor ihnen, und zwei Männer wurden sichtbar – auf den ersten Blick als Vater und Sohn zu erkennen.

«Du suchst mein Land nicht heim, Tomas Meckling, du nicht», rief der Ältere übergangslos. Sein Gesicht war lang und knöchrig. Nur seitlich am Kopf hatte er noch Haare.

«Wir haben hier nur die Abkürzung genommen. Das war doch immer in Ordnung», sagte Meckling.

«Jetzt nicht mehr, du Landvermesser. Fass mal nicht meine Trauben an, dass sie nicht sauer werden.»

«Nun hör aber mal auf, Diedrich, willst du dich nicht mal entspannen?»

Der Mann stemmte ein Bein in den Weinbergsboden, das andere wippte nervös. Arme und Hände hingen in der Luft, als wollte er gleich etwas anpacken.

«Das hast du zu Moritz und Ernst sicher auch gesagt. Und wo sind sie jetzt?»

«Na, im Urlaub wahrscheinlich.» Tomas Meckling lächelte selbstbewusst. «Haben Sie sich doch verdient, nach einem Leben voller Arbeit. Bist du neidisch, dass ich ihnen gutes Geld für ihre Lagen bezahlt habe? Deine will ich nämlich nicht.»

«Wir kleinen Winzer haben keine Chance mehr, wenn du dir die besten Lagen einverleibst und billig vermarktest. Du machst alles kaputt, was in Jahrhunderten entstanden ist.»

«Ich vermarkte nicht billig. Das Einzige, was du mir vorwerfen kannst, ist, dass ich hier richtig guten Wein produzieren will. Vielleicht besseren, als ihr bisher machtet. Dann müsst ihr dazulernen.»

«Pah», rief der Winzer wütend aus.

Ein Stein schlug dumpf mehrere Meter vor Meckling und Christine auf dem Boden auf. Sie sahen in die Richtung des Jüngeren, der sich bückte, um einen weiteren Stein aufzuheben.

«Kommen Sie», sagte Meckling zu Christine. «Diese Herrschaften belieben kriminell zu werden.»

Christine kam dieser Aufforderung schnell nach, denn angesichts der kleinen bösen Schlitze, zu denen der junge Mann seine Augen zusammengezogen hatte, traute sie ihm alles zu. Ob Steine werfen ein probates Verteidigungsmittel von Winzern war? Nun, andere Waffen als Steine gab es ja im Berg nicht. Dieselben Steine, die in den Artikeln und Weinseminaren stets ausführlich beschrieben wurden, weil ihre Zusammensetzung als wesentlich für die Güte einer Lage galt.

Erneut kamen sie in die Nähe der Stelle, wo sie die Wanderer getroffen hatten. Meckling führte sie zu einem schmaler Abzweiger vom Wirtschaftsweg, über den sie höher in die Berge stiegen.

«Das Weingut Berger wird es wahrscheinlich nicht schaffen, eine weitere Generation zu überleben.» Mecklings Stimme klang rau und erregt. «Würden wir alle so rückschrittlich denken, wären wir alle weg vom Fenster. Aber die Leute machen es sich leicht und sagen, wer das Rettungsboot besteigt, ist für den Schiffbruch verantwortlich.»

Sie schnauften erneut im Duett. Zum Glück war in einigen Metern das Ende der Steigung zu erkennen.

«Ich habe Lagen von Leuten gekauft, die so gut wie am Ende waren, denen es noch schlechter ging als ihm. Allesamt nicht konkurrenzfähig. Nur weil er Angst vor der Zukunft hat, hasst er mich und glaubt, nicht er selbst, sondern ich wäre an allem schuld. Wissen Sie, was einige Leute mir vorgeworfen haben?»

«Nein.»

Die Steigung war geschafft, und es eröffnete sich eine weite Aussicht auf das Moseltal. Links erhoben sich schroffe Felsbuckel.

«Dass ich ein Symposium über den Klimawandel in unserer Region ins Leben gerufen habe. Mit Experten, die über die Auswirkung auf den Weinbau in unserer Region referierten. Ich habe alle Winzer eingeladen, um zu diskutieren und zu überlegen, was zu tun ist. Und da wurde mir von einigen doch glatt vorgeworfen, ich würde Katastrophenstimmung verbreiten, um billiger an fremdes Land zu kommen und um eine Produktion voranzutreiben, die nicht typisch für die Mosel sei. Ja, so ein Quatsch! Ich mache mir ernste Sorgen, wie lange wir noch das feine Säurespiel unserer Weißweine genießen können.»

Meckling deutete nach oben in Richtung der dunklen Felsklippen. «Ich muss Ihnen etwas zeigen.»

Christine glaubte zuerst, er mache einen Scherz. Noch höher? Auf den schroffen Fels da oben? Meckling lief mit festen Schritten voran, als überquere er eine grüne Ampelkreuzung. Na gut, dachte Christine, mal sehen, wie weit sie kommen würde.

Lächelnd sah er sich zu ihr um. «Nur noch ein kleines Stück.»

Christine lächelte zurück. Ein schmaler Pfad führte steil bergan. Links und rechts war nur Gestrüpp zu sehen, bis sie eine Plattform erreichten. Sie bot Ausblick auf gigantische, zerklüftete Schieferbrocken, umgeben von kleinwüchsigen Armeen aus Reben. Ihre Stöcke standen auf einer abschüssigen Bahn, über die Skispringer hätten Anlauf nehmen können. Die Sonne schien milde auf diese Kulisse.

«Wenn Bert mich besuchte, sind wir immer hier hochgegangen und haben den Reben beim Wachsen zugesehen», erklärte Meckling. «Bei vielen dauert es noch, bis sie Ertrag bringen, aber vielleicht sind sie dann die Könige der Mosel.»

Christine runzelte die Stirn. Meckling redete weiter: «Er hat mitentschieden für diesen Ort. Ich habe diese Lage gekauft, sie lag viele Jahre lang brach. Keine Spitzenlage. Der Boden zu karg, der Wind zu frisch, und die Sonne scheint erst am Nachmittag richtig drauf. Aber wissen Sie was?» Christine schüttelte den Kopf. «Wenn das Wetter noch wärmer wird … wenn wir ein Klima haben, das ganz anders ist als unser heutiges, dann wird nur noch auf wenigen Lagen Riesling mit klassischem Charakter wachsen: mineralisch, spritzig, kühl, tief, ein wenig säuerlich – hmm. Ich will diesen Riesling retten. Lachen Sie nicht. Wenn etwas von ihm übrig bleibt, dann hier.»

«Ihr Zoo für bedrohte Arten?»

«So kann man es sehen. Man kann ja sagen, wozu brauchen wir all die verschiedenen Schmetterlinge und Seepferdchen, die Pandas und Fische und sonst was, das vom Aussterben bedroht ist. Es gibt ja noch genug andere Tierarten und viele Menschen sowieso. In diesem Sinne können Sie mich gerne als Spinner bezeichnen, der die Vielfalt der Formen liebt und auf keine einzige verzichten will. Immerhin ein Sammler des Lebendigen und nicht von totem Material.» Meckling legte seine Hand auf ihren Arm: «Helfen Sie mir?»

Er zeigte auf die Böschung und lief los, geradewegs auf den Abgrund zu. Christine folgte ihm. Als er den Rand der Plattform erreicht hatte, beugte er sich vor und machte einen großen Schritt hinunter in die Tiefe. Christine erschrak beim Blick hinab. Tomas Meckling stand auf einem Vorsprung und deutete auf ein Rebenfeld, das direkt unterhalb seiner Schuhe begann, steil bergab verlief und schließlich von einer fast senkrechten Felswand begrenzt wurde.

«Helfen Sie mir?», fragte er noch einmal und streckte den linken Arm aus. Christine nahm seine Hand und hielt sie fest. Meckling krümmte die Knie und beugte den Oberkörper weit vor. Dann streckte er die rechte Hand in Richtung der Reben aus und zog ein Ästchen zu sich heran, bis er die Trauben in Augenschein nehmen konnte.

«Es sind die ersten, die wir von hier ernten werden. Ich sehe sie mir fast jede Woche an.» Er streckte seinen Körper noch ein Stück weiter nach vorne, was Christine dazu zwang, ihren Arm ganz durchzustrecken. «Entschuldigen Sie bitte», rief er. Er hing gefährlich über dem Abgrund. «Es ist die kindliche Freude eines Winzers, aber nicht sehr aristokratisch, nicht wahr? Eigentlich bräuchte man eine Bergsteigerausrüstung – benutzen wir zur Ernte auch.»

Christine staunte über seine Unbekümmertheit. «Herr Meckling, ich bitte Sie, jetzt wieder nach oben zu kommen.»

«Ja, selbstverständlich.»

Es waren beschwingte, heitere Tage, und Christine fühlte sich ausgeglichen wie seit Bert Gernsheims Tod nicht mehr. Sie klapperte mit ihrem Wagen das gesamte Moseltal zwischen Koblenz und Trier ab, besuchte bedeutende Güter, von denen sie bisher nur die Weine kannte. Jetzt lüfteten sich die Vorhänge. Christine lernte die Kellermeister und ihre Keller, die Weinlager und Weinberge dieser Häuser kennen und würde nie wieder phantasieren müssen, in welcher Umgebung ihre Flaschen abgefüllt wurden. Das war schön und schade zugleich.

Sie stellte ihren Artikel über Harald Lod fertig. Der Text war zu einer Rundumschau über Winninger Winzer geworden. Sie zog ihn inklusive selbstgemachter Fotos auf eine CD und kopierte auch ihre Satire über Schlossweingut Meckling darauf. «Zur Belustigung», wollte sie zuerst für Gesine Myersberger dazuschreiben, ließ es aber dann sein. Sie würden schon selber wissen, was sie damit anfangen sollten.

Abends kehrte sie in einfachen Gasthäusern ein und genoss deftige Hausmannskost, Fleisch und Zwiebeln in Kartoffelbrei, knusprig in Mehl gebratene Moselfische, Gulasch mit Sauerkraut und den feinsten Sauerbraten ihres Lebens mit selbstgemachten Nockerln – diese Teigwaren wollte sie ab jetzt nie wieder in der Packung kaufen.

Einige Ausflüge unternahm sie gemeinsam mit Tomas Meckling. Seine zutrauliche Art, mit der er gern seinen Arm um ihre Schulter legte oder sie auf andere Weise vermeintlich absichtslos berührte, war ein kleines Problem. Er verhielt sich auch in Anwesenheit anderer so, und es wurden manchmal bedeutungsvolle Blicke getauscht. Doch Christine fühlte sich nicht von ihm belästigt. Für sie selbst war es einfach ein herzlicher, mal flirtender, mal unbekümmert-liebevoller Umgang unter Freunden. Und von Tag zu Tag spürte Christine mehr, dass er ihr Freund war. Darüber hinausgehen wollte Christine allerdings nicht, und sie hatte ein komisches Gefühl, wenn Meckling plötzlich anfing, über intime Dinge zu sprechen, über schlechte und gute Partnerschaften philosophierte oder, an einem milden Vormittag auf einem Hang ganz in der Nähe des Schlosses, in nebulösen Sätzen von seiner Frau sprach: «Man geht zusammen durchs Leben und merkt nicht, dass der Weg immer schmaler wird. Man will ja immer noch miteinander weitergehen, sich beschützen, aneinanderklammern. Aber wenn da kein Weg mehr ist?»

Er sah Christine auf eine Weise an, als ob er einen Kommentar oder eine Frage von ihr erwartete. Doch sie schwieg. «Nun ja, meine Frau ist jetzt auf ihrem eigenen Weg.»

Christine starrte auf das ferne, gegenüberliegende Moselufer mit seinem dichten Baumbestand. Sie hatte sich schon öfter gefragt, welchen Charakter die Mosel ohne Reben besitzen würde. Die Weingärten, das von Menschen Gemachte, verliehen dieser schweren Landschaft Anmut und Heiterkeit. Christine fand es schade, dass Meckling über so private Dinge redete. Denn sie hatte das Gefühl, dass er es zu einem bestimmten Zweck tat, vielleicht sogar eine Affäre mit ihr einfädeln wollte. Daran hatte sie kein Interesse, und es beeinträchtigte die freundschaftliche Stimmung.

«Christine – sehen Sie, ich spreche Sie schon ganz natürlich mit dem Vornamen an. Was halten Sie davon, wenn wir uns duzen? Ich habe sogar etwas dabei, womit wir Bruderschaft oder Schwesternschaft trinken können, ganz, wie Sie wollen.»

Er zwinkerte ihr herzlich und arglos zu, sodass Christine sich für ihre Hintergedanken schämte. Tomas Meckling hatte eine Auslese aus dem Jahr 1988 und zwei Gläser dabei. Nach dem Einschenken küssten sie sich gegenseitig auf die Wangen.

«Demnächst würde ich Ihnen gerne den Pater vorstellen», sagte er. «Sie wissen schon, den mit der Kapelle.»

An diesem Abend genoss Christine es, nach den üppigen Mahlzeiten der letzten Tage sich eine Suppe aus Riesling, Gorgonzola, Kartoffeln, Lauch und Fleischbrühe zuzubereiten, deren Rezept sie in einer Lokalzeitung gelesen hatte. Dazu aß sie ein Brot, das sie bei einem Abstecher nach Wittlich auf dem Markt gekauft hatte, und ließ den Fernseher laufen.

Wittlich gehörte nicht mehr zur Mosel. Um die Stadt zu erreichen, war Christine über den Bergrücken, der das Moseltal einfasste, gefahren und dann über schlingernde Straßenverläufe auf eine Ebene zu, die einer anderen Welt anzugehören schien. Obwohl Wittlich nur wenige Kilometer von den Rebenhängen entfernt lag, spielte der Wein im Straßenbild keine Rolle. Ein erholsamer Kontrast zu den Moselorten, wo manchmal jedes zweite Haus ein Winzerbetrieb war.

Die Abendnachrichten berichteten über Dutzende Tote im Irak und über anhaltende Debatten zur Gesundheitsreform in Deutschland. Das Wetter sollte schlechter werden. Christine blickte aus dem Fenster. Die Sonne schien noch so intensiv auf die Schlosswege, als sei es Mittag.

Eine Stunde später verließ sie ihre Wohnung. Die Luft war warm, und sie nahm den Weg hinunter zum Fluss, den Tomas Meckling ihr am ersten Tag gezeigt hatte. Dieses Mal lief sie weiter als damals mit ihm zusammen. Sie wollte endlich bis ans Ufer, denn eigenartig: Obwohl der Fluss fast ständig sichtbar war, war sie ihm noch nicht sehr nahe gekommen. Wie ein alles beherrschender, aber nicht zu fassender Geist bewegte er sich durch das Tal.

Christine wanderte zügig über den Waldweg zum Fluss hinunter, und als sie angekommen war, glomm der Abglanz der Sonne über den Hängen. Wie es wohl aussah, wenn sich der Mond oder vielleicht sogar Sterne in der Mosel spiegelten? Es gab vieles, was sie hier noch nicht beobachtet hatte. Sie spazierte an dem von Bäumen und Buschwerk gesäumten Ufer entlang, bis sie auf eine lichte, sanft abfallende Böschung stieß. Hier setzte Christine sich ins Gras und überlegte, ob sie die Füße ins Wasser baumeln lassen sollte. Da hörte sie laute Rufe.

Diese abgelegene Gegend wurde sicher selten von Spaziergängern besucht. Christine schärfte die Ohren und fühlte sich bald an die Geräusche in einer Badeanstalt erinnert. Ausgelassenes Gelächter, Zurufe und dann das Geräusch von Körpern, die mit wohligem Geschrei ins Wasser krachten. Jetzt sah Christine die beiden. Sie schwammen zur Mitte des Flusses und stießen dabei erregte Rufe aus. Diesen berühmten, schweren und von dicken Kähnen beherrschten Fluss mit dem eigenen Körper zu bewältigen musste aufregend sein. Trotzdem wollte Christine mit den beiden nicht tauschen, und weiter als bis etwa zwanzig Meter trauten sich die Badenden auch nicht hinaus.

Jetzt kamen sie wieder zurück in Richtung Ufer, hüpften im flacheren Wasser herum, und besonders die Frau machte sich einen Spaß daraus, bis zum Hals unterzutauchen, pfeilschnell in die Höhe zu springen und danach ihren Begleiter zärtlich zu umarmen.

Christine wandte den Blick erschrocken ab. Weniger, weil sie erkannt hatte, dass sich hier ein nacktes Paar vergnügte, sondern weil es sich um Beatrix und Patrick Kerry handelte. Der Weinexperte war offiziell längst von Schlossgut Meckling abgereist und wahrscheinlich nur zurückgekommen, um Beatrix zu sehen. Dies versetzte Christine einen Stich, denn es war schön gewesen, am Tag des Festes mit ihm zusammen zu sein. Sie hätte nie für möglich gehalten, dass er mit Tomas Mecklings Tochter etwas laufen hatte.

Die Stimmen beruhigten sich, während sich der Himmel über dem Fluss schnell verfinsterte. Dann wurde es völlig still. Christine wollte den beiden auf dem Rückweg zum Schloss auf keinen Fall begegnen. Unschlüssig wartete sie ab, bis sie erneut Stimmen hörte. Zuerst eine weibliche, wispernd und fröhlich. Sie näherte sich, wurde lauter, es war eindeutig die Stimme von Beatrix. Ab und zu war Patrick Kerry zu hören, der nur kurze Einwürfe machte. Christine hatte das Gefühl, jeden Grashalm, den die beiden zerstampften, jeden Zweig, den sie zur Seite schoben, laut tönen zu hören, und beugte den Rücken unwillkürlich tiefer. Musste das Paar so nah am Ufer seinen Heimweg antreten? Es war einfach der kürzeste.

Die Stimmen brachen ab, nur das vorbeirauschende Wasser war zu hören. Sekunden später raschelten Schritte hinter Christines Rücken. Vielleicht zehn, fünfzehn Meter entfernt bewegten sie sich an ihr vorbei. Nach kurzer Zeit hörten die Geräusche auf.

Christine atmete auf und blickte noch eine Weile auf den Fluss, bevor sie sich selbst auf den Rückweg machte. Als sie die Schlossmauer erreichte, fiel ihr ein, dass ihr der Anblick von Mond und Sternen über dem Fluss entgangen war.

Das Weingut lag im Dunkeln. Zwischen den Betriebsgebäuden hallten Christines Schritte unangenehm laut. Hinter einigen Fenstern des Schlosses brannte Licht. Christine bewegte sich vom großen Platz weg in Richtung einer Lagerhalle, hinter der ihre Wohnung lag.

Als sie an den alten Mauern entlangeilte, stellte sich ihr eine Person in den Weg. Christine blickte auf und sah in Beatrix' schönes, angespanntes Gesicht. Trotz der Dunkelheit waren ihre Augen gut zu erkennen. Sie musterte Christine auf eine seltsame Weise. Christine fragte sich, ob Beatrix auf diese Weise Liebhaber prüfte, die sie zu verführen gedachte. Oder Geschäftspartner, die sie über den Tisch ziehen wollte. Beatrix strich sich mit der Hand über ihr Haar, und Christine war froh über dieses Zeichen von Unsicherheit.

«Sie haben hoffentlich keine falschen Schlüsse gezogen», sagte Beatrix mit zarter, leiser Stimme. «Wir haben gebadet und geknutscht, ja. Das kommt vor.»

«Ich habe nichts gesehen.»

«Natürlich haben Sie. Eigentlich ist es mir scheißegal.» Sie machte eine Pause.

Beatrix war mindestens einen halben Kopf kleiner als Christine. Ihre langen Wimpern hoben und senkten sich rasch. «Wie ich gehört habe, sind Sie Journalistin, und wie ich mitbekomme, machen Leute Ihres Berufes gern Elefanten aus Mücken. Und das» – Beatrix hob ihr Kinn – «würde meinem Vater nicht gefallen. Ich meine, dass die Erbin eines der bedeutendsten Moselweingüter etwas mit einem wichtigen Weinkritiker hat.»

Beatrix blickte in den dunklen Himmel, als ob sie sich auch für die Sterne interessieren würde. «Verstehen Sie? Patricks Bewertungen von Schloss Meckling sind Makulatur, wenn herauskommt, dass er private Interessen hat. Noch schlimmer ist es aber für ihn selbst. Wenn er sich in jemanden von der anderen Seite verliebt – Winzerstöchter –, dann muss er das sofort bekanntgeben. Wenn nicht, gilt er als korrupt und ist in der Szene gestorben. Aber warum sollte er etwas bekanntgeben, was überhaupt nicht existiert? Erst Leute wie Sie schaffen durch ihre Artikel absurde Situationen.»

«Ach was, so was habe ich nicht vor.» Christine sehnte sich plötzlich nach Hamburg. Wie schön wäre es, jetzt mit Erik in seiner Hochhauswohnung einen Korken aus einer Flasche zu ziehen, während draußen der Regen von orkanartigen Winden gegen die Fenster gepeitscht würde.

«Das freut mich zu hören. Noch wichtiger ist es, dass Sic meinen Vater in Ruhe lassen.»

«Ihren Vater?»

«Lassen Sie ihn einfach in Ruhe, dann ist alles gut. Er ist ein verführbarer Mann.»

Christine musste lachen, obwohl ihr klar war, dass es um etwas Ernstes ging. «Was er angeblich ist, ist mir egal. Er führt mich herum, das ist alles.» Sie hatte das Gefühl, damit schon zu viel gesagt zu haben.

«Alles?!» Beatrix lachte höhnisch auf. «Sie scheinen wirklich überhaupt keinen Schimmer zu haben. Seine Frau leidet. Sehr sogar.»

Beatrix redete von seiner Frau und nicht von ihrer Mutter. Bedeutete dies, dass sie nur von ihm adoptiert worden war? Vielleicht vor Tomas Mecklings Hochzeit?

«Ich merke genau, wie Ihre Blicke ihn umschwirren», setzte Beatrix nach. «Ich sehe es, wenn Sie mit ihm losfahren, von meinem Büro aus. Es ist eine Beleidigung für seine Frau. So fängt es immer an. Wenn Sie noch nicht so weit sind mit ihm, dann Glückwunsch, dann verschwinden Sie besser gleich, um es nicht so weit kommen zu lassen.»

«Hören Sie, ich habe nicht das geringste Interesse, mit Ihrem Vater etwas anzufangen, und ich werde es auch nicht tun. Seine Frau kenne ich nicht, aber Sie können ihr gerne ausrichten, dass sie sich in keinster Weise beleidigt zu fühlen braucht. Und mir ersparen Sie bitte Unterstellungen.»

«Aber Esther kennt Sie.»

«Aha, und woher?»

«Sie kamen mit Tomas die Treppe herauf. Gleich nach Ihrer Ankunft. Seltsam, da wird sonst nie ein Besucher entlanggeführt.» Beatrix schien über alles und jeden Bescheid zu wissen.

«Na und?»

«Sie haben mit ihm in die Küche gesehen, als seien sie und er die Hausherren und seine Frau eine Angestellte, die fürs Rühren und Servieren bezahlt wird.»

Christine schoss das Blut in den Kopf. Die Köchin war Mecklings Frau? Warum hatte er ihr das nicht erzählt? «Ich wusste nicht, wer sie war. Aber die beiden leben doch in Trennung.»

«Das erzählt mein Vater jeder, mit der er ohne Komplikationen eine Kurzaffäre starten will. Komplikationen wären ja auch sehr unvernünftig, weil er eigentlich nur mit Esther zusammenleben will. Und mit mir. Für seine Affären reimt er sich was zusammen. Aber hören Sie –»

Beatrix trat einen Schritt näher. Ihre Pupillen wirkten trotz der Dunkelheit klein. «Es hat sich gebessert mit ihm, sorgen Sie nicht dafür, dass er einen Rückfall hat.»

«Wie gesagt, brauchen Sie sich wegen mir keine Sorgen zu machen. Ich verschwinde bald wieder. Wenn es Zeit ist.»

Christine hob die Hand zur Abschiedsgeste und ließ Beatrix stehen. Sie hatte keine Lust, weiter mit ihr über das Thema zu debattieren. Ihre Schritte hallten über den verlassenen Hof. Beatrix schien sich nicht vom Fleck zu bewegen. Dann rief sie: «Nehmen Sie sich in Acht.»

Christine widerstand der Versuchung, den Kopf einzuziehen, und ging gemächlich zur Wohnung.

Es konnte unangenehm werden, diese Frau zur Feindin zu haben. Aber auf keinen Fall wollte sie vor Beatrix zurückweichen. Sie würde ihre Pläne nicht ändern.

In ihrer Wohnung öffnete sie eine Flasche Bernkastel-Kueser Weisenstein Auslese 1995, die sie bei einem unbekannten Winzer praktisch im Vorübergehen gekauft hatte. Er hatte, wie so viele Weinbauern hier, seine Flaschen in seinem Vorgarten im Glaskasten ausgestellt und das Tor zu seinem Lager weit für Besucher geöffnet. Christine war neugierig hineingeschlüpft und konnte sich in Ruhe umsehen, während ein Berliner Ehepaar Schnäpse verkostete. Schließlich probierte sie einige seiner ältesten Jahrgänge und nahm drei Flaschen mit. Der Weisenstein war recht leicht für eine Auslese, er hatte einen feinen Alterungston und einen zarten Fruchtgeschmack. Kein grandioser Wein, aber gut für 9 Euro. Und geradezu phantastisch nach den Erlebnissen dieses Tages.

Tomas Meckling ein Frauenheld? Seine Frau eine Art Aschenputtel im Verborgenen? Es war ihm zuzutrauen. Christines journalistischer Arbeit schadete es, wenn sie als Ehebrecherin angesehen wurde. Sie trank noch einen Schluck von diesem Wein, über den bestimmt noch nie ein Weinjournalist berichtet hatte, der aber im Kleinen alles besaß, was Moselweine kennzeichnete. Nur aufregend war er nicht.

Die Kapelle im Weinberg

«Setzen Sie sich dort in die Mitte», sagte der «Pater». «Da ist der Eindruck am schönsten.» Es stimmte. Von der Mitte der kleinen Reihe Holzbänke aus betrachtet, schien der schlichte Altar im Licht der Seitenfenster zu schweben. Die Fenster bestanden aus hellen Glasmosaiken, durch die das Grün der Weinberge schimmerte. Das Glas war zu Umrissen von Fischen, Türmen und schwebenden Herzen angeordnet. Prächtige Heiligenfiguren hingen an den Wänden, neben Gemälden mit biblischen Motiven. Die Kapelle wirkte überladen für ihre Größe. Die Ornamente und goldenen Verzierungen an den Seitenwänden ließen durch ihre Üppigkeit und Verspieltheit an manche südländische Kirchen denken. Christine staunte über die Reihe der an der Wand lehnenden Steinplatten mit mittelalterlichen Reliefs von Rittern, die sich auf Schwerter und Schilder stützten. Hier, auf der Bank, hatte das Licht etwas Berauschendes. Genau das, was die Erbauer wohl im Sinn gehabt hatten.

Tomas Meckling war bei der Tür geblieben und schaute unschlüssig zum Dachgiebel. Der «Pater» namens Theodor Sontmann zeigte durch ein Dauerlächeln, wie sehr er sich freute, sein Werk vorführen zu dürfen. Die Sanierung dieser Kapelle, die Reparatur und der Ankauf ihrer Schmuckstücke waren zum größten Teil durch seinen Einsatz und sein Geld zustande gekommen. Das hatten die beiden ihr beim Mittagessen in Piesport erzählt.

Theodor Sontmann wurde von seinen Freunden Theo genannt und war ungefähr im selben Alter wie Tomas Meckling. Er hatte ein schmales Gesicht, mittellanges braunes Haar mit Seitenscheitel und einen Schnurrbart, der zu seiner gleichermaßen melancholischen wie auch kühnen Ausstrahlung beitrug. Er trug ein dunkelbraunes Jackett und ein gemustertes Halstuch. Christine mochte ihn sofort.

Es war für Christine der erste Ausflug mit Tomas Meckling seit ihrer Auseinandersetzung mit seiner Stieftochter. Der Vorfall hatte einen bitteren Nachgeschmack hinterlassen. Das Verhalten des Grafen passte zu der Version von seinem Leben, die Beatrix ihr aufgetischt hatte. Und warum sollte die Winzerstochter Märchen erzählen? Christine hatte jeden der letzten Tage im Voraus verplant und daher immer abgesagt, wenn Tomas Meckling sie zu einer Exkursion einladen wollte. Hatte der Chef eines großen Winzerbetriebes nicht Wichtigeres zu tun? Die Vorstellung, dass er sie hinters Licht führte und eine ausgeklügelte Strategie verfolgte, um sie ins Bett zu bekommen, war beleidigend und machte Christine wütend.

Der Graf reagierte zunehmend irritiert auf ihre Zurückhaltung. Sollte sie ihm den Grund für ihr Verhalten sagen?

Christine verwarf den Gedanken, sie wollte sich nicht so tief in die Angelegenheiten der Familie Meckling einmischen. Außerdem schwächten sich ihre Skrupel ab. Auch wenn Beatrix glaubwürdig war – Christine selbst hatte noch nichts Unangenehmes mit ihm erlebt und konnte ihn nicht für etwas bestrafen, worüber sie nur spekulierte. Als Tomas Meckling sie deshalb gestern bei einer Begegnung auf dem Hof gefragt hatte, ob sie interessiert sei, die Kapelle des Paters zu besichtigen, hatte sie zugesagt.

Theo lebte in Trier. Graf Meckling hatte Christine gesagt, dass er sich zuerst morgens in Piesport mit Theo treffen wollte, um Geschäftliches zu besprechen – «auf keinen Fall auf dem Gut», hatte Tomas Meckling ohne weitere Erklärungen geraunt. Sie hatten vereinbart, dass Christine zum Mittagessen zu den beiden stoßen und dann mit ihnen zur Kapelle aufbrechen würde.

Vorher hatte Christine Einkäufe erledigt und war in einem Supermarkt auf die neueste, vorgestern erschienene Ausgabe von *Convention* gestoßen. Sie selbst hatte noch kein Exemplar erhalten, obwohl dem Sekretariat ihre derzeitige Adresse bekannt sein musste. Oder schickten sie nur eine Zeitschrift, wenn ein Artikel von Christine abgedruckt wurde, wie das bei freien Autoren gehandhabt wurde?

Christine blätterte das Heft am Zeitschriftenständer durch. Ihre Arbeit über die Winninger Weinszene, in der sie die Leser einleitend über die neue Mosel-Serie informiert hatte, war nirgends zu finden. Völlig unerwartet hatte die Redaktion aber die märchenhafte Satire über die Weinparty auf Schloss Meckling gedruckt. Christine kaufte das Heft und las den Text, nachdem sie ihre Einkäufe verstaut hatte, hinter dem Lenkrad ihres Wagens. Sie musste über ihre eigenen Formulierungen laut lachen.

Schließlich fuhr Christine nach Piesport, wo sie schon mehrmals gewesen war. Ein ausgedehnter Ort, durch den die Mosel eine große Schleife machte und sich dabei schlängelte und wand, als ginge es durch die Furten einer riesigen Ohrmuschel. Es gab hier viele schöne, alte Winzerhäuser, die Weinberge waren nah und kamen herab bis zu den Straßen.

Sie traf Tomas Meckling und Theodor auf einer Restauranttterrasse mit Blick auf die St.-Michael-Kirche, die Mosel und die zum anderen Ortsteil führende Brücke. Der Fluss hatte hier, im warmen Sonnenlicht, ein weiches, südliches

Flair. Es gab keine mächtigen, grünen Hänge über seinen Ufern. Unbeschwert harmonierte er mit dem Himmel.

Christine aß einen «Hahn im Korb» mit himmlisch knuspriger Haut. Natürlich probierten sie Wein vom Piesporter Goldtröpfchen, der hiesigen Edellage: ein trockener Kabinett aus dem vorigen Jahrgang. Christine erfuhr, dass Theo Pater genannt wurde, weil er einst katholische Theologie studiert hatte, um ein Kirchenamt zu übernehmen, sich schließlich aber doch für Jura entschied und Anwalt wurde. Während des Studiums freundete er sich mit Graf Meckling an, der einen Abschluss in Politikwissenschaft hatte, seit Jahren regelte Theo mittlerweile alle rechtlichen Angelegenheiten für ihn.

Da Christine und Tomas Meckling sich duzten und mit den Vornamen ansprachen, gingen auch Christine und Theo dazu über. Es geschah ganz ungezwungen. Bei ihm hatte sie sofort das Gefühl einer Gemeinsamkeit, einer ähnlichen Art zu denken.

Nach knapp einer Stunde waren sie zur Kapelle auf der Flussseite gegenüber von Schloss Meckling aufgebrochen. Die letzten Kilometer über Stichpisten dauerten am längsten. Die vordere Fassade der Kapelle bestand aus Bruchstein, die Seitenwände waren geweißt. Die Kapelle war wie ein markanter Tupfer in einem riesigen Gemälde, das ansonsten, so weit das Auge über den Hang reichte, aus Rebstöcken bestand. Um sie zu preisen, war sie vielleicht einmal gebaut worden.

Im Gebäude erklärte Theo ihr jedes Kunstwerk, die Herkunft der Stücke und wie er an sie gelangt war. Tomas Meckling wurde es sichtlich langweilig, und schließlich sagte er: «Kinder, nehmt es mir nicht übel, ich habe noch zu tun.» Er verabschiedete sich mit kurzem Händeschütteln. «Ich hoffe, wir sehen uns wieder öfter, Christine. Es wird in der nächsten Zeit viele Veränderungen geben. Große Veränderungen, und ich dachte in den letzten Tagen öfter darüber nach, dass du zum Team gehören könntest. Aber das müssen wir später bereden, wenn alles spruchreif ist.»

Er hob die Hand zum Abschied, ging zur Tür und trat aus dem Zwielicht der Kapelle nach draußen ins Helle. Christine blickte ihm nach, während er die Tür hinter sich schloss.

Sie erfuhr, dass Theo bei der Sanierung der Kirche auch selbst mit Hand angelegt hatte. Er erzählte ihr Einzelheiten über die Statik der Dachbalken und wies sie auf ein tiefes Loch an der rückseitigen Wandfront hin. «Hier wollten wir eigentlich nur das Fundament prüfen. Plötzlich wurde klar, dass wir auf Bauaktionen aus unterschiedlichen Epochen stießen. Grabungsspuren aus der Antike, Mörtelreste aus dem Mittelalter – wir wissen es nicht genau, denn dafür wäre eine aufwändige wissenschaftliche Analyse nötig. Und das Geld stecke ich lieber in die Kunstschätze. Aber interessant ist es doch. Dieser Ort scheint schon vor Urzeiten als ein heiliger verehrt worden zu sein. Und Schlossweingut Meckling liegt direkt gegenüber.» Christine blickte in den schmalen Schacht mit seinen unterschiedlichen Farbschattierungen und Maserungen. Für Uneingeweihte sah es einfach wie ein dreckiges Loch aus.

«Interessierst du dich auch für Wein?», fragte Christine, als sie wieder ins Freie traten.

Theo lachte. «Ehrlich gesagt, interessiere ich mich eher für Bordeaux als für die Mosel.»

Er schloss die Kapellentür ab, und sie gingen über einen kleinen Pfad zum Parkplatz. Nur Christines Wagen stand hier. Erst jetzt wunderte sie sich darüber. Hatte Graf Meckling Theo in Trier abgeholt? Oder war er mit einem Taxi nach Piesport gekommen?

«Wer besucht die Kapelle eigentlich?»

«Jeder, der sich für sie interessiert – Kunsthistoriker, Reisende. Eine Woche Anmeldung ist aber in der Regel nötig.»

Der Wunsch, eine so schöne Kapelle zu erhalten, leuchtete

Christine ein. Sie ähnelte mit ihrer Überfülle an Kunstschätzen aber mehr einem Museum. Schade, dass nicht mehr Leute den Weg in diese abgelegene Ecke fanden. Warum stellte Theo all diese wertvollen Dinge nicht in seinem Wohnort Trier aus, wo man doch auch besser auf sie aufpassen konnte?

«Bist du gläubig?», fragte Christine.

Er lachte. «Im Zweifel nicht.»

«Und wie kam es dazu, dass du dich so für diese Kapelle einsetzt? Gut, du hast Theologie studiert und interessierst dich für christliche Dinge …»

«Na ja, das ist nur ein Symptom.» Er zuckte mit seinen hageren Schultern. «Der Glaube ist mir zu mystisch und die Vernunft zu sinnlos. Aber wenn sie sich zusammentun, sich in ein Boot setzen, dann hat das für mich seinen Reiz.»

«Und welchen?»

«Nun, wir können logisch nicht begründen, warum die Dinge so passiert sind. Also klammern wir uns an eine überirdische Vorstellung. Die wiederum beleidigt unsere Intelligenz. Manchmal scheint aber beides versöhnt. Dann hat man das Gefühl, das Gute sei vernünftig. Auch wenn es nicht bewiesen werden kann. Warst du schon im Cusanus-Haus?», fragte Theo.

«Noch nicht.»

«Wir könnten schnell noch vorbeifahren.»

«Gern.»

«Wir könnten auch mit dem Boot vorbeifahren.»

«Hält hier ein Dampfer?»

«Nein.» Er lachte. «Mein Schlauchboot liegt in Wehlen. Tomas hat mich dort abgeholt. Keine Angst – mit Außenbordmotor. Sooft es geht und ich die Zeit habe, fahre ich damit statt mit dem Auto.»

«Du meinst, wir sollten nach Wehlen fahren und dann mit dem Schlauchboot nach Bernkastel-Kues?»

«Nach Kues. Das Museum liegt direkt am Fluss.»

Für ein, zwei Sekunden dachte Christine daran, seinem Vorschlag zuzustimmen. Mit dem Motorboot über die Mosel – eine aufregende Vorstellung. Doch sie entschied sich dagegen.

«Ich muss ja dann wieder zurück zu meinem Wagen, das ist zu umständlich. Fahren wir mit meinem Wagen.»

Er nickte. «Okay.»

Christine öffnete ihm die Beifahrertür. Er stieg ein, und sie fuhr über die endlosen Sandpisten zur Hauptstraße zurück.

«Und warum steckst du so viel Geld in diese abgelegene Kapelle statt in andere Dinge?»

«Ich habe gewissermaßen ein Gelübde abgelegt.»

Als Journalistin wusste Christine, dass man in Situationen wie dieser oft nur schweigen und abwarten musste, bis der Gesprächspartner seine Gedanken offenbarte. Doch es passierte nichts. «Das klingt geheimnisvoll», sagte sie.

«Ist es auch. Wie in einem melodramatischen Roman. Mit Tomas, mir und noch jemandem. Lass uns über etwas anderes reden. Alles ist unendlich lange her.»

«Und wie damals heckt ihr nun die großen Veränderungen bei Schloss Meckling aus?»

«Nein. Tomas hat irgendwas vor. Er will firmenrechtliche und testamentarische Sachen von mir wissen. Ganz abstrakt. Keine Ahnung, worauf das hinauslaufen soll.»

Als sie die Moselstraße erreicht hatten, fuhr Christine nach Theos Wegweisung zum Nikolaus-von-Cues-Museum. Sie wusste wenig über diesen Mann, eigentlich nur, dass er ein Kirchenphilosoph im 15. Jahrhundert gewesen war und den Namen seiner Stadt trug.

Sie überquerten die Brücke von Bernkastel nach Kues im Schritttempo. Es war viel los heute. Paare lehnten am Brückengeländer und ließen sich knutschend fotografieren. Familien trotteten mit gesenkten Köpfen von einem Ufer zum anderen. «Hinter der Brücke sofort nach links», sagte Theo.

Sie fuhren eine kurze Strecke auf der Uferstraße, dann parkte Christine den Wagen vor dem auffallend prächtigen Geburtshaus des Philosophen. Drinnen stellte sie etwas enttäuscht fest, dass die Ausstellung vor allem aus Schautafeln bestand. Im Erdgeschoss war Literatur von und über den Mann aus dem Mittelalter versammelt. Christine blätterte in den Bänden lange herum, konnte sich aber nicht entschließen, einen zu kaufen.

«Er drückt sich ziemlich klar aus, finde ich», sagte Theo. «Wie ein Lehrer, der nicht beibringen, sondern verständlich machen will.»

«Ich wusste nicht, dass er auch so viel Politik gemacht hat.»

«Ja, keine leicht zu fassende Person. Er hätte Papst werden können.»

Wenige Minuten vor Schließung verließen Christine und Theo das Haus. Sie wollte zurück in ihre Wohnung und nicht den Abend mit ihm verbringen. Als ob ihr Begleiter Christines Gedanken gelesen hätte, sagte er: «Du brauchst mich nur irgendwo in Wehlen abzusetzen.»

Es war nicht weit bis dorthin. Christine fuhr in den Ort und wurde über eine Straße geleitet, die in schroffen Kurven hinab zum Wasser führte. Unten an der Uferpromenade stoppte sie und verabschiedete sich von Theo.

«Wir sehen uns hoffentlich bald wieder», sagte Christine.

«Das finde ich auch.» Er griff in die Innentasche seines Jacketts und gab ihr seine Karte. Christine überreichte ihm eine von ihren – eine der ganz wenigen, auf deren Rückseite sie ihre Handy-Nummer notiert hatte.

Er sprang vom Beifahrersitz und entfernte sich rasch über

die Uferpromenade. Christine fuhr zurück zum Schloss, während ihre Gedanken um die Erlebnisse der letzten Stunden kreisten. Sie hoffte tatsächlich, ihren neuen Freund Theo bald wiederzusehen.

In der Wohnung hörte und las Christine die Botschaften auf ihrem Handy. Gesine Myersberger hatte auf die Mailbox gesprochen: «Hallo, Christine, hier ist Gesine. Ich hoffe, es geht dir gut. Kannst du mich bitte zurückrufen, möglichst in den nächsten zwei Stunden? Vielen Dank, bis später.»

Christine sah auf ihre Uhr. Zum Zeitpunkt des Anrufs hatte sie mit Tomas Meckling und Theo in Piesport gegessen, und seither waren mehr als vier Stunden verstrichen. Kaum zu fassen: Sie hatte seit ihrer Abreise aus Hamburg keinen direkten Kontakt zur Redaktion gehabt. Christine hatte sich gefühlsmäßig davon entfernt, in die ganzen Abläufe eingebunden zu sein, Befehlen zu gehorchen, Rechenschaft abzulegen. Die wenigen Sätze von Gesine Myersberger auf der Mailbox waren wie ein Fingerzeig der Realität.

Christine drückte auf die Rückruftaste, und es meldete sich eine der Sekretärinnen von *Convention.* Sie war auf Christines Anruf vorbereitet: «Gesine hat einen Termin und ist erst Anfang nächster Woche wieder zu erreichen. Sie bittet dich, unbedingt Montag um 11 Uhr in ihrem Büro zu erscheinen.»

«Wie bitte? Aber ich bin an der Mosel und habe hier zu tun. Hat sie gesagt, worum es geht?»

«Tut mir leid, ich weiß darüber nichts. Aber sie sagte, es sei wichtig und du solltest unbedingt kommen.»

Gut, dachte Christine, so lang war die Strecke auch wieder nicht, und es konnte nicht schaden, mal wieder ihre Hamburger Wohnung zu betreten. Eine Freundin sah zurzeit dort ab und zu nach dem Rechten. Aber wieso regelte Gesine Myersberger ihr Anliegen nicht telefonisch? Sollte Christine etwas unterschreiben, würden noch andere Personen an dem Gespräch teilnehmen? Vor einigen Monaten war sie für den Stellvertreterposten einer anderen Zeitschrift des Verlags ins Gespräch gebracht worden und froh gewesen, als die Gerüchte darüber wieder verstummten. Eine solche Aufgabe hatte ihre Reize, würde aber sehr viel Zeit und Freiheiten rauben. Christine wollte lieber gar nicht erst gefragt werden, aus Angst, dass sie ja sagen könnte.

Doppelter Boden

Tomas Meckling stand auf dem Schlossplatz, nur wenige Schritte vom Schlossportal entfernt, als sei ihm ein Hexenschuss in die Wirbelsäule gefahren. Er beugte seinen Rücken weit nach vorne und wirkte wie erstarrt in dieser Haltung. Sein Gesichtsausdruck war gequält. Christine beobachtete ihn, während sie mit ihrer Reisetasche zu ihrem Wagen ging. Es war Sonntag, zehn Uhr dreißig. Morgen um diese Zeit sollte sie im Verlag erscheinen, und sie hatte sich entschlossen, die Nacht davor in ihrer Hamburger Wohnung zu schlafen.

Es kam wieder Leben in Tomas Mecklings Körper. Nervös versenkte er eine Hand in der Jackentasche, berührte mit der anderen die Nase, führte im nächsten Moment beide Hände zusammen und verschränkte die Finger … Etwas schien ihn zu beunruhigen. Erst als Christine mit ihrem Wagen langsam über den Platz rollte, merkte sie, dass sie der Grund für sein Verhalten war. Sie stoppte in seiner Höhe, und er stapfte quer über den Platz auf sie zu. Christine ließ die Seitenscheibe herunter.

«Du willst uns ohne ein Wort verlassen?»

«Dachtest du, ich haue, ohne zu zahlen, ab? Ich muss leider

für ein, zwei Tage nach Hamburg, will aber die Wohnung nicht aufgeben.»

«Ah, ja.» Es war schwer zu sagen, ob aus seinem Gesicht Unglaube oder Unverständnis sprach. «Dann ist es ja gut, wenn ich jetzt Bescheid weiß. Ich hoffe nicht, dass du plötzlich etwas gegen mich hast, wovon ich nichts weiß.»

Vielleicht hätte Christine auch von sich aus noch einmal vor dem Schloss gehalten, um Tschüs zu sagen. Andererseits war sie keine Mitarbeiterin oder Familienangehörige, die sich abzumelden hatte. Vergessen hatte Christine Beatrix' Worte über ihren Vater nicht, und sie wollte sich nicht zu stark vereinnahmen lassen.

«Ich habe eine Nachricht von meiner Chefin erhalten. Ich hoffe, das schnell hinter mich zu bringen und bald wieder hier zu sein.»

«Okay.» Tomas Meckling schob seinen Arm durch das Wagenfenster und umgriff vorsichtig Christines Handgelenk. «Ich dachte wirklich, du willst abhauen. Worüber ich geredet habe, am Freitag, darüber sollten wir gleich nach deiner Rückkehr sprechen. Ich wollte die Dinge langsam in Bewegung bringen, doch nun geht alles schneller als gedacht.» Er hielt weiterhin ihre Hand fest. «Ich will alles genau planen, bevor es bekannt wird.»

«Ich verstehe. Es klingt interessant.»

«Ja. Ich hoffe, du kommst auch wirklich zurück. Hamburg ist weit.»

«Wenn mich meine Redaktion nicht gerade in die Pfalz versetzt. Ich habe ja auch noch Sachen hier.»

Nach seinem Mienenspiel zu urteilen, wollte er noch etwas sagen, aber offensichtlich wusste er nicht, was. So hielt er Christine einfach nur davon ab, loszufahren.

«Ihr wart vorgestern noch beim Cues-Haus, hat Theo mir gemailt. Kennst du seine Texte?»

«Nein. Ich hätte mir vielleicht doch eines der Bücher dort kaufen sollen. Später hat die Ausstellung lange nachgewirkt.»

«Warte! Ich bin gleich wieder da.»

Er ging zum Schlossportal, während Christine seufzend den Motor abschaltete. Es dauerte lange, bis er wieder aus dem Schloss trat, mit einem Lederbeutel in der Hand. Noch während er auf sie zukam, zog er ein grünes Buch heraus und zeigte es ihr: eine alte Taschenbuchausgabe von Nikolaus von Cues' Schrift: *Von Gottes Sehen.* «Es gehörte meinem Vater. Es würde mich freuen, wenn du durch das gleiche Buch blätterst, das mein Vater gelesen hat. Kommt beide gut wieder zurück an die Mosel!»

Er steckte das Buch zurück in den Lederbeutel und überreichte ihn Christine. Sie legte ihn schmunzelnd ins Handschuhfach.

«Bis bald, Tomas.»

«Bis bald.»

Christine streckte ihren Kopf aus dem Fenster, und sie küssten sich auf die Wangen. Dann ließ sie den Wagen wieder an und fuhr vom Schlosshof.

Dieses Mal wollte Christine die Strecke auf dem schnellsten Weg zurücklegen. Sie steuerte die Autobahn an und sah nach kurzer Zeit die Bergketten des Moseltals von hinten. Plötzlich fiel ihr Harald Lod ein. Auf dieser Strecke bedeutete es einen Umweg, zu ihm nach Winningen zu fahren.

Aber der Gedanke, nicht bei ihm vorbeizuschauen, bereitete ihr ein schlechtes Gewissen. Es ging ihm nicht gut, das letzte kurze Telefonat hatte ihre Sorgen eher verstärkt. Also blieb sie auf der Autobahn nach Koblenz, statt den Abzweiger nach Köln zu nehmen.

Winningen gehörte auch jetzt, wo sie viele Gegenden kennengelernt hatte, zu Christines Lieblingsorten an der Mosel. Obwohl er zur nördlichen Mosel gehörte, spürte sie, die aus dem weit höheren Norden kam, hier mehr südliche Beschwingtheit als in vielen anderen Orten der Region. Nun jedoch, als sie die Autobahn verlassen hatte und auf das Ortsschild zufuhr, schien etwas Schweres auf der Landschaft zu lasten. Die Häuser wirkten entzaubert und kühl. Wegen ihrer Sorgen um Harald?

Einst in Wien stellte er eine Lichtgestalt für Christine dar, jemand, der konsequent seinen Ideen folgte und dadurch Mut machte. Sein Selbstbewusstsein, sein altes Ich konnte nicht einfach verschwunden sein. Wahrscheinlich hatte es sich nur verpuppt, um bald in neuer Gestalt in Erscheinung zu treten.

Wie bei ihrem letzten Besuch parkte Christine an der Straße vor Haralds Gut. Dieses Mal wurde sie nicht von Hundegebell empfangen. Es herrschte sonntägliche Ruhe, und sie überlegte, ob Herr und Frau Lod nach dem gemeinsamen Kirchgang mit den Kindern vielleicht mit dem Pfarrer diskutierten oder einen ausgedehnten Spaziergang machten, bevor sie sich zur Mittagstafel begaben. Schwer vorstellbar bei den beiden. Theodor Sontmanns kirchengeschichtliche Erläuterungen spukten offensichtlich immer noch durch Christines Kopf.

Der Hof war aufgeräumt, und das Licht hatte sich geändert. Auch wenn Christines letzter Besuch zu einer anderen Tageszeit stattgefunden hatte – die Sonne schien jetzt mit nachlassender, nur noch herbstlicher Kraft. Sie ging ein paar Schritte in Richtung Weinkeller und schaute sich um. Der Hügel, auf den Harald Lod den unbekannten Mann gescheucht hatte, wirkte kleiner als damals.

«Frau Sowell!»

Haralds Frau sah attraktiver aus als neulich. Lässig in Jeans und Hemd, die Haare zum Pferdeschwanz gebunden, kam sie aus dem Haus auf sie zu. Christine wunderte sich, dass Edda ihren Namen behalten hatte.

«Harald ist nicht da. Er verdient Geld.»

«Ist er auf seinem Weinberg?»

«Vielleicht. Oder auf einem anderen.»

«Ich verstehe nicht. Arbeitet er für andere Winzer?»

«Irgendwer braucht immer jemanden, der seinen Keller säubert, Fässer putzt, leere Flaschen sortiert oder an Reben herumschnippelt.»

«Ja. wirklich? Ich dachte nicht, dass er zu so etwas bereit ist.»

«Er arbeitet sogar für jene, deren Weine er sonst als Zahnputzmittel verhöhnt. Was soll man machen, wenn kein Geld da ist? Da bin ich ganz Ihrer Meinung, das ist etwas, wovor man Respekt haben kann – er ist sich für nichts zu schade. Er wird sich freuen, dass Sie da waren, aber falls Sie warten wollen, kann das Stunden dauern.»

«Nein, nein. Ich muss weiter.»

Sie schüttelte Edda Lod die Hand. Die Augen der Frau wirkten nicht mehr müde und grüblerisch, sondern funkelten wie zwei blankgeputzte, schöne grüne Steine.

«Ich muss los», sagte Edda. «Die Kinder von der Oma abholen.»

«Grüßen Sie ihn bitte von mir?»

«Gern. Wenn ich ihn sehe.»

Christine fuhr weiter. Sie hatte das Gefühl, dass zwischen Harald und seiner Frau etwas vorgefallen war.

An diesem Sonntag waren keine Laster unterwegs, der Verkehr war ruhig. Christine erreichte kurz vor sechs Uhr entspannt ihre Hamburger Wohnstraße und fand sogar auch gleich einen Parkplatz. Prompt stellte sich wieder das bedrückende Gefühl ein wie in Winningen. Heute schien sich Christines Gemüt nur während des Fahrens aufzuheitern.

Der Briefkasten war leer. Ihre Freundin schickte ihr einmal wöchentlich ihre Post zu, was sie wahrscheinlich gestern zuletzt getan hatte. So waren alle Briefe jetzt auf dem Weg an die Mosel.

In der Wohnung fing sie damit an, die verschmutzte Kleidung aus ihrer Reisetasche gegen frische aus ihren Schränken einzutauschen. Sie warf die alten Sachen in die Waschmaschine und unterbrach sich nur einmal, um Musik aufzulegen. Zufällig griff sie nach einer alten Platte von Robert Johnson. Seine raue Bluesstimme heiterte Christine auf. «Ihr könnt mich alle mal», murmelte sie.

Am nächsten Morgen war von starken Regenfällen in vielen Teilen Deutschlands die Rede, nur in Hamburg schien die Sonne. Christine wollte nicht mit der U-Bahn zum Verlag fahren, obwohl es nur wenige Stationen gewesen wären. Sie benutzte eigentlich immer öffentliche Verkehrsmittel zum Verlag, nur heute wollte sie nicht sofort wieder ein Dasein wie eine Festangestellte führen. Sie war jetzt eine Reisende, und im Moseltal gab es keine U-Bahnen.

Hamburg zeigte ihr nun ganz deutlich, was für eine glückliche Wendung ihr Leben genommen hatte. Mit dem Ausstieg aus dem Redaktionsalltag und durch ihre neue Tätigkeit war sie auf eine neue Umlaufbahn katapultiert worden, in der viele Dinge heller erschienen.

Christine kam etwas zu früh im Verlagsgebäude am Kanal an. Die Sekretärin empfing sie mit einem freundlichen, aber zu bedeutungsvollen Gesicht. Christine fühlte sich wie eine Besucherin. Es waren keine Kollegen in der Nähe, mit denen sie hätte reden können, und in ihrem Büro saß ja jetzt eine andere. Während sie sich noch unschlüssig umsah, sagte die Sekretärin: «Frau Myersberger erwartet Sie.»

Christine klopfte kurz gegen die geschlossene Kunststofftür und hörte wie meistens keine Antwort. Ob der Schall verschluckt wurde, ob Gesine Myersberger in Arbeit versunken war oder eine Antwort nicht für notwendig hielt, wusste sie nicht. Christine öffnete die Tür, trat in den Raum und wäre am liebsten sofort wieder rückwärts hinausgegangen.

«Hallo, Christine», sagte Gesine Myersberger. «Schön, dich wiederzusehen. Bitte schließ doch die Tür und setze dich zu uns.« Christine gehorchte. Was sie empfand, musste sich auf ihrem Gesicht widerspiegeln, da die zweite Frau im Zimmer sagte: «Man sieht sich immer zweimal.» Es war die herrische blonde Dame, der Christine an ihrem ersten Abend auf Schloss Meckling begegnet war. Wie die Unbekannte über Weine und andere Dinge gesprochen hatte, klang Christine wieder unangenehm im Ohr, als wäre es gerade erst gewesen. Ach ja, sie hatte etwas mit der Berliner Kunstszene zu tun.

«Doris Schmitz – Christine Sowell», stellte Gesine Myersberger die beiden einander vor. Die Chefin trug ihre dunklen Haare lang, hatte sie aber rechts hinter das Ohr zurückgekämmt, an dem ein goldener Clip hing. Ihre blassrot geschminkten Lippen öffneten sich zu einem strahlenden Lächeln. Wie so oft zu Beginn offizieller Gespräche, unabhängig vom Anlass.

Gesine Myersberger wies auf den Stuhl neben sich am Tisch. Christines letzter Artikel lag aufgeschlagen vor ihr: die Satire über das Fest auf Schloss Meckling.

Christine setzte sich und stellte ihre Aktentasche an das Stuhlbein. Der Tisch bestand aus zwei rechtwinklig zueinander angeordneten Platten: Hinter einer saß normalerweise Gesine Myersberger, wenn sie schrieb oder las, einen kleinen aufgeklappten Laptop zur Seite. Die zweite Platte war für Besucher vorgesehen, mit denen die Chefredakteurin nicht in der Sofaecke plaudern, sondern Arbeitsgespräche führen wollte. Manchmal nahm sie dann ebenfalls dort Platz. Doris Schmitz saß Christine und der Chefredakteurin gegenüber. Ihre großen, kräftigen Handrücken lagen offen auf der Tischplatte.

Gesine Myersberger wies mit einer Kopfbewegung auf den Artikel. «Was hast du dir dabei gedacht, Christine?»

«Gedacht?»

«Vielleicht gar nicht gedacht», sagte Doris Schmitz.

Gesine Myersberger tippte mit dem Zeigefinger auf Christines Text herum. «Wieso dieser Zynismus, Christine, gegenüber Leuten, deren Beweggründe du doch überhaupt nicht kennst. *Convention* hat immer gründlich recherchiert, keine Mutmaßungen in die Welt gesetzt.»

«Das ist ein Märchen.»

«Märchen!» Doris Schmitz lachte auf.

«Genau das hast du uns vorgetäuscht, dass es ein Märchen sei. Aber die von dir erzählte Geschichte hat eine wahre Begebenheit zur Grundlage, und eine der dargestellten Personen hat sich sofort wiedererkannt: Frau Schmitz.»

«Nur wegen Ihrer reizenden Chefredakteurin und Frau Kurrner habe ich noch keine Anzeige wegen übler Nachrede erstattet.»

«Anzeige?» Christine grinste, obwohl die Nennung des Namens der Verlegerin sie irritierte. Sie hatte Doris Schmitz nichts Schlimmes unterstellt, ja sie nicht einmal beleidigt. Lediglich das Gebaren und kleine Äußerlichkeiten hatte die Frau mit Christines Zauberin gemein. Die Zauberin stiftete nur Unsinn an, konnte ihre Kunststücke aber nicht lassen, weil sie hoffte, von König Wein beschenkt zu werden. Als sie ihre Chancen schwinden sah, kündigte sie eine Zauberei an, die alle anderen je gezeigten übertreffen sollte. Wie Jesus wollte sie Wasser in Wein verwandeln. Die Bauernmagd, die sich vor dem Unwetter auf das Schloss geflüchtet hatte, wechselte hinter den Kulissen ihre nassen Sachen und beobachtete, wie die Frau eine Karaffe präparierte. Sie besaß einen doppelten Boden, in den sie Wein aus einer Flasche füllte. In einem unbeobachteten Moment probierte die durstige Magd davon und nahm widerlichen Korkgeschmack wahr. Kurz darauf verwandelte die Zauberin angeblich Wasser in Wein, und der König sollte probieren. Da rutschten der Magd die Worte heraus: «Igitt, Kork!» In der Tat schmeckte der Wein widerlich muffig. Der König verlangte eine Untersuchung, woraufhin der Trick der Zauberin ans Licht kam und sie vom Schloss verjagt wurde. Die Magd hingegen wurde fortan als hellsichtige Frau verehrt …

«Christine, das ist nicht lustig», sagte Gesine Myersberger.

«Kann ja sein. Aber ich beschreibe keine wirklichen Menschen. Und Ähnlichkeiten würden niemandem auffallen, höchstens den Personen selbst.»

«Jetzt geben Sie es ja zu.»

«Christine, wir haben hier ein Problem. Frau Schmitz fühlt sich durch deinen Artikel verunglimpft.»

«Aber für ihre Gefühle kann ich nichts.»

«Und sie spielt deshalb mit dem Gedanken, nicht an der Preisverleihung der diesjährigen «Word meets Art» teilzunehmen, wo ihr die Verlegerin persönlich einen Preis für die herausragendste Galeristin des Jahres überreichen will.»

«Wegen meines Artikels? Aber das ist doch völliger Unsinn.»

«Was bitte ist Unsinn?», fragte Doris Schmitz.

Die Chefredakteurin wich dem Blick der Galeristin aus, und Christine mochte wetten, dass auch ihr die Dame unsympathisch war. «Kommen wir zur Sache, Christine. Das Kind ist in den Brunnen gefallen, und an deinem Text weiterzurühren oder eine Entschuldigung zu drucken würde alles noch schlimmer machen. Stattdessen möchten wir, was ja ins Vorfeld der Preisverleihung gut passt, eine große Reportage über Frau Schmitz und ihre Arbeit in Berlin drucken. Das ist zwar nicht dein Gebiet, doch es soll auch kein Fachartikel werden, sondern ein Porträt.»

«Gut schreiben kann sie ja. Und mir wäre es eine Genugtuung.»

«Die Reportage soll so bald wie möglich erscheinen. Frau Kurrner will sie vorher lesen. Am besten, du machst dich noch diese Woche auf den Weg nach Berlin und recherchierst gründlich.»

«Aber ich …»

«Ach ja, die Moselsache ist storniert», unterbrach Gesine Myersberger. «Die Sache hat sich als nicht tragfähig erwiesen. Wir können dich hier besser gebrauchen und gezielt für Reportagen vor Ort einsetzen.»

Christine schoss das Blut ins Gesicht. «Wir haben eine Vereinbarung. Ich bin doch keine rasende Reporterin.»

«Doch, meine Liebe, genau das bist du. Und du hast es genau so gewollt und unterschrieben. Monatspauschale bei regelmäßiger Lieferung von Texten, die wir annehmen können. Wenn wir das aufgrund nicht eingehaltener Absprachen oder erheblicher journalistischer Mängel nicht tun, wird der Vertrag automatisch aufgelöst. Eva Kurrner war geradezu happy, dich unter diesen Bedingungen problemlos loswerden zu können. Und ehrlich gesagt, war es verdammt schwer für mich, sie dazu zu bewegen, dir noch eine Chance zu geben.»

«Nein danke.» Christine stand auf.

Die Chefredakteurin sah überrascht auf. «Überlege dir bitte gut, was du tust.»

«Dies jedenfalls nicht.»

Für einen Moment lag etwas Ängstliches in Gesine Myersbergers Augen. Ihre Stimme klang dünn, als sie erklärte: «Sag mir bitte bis morgen Bescheid, ob du den Berlin-Auftrag annimmst. Andernfalls kann ich nichts mehr für dich tun.»

«Auf Wiedersehen.»

Christine bückte sich, weil neben dem Stuhl noch ihre Tasche stand. Die Haare fielen ihr ins Gesicht, und einige blieben an Schweißperlen auf ihrer Stirn kleben. Sie wischte sie mit einer schnellen Handbewegung weg, während die beiden Frauen sie beobachteten. «Auf Wiedersehen», wiederholte Christine und verließ das Zimmer.

Die gläserne Schwingtür des Verlagsgebäudes entließ sie in eine fremde Welt. Eine, die weder mit den letzten Arbeitsjahren zu tun hatte noch mit der Zeit davor, als sie noch nicht für den Verlag tätig gewesen war. Die Coffeebars, die überall entstanden waren, die Imbisse, in denen sie während der Mittagspausen gegessen hatte, die Boutiquen, in denen sie nach einem anstrengenden Tag oft sinnlos Geld ausgab … All das hatte jetzt eine neue Bedeutung. Die Annehmlichkeiten und Ärgernisse als Mitarbeiterin von *Convention* waren vorbei. Christine verdiente kein Geld mehr. Außer, wenn sie sich bis morgen anders entschied.

Es gab einige Freunde in Hamburg, die Christine eigentlich wiedersehen wollte. Doch sie brauchte Zeit zum Nachdenken. Nach einem langen, ziellosen Marsch durch die Hamburger Innenstadt fiel ihr jemand ein, mit dem sie doch gut über alles sprechen könnte: Erik. Christine erreichte ihn telefonisch, doch er hatte erst am nächsten Tag Zeit. Übers Handy wollte sie ihm nicht erzählen, was ihr widerfahren war. Sie verabredeten, wegen eines Termins für ein Treffen noch einmal zu telefonieren.

In einer Bankfiliale besorgte sich Christine Geld und ihre Kontoauszüge. Noch war genug Geld vorhanden. Dann besuchte sie ein paar Nobelboutiquen, die sie normalerweise nie betrat. Fröhlich plauderte sie mit den Verkäuferinnen und erstand einen Schal und ein T-Shirt. Abends ging sie in ein Restaurant, in das man angeblich nur mit Vorbestellung kam. Christine bestellte ein Menü und eine Flasche *Les Hauts de Pontet* 1995, den Zweitwein des französischen Grand-Cru-Gutes Pontet-Canet. Nach den vielen Moselweinen tat es gut, diesen dunklen Wein zu trinken. Und wie andere grandiose Weine aus Bordeaux versetzte er sie in einen Schwebezustand, der fern von Gefühlen war, die Christine normalerweise mit Alkohol verband. Er ließ eher an ein geheimnisvolles Kräuterelixier denken.

Als sie am nächsten Morgen in ihrem Bett erwachte, tauchte die Frage augenblicklich vor ihr auf: Hatte sie sich wirklich schon entschieden? Dafür, alles fortzuwerfen und vielleicht für längere Zeit nicht mehr als Journalistin arbeiten zu können? Oder möglicherweise nur auf eine Weise, gegenüber der die Tätigkeit bei *Convention* Gold war?

Als sie unter der Dusche stand, klingelte das Telefon. Sie konnte mitzählen: achtmal, bevor der Anrufer aufgab. Christine trocknete sich ab, legte sich ein Handtuch um und ging in ihr Arbeitszimmer, wo das Telefon stand. Das Display zeigte Gesine Myersbergers Büronummer an. Christine rief nicht zurück.

Sie schnitt sorgfältig ihre Fuß- und Fingernägel, cremte sich ein, frühstückte. Es hörte sich unnatürlich laut an, wie der Kaffee in den Becher strudelte und das Messer klirrte. Christine schaltete das Radio ein. Es rauschte, der Sender musste sich verstellt haben. Sie stellte sich vor, nach irgendeiner Katastrophe der letzte Mensch auf Erden zu sein.

Christine verließ die Wohnung und überquerte die fünfspurige Durchfahrtsstraße zu den Geschäftsvierteln. Auf der anderen Seite der Straße gab es seit Urzeiten einen etwas verlotterten Plattenladen, einen Asia-Shop, ein vom Eigentümer geführtes Haushaltswarengeschäft und eine Bierkneipe. Die ungünstige Lage bewahrte die Geschäfte bis jetzt davor, Boutiquen, Bars, Restaurants oder Optikergeschäften weichen zu müssen, die sich in den hübschen Straßen gleich um die Ecke mit schicken Schaufenstern präsentierten. Dass sie noch da waren, besaß heute etwas Tröstliches.

Christine hatte gestern nur das Nötigste für ein, zwei Tage eingekauft. Jetzt würde sie wahrscheinlich nicht so schnell wieder an die Mosel zurückkehren. Ihr fielen Tomas Meckling ein und das Buch, das er ihr geliehen hatte. Schon nach einem Tag sollte sich seine Sorge, dass sie in Hamburg bleiben könnte, als berechtigt erweisen. Sie musste ihn anrufen und alles erklären. Sie hoffte, ihr Mosel-Projekt fortsetzen zu können. Wenn auch nicht für *Convention.*

Mit vollen Einkaufstaschen kehrte sie in die Wohnung zurück. Während sie den Kühlschrank einräumte, klingelte es an der Tür. Durchdringend. Einmal, zweimal ... es klang nicht nach Prospekteinwerfern oder den Missionaren von Telefondienstanbietern, die für einen günstigeren Tarif werben wollten. Ihre Freunde wussten, dass sie ungern unangekündigt Besuch empfing. Ein Postbote läutete nicht derart energisch und fordernd. Eher ein Nachbar, der gemerkt hatte, dass sich aus Christines Wohnung Wasser in seine Wohnung ergoss. Sie betätigte den Türöffner und horchte ins Treppenhaus. Gleichmäßige, zielgerichtete Schritte hallten zwischen den engen Wänden. Im nächsten Moment kam Eriks schlanker Körper um die Ecke. Er hob den Kopf, und ein strahlendes Lächeln breitete sich über sein Gesicht aus. Christine freute sich, ihn endlich wiederzusehen, und ließ ihn eintreten. Doch etwas stimmte nicht, er wirkte aufgewühlt.

«Ist Gudrun wieder hinter dir her?»

«Nein!» Er lachte. Christine nahm ihm seinen leichten, hellen Mantel ab, und sie gingen ins Wohnzimmer. Hier stand ein Ensemble spanischer Korbmöbel, wo sie immer saßen, wenn Erik sie besuchte.

«Möchtest du einen Kaffee – ich könnte auch noch eine Tasse vertragen.»

«Sehr gern. Ich habe überhaupt noch nicht gefrühstückt.»

Christine stellte ihm in der Küche Teller und Messer hin und holte einige der frisch eingekauften Lebensmittel aus dem Kühlschrank. «Greif zu! Ich bin leider noch abgefüttert.»

Er schmierte sich mit schnellen Bewegungen ein Brot mit viel Butter und legte mehrere Scheiben Wurst darauf. «Ich sollte vielleicht damit aufhören», sagt er zwischen zwei gierigen Bissen. «Ich habe mich in der Nähe deiner Wohnung mit einem Typen getroffen, auf dem Parkplatz einer Tankstelle. Wollte er so, weil das auf seiner Fahrstrecke lag. Da dachte ich, ich klingele einfach mal bei dir.»

«Wieder ein Weingeschäft?»

«Ja, und einige Leute, die da mitmischen, kommen mir langsam unheimlich vor. Die hatten riesige Angst, dass ich ihnen zwei Kisten nicht liefern würde, obwohl sie noch gar nichts bezahlt hatten. Und dann kam es wirklich zu einer Verzögerung, ich konnte den Termin nicht einhalten. Da haben die richtig Stress gemacht, so in der Art: ‹Wir raten Ihnen, sich an unsere Abmachungen zu halten.› Heute hat es dann geklappt.»

Christine wusch den Kaffee vom Morgen aus der Kanne und füllte die Maschine neu mit Pulver auf.

«Was sind das für Leute?»

«Schwer zu sagen. Ich denke, sie verkaufen die Weine weitaus teurer an Sammler weiter. Ich habe ja manche Sachen zu unterirdischen Preisen bekommen, ist wie bei Aktien, wer den Riecher hat …»

«Noch ein Geschäft würde ich nicht mit denen machen.»

«Sollte ich eigentlich auch nicht. Aber sie zahlen gut. Wer wie ich gesuchte und qualitativ einwandfreie Ware anbieten kann, dem wird das vergoldet.»

«Trotzdem …»

«Ja, ich weiß! Jetzt kann ich entspannen. Oh, riecht der Kaffee gut. Wie geht es dir?»

Erik trug ein grünes Sweatshirt zu einer dunklen Jeans. Seine Haare waren länger als üblich und die Bartstoppeln ausgeprägt. Christine hatte den Eindruck, dass ihm eine Dusche guttun würde. Sie berichtete von ihren Problemen im Verlag.

«Und wegen so etwas willst du deinen Job aufs Spiel setzen?»

«Wegen so etwas – ja.»

«Das ehrt dich, aber warum fährst du nicht einfach nach Berlin und schreibst etwas über die Dame. Man hat dir ja noch nicht einmal vorgeschrieben, was du schreiben sollst.»

«Klar, ich könnte sie erneut in die Pfanne hauen.»

«Ich meine nur, es hat sich herumgesprochen, dass es zwei Paar Schuhe sind, durch Schreiben Geld zu verdienen oder bedingungslos seine Meinung zu sagen. Und dass es heute nicht leicht ist, einen einigermaßen bezahlten Zeitungsjob zu finden. In den 20ern bist du auch nicht mehr.» Er sprach sachlich und ohne Ironie. Christine hatte gleich gewusst, dass Erik ihr am ehesten helfen konnte, die richtige Entscheidung zu treffen.

«Wenn ich tue, was von mir verlangt wird, stehe ich noch schlechter da als vorher. Schon da hatte ich keine Lust mehr. Aber nun wäre klar, dass man mit mir alles machen kann. Vor allem mir wäre das klar.»

«Wenn das so ist.» Erik hielt nach einer Aufschnittsorte Ausschau, die er noch nicht probiert hatte. «Mir gefällt natürlich, wie du denkst. Die Konsequenzen sollten dir aber bewusst sein.»

Ja, das waren sie. Zur Not konnte Christine als Kellnerin arbeiten, das hatte sie während ihrer Studienzeit auch getan, oder sonst etwas machen.

Christine schenkte Kaffee nach und beendete das Thema.

«Hast du Neues über den Mord an Bert erfahren?»

«Nein», sagte Erik. «Die Polizei ist noch bei ihrer Junkie-Version und weiß nicht mal über die Mordwaffe Genaueres zu sagen. ‹Stumpfer Gegenstand›, heißt es. Mehr ist nicht bekannt.»

Erik erzählte von seiner Doktorarbeit, die angeblich kurz vor dem Abschluss stand. «Ich glaube, Dylan hat sie schon gelesen. Auf seiner neuen Platte ist nicht mehr ganz klar, wie weit die Stücke von ihm oder von anderen sind. Nicht mehr der Sänger als Ego, sondern als Spiegel einer Tradition. Der Sänger verschiebt die Tradition immer nur ein Stückchen weiter nach vorne in die Zukunft.»

«Wie die Weinflasche eines Jahrgangs Spiegel des Terroirs ist», sagte Christine schmunzelnd.

«Genau, genau so.»

«I never could learn to drink that wine, and call it blood.»

«Never could learn to hold you, love, and call you mine. Du kennst die Dylan-Zeile?»

«Ja, aber manchmal haben Wein und Blut doch eine Menge miteinander zu tun.»

Während sie redeten und Christine auch von ihren Erlebnissen an der Mosel berichtete, vergingen die Stunden. Am Nachmittag machten sie einen langen Spaziergang, aßen später in einer Kneipe, und Christine kam erst gegen 22 Uhr in ihre Wohnung zurück. Kurz danach klingelte ihr Telefon. Das Display zeigte eine Nummer an, die Christine nicht kannte. Sie hatte eine Vorwahl, die mit 05 begann. Christine nahm ab. Theodor Sontmann meldete sich.

«Hallo, ich habe gehört, Sie sind – du bist – nach Hause gefahren.»

«Ja, ich bin in Hamburg.»

«Ja, ach so. Ist Tomas mitgekommen?»

«Tomas? Nein, warum sollte er? Ich habe mich Sonntag von ihm verabschiedet, bevor ich aufbrach.»

«Ja, kann ich mir denken.» Seine Stimme vibrierte. «Vielleicht hast du ihn unterwegs ja wiedergetroffen, ihn aufgelesen sozusagen, und ihr seid dann irgendwo hingefahren.»

«Nein, wieso denn?» Plötzlich begriff sie. «Du meinst, wir hätten meine Abreise nur inszeniert, um uns dann beide an einem heimlichen Ort zu treffen? Für ein Schäferstündchen?»

«Na ja, nein. So ungefähr. Bitte nicht aufregen. Sage mir einfach, ob er bei dir ist oder ob du weißt, wo er ist.»

«Nein, weder noch. Ich habe ihn seit meiner Abreise von Gut Meckling nicht gesehen.»

Es war eine Weile still in der Leitung. «Na gut», sagte Theo dann.

«Würdest du mir bitte erzählen, warum du das wissen willst?», fragte Christine. «Was ist passiert?»

«Tomas ist seit gestern verschwunden, und man fragt sich, warum und wieso. Ohne jemandem Bescheid zu sagen, ohne Termine abzusagen. Ich wurde gefragt, ob ich was wüsste. Nein. Aber es wird gesagt, du seiest oft mit ihm unterwegs gewesen, und du bist ja dann auch plötzlich abgereist. So kommen eins und eins zusammen.»

«Verstehe.»

«Nun weiß ich ja Bescheid. Wahrscheinlich ist er schon wieder daheim, und ich weiß noch nichts davon. Wir sind ja auch keine Kinder. Früher sind wir oft losgezogen, haben alles stehen und liegen lassen und uns um nichts gekümmert. Seine damalige Freundin hat in Krankenhäusern nachgeforscht, während er mit einer anderen auf dem Hochbett lag.»

«Und genauso könnte es jetzt auch sein, denkt ihr. Aber nicht bei mir!»

«Also entschuldige, entschuldige diesen albernen Anruf.»

«Nein, ich danke dir dafür. Ich rufe dich morgen an und frage, was los ist.»

Christine hatte längst gewusst, dass über sie und Tomas Meckling geklatscht wurde. Und falls er jetzt tatsächlich bei einer unbekannten Frau war, musste allen außer ihr selbst die Lage eindeutig erscheinen. Aber sicher gab es einen harmlosen Grund für sein Verschwinden, der bald aufgeklärt wurde. Auf ihren Fahrten mit ihm hatte sie häufiger erlebt, dass Tomas Meckling geschäftliche Verabredungen unentschuldigt platzen ließ oder spontan Lust bekam, einen Ort, eine Landschaft zu besuchen, und darüber alles andere vergaß.

Wenn sie wieder an die Mosel zurückkehrte, sollte sie vielleicht nicht mehr auf Schlossweingut Meckling wohnen. Realistisch betrachtet konnte sie sich sowieso keinen längeren Aufenthalt in einer einzigen Region mehr leisten. Wenn sie künftig selbständig arbeitete, musste sie in kurzer Zeit zu vielen, verschiedenen Orten reisen, jede Menge Artikel verfassen und das Ganze mehreren Redaktionen anbieten, um sich finanziell über Wasser zu halten.

Theos Anruf hatte in Christines Kopf wieder die Mosel zum Leben erweckt, den schweren Fluss, das exaltierte Gestein, die Riesenhänge und die Weinstöcke. Sie dachte an einen halbtrockenen Riesling Spätlese aus der Lage Badstube, den sie von der Mosel mitgebracht hatte. Denn sie spürte eine unwiderstehliche Lust auf Zucker …

Der Wein schmeckte herber als gedacht und entfaltete erst nach einiger Zeit bei Zimmertemperatur süßeres Fruchtaroma. In einer Stunde war es Mitternacht, dann lief das Ultimatum von Gesine Myersberger ab. Christine entspannte sich und nahm ab und zu einen kleinen Schluck. Mal schmeckte der Wein nur gefällig, mal blitzten überraschende Aromen auf. Es machte Spaß, das zu verfolgen.

«Er hat mir sooo viel versprochen, was er nie einhalten kann. Ich war völlig überrascht von seiner Bitte. Und er glaubte wohl, ich klatsche sofort in die Hände und sage, zieh wieder ein. So blöd bin ich natürlich nicht.»

Christine hatte die junge Mutter, die in der Wohnung unter ihr wohnte, mittags im Treppenhaus getroffen. Sie selbst kam von einem Spaziergang zurück, auf dem sie erste Pläne für ihr neues Leben schmiedete. Sie inspizierte Wein- und Buchhandlungen, blätterte im großen Kiosk die Gourmet- und Reise-Fachblätter durch, um sich ein Bild davon zu machen, wo sie welche Artikel anbieten könnte. Vielleicht konnte sie auch Kontakt zu einem Buchverlag knüpfen, vielleicht ließ sich eine ganze Serie von Werken über die Weinregionen der Welt auf die Beine stellen. Als ehemalige Redakteurin von *Convention* besaß sie Reputation – noch.

Beruhigend war der Gedanke, während der dreimonatigen Kündigungsfrist weiterhin ihre Monatspauschale zu beziehen. Christine konnte davon in den nächsten Wochen ihre Miete und alle anderen Ausgaben bestreiten und in Ruhe neue Projekte angehen. Dann fiel Christine jedoch ein, dass sie von *Convention* nur dann die Monatspauschale erhalten würde, wenn regelmäßig Artikel von ihr erschienen. Falls Christine nichts lieferte, konnte die Redaktion ihre Zahlungen jetzt schon einstellen. Und der Auftrag lautete, über Doris Schmitz in Berlin zu schreiben, was Christine nicht tun würde. Sie saß in der Falle und würde vorerst von ihren Ersparnissen leben müssen.

Die Mutter hatte die Tragewiege mit ihrem kleinen Sohn auf dem Boden abgestellt und begleitete ihre Worte mit akkuraten, gefühlvollen Gesten. «Keine Ahnung, ob wir irgendwann wieder zusammenziehen. Will ich das überhaupt? Na ja, ich lass die Dinge einfach auf mich zukommen, aber wie vorher darf es nicht mehr sein.»

Mit dem Freund der Nachbarin, der auch der Vater des Kindes war, hatte Christine sich nur wenige Male unterhalten, bevor er wegen Streitigkeiten ausgezogen war. Sie wusste nicht, was sie der Frau sagen sollte, und die wartete bestimmt nicht auf einen Rat. Im Grunde fand Christine, dass es ein Fehler war, sich wieder mit dem Typen einzulassen. Aber das ging sie alles nichts an. Die Mutter redete ohne Pause. Da klingelte das Handy in Christines Handtasche.

«Oh, Sie haben einen Anruf.» Die Nachbarin hielt ihre dunklen, glatten Haare fest, während sie sich zur Tragewiege bückte. Christine kramte in ihrer Tasche. Die Frau tätschelte ihre Schulter. «Bis bald.»

«Ja, bis bald – alles Gute!»

Stockend entfernten sich die Schritte der Nachbarin treppaufwärts. Christine fand ihr Handy und nahm den Anruf an.

«Hallo.»

«Hallo, Christine. Ich bin es noch einmal, Theo.»

«Ich hätte dich auch gleich angerufen.» Christine ging langsam weiter nach oben, vorbei an ihrer Nachbarin, die ihr Kind vor der Tür abgestellt hatte und nach ihrem Schlüssel suchte. Die Frauen winkten sich noch einmal zu.

«Christine, ich mache mir Sorgen, Tomas ist immer noch nicht wiederaufgetaucht. Das kann man drehen und wenden, es bleibt ungewöhnlich.»

«Moment mal.» Christine wühlte mit der freien Hand in ihrer Umhängetasche, die dabei von ihrer Schulter zum Ellenbogen rutschte. Sie fand den Schlüssel und öffnete die Wohnungstür.

«Jetzt bin ich wieder da.»

«Hier herrscht Aufregung. Es ist eigenartig, dass er auf

seine Mailbox-Nachrichten nicht reagiert, und heute Morgen war jemand wegen des Kaufs neuer Fässer da. Das war nicht irgendein Marketing-Termin.»

«Dann sollte man doch bei Krankenhäusern anfragen oder bei der Polizei.» Christine lief beim Telefonieren durch die Wohnung. Die Fenster der gegenüberliegenden Häuser waren verschattet, kaum ein Detail der Wohnungen ließ sich erkennen.

«Schon längst geschehen. Ich persönlich hatte das Vergnügen, von Kriminalrat Krose angerufen zu werden, weil du und ich vor ein paar Tagen mit Tomas unterwegs gewesen waren. Aber am meisten interessiert man sich für dich. Ich glaube dir natürlich, dass du allein in Hamburg bist. Aber was ich meine, hat für andere wenig Bedeutung. Es wäre gut, wenn du herkommst und die Dinge selbst klärst. Krose hat mich nach deiner Adresse gefragt, und ich habe gelogen, dass ich sie nicht kenne. Man bekommt ja so viele Visitenkarten am Tag, und ich wollte dich vorwarnen. Es ist ja noch nichts passiert, wir sind aber nah an einer Vermisstenanzeige.»

Christine hatte Ähnliches schon oft erlebt. Angehörige oder Freunde meldeten sich nicht, waren aus dem Urlaub nicht zurückgekommen oder nahmen den Telefonhörer nicht ab. Sie konnte sich an keinen Fall erinnern, in dem sich die Furcht als begründet erwiesen hätte. Die Katastrophen kamen immer plötzlich und unvorbereitet. Und nur wegen dieser vagen Sorge um Tomas Meckling sollte sie an die Mosel zurückfahren? Zumal als eine Art Schuldige, die sich anscheinend rechtfertigen sollte?

Theo hüstelte unruhig am anderen Ende der Leitung. Nein, sie hätte kein gutes Gefühl dabei, in Hamburg zu bleiben und abzuwarten.

«Gut, ich komme.»

Früh am nächsten Morgen brach Christine auf. Sie war schon weit vor Sonnenaufgang erwacht und unruhig durch die Wohnung gelaufen. Nur in wenigen anderen Fenstern brannte Licht. Um acht Uhr fuhr sie auf der Autobahn. Anfangs war der Himmel klar. Im Münsterland tauchte Regenwetter die Landschaft in grauschwarze Dunkelheit. Erst im Ruhrgebiet besserte sich das Wetter wieder. Christine hatte Theo gestern am Telefon gesagt, dass sie am späten Nachmittag auf Schloss Meckling eintreffen würde. An einer Raststätte hielt sie an, um ihm mitzuteilen, dass es früher werden würde. Sie hatte keine Lust, auf ihre Befragung Stunden warten zu müssen.

«Das ist kein Problem», sagte Theo. «Ich sage Krose und den anderen Bescheid. Die sind so gespannt auf dich, dass sie bestimmt gerne früher kommen. Ich bin auf alle Fälle da.»

Auf der Moselstraße wechselten Regen und Sonne ständig miteinander ab. Was würde das für die diesjährige Lese bedeuten, die bald bevorstand? Regen in den letzten Wochen vor der Ernte stellte eines der größten Probleme im Weinbau dar.

Wo war Tomas Meckling? Christine kannte ihn zu wenig, um die Situation einschätzen zu können. Aber inzwischen machten die Gedanken darüber, was mit ihm geschehen sein konnte, auch sie nervös. An der Mosel hatte sie ihn immer über sein Handy erreichen können, nun war das Gerät durchgängig abgeschaltet. Über die Befragung mit Kriminalrat Krose machte Christine sich keine Sorgen. Sie hatte nichts verbrochen, nicht mal einen Ehebruch, und hatte sogar Zeugen dafür.

Das Schlossgelände lag im Nieselregen. Vor der Einfahrt hatten sich matschige Spurrillen gebildet, und ein Flügel des normalerweise entweder weitgeöffneten oder verschlossenen Tores hing über dem Weg. Christine manövrierte ihren Wagen vorsichtig daran vorbei. Die Schlossfassade sah blass und verwischt aus, kein Fenster war erleuchtet. Christine stoppte auf dem Platz und beobachtete den Treppenaufgang und den verschlossenen Eingang. Dann registrierte sie im Seitenspiegel Gestalten, die sich von einem der Wirtschaftsgebäude näherten und mit wenigen Schritten ihr Auto erreichten. Sie ließ die Seitenscheibe heruntergleiten, und Theodor Sontmanns Gesicht tauchte im Fenster auf.

«Schön, dich zu sehen. Ich bin auch gerade angekommen. Möchtest du erst in deine …»

Christine schüttelte den Kopf. Sie wollte in der Wohnung später lediglich ihre Sachen zusammenpacken und dann die Rechnung bezahlen. Sie stieg aus.

«Sebastian Krose kennst du ja schon.»

Wahrscheinlich war Christine nur wenige Jahre jünger als der Kriminalrat. Doch mit seinem übergewichtigen Bauch, den dünnen, nassen Haarsträhnen auf seinem Kopf und dem Gesichtsausdruck eines von tiefer Korrektheit geleiteten Beamten schien er einer entfernten Generation anzugehören.

«Wir haben uns im Büro zusammengefunden», erklärte er. «Es wäre freundlich, wenn Sie mir dort einige Fragen beantworten könnten.»

Das Büro befand sich in einem der langgezogenen, gelblichfarbenen Gebäude, die das Schloss umringten. Der Türrahmen besaß eine Ummantelung aus Backstein, darüber war eine kleine verglaste Laterne in die Fassade eingelassen.

Dieses Büro diente dazu, Bestellungen von gewerblichen und privaten Kunden aufzunehmen und Zahlungen abzuwickeln. Von ihm aus führte eine Treppe hinunter ins Flaschenlager, wo sich Besucher ihre Weine selbst aussuchen und gleich mitnehmen konnten. Mit seinen metallenen Regalen und weißgestrichenen Wänden erinnerte es an die Verkaufsräume von Baumärkten. Ein nüchternes Ambiente, das die ausgestellten Flaschen umso verheißungsvoller erscheinen ließ.

Im Büro standen mehrere Schreibtische mit Computern. Beatrix hockte an einem von ihnen, weit vom Eingang entfernt. Gleich links von der Tür saßen Tomas Mecklings Frau Esther und der Kellermeister des Weinguts an einem freigeräumten Tisch. Sie blickten Christine gespannt an, als sie mit den beiden anderen eintrat.

Esther Meckling wich Christines Blick aus. Ihre grauschwarzen Haare waren heute nicht zusammengebunden, sondern fielen bauschig auf ihre Schultern, was ihr einen weicheren Gesichtsausdruck verlieh. Der Kellermeister Arno Leibniz, ein schlanker, großer Mann um die sechzig, den manche Besucher für Graf Meckling persönlich hielten, sprang auf und brachte Christine einen Stuhl. «Möchten Sie einen Kaffee?» Sein freundlicher Gesichtsausdruck war eine Wohltat.

«Ja, gerne.»

Der Mann lief quer durch den Saal zu einer Kaffeemaschine ganz in der Nähe von dem Schreibtisch, an dem Beatrix saß. Die Tochter des Hauses schien erst jetzt zu bemerken, dass weitere Leute eingetroffen waren. Sie erhob sich gemächlich.

Kriminalrat Sebastian Krose setzte sich Christine direkt gegenüber. Er klickte die Miene eines Kugelschreibers auf und lächelte dabei. Offensichtlich hielt er Christine nicht für eine Kriminelle, sondern für eine sympathische Ehebrecherin, die man nett ausfragen musste, um die Angelegenheit schnell erfolgreich hinter sich zu bringen.

«Ich möchte gleich sagen, dass ich eher als Freund der Familie denn als Polizist hier bin. Wie Sie wissen, ist Tomas Meckling nun schon seit drei Tagen spurlos verschwunden, und seine Frau hat heute eine Vermisstenanzeige aufgegeben. Es gibt keine Hinweise auf ein Verbrechen und auch nicht auf einen Unfall. Falls aber ein Ereignis zum Nachteil Graf von

Mecklings eingetreten sein sollte, können Zeugenaussagen die schädlichen Folgen eventuell mildern. Oder helfen, die Vorgänge aufzuklären.»

«Oh, Gott.» Die Worte kamen aus dem Mund von Esther, die jetzt den Kopf über der Tischplatte hängen ließ, als müsse sie einen Rausch überstehen.

«Ich helfe gerne, deswegen bin ich hier. Was wollen Sie von mir wissen?»

«Graf Meckling hat in den Wochen vor seinem Verschwinden auffällig viel Zeit mit Ihnen verbracht und dafür Verpflichtungen, denen er normalerweise nachgeht, vernachlässigt.»

«Ich habe keine Affäre mit Tomas Meckling.»

«Das hat niemand behauptet.»

«Er hat mir die Gegend gezeigt, die Weinberge. Wir haben Güter besucht, und er hat mir Winzer vorgestellt.»

Der Kellermeister brachte ein kleines Silbertablett, auf dem eine Tasse Kaffee, ein Zuckerstreuer und ein Kännchen Milch standen, und stellte es vor Christine hin.

«Vielen Dank!» Erst jetzt registrierte Christine, dass sonst niemand Kaffee oder ein anderes Getränk vor sich stehen hatte. Beatrix war inzwischen in der Nähe des Tisches aufgetaucht und stand mit ineinander verschränkten Armen vor einem Regal mit Aktenordnern.

Kriminalrat Krose betastete sein Kinn. Sein Gesicht war bartlos, wies aber einige rote Stellen auf, die von einer zu gründlichen Rasur herrühren konnten. «Wir suchen nach Zusammenhängen», fuhr er fort, «Anhaltspunkten … Hat Tomas Meckling vielleicht mit Ihnen gemeinsam etwas erlebt, das mit seinem Verschwinden zu tun haben könnte oder aber hilft, seinen Aufenthaltsort ausfindig zu machen?»

Christine streckte ihre Hand nach der Kaffeetasse aus, und erst, als sie den Henkel schon mit dem Zeigefinger umschlossen hatte, wurde ihr bewusst, welchen Fehler sie gerade machte. Wenn sie sich aufgewühlt fühlte und auch noch von Leuten bedrängt wurde, fing ihre Hand beim Anheben von Tassen oder Gläsern manchmal zu zittern an. So auch jetzt. Am liebsten hätte sie ihre Hand sofort wieder zurückgezogen. Doch plötzlich interessierte sich die ganze Runde nur dafür, wie eine Frau eine Kaffeetasse zum Mund führt, und Christine wollte tapfer sein. Sie hob die Tasse durch die Luft, und ihre Hand zitterte erschreckend. Christine nahm die zweite Hand zu Hilfe und führte die Tasse an den Mund, als ob es sich um einen schwer zu balancierenden Gegenstand handelte. Erst als sie aufsah, schauten die anderen endlich woandershin, und Sebastian Krose setzte seine Vernehmung fort: «Gab es Vorkommnisse – wissen Sie etwas, was uns helfen könnte, Tomas Mecklings Verbleib aufzuklären?»

Christine ärgerte sich über das Gezitter. Sie selbst wusste, dass es sich dabei nur um eine nervliche Schwäche handelte. Doch sie konnte sich leicht ausmalen, wie die anderen ihr Verhalten in dieser Situation einschätzten.

«Ich habe keine Ahnung, wo Tomas Meckling ist, und mir sind auch keine Vorkommnisse aufgefallen. Bis auf einen Streit im Weinberg.»

«Was für ein Streit?»

«Wir trafen auf Winzer, einen Vater und seinen Sohn. Es kam zum Streit, und der Sohn schmiss einen Stein in Tomas Mecklings Richtung.»

Mecklings Frau hob ihren Kopf.

«Die Namen der Winzer?»

«Hm, Tomas Meckling hat mir den Namen des Gutes gesagt, aber ich komme im Moment nicht darauf. Ein ganz einfacher Name.»

«Wo hat sich die Auseinandersetzung abgespielt?»

«Hoch in den Weinbergen in Richtung Pünderich. Ich

kann den Ort nicht benennen und weiß nur, wie wir dort hingekommen sind.»

Kriminalrat Kroses Mund stand plötzlich schief in seinem Gesicht.

«Worum ging es in dem Streit?»

«Tomas Meckling wurde vorgeworfen, die anderen Winzer verdrängen zu wollen. Sie wirtschaftlich zu schwächen, um dann billig ihr Land aufzukaufen.»

«So ein Quatsch», rief Beatrix.

Krose machte eine Pause, während er hektisch in sein Notizbuch schrieb.

«Was passierte nach dem Steinwurf?»

«Wir sind einfach weitergegangen.»

«Warum haben Sie uns das alles nicht schon vorher gesagt?», sagte Mecklings Frau in einem niedergeschlagenen und anklagenden Tonfall.

«Können Sie den Ort wiederfinden, wo es passierte?»

«Wahrscheinlich schon.»

Der Kriminalrat blickte in die Runde: «Kann ein Ortskundiger uns begleiten? Es wäre gut, wenn wir die Stelle sehen und herausfinden, wer Tomas Meckling angegriffen haben könnte.»

Esther hob den Kopf. «Mir fallen einige ein.»

Sie fuhren mit zwei Autos los. Theodor Sontmann chauffierte Christine und Sebastian Krose, dahinter folgten Beatrix, Esther und Arno Leibniz im Jeep. Die ruhige, korrekte Art des Polizisten behagte Christine. Er schien der Typ von Polizist zu sein, der für alles Verständnis hat und nichts verurteilt, weil er glaubt, mit dieser Einstellung einen Täter am leichtesten zu überführen.

Die Straßen waren leer. Die Wolkendecke war an einigen Stellen weit aufgerissen. Dort zeigten sich hellblauer Himmel und gleißende Sonnenstrahlung.

Es fiel Christine leichter als befürchtet, den Weg zum Ort der Auseinandersetzung zu finden. Sie erkannte den ausgetretenen Pfad, durch den sie in den Weinberg gelaufen war, während Meckling sich mit den Wanderern unterhalten hatte. Und sie sah auch den Berg, über den sie beide nach dem Streifzug durch die Rebenpflanzung den Weg abkürzen wollten. Hier waren plötzlich die beiden Winzer erschienen und auf sie zugestürmt.

Theodor parkte eng am Wegesrand, damit andere Fahrzeuge vorbeikommen konnten. Beatrix Meckling, die den Jeep fuhr, machte sich nicht die Mühe. Zu Recht, wie sich nach dem Aussteigen zeigte. Es war zu eng, und über die steinige Böschung ließ sich kaum ausweichen.

Christine stapfte an der Spitze der Gruppe den Berg hinauf. Der Boden war durchgeweicht und matschig. Sie musste immer wieder nach Rebstöcken greifen, um nicht auszurutschen. Wenigstens trug sie geschlossene Schuhe, deren Farbe unter dem Dreck schon bald kaum mehr zu erkennen war.

«Hier ist es passiert.»

«Dann sind es die Bergers gewesen», sagte Esther. «Die bauen hier an. Und die Nettesten waren sie nie.»

«Berger – ja, so nannte Tomas sie, glaube ich», sagte Christine.

Alle schwiegen und sahen sich ergriffen um, als würden sie einer Andacht beiwohnen. Als ob der Geist von Tomas Meckling hier in der Luft schweben oder hinter einer Pflanze entdeckt werden könnte.

Kriminalrat Krose ließ sich von Christine erneut den Streit zwischen den Männern schildern, bevor er den Schauplatz abschritt und sich einige Male tief beugte, um den Boden anzustarren.

«Tja – hier ist nichts. Wir sollten die Bergers befragen.»

Christine blickte in die Runde ihrer Begleiter, in deren

Gesichtern sich Ratlosigkeit und Erschöpfung abzeichneten. Sie hatten geglaubt, Christine sei der Schlüssel, um Tomas Mecklings Verschwinden aufzuklären. Nun war die Verwirrung größer als zuvor. Christine konnte schwer glauben, dass die Bergers Tomas Meckling etwas angetan hatten. Da tippte sie doch eher darauf, dass er sich bei einer Geliebten aufhielt. Nachdem er bei Christine nicht zum Ziel gekommen und sie plötzlich abgereist war, brauchte er vielleicht Trost. Das passte zu Beatrix' Erzählungen über ihren Vater.

Sie stiegen wieder nach unten. Sebastian Krose blickte auf die Uhr, und Beatrix zückte ihren Wagenschlüssel. Esther hatte schon den Jeep erreicht, als sie sich umdrehte, mit dem Finger auf Christine zeigte und schrie: «Das sind doch alles Märchengeschichten von dieser Frau! Die kann uns viel erzählen und über die Berge irren lassen, um von sich selbst abzulenken.»

Krose prüfte Christines Gesicht mit ernstem Blick. Auf die Idee, sie könne sich alles nur ausgedacht haben, war er augenscheinlich noch nicht gekommen. «Haben Sie uns alles gesagt, Frau Sowell? Wenn Sie falsch aussagen oder etwas verschweigen, wird alles nur schlimmer. Das sind keine Phrasen, was ich da sage. Wir leben im 21. Jahrhundert. Mit einer Kriminaltechnik, die sich nicht überlisten lässt. Alles kommt heraus.»

«Wir sind nach dem Vorfall mit den Bergers nicht zurück zum Auto gegangen, sondern weiter hochgestiegen», sagte Christine. Verblüfft sah die Gruppe nach oben.

«Aber was soll das bringen?», fragte Theodor Sontmann. «Dass ihr zufällig da oben wart, hat doch nichts mit Tomas' Verschwinden zu tun.»

Kriminalrat Krose starrte mit gequältem Gesichtsausdruck zu den hoch aufragenden Schieferfelsen. «Jetzt ist es auch egal», sagte er. «Immerhin ist Frau Sowells Ausflug mit Tomas unser bisher einziger Anhaltspunkt. Ich muss die Sache der Sorgfalt halber bis zum Ende führen.»

Er lief voran, und alle folgten auf der steilen, mühsamen Strecke, die Christine aber trotz des schlechten Wetters weniger anstrengend fand als beim ersten Aufstieg. Der Kellermeister und die Winzerfrauen keuchten am wenigsten. Sie waren Klettertouren gewohnt.

Oben wehte ein lauer Wind, und die Wolken schwebten groß und schlaff über dem Tal. Den Ehrgeiz, ein Gewitter veranstalten zu wollen, strahlten sie nicht aus.

Der Kriminalrat lief spähend und den Kopf emsig hin und her bewegend über das struppig bewachsene Plateau. Der Kellermeister rief: «Hier ist nichts!» Beatrix zündete sich eine Zigarette an, und ihre Mutter spazierte wie versunken in Richtung des Abgrunds, blieb stehen, machte kehrt und spazierte weiter.

Krose ging auf dem steinigen Boden in die Knie und hob mit einem Taschentuch etwas auf: eine Zigarettenkippe. Er betrachtete sie eingehend, dann ließ er sie wieder fallen.

«Da, daaa!» Der Schrei gellte schmerzhaft laut über den Hang. Esther stand an einer Stelle des Abgrunds und blickte hinab.

Christine erinnerte sich. Genau an der Stelle hatte Tomas Meckling um ihre Hand gebeten – um einen Halt, während er die steile Böschung hinabgeklettert war, um die jungen Reben zu überprüfen. Christine legte unwillkürlich eine Hand an ihr Gesicht, als sie hinüberging.

In etwa 15 Meter Tiefe lag ein Körper, den der Regen leicht in den Boden gewaschen hatte. Seine Kleidungsstücke erinnerten an pflanzliche Fasern, die sich über einem Felsblock oder einem verrotteten Baumstamm gebildet hatten. Christine brauchte einen Moment, um zu erkennen, dass es Tomas Mecklings Sachen waren. Seine Haare wirkten trotz des Regens eingetrocknet, und sein Gesicht war seltsam zur Seite verrenkt. Eisige Kälte breitete sich in Christines Körper aus. Sie stieg von den Schultern in den Kopf, zog in die Brust und ließ ihre Beine erstarren.

Sebastian Krose stand eine Weile vornübergebeugt da und starrte nach unten. Es schien, als wiege sein Oberkörper mit dem lauen Wind hin und her. Dann drehte er sich vom Abgrund weg und lief schnaufend über das Plateau. Ein paarmal wechselte er die Richtung und sah immer wieder zu Boden, bis er in die Knie ging und erneut die Zigarettenkippe aufhob. Dieses Mal wickelte er sie in ein Taschentuch und steckte sie ein.

Kriminalrat Krose bat die Gruppe, vor Ort zu bleiben, bis weitere Polizeibeamte eintreffen würden. Er bemühte sich bereits, Spuren zu sichern oder deren Zerstörung zu verhindern.

Alle hatten gesehen, wie Tomas Meckling dort unten auf dem Fels lag, tot. Eine Bergung war ohne Ausrüstung und zumal bei dem glitschigen Boden unmöglich. Christine sah in die Gesichter der anderen und spürte, wie sie das Entsetzen miteinander teilten und dadurch einander so nah waren wie nie zuvor.

Niemand sah mehr auf die Leiche hinab, und es wurden nur wenige Worte gesprochen. Als sich Beatrix erneut eine Zigarette anzündete, reagierte Krose mit einem verärgerten Blick und rief: «Bitte nicht, wir dürfen keine Spuren verfremden.»

Sie blickte nicht einmal zu ihm auf, rauchte weiter und bewegte sich in langsamen Schritten erneut auf den Abgrund zu. Bevor sie die Kuppe erreichte, machte sie kehrt – dies wiederholte sich mehrere Male, und Christine schmerzte es, Beatrix dabei zu beobachten.

Endlich tauchten uniformierte Polizisten und Männer mit

Bergsteigerausrüstung auf. Christine und die anderen mussten einem Kommissar ihre Personalien angeben und wurden einzeln vernommen. Bald schallten vom Abgrund, wo Graf Tomas von Meckling lag, Rufe herauf. Christine sah nicht zu, als Tomas' Leiche auf das Plateau gehievt wurde.

Die Zeugen wurden entlassen. Christine und Theo machten sich als Erste an den Abstieg. Kriminalrat Krose hielt sie auf.

«Ich finde Sie ja auf dem Schloss.»

«Ich bin fast schon abgereist.»

«Bitte bleiben Sie. Sie haben doch diese Wohnung im Schloss. Es vereinfacht alles. Sie waren mit Tomas Meckling vor seinem Tod oft zusammen, Sie haben uns zum Tatort geführt. Verstehen Sie mich nicht falsch ...»

Christine verstand richtig. Sie war eine Verdächtige, zumindest aber eine wichtige Informantin in diesem Fall.

«Ein, zwei Tage vielleicht. Ansonsten können Sie mich in Hamburg jederzeit erreichen.»

Sie kletterte mit Theo zum Wagen hinunter, beide mit blassen, maskenhaften Gesichtern. Christine fühlte nur ein bohrendes Grauen und die Unfähigkeit, über die nächsten Stunden hinauszudenken. Nach wenigen Minuten brach Theo das Schweigen.

«Er ist wohl abgerutscht. Tomas war oft sehr waghalsig. Mein Gott, diese Höhen da oben! Wie ein junger Gott wollte er auch noch auf den entlegensten seiner Anbauflächen herumhampeln.»

Christine sah ihn an. Er sprang beherzt über Buschwerk, das sie noch von der Straße trennte. Seine Worte klangen mehr nach Bitternis als nach Trauer. Jetzt, wo der Tod noch kaum zu fassen war, konnte Theo gegenüber seinem alten Freund vielleicht noch am ehesten Gefühle empfinden, die zum Leben gehörten. Wut, Verzweiflung.

«Vielleicht war es Mord», sagte Christine.

Er wandte den Kopf in ihre Richtung, ohne sie anzusehen. «Ach was.»

«Einer seiner Freunde ist vor zwei Monaten ermordet worden.»

«Ich weiß. Aber muss der Tod eines Menschen mit dem eines anderen zu tun haben, nur weil die beiden kurz nacheinander starben und sich gut kannten? Mathematiker würden diese Frage verneinen, da die Beziehung zwischen beiden beinahe nichts ist im Vergleich zu unserer Beziehung zum Tod.»

Sie erreichten den Wagen. Theo blieb regungslos davor stehen.

«Du meinst, weil wir alle sterben müssen?», fragte Christine. «Mathematiker wissen wahrscheinlich auch, dass es viele Todesarten gibt.»

«Und was nun? Warten und rückwärts raus oder …»

Jetzt wurde Christine klar, was er meinte. Der Jeep versperrte ihnen den Rückweg. «Nein, nicht warten. Ich denke, das hier ist keine Sackgasse.»

Christine hatte recht. Nach wenigen Minuten verbreiterte sich der Weg sogar, und rechts von ihm tauchte ein großer Schuppen auf.

«Am besten wissen die Gerichtsmediziner über Todesarten Bescheid», meinte Theo. «Wir werden bald mehr erfahren.»

Wenig später erreichten sie die Moselstraße.

Das Verhör

Am nächsten Nachmittag erfuhr Christine von Kellermeister Leibniz, dass Tomas Meckling wahrscheinlich durch eine Kopfverletzung infolge eines Sturzes ums Leben gekommen war und fremdes Verschulden bislang nicht nachgewiesen werden konnte. Leibniz hatte an die Tür ihrer Wohnung geklopft.

«Die Polizei ist gestern noch zu den Bergers und hat sie vernommen. Auch wir sollen noch einmal befragt werden ... Die Polizei will herausfinden, wie es passiert ist.»

«Ja, natürlich.»

«Ein weiterer Beamter ist gekommen, ich wurde auch schon befragt. Ich soll Ihnen ausrichten, dass Sie bitte so in zwanzig Minuten ins Büro kommen möchten.»

«Ich werde dort sein.»

Wenig später lief Christine über den Hof, an dessen Rand mehr Fahrzeuge als üblich parkten, und betrat das Büro. Niemand war anwesend. Die Stühle, auf denen sie am Vortag mit den anderen gesessen hatte, standen immer noch wie unverändert dort. Nach einiger Zeit näherten sich von draußen Männerstimmen. Die Tür öffnete sich, und Kriminalrat Krose trat mit einem weiteren Mann ein. Christine war wie elektrisiert. Das hätte sie sich denken können: Es war der Hamburger Kripo-Beamte, der sie nach dem Mord an Bert Gernsheim verhört hatte. Christine nahm sich vor, ruhig zu bleiben. Sie reichte den Männern die Hand.

Der Hamburger stellte sich mit «Kriminaloberkommissar Bandow» vor. Christine hatte seinen Namen damals kaum registriert. Er trug ein weißes Hemd mit bunter Krawatte und eine blaue Hose. Sein blaues Jackett hängte er über die Stuhllehne.

«Wunderbare Gegend hier», begann er. Wieder spielte dieses Lächeln um seine Lippen, das Christine von ihrer Vernehmung nach Bert Gernsheims Tod kannte. «Ich war ja noch nie an der Mosel. Hier werde ich mit meiner Freundin mal Urlaub machen.»

«Hier wird viel für Leute in den Flitterwochen getan», sagte

Krose, ohne eine Miene zu verziehen. «Schlemmerwochenenden, Bootsfahrten.»

«Na, so weit sind wir noch nicht. Aber ich werde nach meiner Rückkehr schwärmen und ihr den Mund wässerig machen. Sie ist mehr die Mittelmeer-Urlauberin.»

Er holte Akten aus seiner Tasche, blätterte eine Weile selbstvergessen in ihnen und sagte dann mit erwartungsvollem Augenaufschlag: «Dann wollen wir mal.» Christine kam es wie bei einem Bewerbungsgespräch vor. Krose saß an der Seite des Tisches, stützte das Gesicht mit einer Hand ab und hielt den Blick gesenkt. Es war klar, wer die Vernehmung leitete, ein erwiesenes Verbrechen war bislang nur in Hamburg geschehen.

«Fangen Sie an», sagte der Beamte.

Christine unterdrückte ihren Ärger. Hatte sie es mit einer besonderen Vernehmungstaktik zu tun, bei der nichts gefragt wurde, um den Täter zu zermürben?

«Ich habe Tomas Meckling nicht ermordet, und ich weiß nicht, wer es getan haben könnte. Wenn Sie etwas Bestimmtes von mir wissen wollen, können Sie gern danach fragen.»

Bandow lächelte milde und notierte etwas. In diesem Moment trat Beatrix durch die Tür in den Raum. Der Oberkommissar blickte unwirsch zu ihr, er wünschte offensichtlich keine weiteren Zeugen für das Gespräch. Sie konterte mit einem scharfen Blick, der klarstellte, wer die Hausherrin war. Bandow wandte sich wieder Christine zu.

«Habe ich behauptet, dass Sie sich eines Verbrechens schuldig gemacht haben?» Seine Stimme hatte eine aggressive Färbung bekommen. Er schluckte und fuhr ruhiger fort: «Es ist auffällig, dass Sie, Frau Sowell, eine der ersten Personen am Fundort von zwei getöteten Menschen waren, die einander gut kannten. Mehr noch, Sie haben auf die Fundorte überhaupt erst aufmerksam gemacht. Daraus ergeben sich Fragen.»

«Wie ich schon gestern sagte, bin ich hier, um sie zu beantworten. Ich bin deshalb extra aus Hamburg angereist.»

«Da haben wir ja etwas gemeinsam.» Nun klang Bandows Stimme tief und samtig, er zwinkerte mit lächelnden Augen.

«Frau Sowell …» Er brach ab und blätterte in seiner Akte. Beatrix' Anwesenheit schien ihn zu irritieren. Sie war ganz in Schwarz gekleidet und beobachtete den Mann konzentriert, während sie langsam eine Zigarette rauchte.

«Es ist gut möglich, dass Tomas Meckling einen Unfall erlitten hat. Sicher ist, dass er Anfang der Woche zu Tode kam. Können Sie mir sagen, wo Sie seit dem Wochenende gewesen sind?»

«Das kann ich genau sagen und habe dafür Zeugen. Montagvormittag war ich in der Redaktion der Zeitschrift *Convention*, für die ich arbeite. Dort traf ich mich mit der Chefredakteurin Gesine Myersberger und der Galeristin Doris Schmitz, deren Name hier einigen bekannt sein dürfte.»

Beatrix kicherte.

Christine fuhr fort: «An Datum und Uhrzeit dieses Treffens werden sich die beiden so gut wie ich erinnern können. Mir wurde erklärt, dass Frau Schmitz sich durch einen Artikel von mir beleidigt fühlt, was letztlich meine Zusammenarbeit mit *Convention* beendet hat. Später besuchte ich ein Restaurant, in dem man sich ebenfalls an mich erinnern dürfte. Ich bestellte eine Flasche Wein, und der Sommelier erklärte mir wortreich, dass sie nur noch eine davon hätten. Seit vier Jahren warte die letzte Flasche Les Hauts de Pontet 1995 auf einen Genießer, und der sei ich. Den nächsten Tag verbrachte ich zum größten Teil mit einem guten Freund, dessen Namen und Adresse ich Ihnen geben kann. Für den folgenden Tag kann unter anderem meine Nachbarin bestätigen, dass ich zu Hause in Hamburg war.»

Christine musste alle Namen und Adressen der Menschen

angeben, denen sie von Montag bis Donnerstag begegnet war. Dann wurde sie aufgefordert, erneut über ihre Erlebnisse mit Tomas Meckling zu berichten.

Schließlich stand der Mann aus Hamburg auf und strich mit den Handflächen seine Hosenbeine glatt.

«Ich danke Ihnen für Ihre Zeit und Mühe.» Er schaute auf seine Uhr. «Das wird noch eine lange Nacht. Wo ist denn hier die nächste Tankstelle?» Kriminalrat Krose erklärte es ihm.

Bandow streckte Christine die Hand zum Abschied hin. «Ich bitte Sie, mich oder Herrn Krose in Kenntnis zu setzen, sobald Sie woanders als an den mir vorliegenden Adressen wohnen. Es werden sich weitere Fragen ergeben.» Er ging zur Tür und an Beatrix vorbei, als sei sie nicht existent. Kriminalrat Krose folgte ihm nach draußen.

Da fiel es Christine wieder ein. Sie sprang vom Stuhl auf und rannte zur Tür: «Warten Sie einen Moment.»

Kommissar Bandow stoppte seinen Lauf so abrupt, als sei er gegen eine Mauer gelaufen, und kehrte um.

«Sie wollen mir etwas sagen?»

Krose kam hinter ihm ins Büro zurück und schloss die Tür erneut.

«Etwas zeigen.» Christine kramte in ihrer Handtasche und förderte den Drohbrief zu Tage, den sie in der Redaktion erhalten hatte. «Den bekam ich wenige Tage nach Bert Gernsheims Tod.»

Bandow nahm den Brief aus dem Kuvert, las und inspizierte beide Papiere von allen Seiten. «Warum haben Sie das Schreiben nicht sofort der Polizei übergeben?»

«Ich weiß es nicht genau …, es kam nicht dazu.»

«In diesem Brief wird praktisch von Ihnen verlangt, dass Sie gewisse Informationen für sich behalten sollen. Um welche handelt es sich?»

«Ich habe keine Ahnung. Vielleicht glaubt Bert Gernsheims Mörder, dass ich nach der Tat etwas gesehen habe, was ihn verraten könnte. Ich habe keine Ahnung, was das sein könnte.»

Bandow zuckte mit den Achseln. «Kaum möglich. Der Brief ist am Tag vor Bert Gernsheims Tod abgestempelt worden.»

Christine streckte fassungslos die Hand nach dem Umschlag aus und überzeugte sich selbst. So etwas Dummes! Das Datum des Poststempels war eindeutig. Sie hatte nicht ein einziges Mal daran gedacht, daraufzuschauen. Das hätte ihr viel Aufregung erspart.

«Darf ich ihn trotzdem behalten?», fragte Kommissar Bandow.

«Ja, natürlich.»

Der Beamte nahm den Brief, öffnete die Tür und entfernte sich schnell über den Platz. Kriminalrat Krose lief ein paar Schritte hinter ihm her, dann machte er kehrt. «Der wird seinen Wagen schon finden», sagte er, als er wieder ins Büro kam.

Christine gingen die Worte des Hamburger Beamten nicht aus dem Kopf: *In diesem Brief wird praktisch von Ihnen verlangt, dass Sie gewisse Informationen für sich behalten sollen.* Gewisse Informationen … Damals in Hamburg nach der Weinmesse. Als Erik und sie Bert Gernsheims Laden erreichten und Christine durch die Tür trat. Als Christine seine schwere Verletzung sah – als dann Erik dazukam und sie den Notarztwagen alarmierte … In diesen wenigen Sekunden gab es einen Moment der Irritation, der Verwunderung. Christine erinnerte sich an ihr Gefühl, aber nicht daran, wodurch es ausgelöst wurde. Und sie konnte auch nicht sagen, ob es wichtig für die Aufklärung des Mordes an Bert Gernsheim sein könnte oder einen ganz banalen Hintergrund hatte.

Kriminalrat Krose redete auf Beatrix und Kellermeister

Leibniz ein: «Es tut mir leid, dass ich den Polizisten spielen muss. Tomas war mein Freund, mir fällt das weiß Gott nicht leicht.»

Christine fand, es war höchste Zeit zu gehen. «Tschüs», rief sie in den Raum und öffnete die Tür.

«He», rief Beatrix. Sie verdrehte ihren Hals, um Christine hinter dem Kriminalrat sehen zu können. «Dankeschön!»

Christine blickte in Beatrix' lächelndes Gesicht. Was sollte das denn bedeuten? «Nichts zu danken», sagte sie.

Beatrix ging ein paar Schritte auf sie zu, stemmte die Arme in die Hüften und senkte den Kopf. «Mein Vater schätzte Sie ... als Weinexpertin, das weiß ich jetzt. Er hatte Vertrauen zu Ihnen, Sie waren mehr als ... Es wäre gut, wenn Sie an der Trauerfeier teilnähmen. Sie findet irgendwann in der nächsten Woche statt.»

Beatrix sah mit einem verlegenen Lächeln auf. Sie war ungeschminkt, und Christine erkannte tiefe Ringe unter ihren Augen. Wenn das eine Entschuldigung gewesen sein sollte, dann war es eine gute, dachte Christine. «Ich komme gern.»

Christine war froh über die Einladung von Beatrix. Jetzt hatte sie die Chance, von Tomas Abschied zu nehmen – nicht nur auf der Trauerfeier, sondern während der ganzen nächsten Tage, die sie an der Mosel verbringen würde. Ohne die Einladung wäre Christine nach Hamburg zurückgefahren und hätte irgendwie versuchen müssen, mit allem fertig zu werden.

Tomas Meckling war tot, aber auf seinem Gut wurde gearbeitet fast wie zuvor. Es waren weniger Besucher auf dem Schlosshof zu sehen, weil Weinproben abgesagt worden waren. Im Weinshop konnte aber nach wie vor eingekauft und aus bereits offenen Flaschen probiert werden. Wenn Christine Beatrix begegnete, reagierte die Winzertochter freundlicher und entspannter als früher auf sie. Als hätte der Graf ihr kurz vor seinem Tod etwas über Christine mitgeteilt, was Beatrix für sie eingenommen hatte.

Es sprach sich bald herum, dass die nah beim Absturzort gefundene Zigarettenkippe vom Winzer Diedrich Berger geraucht worden war, dessen Sohn Gernot den Stein in Tomas Mecklings Richtung geworfen hatte. Diedrich Berger wurde aus diesem Grund sogar kurz in polizeilichen Gewahrsam genommen, kam aber schnell wieder frei, denn die Polizei hatte offensichtlich übereifrig reagiert. Da die Bergers rund um den Tatort Rebhänge bewirtschafteten, war es nicht ungewöhnlich, wenn der alte Berger hier seine Zigaretten rauchte. Zwar lagen ihre Anpflanzungen nicht so hoch wie die von Gut Meckling, der Winzer hatte also einen Streifzug über fremdes Territorium unternommen. Aber nach wie vor gab es keine Hinweise auf einen Mord – und die Bergers lieferten sie bei ihren Vernehmungen auch nicht.

Christine fuhr zwei Tage vor der Trauerfeier zum Weingut Raura. Sie hatte es sich lange vorgenommen, und fast wäre es nicht mehr zu dem Besuch gekommen. Auch heute meldete sie sich nicht zu einer offiziellen Probe bei dem Gut an, dazu war sie nicht in Stimmung. Sie wollte sich nur umsehen und ein, zwei Flaschen kaufen. Sie hatte gestern Erik am Telefon von den neuesten Ereignissen erzählt und nebenbei von dem Vorhaben berichtet. Wohl wissend, dass er sofort darauf anspringen würde.

«Vielleicht kannst du ja mal fragen – und bitte nur, wenn es dir nichts ausmacht –, ob er noch ein paar Flaschen von seiner Trockenbeerenauslese 1998 hat.»

«Wie bitte?» Das war der Wein, den Chris Raura damals auf der Hamburger Weinmesse als krönenden Abschluss präsentieren wollte. Und dessen Korkgeschmack Christine als Erste wahrgenommen hatte.

«Ja, genau der – bitte nicht aufregen. Offiziell gibt es den Wein nicht mehr. Alle Flaschen ausgetrunken.»

«Und wenn es doch noch eine Kiste gibt und du sie verkaufst …»

«Genau, dann kann ich mir endlich eine bessere Wohnung leisten. Nein, so viel Geld steckt auch nicht drin. Also, wenn du mir einen Gefallen tun willst, kannst du ihn ja einfach mal fragen, ob wirklich alle Flaschen restlos ausverkauft sind. Nur das, nicht mehr. Aber wenn du nicht magst, ist es auch egal.»

Wie immer war es ein ergreifender Moment, Ürzig zwischen dem zerklüfteten Weingebirge auftauchen zu sehen. Sein Grün wurde immer wieder von mächtigen Steinnasen und Steilwänden unterbrochen, die Rebstöcke wuchsen in den Himmel. Auf halber Höhe prangte ein weißes Kreuz.

Christine ließ ihren Wagen auf dem Parkplatz an der Moselstraße stehen, um sich auf die Suche nach dem Weingut zu machen. Nach wenigen Schritten geriet sie wieder in die idyllische Welt aus verwinkelten Gassen, Fachwerk, Schieferdächern, spitzen Giebeln und hübsch umrahmten Fenstern wie in so vielen Moselorten. Aber Ürzig war etwas Besonderes. Wegen des Gebirges und des weitgeschwungenen, von flachen Ufern gesäumten Flusslaufs. Und wegen seines Klangs. Ein Name, der zu den berühmtesten in der Welt des Weines gehörte.

Auf dem ansteigenden, sich windenden und in Seitengassen mündenden Weg wirkten die Häuser der Winzer wie Kultstätten. Von hier zogen sie aus, um die Reben des Berges zu ernten, hierher brachten sie sie zurück, um aus ihnen Wein zu bereiten.

Der Friedhof bot freie Aussicht auf die Rebstöcke. Als Christine zu den Gräbern hinaufschritt, erschienen sie ihr wie eingebettet in die Weinlagen. Eine holzgeschnitzte Christusfigur stand am Kopf des Friedhofs. Rechts schlängelte sich eine asphaltierte Piste den Berg hinauf, entlang der großen weißen Lettern des Lagennamens *Ürziger Würzgarten.*

Es war kurz nach elf, und wenn Christine die Rauras nicht beim Mittagessen stören wollte, sollte sie jetzt nicht länger warten. Seit Tomas Mecklings Tod funktionierten ihre Instinkte nicht wie gewohnt. Es fiel ihr schwerer, sich etwas vorzunehmen und dann zielstrebig die dafür nötigen Schritte zu unternehmen.

Sie hatte sich das Gut anders vorgestellt. Die Weine der Rauras bekamen seit einigen Jahren von den wichtigsten Weinführern hohe Bewertungen und wurden in den Restaurants US-amerikanischer Metropolen ebenso ausgeschenkt wie in Singapur oder London. Christines inneres Auge hatte das Weingut in einer prächtigen, hellen Jugendstilvilla gesehen, welche die Reputation widerspiegelte. Mit schmiedeeisernem Tor und romantischem Garten. Gebäude solcher Art gab es viele an der Mosel und hier in Ürzig, und nicht wenige von ihnen beherbergten Weingüter. Allerdings stand die Schönheit der Fassaden oft nicht im Verhältnis zum Rang der Weine.

Das Gut der Rauras befand sich hinter einer schlichten ockerfarbenen Fassade, die unmittelbar an die Gebäude links und rechts anschloss. Eine kleine Treppe führte zu einer Kassettentür aus dunklem Holz, neben der zwei Klingelschilder angebracht waren. Auf dem oberen stand: «Sonja und Chris Raura», auf dem unteren: «Weinproben». Christine drückte den zweiten Knopf und wartete. Eine Frau mit schlanker, drahtiger Figur öffnete und blickte sie überrascht an. Sie trug Jeans, eine weiße Bluse mit spitzem Kragen und kurze blonde Haare. Ihre Augen besaßen ein intensives Blau.

«Ich wollte vielleicht ein paar Weine kaufen.»

«Sie sind nicht angemeldet? Kommen Sie herein.»

Die Frau mochte so alt wie ihr Mann sein, Mitte vierzig. Ihr Gesicht wies einige deutliche Falten auf, die über die Wangen zum Kinn zogen. Sie hatte eine schmale, längliche Nase, ein markantes Kinn und strahlte wohlmeinende Selbstsicherheit aus. Sonja Raura führte Christine über das Holzparkett einer dunklen Diele und dann links in einen Raum, der Fenster zu einem Innenhof besaß. Christines Blick fiel auf ein riesiges Regal, das von oben bis unten mit Taschenbüchern vollgestopft war. Darunter zahlreiche violettfarbene Bände einer wissenschaftlichen Reihe, die auch Christine früher oft gelesen hatte.

Christine genoss die herzliche Aufnahme. Sie hatte eine geschäftige und entrückte Atmosphäre erwartet und geglaubt, von Angestellten abgefertigt zu werden. Der weltweite Ruf von Weingut Raura änderte aber nichts daran, dass es sich um einen familiären Kleinbetrieb handelte. Ein Grund für die recht hohen Flaschenpreise waren die sehr geringen Erträge. Trotz aller Lobeshymnen war Weingut Raura im Vergleich zu den berühmten Bordeaux-Gütern, die oft Banken und Versicherungen gehörten, ein Zwerg.

«Was möchten Sie probieren?» Sonja Raura wies auf die Weinlisten, die in schicken schwarzen Heftchen auf der langen Tafel aus Kirschbaum lagen. Gegenüber an der Wand stand eine Reihe moderner Klimaschränke. An solchen Details – wie auch an den funkelnden, edlen Weingläsern auf dem Tisch – ließ sich der Status der Rauras letztlich doch erkennen.

«Ich kenne Ihre Kollektion noch nicht so gut», sagte Christine. «Ich bin mit dem Auto hier und will nicht viel probieren, nur einige Flaschen kaufen.»

Sonja Raura lächelte. «Dann fangen wir doch mal mit unserem Gutsriesling an.»

Sonja Raura schenkte Christine und sich selbst ein. Sie

probierten und arbeiteten sich von dem einfachen Basiswein weiter zu Gewächsen, die jeweils nur mit einem Buchstaben bezeichnet wurden: dem R, A und U aus dem Namen der Familie. Nichts an ihnen war schwerfällig. Die charakteristische Geschmacksfärbung der Moselrieslinge – manche sprachen von Schiefer, Christine erinnerte es am ehesten an Stachelbeere und Grapefruit – wirkte nie aufdringlich, sondern wie hingetupft. Mehr als viele andere Weine, die sie in den letzten Wochen probiert hatte, weckten diese ein Gefühl von Perfektion. Die Lobredner hatten recht.

«Mein Mann und ich – er ist auf dem Berg, vielleicht lernen Sie ihn noch kennen –, wir kümmern uns bei den trockenen Weinen nicht um Prädikate und nennen auch nicht genaue Einzellagen. Ein Wein kann über solchen Dingen stehen. Diese Begriffe, ja, Klamotten, brauchen wir nicht, er soll selbst zeigen, wer er ist.»

Sie schenkte jetzt in riesige Gläser ein, die vom Hersteller für Rotweine gedacht worden waren. «Nur bei den Beerenauslesen machen wir eine Ausnahme, weil der Markt diesen Begriff am besten versteht.»

Sie tranken, schmeckten, redeten weiter und verfielen ins Duzen. Sonja strahlte eine fröhliche Selbstgewissheit aus, die Christine beeindruckte. Die Weine wurden in der Unterhaltung bald zur Nebensache, so als säßen sich die Frauen in einer Kneipe gegenüber.

Sie spuckten nichts aus, tranken aber aus jedem Glas nur eine minimale Menge. Den größten Teil schütteten sie in einen Sektkübel in der Mitte des Tisches. Trotzdem schenkte Sonja Raura die Gläser jedes Mal mindestens zu einem Viertel voll. «Sonst kommen die Geruchsstoffe nicht richtig in die Nase.»

Irgendwann stand sie plötzlich auf und verließ den Raum. Christine hörte das Geräusch eines Motors und lugte in die Diele. Sonja Raura stand in der offenen Haustür und sprach mit ihrem Mann, der verschmutzt auf einem Trecker saß und sich zu ihr hinabbeugte wie ein Ritter zu seinem Burgfräulein. Die luftigen Locken, die er auf der Hamburger Weinmesse zur Schau getragen hatte, hingen nass und schwer von seinem Kopf herab. In seinem Gesicht spiegelte sich noch die Anstrengung der Arbeit. Er fuhr weiter, und die Frauen gingen in den Verkostungsraum zurück.

«Er stellt den Trecker ab. Du bleibst doch zum Essen, Christine? Klar, du bist eingeladen!»

Als Chris Raura den Raum betrat, hatte er sich gewaschen und ein frisches, schwarzes Hemd angezogen. Er erkannte Christine sofort wieder. Sie erzählte ihm, dass sie seit jenem Abend auf Schlossweingut Meckling dort auch wohne.

«Ausgerechnet. Tomas war ein guter Freund von uns. Weiß man schon Näheres?»

«Mord oder Unfall – das kommt vielleicht nie heraus.»

Es gab Eintopf: Fleisch, Zwiebeln, Gemüse in einer Soße, in der die Fleischstücke Tage gelegen haben mussten, so würzig schmeckten sie. Nach dem Essen setzten sie die Probe mit Süßweinen fort und sprachen über nichts, was davon ablenken konnte. Gute Proben – so erlebte Christine es oft – waren wie eine gemeinsame Expedition durch eine fremde Landschaft, in der man viel sehen, aber auch übersehen konnte. Jeder Hinweis eines Teilnehmers ermöglichte den anderen Wahrnehmungen, die sie sonst vielleicht nie gemacht hätten. Auch der Unerfahrenste trug dazu bei, weil ihm Dinge auffallen konnten, für die Routiniers unempfindlich geworden waren.

«Ein Freund von mir hat übrigens nach der Trockenbeerenauslese aus 1998 gefragt. Sie soll restlos ausverkauft sein?»

Sonja und Chris Raura hoben die Köpfe. Er stellte das Glas wieder hin, von dem er noch nicht gekostet hatte. «Das kommt darauf an, wo Sie danach fragen. Bei seriösen Händlern ist sie ausverkauft.»

Christine rätselte, was er damit meinte. «Ist etwas mit dem Wein nicht in Ordnung?»

«Mit den Flaschen ist alles in Ordnung. Aber nicht, was mit ihnen geschah.»

Chris Raura stand abrupt auf und bewahrte seinen Stuhl mit einem schnellen Griff vor dem Umkippen. «Sorry, ich muss mal kurz nach draußen.»

Sekunden später konnten Christine und Sonja durch das Fenster beobachten, wie er sich eine Zigarette anzündete.

«Chris glaubt, er könne bestimmen, was auf dem Markt passiert, oder es zumindest beeinflussen, so, wie er hier über seine Reben bestimmt», sagte Sonja. «Aber dann wird er mit Sachen konfrontiert, die sind unbegreiflich. Er ist immer noch getroffen wegen seines Kellermeisters – eines Mannes, dem wir bedingungslos vertrauten, der einfach dazugehört hat. Der hat ihn praktisch verraten.»

«Der Kellermeister ...»

«Ja, es war frustrierend und ist erst ein paar Wochen her. Dieses ganze letzte halbe Jahr war im Grunde zum Kotzen. Dann der Tod von Bert Gernsheim, jetzt stirbt Tomas Meckling.» Sie deutete durchs Fenster. «Und dieser blöde Regen kurz vor der Ernte.» Ihr Mann stand, kaum vom Dachvorsprung geschützt, im Nieselregen.

Als er wieder ins Zimmer kam, hielt er eine Halbflasche in der Hand. «Entschuldigen Sie bitte, Frau Sowell. Ich habe noch ein paar Flaschen von dem Wein. Für besondere Gelegenheiten, wie in Hamburg.»

Es war die Beerenauslese von 1998.

«Die bitte nicht mehr aufmachen, ich muss ...»

«Sie wollen doch nicht aufhören, wenn es am schönsten wird?» Schon bearbeitete er den Korken mit seinem Kellnermesser. Die Kunststoffkapsel flog blitzschnell weg, als handelte es sich um Späne einer Schnitzarbeit.

«Sie haben mich neugierig gemacht», sagte Christine. «Was ist das Problem mit diesem Wein?»

Chris Raura schenkte schweigend ein. Erst nachdem er den Korken wieder auf die Flasche gesetzt hatte, sagte er: «Winzern wie mir wird ihr Wein nicht schlagartig gleichgültig, wenn er in Flaschen abgefüllt das Gut verlassen hat. Ich finde auch wichtig, was mit ihm auf dem Markt geschieht und wer ihn genießen kann.»

Christine und Sonja griffen nach ihren Gläsern, während Chris Raura mit vor der Brust verschränkten Armen fortfuhr: «Der Erfolg der Raura-Weine hängt auch von den Kunden ab, die über Jahre an uns glaubten und uns bekannt machten. Die Journalisten kamen erst ganz zuletzt.» Er starrte auf sein gefülltes Glas, das eine gute Armlänge von ihm entfernt auf dem Tisch stand. «Ich könnte weit mehr für meine Flaschen verlangen, tue es aber nicht. Ich verstehe das so, dass wir in einem Boot sitzen, ab und zu steigen Leute aus oder kommen hinzu, aber es ist ein organischer Prozess des Gebens und Nehmens. Und dann kommen ein paar Burschen, kaufen meine besten Flaschen auf und verhökern sie zu horrenden Preisen weiter. An andere Zocker, an Etikettentrinker. Das ist die Sauerei!»

Christines Wangen wurden heiß. Sie dachte an Erik.

Obstgartendüfte stiegen in ihre Nase, als sie am 98er schnüffelte. Zum letzten Mal hatte sie diesen Wein mit Bert Gernsheim getrunken. Kurz vor seinem Tod. Einen verkorkten, muffigen Wein. In diesem hier war kein Fehler zu entdecken.

«Das ist ja inzwischen ein Breitensport», sagte sie, «alles Mögliche zu versteigern, im Internet, gleichgültig, zu welchem Preis. Aber ist es nicht vermessen, den Weg des eigenen Weins bis in den Mund des Kunden verfolgen zu wollen?»

Chris Raura lachte und holte schwungvoll mit dem Arm

aus. «Ja, natürlich ist es das. So eitel bin ich auch nicht. Nur das Gefüge schützen will ich, so weit es geht. Mein Kellermeister hat mir falsche Rechnungen vorgelegt. Von angeblichen Händlern, verstreut in ganz Deutschland, die angeblich meine Weine in ihr Programm aufnehmen wollten. Ich habe mich zu wenig darum gekümmert, mein Fehler. Jedenfalls, die Händler gibt es überhaupt nicht, und die Flaschen sind in irgendwelchen Kanälen verschwunden. Bei Leuten, die damit rumzocken. Ich habe ihn sofort rausgeschmissen, aber anzeigen lohnt nicht. Die Leute haben ja gezahlt – exakt das, was ich verlangt habe. Zum Kotzen.» Er schwenkte das Glas ein paar Mal, führte es an den Mund und nahm einen kräftigen Schluck, der seinen Adamsapfel in Bewegung versetzte.

Auch Christine probierte und war enttäuscht. Sie hatte sich etwas Aufregenderes vorgestellt. Der Wein schmeckte fein, aber auch glatt. Die Süße lag wie ein vernebelnder Schleier über den Aromen. Sie war eben keine Süßweintrinkerin.

Der Regen prasselte stärker auf den Innenhof nieder. Verblüfft sah Christine auf ihre Uhr: Es war kurz vor 17 Uhr! Die Stunden waren unmerklich vorbeigegangen.

«Ich werde mir hier ein Zimmer nehmen», sagte Christine. «Können Sie mir eine Pension empfehlen?»

«Allerdings», reagierte Sonja fröhlich. «Unsere. Wir haben extra zwei Zimmer hergerichtet, damit gute Freunde nach Proben nicht mehr Auto fahren müssen.»

Seitenwechsel

Christine schlief dermaßen tief in dem Gästezimmer, dass sie sich am nächsten Morgen erholt fühlte wie nach der Genesung von einer Krankheit. Obwohl der gestrige Abend lang geworden war – zu später Stunde hatte Christine Sonja dabei geholfen, Brotscheiben zu schmieren –, wachte sie früh auf. Es beschämte sie, die Gastfreundschaft des Paares so stark in Anspruch genommen zu haben, sie wollte rasch aufbrechen.

Dann nahm sie doch die Einladung auf einen Frühstückskaffee an. Eine gute Entscheidung, wie sich zeigte. Am nächsten Tag fand die Trauerfeier für Tomas Meckling statt, danach die Beerdigung. Das Ereignis warf buchstäblich seine Schatten voraus, und Christine erfuhr von dem Paar mehr über seine Vergangenheit. Dass er sich in den 70er Jahren politisch stark engagiert habe. Gemeinsam mit Theodor Sontmann, den er in dieser Zeit kennenlernte. Die beiden hätten eine Zeit lang sogar unter dem Verdacht gestanden, mit terroristischen Gruppen zu sympathisieren. Während sich Meckling dann der Anti-Aufrüstungs- und Anti-Atomkraft-Bewegung zuwandte, brach Theo alle politischen Kontakte ab.

«Ich habe beiden immer gern zugehört», meinte Chris Raura. «Nachkömmlinge der 68er, echte Aktivisten. Ich war während meines Studiums auch politisch aktiv, aber dann wurde der Wein wichtiger. Na ja, Theo konnte sich wohl nie zwischen Marx und Jesus entscheiden und ist schließlich zwischen allen Stühlen gelandet. Und Tomas' Indienaufenthalt muss eine Gehirnwäsche bewirkt haben. Kurz darauf übernahm er das Familiengut und trimmte es brutal auf Produktivität. Inzwischen hat er ja wieder eine neue Kehrtwende vollzogen.»

Als Christine schon in der Tür stand, drückte Chris Raura ihr eine Halbflasche in die Hand. Die angebrochene Beerenauslese 98. «Zur Erinnerung», sagte er grinsend.

Christine probierte den Wein am Abend in ihrer Wohnung auf Gut Meckling erneut – zum dritten Mal in ihrem Leben. Der süßliche Nebel, den sie gestern geschmeckt hatte, war verflogen. Die Süße schmeckte jetzt wie ein feines Gewürz und stand nicht mehr im Vordergrund. Es gab in dem Wein plötzlich einen aufregend herben Fruchtton, wegen dem Christine immer wieder am Glas nippen musste.

Sie entwickelte eine neue Theorie. Bis jetzt hatte sie gedacht, Süßweine müssten sehr alt sein, damit sie interessanter für sie schmeckten. Mindestens genauso wichtig könnte es aber sein, dass sie sehr viel Luft bekamen. Selbst mehrere Stunden in der geöffneten Flasche genügten nicht – es brauchte einen ganzen Tag. Und vielleicht eine Autofahrt.

Am nächsten Vormittag drängten viele Menschen zur Trauerfeier für Tomas Meckling in die St.-Michael-Kirche von Bernkastel-Kues. Christine fühlte sich an norddeutsche Gotteshäuser am Heiligen Abend erinnert. Mit ihren rostroten Kreuzrippen, die das baldachinartige Deckengewölbe umspannten, dem Erzengel Gabriel, der mit goldenem Schwert über den Zuhörern schwebte, Altären mit feinen, farbenfrohen Ornamenten und Muscheldarstellungen unterschied sich St. Michael jedoch stark von den eher sachlichen Backsteinkirchen aus Christines Heimat.

Der Pfarrer sprach über Tomas Mecklings Verdienste und menschliche Vorzüge, kurz aber auch über Irrungen und Wirrungen, aus denen er den rechten Weg gefunden habe. Immer wieder spielte die Orgel, und Gesänge erklangen. Irgendwann heulte Christine wie ein Schlosshund. Sie legte ihre flache Hand auf ihr tränenüberströmtes Gesicht und hatte Mühe, nicht laut aufzuschluchzen.

Nach dem Trauergottesdienst begaben sich die nahen Angehörigen zur Familiengruft, wo Tomas Meckling bestattet werden sollte. Danach sollte ein Leichenschmaus auf dem Schloss stattfinden. Christine ließ die Menge hinausgehen, bevor sie aufstand. Neben einem der Seitenaltäre betete Burggraf Reiner in voller Rüstung auf einem Steinrelief von 1372, seinem Todesjahr. Sein Gesicht sah jung aus, er hatte volle Lippen. Woran er wohl gestorben war?

Christine verließ die Kirche und marschierte allein hinauf zum Weinberg *Bernkasteler Doctor*, hoch über dem Ort. Die Sonne blitzte hervor, und es tat gut, einfach zu laufen, immer höher den Berg hinauf, und die Lungen keuchen zu hören. Beim Blick zurück tat sich eine schöne Kulisse im leichten, herbstlichen Dunst auf. Im Gegenlicht der Sonne stand der Kirchturm über der Stadt, in seinem Rücken erhob sich die Waldkuppe mit der Ruine von Burg Landshut, und hinter ihr schob sich ein Hang nach dem anderen an die Mosel heran. Der Fluss verbreiterte sich vor der Stadt wie in einem Trichter, nahm eine entschiedene Linkskurve und war für Christine auf ihrem Weg bergauf noch eine Weile gut zu sehen. Wegweiser zeigten Traben-Trarbach an. Über den Fußweg hier oben war die Strecke dorthin nur wenige Kilometer lang, und Christine nahm sich vor zu schauen, wie weit sie kommen würde.

Sie ging an dem abgesperrten jüdischen Friedhof vorbei, versagte sich eine Erfrischung in der gutbesuchten Gastwirtschaft und konnte an einigen Stellen den Weinberg weit überschauen. Wie in einem Ozean wogten die Rebflächen wellenartig auf und nieder, bis zur Baumgrenze hinauf.

Christine erreichte waldige Gegenden, in denen es keinen Weinbau mehr gab, und den höchsten Punkt der Strecke mit Ausblick auf die jenseitigen Täler. Bergab kamen Christine mehrere einzelne Wanderer und eine Familie entgegen, die nach dem Weg nach Bernkastel fragte. Eine Frau schob einen Kinderwagen über die steile, unebene Piste. Die Leute ließen sich von Christines Warnung, dass es noch weit und unbequem zu gehen sei, nicht abschrecken. Ein vielleicht zehnjähriges Mädchen trottete hinterher.

Als sie sich Traben-Trarbach näherte, war endlich wieder Wein zu sehen: Auf einem schroffen, überwucherten Hang erschien eine Rebfläche wie ein zum Trocknen hingelegtes, strenggemustertes Handtuch. Es gab ähnliche Flächen, auf denen aber keine Reben wuchsen. Unkraut und Gestrüpp bemächtigten sich bereits dieser aufgegebenen Parzellen.

In Traben-Trarbach setzte sich Christine auf der anderen Seite des Flusses in eine Gastwirtschaft, bestellte etwas zu essen und ein Glas Wein. Dann bestieg sie am Anleger, den sie von der Terrasse des Lokals aus gesehen hatte, eines der Ausflugsboote, die täglich zwischen den Moselorten zirkulierten.

Nach kurzer Zeit erreichte das Schiff Ürzig, wo sie erst gestern gewesen war. Christine versuchte vergeblich, das Weingut Raura zu erkennen. Sonja und Chris waren bei der Trauerfeier gewesen, und sicher auch beim Leichenschmaus.

Vom Fluss aus betrachtet, wirkten die Ufer der Mosel wilder als vom Land. Es war aufregend, den unablässigen Windungen zu folgen und alle paar Minuten eine neue Landschaft vor Augen zu haben. In der Schleuse bei Zeltingen wurde das Schiff auf ein höheres Wasserniveau gebracht. Als es Bernkastel-Kues erreichte, lag Abendstimmung über dem Ort. Christine ging von Bord und bestieg ihr Auto, das sie auf dem Hafenparkplatz abgestellt hatte.

Als sie durch das Tor von Schlossweingut Meckling fuhr und den Hauptplatz erreichte, bemerkte sie eine kleine Gruppe an der Schlosstreppe. Beatrix saß auf einer der Stufen und redete auf die Leute um sie herum ein. Neben ihr hockten Patrick Kerry und ein weiterer Mann, den sie nicht kannte. Sonja und Chris Raura standen am Geländer, auch der Kellermeister war anwesend. Christine wollte diese Menschen, die Tomas Meckling seit Jahren oder Jahrzehnten kannten, nicht in ihrer Trauer stören, und fuhr langsam vorbei. Beatrix stand auf und fuchtelte mit den Armen.

Christine steckte den Kopf aus dem Seitenfenster, während Beatrix näher kam und fragte: «Wo waren Sie denn?»

«Ich habe eine kleine Wanderung gemacht.»

«Kommen Sie zu uns!»

Christine stieg aus, obwohl sie es lieber nicht getan hätte. Es erschien ihr unhöflich, abzulehnen. Beatrix setzte sich wieder auf die Treppenstufe, auf der eine Flasche Wein stand, und redete weiter. Sie sprach mit klarer Stimme, doch ihr Gesicht war gerötet, und was sie sagte, war merklich vom Alkohol angeregt. Auf übertriebene Lobpreisungen ihres Stiefvaters folgten Vorwürfe gegen ihn. Dann prangerte sie Missstände innerhalb der Weinwirtschaft an und begann, auf Kunden und Funktionäre zu schimpfen. Die anderen leisteten ihr mit pflichtschuldigen Mienen Gesellschaft, während Beatrix immer wieder die Flasche an die Lippen hielt und zu einem neuen Monolog ansetzte.

Sie trug ein schwarzes Kleid bis zu den Knien, ihre Beine waren nackt. Ihre erhitzten Wangen und die durchs ständige Darüberstreichen verwuschelten Haare brachten ihre Schönheit noch ungezähmter zur Geltung. Patrick Kerry musterte sie immer wieder mit einem Seitenblick, aus dem Respekt, wenn nicht Furcht, sprach. Hin und wieder hörte Christine, wie er Beatrix' Worte leise kommentierte. Jede Antwort, ob von ihm oder den anderen, führte dazu, dass Beatrix sich noch hartnäckiger in ihr Thema verbiss oder aufbrausend reagierte. Erst als Chris Raura sich bei einem weinbaupolitischen Thema herausgefordert fühlte und souverän gegen sie argumentierte, beruhigte sie sich.

«Ach», seufzte sie schließlich, als die Rauras sich verabschiedeten und auch Christine gehen wollte, «was soll ich nur tun? Ich bin doch noch gar nicht so weit, eine echte Winzerin zu sein. Tomas hätte mir noch so viel beibringen können. Beibringen müssen! Die ganze Arbeit – ich brauche jemanden, der nicht nur den Füllstand der Fässer kontrolliert. Einen Winemaker, der verhindert, dass die nächste

Ernte eine Katastrophe wird.» Kellermeister Leibniz starrte ins Leere.

«Ich werde ein Inserat in die Zeitung setzen», fuhr Beatrix fort. «Teilzeitwinzer für befristetes Arbeitsverhältnis gesucht. Geld spielt keine Rolle.»

Christine kam der Einfall spontan. Vielleicht war es ein Fehler, aber das mussten die beiden wissen.

«Kennen Sie Harald Lod?», fragte sie.

«Harald wer? Ach, der von der Untermosel? Den habe ich mal auf einer Veranstaltung getroffen, der wirkte nicht dumm.» Schlagartig verloren Beatrix' Augen ihren verschleierten Ausdruck und blickten sie neugierig an.

«Es könnte sein, dass er Interesse an einer vorübergehenden Aufgabe hat.»

«Lod ist ein begabter Mann», warf Chris Raura ein. «Hat aber wirtschaftliche Probleme, wie ich hörte.»

«Kennen Sie den Mann gut, Frau Sowell?», fragte Beatrix.

«Ja, doch. Ich könnte einen Kontakt herstellen.»

«Das wäre ja wunderbar!» Beatrix stand auf. Trotz ihrer Trunkenheit war zu spüren, dass sie sich ernste Gedanken machte und nach Auswegen suchte. Sie trat auf Christine zu und berührte ihre Schulter. «Mein Vater hatte große Veränderungen vor, und nun lastet alle Verantwortung auf meinen Schultern. Ich muss sehen, was mit dem Weingut werden soll, wie wir es anpacken.»

Beatrix schwankte ein wenig, und Sonja Raura legte die Arme um ihre Schulter und drückte sie an sich. «Du wirst das alles schon schaffen, Beatrix. Heute ist ein Tag der Trauer, morgen wird es weitergehen. Du musst dich jetzt ausruhen.» Beatrix stand stocksteif und mit gesenktem Kopf da wie ein Kind, das sich trösten ließ. Es konnte sein, dass sie weinte.

Am nächsten Morgen saß Christine noch im Morgenmantel in der Küche, als es an der Tür klopfte. Es war Beatrix, die einen Parka und Gummistiefel trug und sich mit scheuem Lächeln für die Störung entschuldigte.

Christine bot ihr einen Platz und einen Kaffee in der Küche an. Die Winzerin deutete mit einer Handbewegung zur Wiesenlandschaft vor dem Fenster. «Gleich geht der Regen wieder los. Für meine erste Ernte sehe ich schwarz.»

Es war bemerkenswert, wie schnell die Tochter des Hauses die volle Verantwortung für das Gut übernahm. Sie schien genau zu wissen, dass nur sie als neue Chefin in Frage kam. Wahrscheinlich hatte Tomas Meckling dies mit ihr abgesprochen und in seinem Testament verfügt.

«Ich möchte mich entschuldigen für mein Verhalten gestern, ich war außer mir, panisch. Es ist … ich war hier vor allem für Servicesachen zuständig, habe Kunden herumgeführt, Proben gemacht und Abrechnungen. Klar habe ich auch auf dem Berg mitgeholfen, aber ich habe einfach viel zu wenig Ahnung, wie man so ein großes Gut bewirtschaftet und vermarktet. Ich dachte, ich schlüpfe in die Rolle in den nächsten Jahren rein – es war mein Fehler, ich hatte zu wenig Ehrgeiz.»

Christine hatte selbst in der letzten Zeit Probleme und Angst durchgestanden, sie konnte nachfühlen, wie es ihr ging. Das erklärte Beatrix' neues Verhalten: Sie konnte nicht mehr über den Dingen schweben und ihren Launen frönen. Sie brauchte Hilfe.

Christine tat gegen ihre Gewohnheit Zucker in ihren Kaffee. Das machte sie sonst nur, wenn sie in Hotels frühstückte. Kaum hatte Christine den Zucker wieder abgestellt, griff auch Beatrix danach. «Ich bin ja keine richtige Tochter. Als Tomas lebte, war das weniger wichtig. Aber jetzt muss ich wie eine Tochter sein. Es klingt verrückt, aber ich habe das Gefühl, dass sich jetzt entscheidet, ob ich es wirklich bin oder nicht.»

Christine verstand, was Beatrix meinte. Auch wenn sie selbst nur erahnen konnte, welche Probleme eine Adoption mit sich bringen mochte. Allerdings war Beatrix zu dem Zeitpunkt ja kein kleines Kind mehr gewesen. Beide rührten in ihren Kaffeetassen, und verwundert stellte Christine fest, dass sie hier wie zwei alte Freundinnen miteinander plauderten.

«Wie gesagt, ich könnte Harald Lod fragen», begann Christine noch einmal. «Das ist nur eine Idee, er hat selbst eine Menge zu tun. Aber er schlägt sich mit vielen Nebentätigkeiten durch, die er, glaube ich, hasst. Deshalb wäre er vielleicht interessiert.»

Beatrix schien Christines Angebot nicht gehört zu haben. Sie führte den Kaffee an ihre blassen, ungeschminkten Lippen, und Müdigkeit legte sich über ihr Gesicht.

Christine würde das Thema nicht noch einmal ansprechen – was mischte sie sich hier ein …

Als hätte Beatrix ihre Gefühle gespürt, hob sie den Kopf und lächelte. «Es wäre wunderbar, wenn Sie das für mich tun könnten. Ich brauche nicht irgendeinen durchschnittlichen Kellertechniker, sondern jemanden, der das Beste aus den Weinen herausholen kann.» Sie schmunzelte. «Da sein Gut an der Untermosel liegt, sind wir auch keine direkten Konkurrenten.»

«Ich rufe ihn an.»

«Und Sie? Mein Vater erzählte mir kurz vor seinem Tod, er wolle Ihnen ein Angebot für eine Mitarbeit unterbreiten. Sie sagten bei der Vernehmung, Sie hätten Ihren Job verloren. Warum arbeiten Sie nicht für Schlossweingut Meckling? Zumindest vorübergehend. Wir hatten lange vor, eine Pressestelle einzurichten, weil die Anfragen von Journalisten, all die Mitteilungsblätter und Prospekte uns über den Kopf wachsen. Immer öfter haben wir Präsentationen, bis nach Asien und USA – das muss geplant werden, da muss es Ansprechpartner geben und, und, und.»

Christine erinnerte sich, was Tomas Meckling zu ihr über seinen Wunsch nach einer Zusammenarbeit gesagt hatte. Bei ihm hatte es mehr danach geklungen, als wollte er Christine zu einer Winzerin machen.

«Es würden schon wenige Stunden am Tag genügen, für den Papierkram, für Anfragen und so. Sie sind Journalistin und kennen sich mit Wein aus. Das ist perfekt. Sie hätten noch genug Zeit für eigene Pläne, und mir wäre eine große Last abgenommen. Über die Bezahlung einigen wir uns.»

«Danke für das Angebot – es ehrt mich. Ich brauche etwas Zeit, um darüber nachzudenken.»

Nachdem Beatrix gegangen war, räumte Christine Küche und Wohnung auf. Im Grunde war Beatrix' Angebot das Beste, was ihr zurzeit passieren konnte. Die Ereignisse hatten sie davon abgehalten, auch nur eine einzige weitere Zeile zu schreiben. Bei ihrer Redaktionsstelle war sie zur Arbeit gezwungen gewesen. Aber jetzt kam zur unsicheren Situation und dem knappen Geld auch noch das Thema Disziplin. Und selbst wenn sie sich ab sofort mit Hochdruck um neue Aufträge bemühte, stand in den Sternen, wann und wo sie wieder etwas veröffentlichen konnte. Die Seiten zu wechseln und eine Zeit lang in einem Weingut zu arbeiten, statt es nur zu beschreiben, war reizvoll.

Sie griff zum Telefon. Würden Beatrix und Harald sich überhaupt verstehen? Er mit seinen hehren Idealen und sie mit ihren knallharten Marktinteressen? Aber das brauchte Christine nicht zu kümmern, sie stellte nur einen Kontakt her, der für die beiden nützlich sein konnte.

Harald meldete sich mit tonloser Stimme. Wie immer hellte sie sich auf, sobald er Christine erkannte. Sie schilderte ihm so klar es ging die Situation und das Anliegen von Beatrix.

Am anderen Ende der Leitung ertönten murrende Laute. Er tat, als wollte sie ihm über das Telefon etwas andrehen. Dann schwieg Christine, und Harald schimpfte im Nuschelton über irgendwelche Probleme, die er mit Händlern gehabt hatte, und über das schlechte Wetter. «Wann will mich die Frau treffen?», fragte er plötzlich.

«Ich wollte dich erst mal fragen, ob du überhaupt Interesse an einer solchen Aufgabe hast. Soll ich dir ihre Telefonnummer geben?»

«Nein, nein. Ich kann so was nur machen, wenn es sich mit meiner Arbeit hier vereinbaren lässt, was im Grunde ganz unmöglich ist. Deshalb ist es, ich sage es dir ehrlich, eine Geldfrage. Frage sie, ob sie ein gutes Angebot machen kann und wann wir uns treffen wollen, und teile es mir mit.»

Christine nahm ihm seinen anmaßenden Tonfall nicht übel. Er war ein Indiz dafür, dass es ihm noch schlechter ging, als sie vermutet hatte.

«Grüß deine Frau von mir», sagte Christine zum Abschied.

«Wir haben uns getrennt.»

Beatrix wollte Harald am liebsten gleich am nächsten Tag treffen. «Ist das pietätlos, weil mein Vater erst einen Tag unter der Erde ist? Unsinn, es geht um die Zukunft des Gutes. Wie könnte ich besser trauern, als das Gut zu erhalten?»

Beatrix bat Christine erneut darum, Presseanfragen für das Weingut zu übernehmen. Sie flehte geradezu, als sei Christine eine unersetzliche Kraft. Das machte es Christine noch leichter, das Angebot anzunehmen. Die Frauen setzten einen kurzen, handschriftlichen Vertrag auf, der freie Arbeitszeiten zusicherte und die Aufgaben vage mit «Öffentlichkeitsarbeit» umschrieb.

«Wir haben auch einen Weinladen in Traben-Trarbach und wollen einen weiteren in Bernkastel aufmachen, sobald es einen passenden Raum gibt. Wären Sie in Ausnahmefällen bereit, wenn es personell ganz eng ist, da auszuhelfen?»

«Klar.»

Christine konnte demnächst über einen Schreibtisch mit Computer im Bürosaal verfügen und erhielt eine Pauschale von 2500 Euro monatlich. Ihre Zukunft war erst einmal gesichert. So bequem wie nie zuvor in ihrem Leben.

Zurück in ihrer Wohnung rief Christine abermals Harald an. Er war zu einer Verabredung am nächsten Tag bereit.

Die Kirchstein-Lage

Pünktlich kurz vor elf Uhr fuhr Harald im Kleintransporter auf dem Schlossplatz vor. Christine erschrak, als sie ihren alten Freund aussteigen sah. Sein Körper steckte in einem Anzug, der zu edel für den Anlass war, seine Haare zogen in seltsamen, gegelten Wellen über seinen Kopf. Er lächelte breit auf eine Weise, die nicht zu ihm passte und Selbstsicherheit ausstrahlen sollte, aber Unsicherheit verriet. Oder Selbstüberschätzung? Christine wusste es nicht, merkte nur, wie fremdartig es sich anfühlte, ihm heute die Wangen zu küssen. Lieber hätte sie ihm einen Vogel gezeigt.

Beatrix hatte Christine darum gebeten, Harald in die große Schlosshalle mit der Ahnengalerie zu führen. Eine Aufgabe, die zu ihrem 2500-Euro-Job gehörte, dachte sich Christine. Sie hatte den Saal bisher nur an ihrem ersten Tag auf dem Gut betreten.

Ein großer Tisch mit Marmorplatte war in die Mitte des Raumes gestellt worden. Es sah aus, als ob hier eine Friedenserklärung unterzeichnet werden sollte. Auch Esther Meckling saß am Tisch. Sie blickte nicht auf, als sie eintraten, sondern studierte – eine kleine kreisrunde Brille auf der Nase – Papiere. Beatrix' übereinandergeschlagene Beine steckten in Stiefeln mit hohem Schaft. Sie trug ein schwarzes Jackett mit roter Bluse und war etwas zu stark geschminkt. Als Harald mit energischen Schritten eintrat und seinen Blick süffisant über die Gemälde schweifen ließ, fing Beatrix heftig zu blinzeln an. Auch ihre Lippen zuckten, bis sie sich nach wenigen Sekunden wieder in der Gewalt hatte.

Christine stellte die drei einander vor, dann verabschiedete sie sich. Sie hatte genug getan und eingefädelt. Privates – ihre langjährige Freundschaft mit Harald Lod – verquickte sich aufgrund ihrer Initiative leider mit Geschäftlichem. Es war nicht zu ändern.

In Christines Auto lagen immer noch ein paar Sachen, die sie von der Mosel nach Hamburg und von Hamburg zurück an die Mosel transportiert hatte. Jetzt räumte sie den Wagen leer. Unter den Kleidungsstücken befand sich ein kurzer Rock. Christine hatte während ihres gesamten Aufenthalts an der Mosel nur Hosen getragen. Heute war sie in der richtigen Stimmung für den Rock – die Sonne schien so warm, als sei der Herbst noch einmal zurückgedrängt worden. Sie nahm auch endlich den Lederbeutel mit dem Buch aus dem Handschuhfach, den Tomas Meckling ihr gegeben hatte.

In ihrer Wohnung zog Christine sich um, schlüpfte aus den Schuhen und setzte sich auf die Kante des Sofas. Sie nahm das Buch aus dem Beutel, schlug den grünen, nur wenig angegriffenen Pappeinband auf und las: Nikolaus von Cues, *Von Gottes Sehen*, Philosophische Bibliothek Band 219, Leipzig 1942. Als Tomas Meckling ihr das Buch durchs offene Wagenfenster gereicht hatte, hatte sie ihn zum letzten Mal gesehen.

Sie schaute auf ihre nackten Beine hinab, auf die Füße und

Zehen und fühlte sich entspannt und geradezu heimisch an der Mosel. Sie würde das Buch lesen. Es gab die Zeit dafür, die Muße. Auf vielen der tadellos erhaltenen Seiten standen Bleistiftnotizen neben dem gedruckten Text. Von Tomas Mecklings Vater in den frühen 40er Jahren verfasst? Welches Schicksal mochte er in jener finsteren Zeit gehabt, wie sich gefühlt haben? In der Mitte des Buches war eine Seite mit einem Text in bläulicher Schrift eingeklebt. Es handelte sich um eine Matrize – eine Textkopie, wie sie früher in Schulen gebräuchlich war. Darin wurde eine Interpretation Cues'scher Thesen versucht. Und der Lederbeutel? Wahrscheinlich auch ein altes Stück von Tomas' Vater. Christine griff nach ihm und bemerkte erst jetzt, dass sich noch etwas darin befand: zerknittertes Papier mit einem festen Inhalt. Christine wickelte es auseinander und fand einen blanken, modernen Schlüssel. Auf dem Papier standen die Worte «Kirchstein» und klein darunter «Für alle Fälle».

Christine war sich sicher, dass diese Beigabe alleine für sie bestimmt war. Tomas Meckling musste der Gedanke dazu spontan gekommen sein. Damals, kurz bevor sie vom Schlosshof abfuhr und er noch schnell das Buch holte. Die Worte sahen eilig hingekritzelt aus. Aber was sollten sie bedeuten? Für welchen Fall? *Kirchstein* – das konnte der Name einer Weinbergslage sein, es gab viele, die so ähnlich hießen.

Christine blätterte in ihren Moselbüchern und suchte in den Registern nach *Kirchstein*. Neben den Bänden, die sie aus Hamburg mitgebracht hatte, stapelten sich auf Tischen und Schränken zahlreiche weitere, die ihr in hiesigen Buchhandlungen aufgefallen waren. Leider befand sich keines darunter, in dem sämtliche Lagen der Mosel aufgelistet wurden, die Autoren begnügten sich jeweils mit den wichtigsten. Eine Bezeichnung *Kirchstein* konnte sie nicht entdecken.

Sollte sie Beatrix oder Kellermeister Leibniz nach dem Begriff fragen? Der Gedanke behagte ihr nicht. Tomas Meckling wollte ihr etwas Vertrauliches mitteilen, es war allein für sie bestimmt, und sie durfte nicht preisgeben, was sie wusste. Drüben im Büro sollte noch in dieser Woche ein Internet-Arbeitsplatz für sie eingerichtet werden, wo sie bequem recherchieren konnte. Doch Christine wollte nicht so lange warten.

In Traben-Trarbach, als sie ihre erste Nacht an der Mosel in dem großen Hotel verbrachte, hatte sie im Foyer einen gebührenpflichtigen Internet-Computer gesehen. Das passte, sie hatte sowieso das Bedürfnis, das Schloss zu verlassen.

Christine steckte den Schlüssel in ihre Handtasche, dorthin, wo bis vor kurzem noch der Drohbrief gelegen hatte. Sie zog ihre Schuhe an und setzte sich in ihren Wagen. Haralds Transporter stand immer noch auf dem Schlossplatz.

Auf der Fahrt durch Traben-Trarbach hielt sie nach dem Weinladen Ausschau, von dem Beatrix ihr erzählt hatte und der auch in den Faltblättern des Schlossweingutes beschrieben wurde. Er war leicht zu finden, sie fuhr im Schritttempo an ihm vorbei. Sie erinnerte sich, das Geschäft früher schon einmal gesehen, aber kaum beachtet zu haben, da es so unscheinbar wirkte. Im Schaufenster stapelten sich Kisten, und erst bei genauem Hinsehen war die Aufschrift *Schlossweingut Meckling* zu erkennen. Kunden bemerkte sie keine, vielleicht war auch geschlossen.

Vor dem großen Hotel fand Christine leicht eine Parklücke. Als sie das Foyer betrat, herrschte dort eine mittäglich schläfrige Atmosphäre. Hinter dem Rezeptionstresen war nur eine Mitarbeiterin zu sehen, die sich mit einem Gast auf Englisch unterhielt. Er fuchtelte mit einem Kabel herum, und die Frau verstand nicht, was er von ihr wollte. Aufgeregt wiederholte er sein Problem – dass er sein Handy nicht aufladen könne, weil sein englischer Adapter nicht in die Steckdosen passe. Hoffentlich war der Computer nicht nur für Gäste mit Zimmer-Checkkarte zu benutzen, überlegte Christine, als sie auf den hohen gepolsterten Hocker vor dem Bildschirm rutschte.

Zum Glück funktionierte das Ding auch mit ihrer Kreditkarte. Christine tippte «Kirchstein» in die Suchleiste von Webseiten, die sich mit dem Thema Wein beschäftigten. Das brachte kein Ergebnis. Sollte sie in einem Weinforum nach der Lage fragen? Es könnte lange dauern, bis sie Antwort erhielt, und auch dabei hätte sie ein schlechtes Gefühl, Tomas Mecklings geheimes Wort zu veröffentlichen.

War es ein Lufthauch oder eine Veränderung der Lichtverhältnisse, was sie spüren ließ, beobachtet zu werden? Unruhig drehte Christine sich um und sah den jungen Kellner mit einem Tablett hinter ihrem Rücken stehen – den Mann, der sie damals, als sie im Hotel wohnte, im Restaurant bedient und geglaubt hatte, sie sei eine Gourmetkritikerin.

«Sie sind wieder unser Gast?», fragte er mit einem zutraulichen Lächeln.

«Oh nein. Ich will nur etwas herausfinden. Für einen Ausflug.»

«Das Internet weiß fast alles, nicht wahr? Aber wenn Sie eine Frage haben, die es nicht beantwortet, helfen auch wir Ihnen gern.»

Abwartend lächelte er sie an.

«Ich hätte gern einen Cappuccino.»

Erleichtert sah Christine ihn seines Weges ziehen. Mit Sicherheit würde sie ihm nicht sagen, was ihr Anliegen war, niemandem würde sie es sagen. Vielleicht gab es ein Geheimnis oder gar ein Verhängnis, das Tomas Meckling das Leben gekostet hatte? Und Bert Gernsheim womöglich auch. Und ihr war buchstäblich der Schlüssel dazu übergeben worden. Ab jetzt musste Christine vorsichtig sein.

Als der Kellner den Cappuccino brachte, war Christine

immer noch zu keinem Ergebnis gekommen. Der Mann brauchte unendlich lange, um die Tasse und den Zucker auf das kleine Tischchen neben dem Computer zu stellen, und schaute immer wieder zu dem Bildschirm herüber. Christine atmete gepresst und hoffte, dass er sie endlich in Ruhe lassen würde.

«Kennen Sie die beste Website über die Mosel?», fragte er.

«Nein, wahrscheinlich nicht.»

«Da steht eigentlich alles, was man für den Urlaub braucht.»

Er schaute erwartungsvoll auf die Tastatur. Christine lehnte sich erschöpft zurück und machte eine einladende Geste. Der Kellner beugte sich vor, tippte eine Adresse in den Computer und betrachtete lächelnd, wie sich eine bunte Seite öffnete. «Rundum sorglos an der Mosel» – so stellte sie sich vor und behauptete, alles über Ausflugsziele und Unterkünfte zu wissen.

«Vielen Dank», sagte Christine. «Hier werde ich mein Glück versuchen. Kann ich schon mal zahlen?»

Endlich wieder allein, war sie drauf und dran, die Seite sofort wegzuklicken, tippte dann aber doch «Kirchstein» ins Suchkästchen. Die Maschine arbeitete einige Sekunden und zeigte dann einen Treffer: «Ferienwohnungen Familie Kirchstein. Urlaub beim Winzer in Bernkastel-Kues.»

Kirchstein war keine Lage, sondern eine Person! Die Adresse befand sich ganz in der Nähe des Geburtshauses von Nikolaus von Cues. Sie beendete die Sitzung, sprang vom Hocker und winkte mit strahlendem Lächeln dem Kellner zu, der in einiger Entfernung mit seinem Tablett stand.

«Vielen Dank! Sie haben mir sehr geholfen!»

Auf den ersten Blick wirkte das Weingut Kirchstein wie ein normales Einfamilienhaus in einer Straße mit ähnlichen Häusern. Es besaß einen großen, schuppenartigen Anbau und im Vorgarten – wodurch es sich als Winzerbetrieb verriet – eine Vitrine, die leere Weinflaschen ausstellte. Daneben stand ein Mann mit blondem Schnauzbart und zerfurchter Stirn, der eine Zigarette rauchte.

«Herr Kirchstein?», fragte Christine.

Der Fremde schaute kaum auf und schüttelte den Kopf. «Die sind alle da drinnen. Ich warte nur.»

Christine ging zögernd auf den Anbau zu, den plötzlich drei ältere und zwei sehr junge Urlauber verließen.

«Du hast etwas verpasst», hörte Christine einen von ihnen dem Raucher zurufen, als die Gruppe an ihr vorbei war.

Probiertische standen in der Mitte und an zwei Seiten des Raums. Die waren geschmückt mit landwirtschaftlichen Werkzeugen, davor standen Regale voller Flaschen. Historische Fotos und Zeichnungen zeigten die Arbeit im Weinberg. Hinter einem kleinen Tresen stand ein Mann im blauen Kittel und mit grauen, welligen Haaren. Zwei Besuchern erklärte er enthusiastisch den Herstellungsprozess und die Güte der Weine, die sie probierten.

Christine befand sich in einem ganz normalen, unbekannten Moselgut. Eines von denen, die nie in irgendwelchen Artikeln auftauchten, oft aber viele Stammkunden hatten. *Kirchstein* – war das vielleicht nur eine Metapher? Nikolaus von Cues war schließlich Kirchenfunktionär gewesen. Vielleicht wollte sich Tomas Meckling damals nur einen Spaß mit ihr machen, ihr eine Denkaufgabe geben? Schließlich wusste er beim Überreichen des Buches nicht, dass er demnächst tot sein und man jede seiner Handlungen plötzlich ungemein ernst nehmen würde.

Der Mann im Kittel versuchte mehrmals, freundlichen Blickkontakt zu Christine aufzunehmen. Ihr kurzer Rock hob sie noch deutlicher von vielen anderen Moselbesuchern ab, als es ohnehin schon der Fall war.

Eher ziellos durch den Raum schreitend, traf sie auf eine halboffene Tür. Dahinter befand sich ein Büro mit Schreibtisch und einem alten Computerbildschirm. Hinter dem Schreibtisch hingen Landkarten, auf denen einige Uferabschnitte schraffiert waren. Christine blickte sich um. Der Winzer schenkte den Besuchern gerade das nächste Glas ein. Sie schärfte ihre Augen, doch trotz aller Anstrengungen vermochte sie nicht zu erkennen, welche Abschnitte der Mosel auf den Karten hervorgehoben waren. Mit Sicherheit handelte es sich um die Lagen dieses Winzers. Christine spürte einen Instinkt wie eine Jägerin, die ihre Beute nicht sieht, hört oder riecht, aber von ihrer Anwesenheit überzeugt ist.

Der Winzer war mit den Männern handelseinig geworden und stellte für sie Flaschen in Kartons zusammen. Die beiden bezahlten, und er half ihnen, die Kartons an die Straße zum Auto zu tragen.

Christine machte einen großen Schritt und verschwand im Büro.

Beim Näherkommen erinnerten die Landkarten an Landschaften, die Christine schon gesehen hatte – aber welche? Orte, die bei der Orientierung hätten helfen können, fehlten. Es war, als ob sie ein bekanntes Gesicht auf der Straße sah, es aber nicht einordnen konnte.

Die Karte ganz links … Die plastisch eingezeichneten Höhenzüge und Steilwände nah am oberen Rahmen … Dies könnte die Stelle sein, an der Tomas Meckling in den Tod gestürzt war. Unterhalb von dem Steilhang waren mehrere Anbauflächen schraffiert worden. Christine betrachtete die Wege und den Verlauf der Parzellen. Der Zusammenhang stimmte. Bei einem der Wege konnte es sich genau um jenen handeln, auf dem sie und Tomas Meckling der Wandergruppe begegnet waren. Und der Trampelpfad, über den Christine kurz darauf allein in die Weinparzelle gelaufen war? Er war nicht abgebildet. Aber wenn sich Christine die Details auf der Karte ansah und mit ihrer Erinnerung verglich, konnte sie in ihrer Phantasie eine Linie ziehen. Und dann führte dieser Trampelpfad direkt in die schraffierten Weinlagen von Gut Kirchstein.

Tomas Meckling war ihr gefolgt, hatte nach ihr gerufen … Danach waren sie nicht weiter vorwärtsgegangen. Er hatte sie zurück auf den Hauptweg geführt, und dann war es zum Streit mit den Bergers gekommen.

«Was tun Sie hier?»

Der Mann im blauen Kittel stand in der Tür. Aus der einladenden Freundlichkeit auf seinem Gesicht war Feindseligkeit geworden. Christine wich einen Schritt von der Karte zurück. «Entschuldigen Sie – ich habe nur die Landkarten bewundert.»

«Wir haben im Verkostungsraum ähnliche Darstellungen.»

Er trat neben die Tür, um den Weg frei zu machen, und wies Christine mit der Hand hinaus. Sie ging an ihm vorbei. Der Winzer schloss die Tür und gesellte sich zu neuen Gästen. Die Leute berichteten von Urlaubserlebnissen, während sie an ihren Gläsern rochen und schlürften. Über ihre Köpfe hinweg ließ der Mann Christine nicht aus den Augen. Sie verließ das Haus, stieg wieder in ihren Wagen und fuhr in Richtung Pünderich.

Den Weg zu Tomas Mecklings Sterbeort kannte sie inzwischen gut. Als sie Kriminalrat Krose und die anderen dort hingeführt hatte, hatte sie sich auf jede Kurve und jede Abzweigung konzentriert. Unterhalb der Stelle befanden sich wahrscheinlich die Kirchstein-Lagen. Sie stellte den Wagen bei dem Trampelpfad ab und betrat ihn zum zweiten Mal. Wind war aufgekommen. Noch war das Wetter aber nicht zu frisch für ihre nackten Beine.

Der Pfad verlief leicht abschüssig an den schwer mit Rieslingtrauben beladenen Pflanzen entlang. Christine lief zügig voran und hielt Ausschau nach der Stelle, wo sie damals stehen geblieben war, weil Tomas Meckling sie rief, und wo sie ihn dann wiedergetroffen hatte. Sie lief und lief, entdeckte die Stelle aber nicht. Anscheinend war sie schon daran vorbeigelaufen, denn die Umgebung kam ihr fremdartig vor. Der Weg führte inzwischen durch eine Senke, hinter der die Mosel sichtbar wurde – dies war damals nicht der Fall gewesen. Es ging immer steiler bergab, und als Christine sich umwandte, sah die Piste, über die sie hergefahren war, nur noch wie ein schmaler Strich aus. Nein, so weit war sie damals nicht gelaufen.

Verblüfft blieb Christine stehen. An den Rebenpflanzen wuchsen jetzt rote Trauben. Sie streckte den Arm nach einem Bündel mittelgroßer Beeren mit dunkelblauen Schalen aus und wog sie in ihrer Handfläche.

Christine ging weiter, und die Rotweintrauben begleiteten sie noch zwei, drei Minuten, bis wieder das gewohnte Bild der Weißweinreben die Landschaft bestimmte. Kirchstein baute also auch Rotwein an. Das machten inzwischen ja immer mehr Moselwinzer, wenn es insgesamt auch nach wie vor wenige waren. Es gab nichts, was Kirchstein außergewöhnlich oder gar verdächtig machte und einen Rückschluss darauf zuließ, warum Tomas Meckling es für nötig gehalten hatte, sie in seiner letzten Botschaft auf das Gut hinzuweisen. Christine folgerte, dass sich nur in Zusammenhang mit dem Schlüssel ein Sinn ergab. Er musste ihr jetzt weiterhelfen.

Was über Tomas Mecklings Testament bekannt wurde, bestätigte die Erwartungen der meisten. Er hatte das Dokument vor zwei Jahren zum letzten Mal geändert und verfügt, dass Beatrix die Leitung des Weingutes übernehmen sollte. Darüber hinaus hatte er eine Art Aufsichtsrat bestimmt: Beatrix musste Tomas' Frau Esther, Bert Gernsheim und Peer Steiger Rechenschaft über ihre Aktivitäten ablegen. Dieser Absatz war locker formuliert, Bert Gernsheim war tot. Deshalb maß ihm niemand größere Bedeutung zu. Immerhin hielt sich Peer Steiger seit der Trauerfeier auf Gut Meckling auf und wollte bis nach der Ernte bleiben und helfen. Das Testament gestand ihm – genau wie Bert Gernsheim – Kost und Logis auf dem Schloss zu, wann immer und so lange er wollte. Esther war gleich nach der Testamentseröffnung verreist. Angeblich hatte sie sofort Geldanlagen aus ihrem Erbe liquidiert und auf andere Konten überwiesen.

Beatrix versammelte alle Mitarbeiter im Ahnensaal des Schlosses, um sie über die neuen Verhältnisse auf dem Gut zu informieren. Harald Lod sollte künftig vier Tage in der Woche hier arbeiten.

In den ersten beiden Wochen stand sein Transporter täglich auf dem Gut. Oft waren die Fenster des Schlosses bis zum frühen Morgen erleuchtet. Am ersten Wochenende fuhren Beatrix und er nach Koblenz, um, wie es hieß, Händler zu besuchen und an Verkostungen anderer Winzer teilzunehmen. Das Wochenende darauf brach Harald mit Beatrix nach Winningen auf, wo er ihr sein Weingut zeigen wollte.

Christine konnte Harald täglich durch die Fenster des Bürosaals beobachten. In grüner Arbeitskluft stiefelte er leicht vornübergebeugt über den aufgeweichten Boden, und sein Gesicht zeigte eine eifrige Entschlossenheit. Sein Hund Varus war fast immer an seiner Seite. Christine begegnete er freundlich, aber unbestimmt und flüchtig. Wenn sie Harald und Beatrix bei Besprechungen zusammen sah, wanderten die Blicke der Weingutschefin unentwegt zu ihm, suchten auf seinem Gesicht nach einer Reaktion auf ihre Worte oder forderten ihn zu einem Standpunkt heraus. Beatrix machte nicht den Eindruck, von ihrer neuen Aufgabe überlastet zu sein, im Gegenteil. Sie strahlte eine bislang nicht da gewesene Fröhlichkeit aus.

Da Christine die Ferienwohnung auf dem Gut belegte, wohnte Harald im Schlossgebäude. Kellermeister Leibniz erzählte allerdings, dass es eine weitere gäbe, die man innerhalb von Stunden herrichten könne. «Soll wohl nicht sein.» Seit Harald die weintechnischen Geschicke auf dem Schloss lenkte, machte Leibniz gern frotzelnde und intrigante Bemerkungen.

Christines Job als Pressechefin ließ sich kaum von einem Sekretariatsjob trennen. Sie beantwortete zahlreiche Anfragen von Weinfreunden, die nach Verkostungsterminen, Weinbergswanderungen oder alten Jahrgängen fragten. Die Arbeit machte ihr Spaß und war nicht anstrengend. Pressetexte für das Gut gingen ihr leicht von der Hand. Kein Vergleich mit dem Recherchieren und Feilen an Artikeln, womit sie bislang ihr Geld verdient hatte. Sie hätte diesen Job als ein erholsames Intermezzo genießen können, doch das gelang ihr nicht. Christine war sicher: Etwas stimmte nicht auf Gut Meckling, und deshalb würde ihre Tätigkeit hier von kurzer Dauer sein. Sie musste wieder häufiger an die Treckerattacke denken. Gab es einen Zusammenhang zwischen Kirchstein und den Todesfällen?

Immer wieder blätterte sie in Nikolaus von Cues' Büchlein. Die Matrize war neben einem mit Bleistift unterstrichenen Satz eingeheftet: «*Und dein Sehen ist nichts anderes als ein Lebendigmachen …*» Soweit sie bisher verstanden hatte, sah Cues die Wahrheit als etwas für den Menschen schwer Fassbares an, weil der Mensch selbst ein Teil von ihr war. Jede Wahrheit, die er fand, war von zahlreichen anderen abhängig. Doch es gab die Chance, den letzten Grund zu erfassen, und der war für Cues natürlich Gott. Der unbekannte Verfasser der Matrize führte aus, dass der Mensch sich nur dann vollständig fühle, wenn ihm bewusst sei, dass es eine erste Ursache gebe, die ihn ermöglicht habe.

Christine machte der Gedanke Mut, dass sich alles logisch erklären und alle Widersprüche irgendwann zwingend auflösen mussten. Ihr kam die verrückte Vorstellung, Nikolaus von Cues sei ihr fürsorglicher Lehrer, der ihr gut zuredete und sagte: Was zurzeit wirr und unlösbar erscheint, ergibt einen Sinn, wenn du bloß an ihn glaubst. Ob Einbildung oder nicht – diese Maxime erleichterte es ihr, nachzudenken.

Tomas Meckling hätte ihr keinen Schlüssel zu einem ihr unbekannten Schließfach, Safe oder Schuppen überreicht, das ergab keinen Sinn. Es musste ein Schloss sein, vor dem sie wahrscheinlich schon gestanden hatte. Nur einmal hatte er in ihrer Gegenwart einen solchen Schlüssel benutzt – als sie an ihrem ersten Tag auf dem Gut mit ihm den Weinkeller besuchte. Zum Schluss hatte er damit eine kleine Tür geöffnet, durch die sie treppauf ins Schloss und zur Diele mit der Küche gelangt waren.

Der vordere Teil des Weinkellers war für alle Mitarbeiter mit einem Zentralschlüssel zugänglich. Die hintere «Schatzkammer», wo die alten Flaschen lagerten, konnte Christine hingegen nur betreten, wenn Harald, Beatrix oder der Kellermeister das Gittertor öffnete. Dies passierte nur selten, und es war dafür ein Schlüssel nötig, der viel größer aussah als der, den sie von Tomas Meckling bekommen hatte. Also war Christines Schlüssel wahrscheinlich für die kleine Tür zwischen Schloss und Schatzkammer bestimmt. Aber was sollte sie dort finden?

Christine betrat ab und zu das Schlossgebäude, da der Marmortisch im Gemäldesaal zu Beatrix' bevorzugtem Arbeitsplatz geworden war. Am Montag nach der Rückkehr ihrer Chefin aus Winningen besuchte Christine sie unter einem Vorwand und gelangte danach unbemerkt in den Küchenflur und zur Kellertreppe. Sie sprang die schmalen Stufen hinunter, steckte den Schlüssel ins Schloss – er funktionierte nicht.

Verärgert kehrte Christine ins Bürogebäude zurück. Ihre Laune besserte sich, als ihr eine Idee kam: An der Seitenwand der Schatzkammer gab es noch diese vergitterte Tür, hinter der eine Treppe tiefer abwärts in den Keller führte. Wenn es ein Geheimnis auf diesem Schloss gab, dann wohl eher dort als in der oft fotografierten Schatzkammer. Doch wie sollte sie in diese hineinkommen?

Eine günstige Gelegenheit ergab sich, als Christine mit Kellermeister Leibniz allein im Büro war, wo er am Computer Bestandslisten vervollständigte. Draußen preschte Harald Lod mit dem Trecker über den Platz. Er kehrte von einer Inspektionstour in den Bergen zurück und machte Leibniz wilde Zeichen, ihm zu folgen. Leibniz ächzte und folgte dem Trecker seines Chefs, der weiter zum Stellplatz fuhr. Arno Leibniz' Jacke hing über der Stuhllehne. Christine griff in die Innentasche, fand den Schlüssel und spazierte mit ihm ruhig zum Kellereingang.

Das äußere Holztor war nicht verschlossen. Sie trat ein und betätigte den Schalter für die langen Neonröhren an der Decke. Noch während das Licht aufblitzte, rannte sie durch das Gewölbe zum großen Tor, schloss es auf und legte einen kleinen Holzscheit flach zwischen Tür und Leiste. Denn wenn es zufiel, war das Schloss wieder fest verschlossen. Christine würde später, wenn die anderen sich zurückgezogen hatten, wiederkommen und dann bequem das Tor öffnen können.

Atemlos kehrte sie ins Büro zurück. Leibniz' Jackett hing immer noch verlassen über dem Stuhl, und sie steckte den Schlüssel wieder in die Tasche. Als der Kellermeister auftauchte, ächzte er erneut. «Die Trauben sehen nicht gut aus.

Kein Wunder bei dem Regen. Lod benimmt sich, als könnte ich was dafür!»

Um 16 Uhr fuhr Leibniz nach Hause. Es herrschte Ruhe auf dem Gut. Beatrix, Harald und Peer Steiger hielten sich im Schloss auf. Christine hätte gern gewusst, was sie dort ausheckten.

Wie geplant konnte sie in den Weinkeller verschwinden. Eilig schritt sie auf das Gittertor zu und schob es auf. Sie schlüpfte hindurch und postierte erneut sorgsam den Holzscheit am Boden.

Christine lief weiter und spürte ihren Herzschlag. Heute kümmerte es sie nicht, welche Jahrgänge in den Flaschenregalen an ihr vorbeizogen. Jetzt erst fiel ihr auf, wie moderig das Mauerwerk am Ende des Kellers aussah. Mit seiner kleinen, eisenbeschlagenen Holztür gäbe es eine prima Kulisse für einen Vampirfilm ab. Endlich hörten die Flaschenreihen auf, und in der rechten Seitenmauer tauchte die Tür auf, die den Weg in die Tiefe versperrte. Christine steckte den Schlüssel in das schwarze Schloss. Als sie ihn umdrehte, ertönte ein metallisches Klicken. Die Tür ging auf.

Christine trat in den engen Treppenschacht, wobei sie den Kopf unter der groben Steindecke einziehen musste. Beim Hinabschreiten ließ sie die Handflächen über die Seitenwände gleiten, um nicht das Gleichgewicht zu verlieren. Das Licht von oben schien von Stufe zu Stufe schwächer, und als Christine die letzten bewältigte, konnte sie kaum mehr etwas sehen. Sie tastete das Mauerwerk ab und fand einen Lichtschalter.

Im aufflammenden, kalten Licht erschien ein weiteres Flaschenlager. Schlichte Holzregale standen an der Rückwand eines Gewölbes, das um einiges breiter als lang war. Es beherbergte geschätzte 300 Flaschen. Christine trat vorsichtig näher und zog eine heraus.

Das Glas der Flasche war nackt. Kein Etikett, nichts. Christine hob sie an ihrem Hals hoch gegen das Licht. Ein Rotwein! Tomas Meckling hatte doch einst erklärt, das Gut stelle keine Weine aus roten Rebsorten her …

Sie wühlte in ihrer Handtasche nach ihrem kleinen Kellnermesser. Mit großer Vorsicht stach sie die Winde in den Korken. Sie stellte die Flasche auf den Boden und bückte sich, umgriff den Bauch fest mit der linken Hand und zog den Korken behutsam heraus. Sie hatte es geahnt: Auf dem Korken war etwas zu lesen – das Zeichen *WM*. Genau wie bei dem Wein, den Bert Gernsheim ihr in Hamburg geschenkt hatte. Christine hielt eine Flasche *Moselblut* in den Händen.

Sie verkorkte die Flasche wieder und schob sie ins Regal zurück. Dann löschte sie das Licht und tastete sich über die Treppe zurück nach oben. Was sollte sie mit den Geheimnissen der letzten Wochen anfangen? Es fehlten Verbindungen, um ihren Sinn zu verstehen.

Keuchend bewältigte sie die letzten Stufen, schloss die Tür hinter sich ab und lief weiter zum großen Tor am Ende der Schatzkammer. Klar war, dass Tomas Meckling die Rotweine nicht offiziell produziert hatte. Sie hatten etwas mit den Veränderungen zu tun, die er plante. Falls er nach ihrer Rückkehr noch gelebt hätte, hätte er sie wahrscheinlich bald in alles eingeweiht. Trotzdem: Was bedeutete «Für alle Fälle»? Ahnte er, dass ihm etwas zustoßen würde?

Christine hatte das Tor fast erreicht, als Hundegebell ertönte. Es hallte nur leise und aus weiter Ferne durch das Gewölbe. Instinktiv duckte sie sich und blickte sich um. Nichts war zu sehen. Erneut bellte der Hund, und nun hallten auch Männerstimmen herüber. Es gab nur eine Erklärung: Eine Gruppe kam über die Treppe, die vom Schloss in den Keller führte, heruntergelaufen.

Das Tor lag nur noch wenige Meter von ihr entfernt. Sie

müsste es öffnen, wieder schließen, damit es nicht krachend zuschlug, und den Rest des Weges durch den Keller ins Freie bewältigen. Das Risiko, dabei entdeckt zu werden, erschien ihr zu hoch. Die Toilettenanlagen links boten eine bessere Chance, sich zu verbergen. Christine tauchte in das dunkle Seitengewölbe ein. Schemenhaft waren ein Waschbecken und zwei Kabinen zu sehen.

«Im Keller ist Licht an!», dröhnte eine Stimme. Eine andere antwortete, und plötzlich bellte der Hund ohrenbetäubend. Es waren die Stimmen von Harald Lod und Peer Steiger. In der Stille, die darauf folgte, konnte Christine sich ausmalen, wie die beiden sich misstrauisch nach Einbrechern umsahen und die Halterungen mit den wertvollen Flaschen überprüften. Der Hund beruhigte sich, doch nun war der trockene Lauf seiner Pfoten auf dem Steinboden zu hören.

Christines Herz schlug wild, während sie sich vom Eingang weiter ins Innere des Toilettengewölbes zurückzog.

«Die 20er und 30er sind okay», hörte sie Harald Lod rufen. «Aber vorsichtig sein.»

«Bei den anderen ist auch nichts. Ach, Leibniz hat nur gepennt. Ich gucke noch vorne.»

Es war besser, sich zu erkennen zu geben, überlegte Christine, bevor der Hund sie entdeckte. Irgendeine Ausrede für ihr Eindringen hier würde ihr schon einfallen. Ihre Augen hatten sich besser an das schwache Licht gewöhnt, und sie holte mit der Hand nach dem Lichtschalter neben dem Waschbecken aus. In der Sekunde, als sie ihn betätigen wollte, wurde ihr Arm schmerzhaft auf den Rücken gebogen, und eine flache Hand presste sich hart gegen ihren Mund. Sie konnte kaum atmen, geschweige denn einen Ton herausbringen. Ein schmerzhafter Stoß im Bereich ihrer Unterschenkel brachte ihre Beine zum Einknicken, und starke Muskeln zwangen sie in die Knie. Sie fürchtete, mit dem Kopf gegen das Waschbecken zu prallen, doch jemand drückte sie zielgenau daran vorbei. Ihre Beine schlugen auf den Steinboden auf, und ihre Stirn wurde an das Abflussrohr gedrückt. Die Hand auf ihrem Mund presste noch kräftiger und verschloss auch ihre Nase. Christine atmete panisch, doch es hatte keinen Zweck – sie bekam keine Luft mehr.

Schritte näherten sich draußen, wurden lauter. Vor dem Toilettengewölbe hielten sie inne. Christine sah nichts als das Abflussrohr, und der Gedanke schoss ihr durch den Kopf, ob sie jemals wieder einen Atemzug machen würde.

«Auf dem Klo wirst du nicht froh.» Es war Peer Steigers Stimme, ganz nah beim Waschbecken. Es war zu hören, wie er zu den Toilettenkabinen ging, die Türen nacheinander aufriss und wieder schloss. Danach entfernten sich seine Schritte.

Die Hand auf Christines Mund lockerte sich, und sie konnte wieder Luft holen. Sie spürte ein Gesicht neben ihrem.

«Ganz ruhig bleiben», flüsterte eine Männerstimme.

Im Weinkeller riefen sich Peer Steiger und Harald Lod noch eine Weile Sätze zu. Dann ertönte ein metallisches Geräusch, und das Neonlicht im Keller erlosch. Für die beiden ist die Sache erledigt, dachte Christine. Sie kehrten wahrscheinlich mit ein paar Flaschen nach oben zurück, die ihnen näheren Aufschluss über irgendeine Lage des Schlossweingutes geben sollten, und hatten nichts anderes mehr im Sinn.

Immer noch lag die Pranke auf Christines Mund, und sie wünschte sich, die beiden Männer hätten sie entdeckt. Wäre Peer Steiger ein paar Schritte weitergegangen, hätte er das große Tor geprüft und den Holzscheit bemerkt, wäre alles anders verlaufen. Jetzt war sie hier allein mit diesem Kerl.

Allmählich ließ die Umklammerung nach, dann zog der Unbekannte seine Arme ganz zurück. Christine spürte, wie sich sein Körper von ihrem löste, und sie hörte, wie er von den Knien auf die Beine kam.

«Sie können aufstehen.»

Christine tat, was er sagte. Ein Oberlicht schenkte einen Rest Helligkeit, und Christine sah die Umrisse einer massigen, durchtrainierten Figur mit breitem Brustkorb.

«Dieses Mal hätte ich den Köter abgeknallt.»

Jetzt erkannte sie ihn. Den Mann, den Harald damals von seinem Hof vertrieben hatte. Er verschränkte die Arme. Nase und Kinn wirkten klein und kraftvoll. Sein schemenhaft sichtbares Grinsen ließ Christine an die fröhliche Brutalität eines Schlachters vor dem Zerhacken eines Fleischstücks denken.

«Entschuldigen Sie meine brüske Art. Ich habe Sie beobachtet. Es wäre für uns beide nachteilig gewesen, entdeckt zu werden. Was macht Lod hier auf Schloss Meckling? Erzählen Sie!»

Der Mann stand nur eine Armlänge von ihr entfernt. Christine ging einen Schritt zur Seite, und er tat zum Glück nichts weiter, als seinen Kopf in ihre Richtung zu bewegen.

«Ich habe nichts zu erzählen. Wer sind Sie?»

Er machte ein paar große Schritte durch den Raum und vollzog einen Halbkreis, bis er im Ausgang stand und sich mit der Schulter gegen den Rahmen lehnte.

«Wir beide haben unsere Anliegen, doch wovon Sie getrieben werden, habe ich noch nicht begriffen. Sie waren damals auf Harald Lods Gut, jetzt sind Sie hier und spionieren den Keller von Schloss Meckling aus, dessen Besitzer zufälligerweise vor einigen Wochen umgekommen ist. Zufällig ist auch Harald Lod hier …»

Christine behielt seine Hände im Auge. Die Ruhe, die er ausstrahlte, hatte etwas Bedrohliches. Sie traute ihm zu, urplötzlich mit dem Arm auszuholen.

«Ich bin Journalistin.»

«Ah, ha! Sehr gut. Ich würde gern einige Dinge wissen, bevor sie in der Zeitung stehen. Glauben Sie mir, ich bin kein böser Mensch. Ich arbeite im Auftrag von Leuten, die ihm im Grunde helfen wollen. Jeder weiß, dass es für Lod keinen Ausweg mehr gibt, da neigt man zu Verzweiflungstaten. Vielleicht kann ich auch Ihnen helfen, Sie haben was gut bei mir, nachdem Sie mir diese Kellerbesichtigung ermöglichten.»

«Sie schleichen in der Gegend herum und beobachten die Leute. Wer sind Sie? Für wen tun Sie das?»

«Ganz ruhig, meine Dame. Ich frage, Sie antworten. Was wissen Sie über Harald Lod und Beatrix Meckling? Verhandelt er mit ihr wegen seines Guts? Soll sie ihm aus der Falle helfen?»

Christine hatte keine Ahnung, wovon der Mann sprach. Aber sie durfte nichts sagen, was Harald gefährlich werden konnte – auch wenn sie nicht wusste, um was für eine Gefahr es sich handelte. «Er versucht einfach, Geld zu verdienen. Mehr weiß ich nicht. Ich bin hier im Keller gewesen, weil ich meine Tasche vergessen hatte.»

«Pff», ertönte es verächtlich aus dem Mund des Mannes. Sein Kinn fiel auf seine Brust, und so verharrte er einige Sekunden, bis er sagte: «Na gut, vielleicht wissen Sie wirklich noch weniger als ich. Aber wir werden uns wiedersehen.»

Er wandte sich ab, ging ein paar Schritte und kam sofort wieder zurück. «Ich werde Ihre … Recherche hier vorerst für mich behalten. Vorerst. Wenn wir uns wiedersehen, werden Sie mir vielleicht von selbst sagen, was Sie herausgefunden haben. Es ist besser, in diesem Spiel auf der Seite der Sieger zu stehen. Auch wenn Sie das jetzt noch nicht verstehen.»

Wieder wandte er sich ab und verschwand lautlos im Dunkel. Nach einiger Zeit hörte Christine, wie er das Eisentor aufzog, und verfolgte gespannt, ob er es ins Schloss fallen ließ. Dann wäre sie eingeschlossen. Nein. Sobald es still war, lief auch Christine durch das Tor und nahm den Holzscheit mit.

In ihrer Wohnung stellte sich Christine lange unter die

Dusche. Die körperliche Anspannung ließ nach, doch in ihrem Kopf herrschte eine Art Übelkeit. Sie konnte sich nicht erinnern, wann sie zuletzt so brutal angefasst worden war wie heute. Vielleicht in der Kindheit, auf dem Spielplatz. Der Mann hatte es allerdings geschickt angestellt, es waren keine Blessuren zurückgeblieben. Jetzt empfand sie mehr ein Gefühl der Dankbarkeit, nicht verletzt worden zu sein, als ein Gefühl der Demütigung.

Sie musste Harald Lod davon berichten, dass er von dem Mann weiterhin beobachtet wurde. Es schien sich um eine Art Privatermittler zu handeln. Und um Geldangelegenheiten in einem grauen Bereich, in dem die Leute wenig zimperlich miteinander umgingen. Es war ihre Pflicht, Harald zu warnen. Doch sie durfte nicht gestehen, unter welchen Umständen sie zu ihrem Wissen gelangt war. Dazu reichte ihr Vertrauen zu Harald Lod leider längst nicht mehr aus. Fest stand, dass Bert Gernsheims *Moselblut* von Schloss Meckling stammte. Auch wenn es hier vielleicht nur abgefüllt und auf den Lagen von Gut Kirchstein angebaut wurde. Bert Gernsheim und Tomas Meckling lag dieser Wein am Herzen, und vielleicht hatten sie seinetwegen sterben müssen.

Ein Jahrgang wie kein anderer

Seit Wochen war es das beherrschende Thema auf den Weingütern, und seit Wochen wuchs die Angst: Wie sehr schadeten die Regenfälle der diesjährigen Ernte? Die Reben hatten sich prall mit Wasser vollgesogen, und wer ehrlich war, rechnete mit erheblichen Ernteeinbußen. Doch niemand ahnte, welche Katastrophe binnen weniger Tage auf den Weinbergen sichtbar wurde: Ein urplötzlicher Fäulnisprozess hatte eingesetzt, in manchen Lagen waren zwischen den grauschwarz verschimmelten Trauben kaum mehr gesunde zu erkennen.

Einige vorsichtige Winzer hatten die Ernte bereits abgeschlossen. Andere begannen hektisch jetzt damit – immer noch Wochen früher als üblich. Ihr Glück im Unglück: Das Wetter schlug um, und die zweite Oktoberwoche präsentierte sich sommerlich mit tiefblauem, seidigem Himmel und Temperaturen über 20 Grad. Die Trauben bekamen die Chance, zu trocknen und die zerstörerischen Prozesse unter ihren Schalen abzubremsen. Und wie sich zeigte, gab es neben schädlichem Schimmel auch besonders viele Reben mit der edlen Botrytisfäule. Der Botrytispilz durchlöcherte die Traubenschalen und sorgte für eine natürliche Entwässerung der Früchte. Geschmacks- und Zuckerstoffe wurden auf natürliche Weise konzentriert und boten Winzern die Chance, große Mengen teurer Auslesen und Beerenauslesen zu produzieren. Leichtere und trockene Weine würde es hingegen weniger geben.

Unentwegt fuhren die Trecker auf dem Schlosshof vor und zogen Anhänger mit malerischen Traubengebirgen hinter sich her. Abends wurden die Erntehelfer in einem großen Zelt auf dem Schlossplatz verköstigt. Das war Tradition auf Schloss Meckling. Einige von ihnen übernachteten in der zweiten Ferienwohnung, die nun hergerichtet worden war.

Es war für Christine nicht einfach, Harald Lod allein und ungestört anzutreffen. Es gelang ihr schließlich im sogenannten «Maschinenraum» – einem Gebäudekomplex, der mit den Kelleranlagen verbunden war und früher Kutschen und Stallungen beherbergt hatte.

Hier erlebten die frischgepflückten Trauben den ersten Schritt ihrer Verarbeitung. In Keltermaschinen wurden sie durch Luftdruck behutsam ausgequetscht. Der Most floss nach unten in die Stahltanks. In ihnen setzten sich allmählich die Feststoffe vom Rebensaft ab.

Ein süßlich-fruchtiger Duft stieg Christine beim Eintreten in die Nase, und Hunderte winzige Fliegen schwirrten in der Luft. Eine Weile schaute sie dem Pressvorgang zu und staunte wie jedes Mal, wenn sie bei der Weinbereitung zusehen konnte. Früchte, die über Monate in entlegenen Höhen gewachsen waren, in Kälte, Hitze, Wind und Regen, wurden in diesem Moment zu Getränken transformiert, die bald überall auf der Welt geschmeckt, geprüft, mit Genuss getrunken oder einfach nur hinuntergekippt wurden.

Harald Lod stand plötzlich neben ihr. In Gummistiefeln und mit grüner Kunststoffschürze um die Hüften sah er aus, als wolle er zum Angeln gehen. Er lächelte gut gelaunt und deutete mit dem Daumen hinauf zur Weinpresse.

«Vor ein paar Jahren haben sie hier die Trauben noch brutal zermalmt und durch die Schläuche gejagt. Es ist kaum zu fassen, ich habe mir die Betriebsbücher letzte Woche angesehen. Und dann wunderte man sich, dass die Weine rau und unsauber schmeckten. Aber diese Technik hier ist auch nicht mehr auf dem neuesten Stand. Man muss die Weine wie Babys behandeln, wie Babys tragen und wiegen.»

Harald sah entspannter aus. Es war offensichtlich, wie gut es ihm tat, einfach das zu machen, was er liebte.

«Was ist mit deinem Gut, wer erledigt da jetzt die Arbeit?»

«Tja … einige Winzer haben eben Pech gehabt. Da lohnt das Verarbeiten der Trauben nicht.»

Gab er seine Ernte verloren? Es kam vor, dass Weingüter wegen extremer Wetterbedingungen in einem Jahr überhaupt keinen Wein produzierten. Aber hatte es seine Lagen wirklich so schlimm getroffen? Christine hatte gehört, dass es an der Mosel besser als in anderen Anbaugebieten aussah und es sogar die Chance auf herausragende Weine gab.

Die Presse arbeitete mit einem schönen, durchdringenden Geräusch. Christine hatte plötzlich das Bild von einem Weinberg im Kopf, der wie ein riesiger Euter gemolken wurde.

«Entschuldigung», murmelte Harald, ging ein paar Schritte zur Seite und kontrollierte ein Messgerät. Christine folgte ihm.

«Harald, du erinnerst dich an diesen Typ, der im Sommer auf deinem Gut war, als ich dich besuchte. Den du dann vertrieben hast.»

«Allerdings. Was ist mit ihm?»

«Er ist in der Gegend, er hat mich nach dir befragt.»

Harald lachte. Es war ein beherrschtes Lachen und erinnerte Christine an Wien, wo er mit so einem Lachen auf Schwierigkeiten reagiert hatte. Kein Platz mehr im Lokal frei, zu dem sie lange durch eisige Kälte gelaufen waren? Eine gerichtliche Verfügung gegen einen seiner Artikel im Stadtmagazin? Harald hatte sich über solche Dinge nicht aufgeregt, sondern gelacht. Und tatsächlich fügten sich die Dinge stets fast heiter zu seinen Gunsten. Vielleicht konnte Harald tatsächlich wieder zu dem Menschen werden, in den Christine einmal verliebt gewesen war? Vielleicht, weil er jetzt selbst verliebt war, in Beatrix, oder weil er sich weniger um seine Zukunft sorgte?

«Hast du dem Mann was gesagt?», fragte er.

«Was denn? Er scheint eine Art Privatdetektiv zu sein.»

«So kann man das auch ausdrücken. Von der schlimmsten Sorte.»

Christine sah ihn schweigend an.

«Ich muss da durch. Ich habe Kredite aufgenommen, erst bei Banken, dann woanders. Leider auch von Leuten, die mein Gut wollen. Als ich die Lagen in Winningen gekauft habe, wollten andere dort nicht einmal Kartoffeln züchten. Jetzt ist klar, dass dort ganz, ganz große Weine entstehen können. Ich baue das langsam auf, in zehn Jahren bin ich Millionär.

Außer, die Kredithaie enteignen mich, um meinen Berg für eine banale Summe zu verschachern.»

«So banal ja wohl nicht, wenn sie einen Privatdetektiv auf dich ansetzen.»

«Privatdetektiv … Ein Drücker, würde ich sagen.»

«Und was hilft es dir, deinen Weinberg verrotten zu lassen?»

«Nein, nein, die Trauben kommen schon runter. Ich werde sie verkaufen, das schafft mir einen Monat Luft. Wenn bis dahin nichts passiert, kann ich meine Kredite nicht mehr bezahlen. Dann gehört denen mein Gut. Und dieser Privatermittler, wie du ihn nennst, ist dazu da, auf mich aufzupassen.»

«Woher weißt du das alles?»

«Das liegt auf der Hand. Ich überweise jeden Monat Wucherzinsen und soll nicht auf die Idee kommen, die Abmachung – einen Vertrag kann man das nicht nennen – als sittenwidrig anzufechten. Denn der Typ könnte jederzeit alles in Flammen aufgehen lassen oder sonstwas tun.»

«Hast du mit ihm gesprochen?»

«Kurz. Er hatte Glück, dass ich Varus nicht dabeihatte. Er hat Andeutungen gemacht, ich könnte meine Probleme auch viel einfacher lösen. Klar, ich könnte ihnen das Gut gleich überschreiben. Meine Gläubiger fürchten, dass ihnen der Happen noch vom Haken geht. Wird er auch.»

«Es gibt also einen Ausweg.»

«Den dritten Weg … Beatrix, also Schlossgut Meckling, und mein Gut können miteinander kooperieren. Wir arbeiten daran. Das ist wichtiger als meine Ernte in diesem Jahr. Die nächsten werden mich entschädigen. Christine, noch nie passte alles so gut zusammen! Endlich weiß ich wieder, was ich tue.»

In seinen Augen, seinem Lächeln, leuchtete kurz seine Jugend auf. So hatte Christine ihn in Wien kennengelernt, als er noch über ganz andere Pläne verfügte. Glücklich gemacht hatte ihn bisher keiner.

«Wie wird der Wein?»

«Eine Herausforderung! Er wird großartig, ein Jahrgang, den man in Jahrzehnten noch mit Freude genießt. Schlossweingut Meckling wird zum ersten Mal spontan vergären. Ein Risiko, aber in Anbetracht des dichten, starken Stoffes ein lohnendes.»

Spontanvergärung – ein Wort, mit dem Christine oft konfrontiert wurde, seit sie im Schlossbüro arbeitete. Dort klingelte pausenlos das Telefon. Früher hatte meist eine der beiden Sekretärinnen den Hörer abgenommen, inzwischen ignorierten sie das Klingeln gern, wenn Christine im Raum war. Die Anrufer wollten wissen, wie die Zukunft des Gutes nach dem Tod von Tomas Meckling aussehen würde. Restaurantbesitzer, die traditionell Meckling-Weine auf ihrer Karte anboten, fragten sich, ob sie umdisponieren und mit anderen Winzern Rabatt-Verträge aushandeln mussten. Private Weinfreunde verlangten Aufklärung darüber, wie die Weine des Schlossgutes nach diesem regenreichen Herbst im Keller ausgebaut werden sollten.

Viele dieser Leute verfügten über enormes Wissen, obwohl sie wahrscheinlich niemals den Produktionsverlauf eines Weines von der Ernte bis zur Abfüllung miterlebt hatten. Die Frage, ob auf Gut Meckling der Wein spontan vergoren wurde, bekam Christine so oft zu hören, dass sie sich über das Thema genauer informiert hatte. Dies machte die Gespräche aber nicht einfacher. Sie erinnerten Christine an Diskussionen aus der Frühzeit der Bio-Welle. Bedingungslose Befürworter auf der einen Seite und auf der anderen Skeptiker, die von übertriebenem Natursinn oder Esoterik sprachen. Doch immer mehr Winzer griffen auf dieses ursprüngliche Verfahren der Weinbereitung zurück.

«Ich bekomme ständig Anrufe wegen der Spontanvergärung», sagte Christine. «Was soll ich den Leuten sagen, wenn sie fragen, warum wir darauf umstellen?»

«Sag ihnen, dass …» Harald wiegte seinen Kopf. «Sag ihnen, dass es ohne Gärung keinen Wein gibt. Und dass der Traubensaft über Jahrtausende nur wegen der wilden Hefen zu Alkohol vergoren wurde. Sie schwirren überall in der Luft, sitzen auf den Traubenschalen und verwandeln den Most in Wein.»

«Und warum müssen sie spontan sein?»

Er lachte, als hätte ein Kind etwas Drolliges gesagt. «Spontangärung bedeutet ja nur, dass wir keine gezüchteten Hefen in den Wein schütten. Warum auch, es gibt genug in der Umgebung, jetzt sogar, auf deiner Nasenspitze. Die Wildhefen machen, was sie wollen. Mit Reinzuchthefen kannst du die Gärung zwar besser kontrollieren, aber du musst damit rechnen, dass der Wein langweiliger schmeckt. Willst du meine ehrliche Meinung zu dem Thema wissen?»

«Gerne, Harald.»

«Wenn ich mit Hefen arbeite, die nicht von Natur aus meine Reben umgeben …, ja, dann kann ich meinen Wein eigentlich genauso gut im Gewächshaus mit Infrarotlampen und Hydrokultur aufwachsen lassen. Christine, am Ende des Weges wird vielleicht klar: Die besten Weine müssen nicht gut schmecken. Sie drücken etwas aus, was viel wichtiger ist.»

Vielleicht passten Harald und Beatrix besser zusammen als vermutet, überlegte Christine. Beatrix, die Pragmatikerin, und Harald, der Idealist – das war viel zu einfach gedacht.

«Gestern hat ein Kunde zu mir gesagt – na, zum Glück machen Sie keine Spontangärung.»

«Nicht ganz dumm. Der Most in diesem Jahr ist überreif. Wenn dann noch wilde Hefen in der Brühe mitschwimmen … Wer damit keine Erfahrung hat, sollte es besser lassen, sonst stinkt der Wein wie dein Kühlschrank, wenn du frischen Tilsiter eingekauft hast. Mit Verlaub, ich habe Erfahrung, Christine.»

Er blickte unschlüssig am Stahltank hinauf, an dem es nichts zu prüfen oder zu tun gab. Es war spürbar, dass er nicht wusste, was er mit Christine noch bereden sollte. Schade – auch wenn sie damals in Wien nur für kurze Zeit ein Paar gewesen waren und sich später nur selten gesehen hatten, hatte sie oft an ihn gedacht. Stets gab es den Plan, sich endlich wieder häufiger zu treffen. Zusammen zu verreisen oder ein Buch zu schreiben oder endlich in das unscheinbare Beisl im dritten Bezirk zu gehen, gegenüber dem sie fast jeden Abend aus dem Bus gestiegen waren. Wie ein kleiner Junge, der hoffte, zurück auf den Spielplatz zu dürfen, kam er ihr jetzt vor. Unwillkürlich streckte Christine die Hand aus, strich über seine Wange und sagte: «Du wirst es schon schaffen.»

«Danke, Christine. Ich glaube auch, dass ich es schaffen kann. Das wird unser Jahrgang, Christine, unser Wein. Und danke, dass du mir erzählt hast, dass dieser Gangster hier ist. Er wird kein Glück haben.»

«Hauptsache, du bist ein besserer Gangster als er.»

Harald wirkte verblüfft.

«Das war ein Scherz.»

Sie verabschiedeten sich flüchtig. Sie wussten, dass sie sich sowieso bald wiedersehen würden.

Wie es wohl Theodor Sontmann ging? Christine hatte ihn zuletzt bei der Trauerfeier gesehen, danach hatten die Ereignisse und ihr neuer Alltag sie von allem anderen abgelenkt. Er hatte ebenfalls keine Anstrengungen unternommen, Kontakt aufzunehmen. Christine wollte ihn so bald wie möglich anrufen. Vor Tomas Mecklings Tod gab es den Plan, dass sie ihn in Trier besuchen sollte. Christine war neugierig zu sehen, wie er lebte. Und mit ihm konnte sie reden. Über den Tod von Tomas Meckling, der hier auf dem Gut fast schon in Vergessenheit geraten zu sein schien, und über alles andere.

Christine lief quer über den Schlossplatz zum Büro zurück, als Beatrix ihr entgegenkam. «Ich habe eine Bitte an dich. Kannst du um 17 Uhr die Weinprobe übernehmen?»

Sie trug eine ähnliche Arbeitskluft wie Harald, was putzig wirkte, denn bislang umstrahlte sie auch dann Eleganz, wenn sie im Keller mithalf oder die Weinreben inspizierte. Dann trug Beatrix enge Jeans mit schicken Lederstiefeln, die sie ohne jede Scheu im Schlamm versenkte, oder modische und sichtbar teure Wanderschuhe. Zum T-Shirt gehörte immer ein schickes Halstuch, selbst im warmen Sonnenlicht. Doch nun wollte sie nicht mehr extravagante Tochter, sondern echte Winzerin sein, und Harald machte ihr vor, wie das ging und aussah.

Beatrix schien nie zu schwitzen, wenn sie beim Umladen von Kisten half oder Bottiche mit dem Hochdruckreiniger auswusch. Ein, zwei Mal am Tag schien sie vom Drang nach körperlicher Arbeit geradezu gejagt zu werden, sprang plötzlich die Treppen des Schlosses hinab und half dort, wo Arbeiter gerade zufällig beschäftigt waren. Nach zwanzig, dreißig Minuten beendete sie ihren Einsatz ebenso abrupt, wie sie ihn begonnen hatte. Die Kraft und Energie, die ihr zierlicher Körper in diesem Zeitraum an den Tag legte, waren beeindruckend, und niemand zweifelte, dass sie weit länger durchhalten könnte, wenn sie nicht vorher die Lust verlieren würde.

«Der ganze Stress mit der Ernte, weißt du. Ich wäre dran, aber bin total geschafft. Bitte, du kannst das sicher großartig. Sind auch angenehme Leute da, keine Plebejer.»

Die Weinproben waren bereits vor zwei Wochen wieder aufgenommen worden, Christine hatte aber noch niemals eine geleitet. Normalerweise übernahmen der Kellermeister,

Beatrix und neuerdings auch Harald diese Aufgabe. Manchmal auch eine der Sekretärinnen, die sich gut mit den Weinen von Gut Meckling auskannte. Es zeugte von Anerkennung, wenn Beatrix Christine um diesen Gefallen bat. Die Proben waren ein Aushängeschild und der wichtigste Kontakt mit den Kunden. Häufig nahmen wichtige Leute aus der Weinbranche daran teil.

Allerdings hatte Christine keine Zeit, sich vorzubereiten. Es war schon zehn vor fünf. Sie willigte trotzdem ein, es war eine erregende Vorstellung, auf der anderen Seite eines Probiertisches zu stehen.

Christine machte sich schnell in ihrer Wohnung frisch und betrat kurz nach siebzehn Uhr das Büro. Die Sekretärinnen waren schon nach Hause gegangen, und während sie die Stufen zum Verkaufs- und Probenraum hinabstieg, drangen fachsimpelnde Satzfetzen an ihr Ohr: «2000 wird unterschätzt, glaube mir, und ist billig zu haben.» – «Probiere 96. So muss Riesling sein, nichts für Weicheier.» – «Letzte Woche waren wir bei dem Degustationsmenü mit dem Henser, also seine neuen Fässer schmeckst du vielleicht heraus …»

Die Leute hatten sich in kleinen Gruppen über den Raum verstreut und begutachteten die in den Regalen ausgestellten Flaschen. Die Jahrgänge reichten bis in die frühen 90er Jahre zurück. Auch einige Flaschen von anderen Moselgütern sowie Bordeauxweine befanden sich unter der verkäuflichen Ware. Sie stammten aus Sammlungen von Tomas Meckling, von denen er sich hatte trennen wollen.

Christine stellte sich hinter den langen Holztisch, hinter ihr an der Wand standen vier Klimaschränke. Stühle gab es für diese Verkaufsproben, die drei Mal in der Woche zur gleichen Zeit durchgeführt wurden, nicht. Für Degustationen mit geladenen Gästen wurde der Ahnensaal des Schlosses hergerichtet.

Christine studierte eine der überall ausliegenden Weinlisten, während sich die ersten Besucher neugierig näherten.

Täuschte sie sich, oder handelte es sich um ein anderes Publikum als üblich? Keine Plebejer … Zwei junge Männer mit Cineasten-Brillen. Ein gutgekleidetes, schlankes Ehepaar in mittleren Jahren – Ärzte mit eigener Praxis, schoss es Christine durch den Kopf, und Weinkenner seit Jahren. Eine auffallend hübsch und klug aussehende Blondine im roten Kostüm, vielleicht Weinjournalistin oder Einkäuferin einer Hotelkette. Zwei beleibte Männer, der eine in Sweat-Shirt und fast ohne Haare, aber mit wolligem grauen Bart, der andere im Hemd mit aufgerollten Ärmeln und Nickelbrille auf der kleinen Nase. Die beiden sahen ganz so aus, als ob sie sich leidenschaftlich für Säurewerte, Vegetationsphasen und Gärstoppverfahren interessierten. Christine mochte darauf wetten, dass die beiden zur Gattung der burschikos auftretenden, aber fachlich enorm bewanderten Weinfreaks zählten, die ihre Verkostungsrunden im Wohnzimmer so perfekt organisierten wie ein Briefmarkenverein seine Mitgliederversammlungen.

Christine suchte in den Klimaschränken nach den Flaschen, die bei Weingutsproben üblicherweise auf dem Tisch standen: vom einfachen Gutswein bis zu den Kabinetten und Spätlesen der letzten beiden Jahre. Dann einige reifere Spät- und Auslesen und je nach Enthusiasmus der Gäste eine oder mehrere Beerenauslesen. Üblicherweise leuchteten bei solchen Proben die Augen der Teilnehmer, wenn zum Schluss ein Eiswein serviert wurde. Doch Christine glaubte nicht, diese Gruppe durch Bezeichnungen beeindrucken zu können.

Leichtfüßiges Schuhgetrappel hallte von der Treppe herüber. Beatrix hatte sich schnell umgezogen. Im leichten, bis knapp zum Knie reichenden blauen Röckchen und schwarzer

Bluse schwebte sie die Treppe herunter und hantierte geschäftig an einem Flaschenregal.

Moment mal, was wurde hier gespielt? Wusste Beatrix, dass diese Gruppe aus erfahrenen Verkostern bestand? Wollte sie sich an Christines Unerfahrenheit mit Proben ergötzen und miterleben, wenn sie sich mit technischen Begriffen vertat, Fragen falsch beantwortete und Weine laienhaft beschrieb? Bis jetzt hatte es trotz einiger Versuche noch niemand geschafft, Christine inkompetent aussehen zu lassen. Beatrix würde es sicher höllischen Spaß machen und ihre Position als Vorgesetzte stärken.

Diese Gedanken schossen Christine durch den Kopf, während sie die Probiergläser und die Spuckbehälter postierte. Alles nur Einbildung und Lampenfieber, sagte sie sich, jetzt musste sie sich konzentrieren. Die beiden jüngeren Herren studierten neugierig die Etiketten der ersten Flaschen, die Christine aus den Klimaschränken nahm. Das Paar hielt noch Abstand vom Tisch, durchblätterte gemeinsam einen Katalog und machte sich Notizen. Die beleibten Freunde beobachteten mit konzentrierten Gesichtern Christine. Der eine die Hand am Kinn, der andere die Arme über der Brust verschränkt. Weitere Gäste stromerten noch zwischen den Regalen umher. Es war höchste Zeit für die Begrüßung.

«Ich heiße Sie herzlich auf Schlossweingut Meckling willkommen und hoffe, Ihnen einen guten Eindruck von unseren Weinen verschaffen zu können.» Zum Glück konnte sie die Unsicherheit in ihrer Stimme durch Lautstärke überspielen. «Haben Sie jetzt schon spezielle Wünsche und eine Flasche im Auge, die Sie gern probieren möchten?»

Gemurmel ertönte, hier und da war ein Kopfschütteln zu sehen. Und nun mochte Christine ihren Augen kaum trauen. Hinter einer Reihe von Regalen kam ein weiterer Besucher zum Vorschein und trat an den Verkostungstisch – Erik! Er lächelte schalkhaft und zwinkerte ihr zu. Und obwohl es wie immer schön war, ihn zu sehen, hatte es dieses Mal einen unangenehmen Beigeschmack. Wieso lauerte er ihr inmitten dieser Runde erwartungsvoll starrender Fremder auf? Er machte ein Zeichen, dass er sie bei ihren Vorbereitungen nicht stören wollte, und stellte sich hinter die anderen.

Sein Anblick brachte Christine auf eine Idee. Dem nächsten Wein, den sie aus dem Klimaschrank nahm, verpasste sie eines der Papptütchen, mit denen Flaschen für den Versand geschützt wurden. So verfuhr sie auch mit den weiteren. «Am besten lernt man die Weine eines Gutes ja kennen – oder vertieft seine Eindrücke –, wenn man sie blind verkostet», sagte sie in die Runde. «Haben Sie Lust dazu?»

Beatrix hüstelte im Hintergrund. Die beiden dicklichen Herren schmunzelten unsicher.

«Wenn wir später auch noch Ihre Trockenbeerenauslesen probieren können», bemerkte der adrette Zahnarzt-Typ. «Deswegen sind wir vor allem gekommen.»

«Aber natürlich. Also fangen wir an.»

Es war höchst ungewöhnlich, bei einer einfachen Gutspräsentation Weine mit verdeckten Etiketten auszuschenken, sodass die Teilnehmer allein ihren Sinnen vertrauen mussten. Christine durfte die einzelnen Weine nun weder kommentieren noch auf geschmackliche Eigenheiten hinweisen. Denn damit würde sie – die als Einzige wusste, welche Weine sie einschenkte – den Reiz der Blindprobe zerstören. Die Urteile der Gäste waren gefragt. Christine konnte sich entspannt dem Einschenken widmen und das Beste aus der undurchsichtigen Lage machen. Täuschte sie sich, oder gab es hin und wieder Blickkontakte zwischen Erik und Beatrix?

Die Gäste probierten auf eine Weise, die ihre Kennerschaft bestätigte. Sie schwenkten die Gläser nicht übertrieben und schnupperten lange. Geredet wurde weniger als von Christine vermutet, und sie moderierte, damit mehr Stimmung aufkam.

«Was schätzen Sie? Ist es ein eher junger oder gereifter Wein?» Eine für die Anwesenden kinderleicht zu beantwortende Frage – es handelte sich um einen einfachen Qualitätsriesling aus dem letzten Jahr. Allmählich mehrten sich die Kommentare der Gäste, sie wurden mit jedem Schlückchen – nur einige machten vom Spuckeimer Gebrauch – lebhafter.

Die Gäste legten es nicht darauf an, sich im Erraten von Aromen zu überbieten, sondern hoben hervor, wie sich die Weine im Mund anfühlten. Wie fest oder geschmeidig sie durch den Gaumen rannen, ob sie schwer auf der Zunge lasteten oder eine feine Struktur hatten. Der Mann mit der Nickelbrille glaubte allerdings mehrmals, Fehltöne, unsauberen Ausbau oder schleichenden Kork zu entdecken.

«Wohin schleicht der Kork denn?», fragte Erik.

«Glauben Sie mir», antwortete der Mann ernst. «Viele unsaubere, mit Kork verseuchte Weine haben nicht den charakteristischen Muffton, sondern schmecken flach oder ausgezehrt.»

Das wusste Erik natürlich, aber er hörte sich aufmerksam den Vortrag des Mannes an. Verblüffend war, wie gut manche der Anwesenden das Alter von Weinen erraten konnten. Erik hielt sich zurück. Dann kamen sie zu einer Flasche, die Christine hastig in die Reihe der Rieslinge eingeschmuggelt hatte.

«Ist das ein Riesling?», fragte einer der jungen Männer nach dem ersten Schluck. «Nein, ich glaube nicht.»

«Vielleicht aus einem schwächeren Jahrgang, mit viel Luft ausgebaut … Das hat die Frucht zurückgedrängt.»

«Aber Frucht ist ja da …, und die Säure ist nicht schlecht.»

«Erinnert mich an Regionalsorten aus der französischen Provinz. Ist es ein Pirat?»

Christine schüttelte den Kopf. Bei dieser Probe mit Meckling-Weinen müsste ein Pirat ein Wein außer der Reihe sein und von einem anderen Winzer stammen. Tat er aber nicht.

«Er entwickelt sich schnell im Glas», fiel Erik auf. «Solche Rieslinge gibt es durchaus, aber nicht gerade an der Mosel.»

Christine hob das Mäntelchen von der Flasche, und alle Köpfe beugten sich nach vorne. Es folgten «Oohs» und «Ahhs». Beatrix, die sich mit einem Mäppchen zwischen den Regalen umtat, kam zum Probiertisch und starrte neugierig auf die Flasche.

«Unser 05er Elbling!», rief sie begeistert. «Na, so was gehört doch zu jeder Moselprobe. Und noch mehr zu einer von Schlossgut Meckling. Manche halten die Elbling-Rebe ja für eine Massensorte. Wir finden, sie hat große Vorzüge, wenn man richtig mit ihr umgeht. Die Rebsorte war eine der ersten an der Mosel, von den Römern angebaut. Diese Tradition aufzugeben wäre ja wohl eine Schande!»

Der Mann mit der Nickelbrille applaudierte kurz, andere folgten seinem Beispiel.

Nach der Blindprobe schenkte Christine Beerenauslesen aus. Die Gäste machten fröhliche Gesichter, lachten und plauderten im Duz-Ton miteinander. Die Veranstaltung war ein voller Erfolg, und während Christine die Kaufbestellungen aufnahm, entschwebte Beatrix leise über die Treppe.

Es wurden auch gleich Kisten zum Mitnehmen geordert. Erik und Christine halfen dabei, die Einkäufe zu den geparkten Autos auf dem Schlossplatz zu tragen. Die Leute verabschiedeten sich überschwänglich und dankten für die originelle Verkostung.

Erik half Christine beim Aufräumen im Verkostungsraum.

«Was hat das zu bedeuten?», fragte sie. «Wieso tauchst du plötzlich aus dem Nichts auf?»

«Ich konnte es kurzfristig einrichten, zur Ernte an der Mosel zu sein, außerdem muss ich auch ein paar Dinge in der Umgebung erledigen. Ich wollte dich überraschen. Ich habe bei der Dame des Hauses nach dir gefragt und erzählt, dass wir befreundet sind. Sie bat mich, unten im Verkostungsraum auf dich zu warten. Du hättest da eine Veranstaltung vor.»

War Beatrix erst in diesem Moment die Idee gekommen, Christine für die Probe einzusetzen? In der Hoffnung, sie vor den Augen eines Freundes zu blamieren? Egal, womöglich steigerte sich Christine da in etwas hinein. Auf jeden Fall durfte es nicht sein, dass Erik in irgendeiner Weise, und mochte sie noch so harmlos sein, mit Beatrix paktierte.

Er trug eine kurze, helle Leinenjacke und eine beige Hose. Die schwarzen, schmalgeschnittenen Schuhe waren mit Sicherheit neu – eine der französischen Nobelmarken, die er so schätzte. Die schwarzen Haare lagen säuberlich, aber nicht zu kurz gestutzt um Ohren und Stirn. Auf seinem Mund spielte ein jungenhaftes Siegerlächeln. Klar machte es ihm Spaß, auf Schloss Meckling nett von der Chefin empfangen zu werden, womöglich kreisten in seinem Kopf die Phantasien nur so. Christine musste sie so schnell wie möglich zum Erliegen bringen und ihm klarmachen, dass er auf ihrer Seite zu stehen hatte. Das hieß: keine Vertraulichkeiten mit irgendjemand anderem auf dem Schloss. Vorsicht und Zurückhaltung.

Es passte gut, dass er sie zum Essen einladen wollte: «Ich wohne bei Bernkastel in einem netten alten Hotel. Die haben wunderbaren Fisch.» Sie fuhren mit zwei Autos dorthin, damit Christine später allein wieder zum Schloss zurückkehren konnte.

Die Erker, Baldachine und klassizistischen Fenster des Hotels beschworen Vorstellungen von Grafen und Geldadel, Damen mit Fächern und weiten Röcken, Hochstaplern und Regierungsräten herauf, die hier einst ein und aus gegangen sein mochten. Das Haus lag direkt am Fluss, und hinter den erleuchteten Fenstern schien es vornehm zuzugehen. Erst beim Eintreten fiel auf, dass die Stufen an einigen Stellen bröckelig waren und auch die weiße Fassade Risse aufwies. Ein riesiger Perserteppich bedeckte den Boden aus glänzendem Holz vor dem Rezeptionstresen. Im Speiseraum knarrten die Dielen. Vitrinen mit Silber und Porzellan und Gemälde in Goldrahmen schmückten die Wände. In einer Ecke stand ein Klavier.

Die Tische waren gut besetzt, das Publikum schien buntgemischt zu sein. Soweit es Christine mitbekam, nahmen sie und Erik zwischen Sportsfreunden aus Norddeutschland, einer holländischen Gruppe, einer Familie mit Kindern und zwei, drei anderen Paaren Platz. Die Gäste unterhielten sich angenehm gedämpft. Wahrscheinlich wohnten sie alle hier. Ihre Stimmen verrieten gute Laune nach einem schönen Urlaubstag.

Christine bestellte Hecht in einer Rieslingsoße. Erik entschied sich doch nicht für Fisch, sondern für «Debbekoche»: eine Art Auflauf aus Fleisch, Sauerkraut, Brötchen, Eiern und Gemüse. «Ich bin ausgehungert. Ich muss wie ein Moselwinzer nach einem Tag auf dem Berg essen.»

Die Weinkarte listete einige der hervorragendsten Weingüter der Mosel auf. Schlossweingut Meckling fehlte. «Ich nehme lieber ein Glas Unbekanntes», sagte Christine. «Die anderen kriege ich auch in Hamburg.»

«Da ist etwas dran», meinte Erik. «Im Lokal schmecken

sowieso die schlechteren Weine gut und die teuren schlechter, als sie sind.»

Eine junge, hoch aufgeschossene Kellnerin mit durchgedrücktem Rücken nahm die Bestellung auf und servierte auch die Getränke. An anderen Tischen bediente sie ebenfalls, und Christine bekam nur eine einzige weitere Kellnerin zu Gesicht. Wenn sie Bestellungen aufnahm oder Gläser zurechtrückte, zeigte sie kleine Unsicherheiten. Sie bemerkte es und lächelte auf sympathische, über die Nachsichtigkeit der Welt dankbare Weise.

Während sie auf das Essen warteten, berichtete Erik aus Hamburg. Er erzählte von gemeinsamen Bekannten, weiteren Verzögerungen bei der Fertigstellung seiner Doktorarbeit, neuen Weinläden. Für ihn war es ein ganz normaler Abend, der mit angeregtem Geplauder gefüllt werden sollte.

«Hast du noch Kontakt mit Bert Gernsheims Schwester?»

«Ich habe ihr geholfen, die Weinbestände aufzulösen, und selbst Flaschen in Kommission genommen. Viele habe ich auch schon im Auftrag der Familie verkauft und nehme dafür natürlich nichts. Einige echte Hochkaräter sind dabei, und für mich hat es immerhin den Vorteil, dass ich neue Kundenkontakte knüpfen kann.»

«Du machst also immer noch weiter mit den Geschäften?»

«Im Moment läuft es einfach zu gut. Ich will an der Mosel einiges erledigen und von hier aus Kunden besuchen. Ich habe einen 86er Mouton Rothschild dabei, den ich nächste Woche jemandem nach Frankfurt bringe. Hat 100 Punkte von Parker bekommen, das gab's in den letzten Jahrzehnten nur beim 82er. Ach, das darf ich nicht vergessen: Berts Schwester hat mir ein Paket für dich mitgegeben, aus Berts Nachlass.»

«Für mich?»

«Ja, so Krimskrams, den du zurückhaben solltest, sagte sie.»

Christine überlegte, um was es sich handeln könnte. Geburtstagsgeschenke, Weinflaschen, die sie ihm von Reisen mitgebracht hatte?

Erik erzählte munter weiter, und allmählich ging Christine seine gute Laune auf die Nerven. Als lebte er nur in seiner privaten Welt. Dass er den Mord an Bert Gernsheim inzwischen verkraftet hatte, konnte sie ihm nicht verübeln. Aber hatte er nicht einmal seinen Mörder finden wollen? Und es hatte sogar einen zweiten Toten gegeben, auf dessen Gut sie vor einer Stunde noch gewesen waren. Erik sah so gesund aus und fröhlich, er wirkte wie ein Mann auf dem Höhepunkt seiner Jugend, der diese Zeit genießen wollte. Er lehnte sich zurück, ließ den Kopf in den Nacken sinken und betrachtete die Wandgemälde, als würde er in seiner Badewanne sitzen. Die Hamburger Blässe war verschwunden, und eine leichte, lebendige Röte überzog seine Wangen.

Als er die Kellnerin um eine Flasche Mineralwasser bat, lag auf seinem Gesicht biedermeierliche Selbstzufriedenheit. Es schien ihm zu genügen, dass ihn seine kleine Welt so glücklich machte.

Christine wollte wichtige Dinge mit ihm besprechen, aber es fiel ihr schwer, damit zu beginnen. Schließlich hielt sie es nicht mehr aus und platzte heraus: «Grinst du in letzter Zeit öfter so?»

Überrascht hob er den Kopf. «Wie?»

«Selbstverliebt.»

Sofort machte er ein eingeschüchtertes Gesicht und tat Christine leid. Was gab ihr das Recht, ihm seine Stimmung zu vermiesen? Sie fragte sich, ob sie vielleicht nur neidisch darauf war. Aber wer konnte wissen, wie viele weitere Menschen sterben würden.

«Entschuldigung, Christine, das war nicht meine Absicht.»

«Dann hör mir zu. Tomas Meckling hat mir kurz vor seinem Tod den Schlüssel zu einem Rotweinlager auf seinem Schloss übergeben, obwohl das Gut offiziell keinen Rotwein produziert. Die Korken der Flaschen sind identisch mit dem aus der Flasche, die Bert mir kurz vor seinem Tod schenkte.»

«Ach …»

«Nach allem, was ich herausgefunden habe, wird der Wein aber nicht auf einer Lage von Schlossweingut Meckling angebaut, sondern von einem unbekannten Winzer namens Kirchstein.»

«Hm, Meckling hat in den letzten Jahren für viel Durcheinander gesorgt. Glaubte man eben noch, Winzer xy bewirtschafte Lage xx, hatte er sie in Wahrheit schon schwuppdiwupp an Meckling verkauft.»

«Diese gehört aber definitiv noch Kirchstein. Sie liegt übrigens nur wenige hundert Meter entfernt von Tomas Mecklings Todesort.»

«Mannomann. Und das hast du alles herausbekommen?»

Christine nahm einen Schluck von ihrem Wein. Eine junge Riesling-Spätlese, deren hellgoldene Farbe einen Schuss Türkis aufwies. Der Wein schmeckte herrlich trocken und klar.

«Habe ich, und es war nicht ganz leicht. Nachdem ich die Rotweine im Schlosskeller gefunden hatte, machte ich Bekanntschaft mit einem Privatdetektiv.»

Eine weiße Tür zum Speisesaal öffnete sich. Dahinter beugte sich die Kellnerin zu einem Tischchen hinab, nahm ein silbernes Tablett in beide Hände, das sie kurz zuvor abgestellt haben musste, und näherte sich. Schwingtüren hätten nicht zu diesem Haus gepasst. Christine unterbrach ihren Bericht und wartete ab, bis Debbekoche und Hecht auf dem Tisch standen.

«Guten Appetit.»

«Ja, guten Appetit. Ein Privatdetektiv?»

«Allerdings. So was in der Art.»

Die Hechtstücke sahen zart aus, und die Soße schien aus mehr Riesling als Sahne zu bestehen. Es lag kein Schnickschnack auf dem Teller, aber Christine nahm von den dazugestellten Röstkartoffeln. Auch sie hatte jetzt großen Hunger.

«Wie es scheint, ist er hinter Harald Lod her. Je länger ich darüber nachdenke, desto mehr glaube ich, es könnte da einen Zusammenhang geben.»

Erik hatte schon drauflosgegessen, und auch Christine hielt die Gabel in der Hand. Der Hecht schmeckte frisch und zart.

«Harald ist ja ein alter Freund von mir, inzwischen mehr ein Bekannter. Sein Weingut steckt in extremer Finanznot. Was er auch tut, aus eigener Kraft kann er die Pleite offenbar nicht abwenden. Dann fällt das Gut an seine Gläubiger, so, wie die es wohl von Anfang an geplant haben.»

«Hat dir das der Privatdetektiv erzählt?»

«Am meisten hat mir Harald selbst erzählt. Ach, es passt alles zusammen.» Der Fisch war wahrscheinlich nur ein wenig gesalzen und in guter Butter gebraten worden. Christine ging dazu über, die köstliche Soße mit den Kartoffeln und dem Fisch pur zu essen.

«Was passt zusammen?»

«Harald hat jetzt vermutlich doch einen Weg gefunden, sein Gut zu retten. Der Tod von Tomas Meckling hat ihm den Weg geebnet. Denn jetzt ist Beatrix Chefin. Die beiden haben sich anscheinend verliebt und streben eine Art Fusion der beiden Güter an.»

«Du meinst, hier könnte ein Mordmotiv vorliegen?»

«Verdammt!»

«Was ist los?»

«Ich selbst habe den Kontakt zwischen Beatrix und Harald eingefädelt!»

«Na ja, so viel zu deinen Theorien.» Erik konnte wieder grinsen. «Ich hoffe, es schmeckt.»

«Ja, sehr. Weißt du, diese neumodische Küche mit ihren bizarren Explosionen auf dem Teller geht mir auf die Nerven, nichts steht mehr für sich selbst. Aber vielleicht liegt es nur daran, dass viele Köche blind Vorbildern folgen, aber weder deren Können haben noch so einen klassischen Fisch wie diesen kochen können.»

«Hört, hört. Lass uns in Hamburg mal wieder essen gehen. Einige ehrgeizige Köche sind gute Bekannte von mir, die würden sich deine Meinungen bestimmt gern mal anhören. War das jetzt alles mit den unheilvollen Entwicklungen auf Schlossweingut Meckling?»

«Reicht es dir noch nicht?»

Würde es ihr reichen, wenn sie die Fakten, so wie jetzt Erik, von jemandem beim Abendessen gehört hätte? Nein, die Fakten reichten nicht. Es waren Christines Erlebnisse von Tag zu Tag, ihre Gefühle und ständigen Überlegungen, die diesen Fakten ihre besondere Bedeutung verliehen hatten. Wie sollte Erik das aufgrund einer einzigen Unterhaltung nachvollziehen?

«Und wie ist dein Essen?»

«Lecker. Aber nicht für kulinarische Theorien tauglich.»

In der Tat wirkte Debbekoche auf seinem Teller so ansprechend und deftig, dass Christine im ersten Moment, als die Kellnerin die Teller auf den Tisch stellte, ihre eigene Wahl fast bereute. Das verging, als sie nach den ersten Bissen den größten Hunger gestillt hatte. Da vermutete sie, dass Debbekoche sie auf Dauer gelangweilt haben könnte.

«Ich misstraue allem, was auf Schloss Meckling geschieht. Niemandem dort kann man trauen.»

Er legte die Gabel hin. «Ja, wenn du das meinst … Aber misstraue auch dir. Was du mir erzählt hast, scheint auf den ersten Blick erschreckend. Aber wie du selbst feststellen musstest, haben Verschwörungstheorien ihre Haken. Die Verschwörung kann ihren eigenen Theoretiker verschlingen. Nicht falsch verstehen, ich helfe dir, wo ich kann. Das heißt aber auch, na ja, zu beruhigen, wenn es nötig ist.»

Christine aß zum Dessert gesüßte Apfelscheiben mit Ziegenkäse und Kräutern, weil sie so etwas nicht kannte, und Erik ein Eis.

«Du musst gleich noch kurz auf mein Zimmer kommen, dann gebe ich dir die Sachen von Gernsheims Schwester. Übrigens, was ich zu erzählen vergaß – vielleicht wurde Bert doch von einem Junkie oder so ermordet.»

«Wie kommst du denn darauf?»

«Du erinnerst dich vielleicht. Bert hatte nah bei der Tür in seinem Laden eine Flasche mit dem Etikett *Château Gernsheim 1988* stehen. Hat ihm ein französischer Winzer damals zur Einweihung des Ladens geschenkt. War kein wertvoller Wein drin, aber das mag den Mörder auch nicht interessiert haben. Sie ist auf alle Fälle weg. Vielleicht brach der Täter ein auf der Suche nach Geld und Alkohol und flüchtete nach der Tat mit der erstbesten Flasche.»

«Könnte natürlich sein.»

Erik unterschrieb die Rechnung und schob der Kellnerin fünf Euro Trinkgeld hin. Der Speisesaal hatte sich inzwischen geleert, nur ein weiterer Tisch war noch besetzt. Sie gingen hinüber in den Empfangssaal, wo niemand hinter der Rezeption stand. Erik schlüpfte selbst hinter den Tresen und suchte das museale Schlüsselregal ab, aus dessen Fächern schwere Messinganhänger ragten.

«Fuck», rief er mit gedämpfter Stimme und kam zurück.

«Was ist?»

«Mein Schlüssel ist nicht da.»

«Vielleicht hast du ihn bei dir.»

«Ich habe ihn extra nicht mitgenommen, weil er mir hier am sichersten erschien. Bleib hier, ja? Ich seh oben nach.»

«Willst du nicht lieber jemanden alarmieren?»

«Nein, lass mich nur machen.»

Seine Stimme hatte ihr festes Timbre verloren. Christine tat nicht, was er sagte, sondern folgte ihm über die mit dicken bordeauxroten Läufern ausgelegte Treppe nach oben. Die erste Etage präsentierte sich mit Stilmöbeln – Tischchen, zwei Stühlen – gegenüber dem Fahrstuhl. Ebenso die zweite, auf der Erik den Weg nach rechts einschlug. Über der Tapete mit hellen Grünstreifen hingen in gemessenen Abständen Landschaftsbilder, meist Zeichnungen unter Glas, und auch einige Gemälde. Sie folgten dem abknickenden Gang vorbei an einem Schuhputzgerät, bis Erik vor Zimmer 23 stehen blieb. Der Schlüssel steckte in der Tür. Ratlos schauten sie sich an.

«Vielleicht hast du vergessen, ihn abzuziehen», flüsterte Christine. «Ist mir auch schon passiert.»

Erik strich nervös über seine Nase. «Aber ich kann mich doch erinnern … Oder wollte ich ihn nur einstecken? Ich bin ein paarmal rauf und runter, um Sachen aus dem Auto hochzubringen.»

Christine zuckte mit den Achseln. Erik drückte langsam die Klinke herunter. Die Tür öffnete sich, ein dunkler Spalt tat sich auf. Erik schob die Tür nicht weiter auf, sondern versuchte, etwas zu erkennen. Dann vergrößerte er den Spalt, griff blitzschnell hindurch, und im nächsten Moment flammte in dem kleinen Flur Licht auf. Nun stieß er die Tür ganz auf und trat zurück. Sie konnten das Fußende des Bettes sehen, dahinter das Fenster mit Aussicht auf die abendliche Mosel, einen alten Sekretär und links die Tür zum Bad.

Erik bewegte seine Beine langsam wie unter Wasser in den Raum. Vor dem Bett blieb er stehen und wandte den Kopf erst in die eine Richtung, dann in die andere. Offensichtlich versuchte er festzustellen, ob irgendetwas verändert worden war, seit er den Raum verlassen hatte. Es sah ordentlich aus. Von seinen persönlichen Habseligkeiten waren nur ein Koffer und eine Reisetasche auf einer Stellage neben dem Kleiderschrank zu sehen sowie Bücher auf dem Sekretär.

Erik machte eine schnelle Drehung zum Kleiderschrank, öffnete die Türen, schaute eine Weile hinein und schloss sie wieder. Christine ging an ihm vorbei zum Fenster, während er nun auch die Tür zum Badezimmer öffnete, das Licht einschaltete und in dem Raum verschwand.

Vor dem Fenster zog im Abendlicht ein Lastkahn aus Belgien auf der Mosel vorbei. Auf dem Deck lagerten Fahrräder, ein Kleinwagen und ein Tischchen mit Klappstühlen, wie in einem Garten einer Vorortsiedlung. Auf so einem Schiff leben und kreuz und quer über die Flüsse Europas schippern – davon hatte Christine als junges Mädchen geträumt. Ihr Blick glitt zum Bett, das in einigem Abstand zur Fensterfront stand. Sie erstarrte. Es war, als ob ein Blitz in ihr Nervensystem einschlug und sie für Sekunden sprach- und bewegungslos machte.

«Hier ist auch alles okay», murmelte Erik und trat aus dem Badezimmer.

«Erik, komm her.»

Zwischen Bett und Fenster lag ausgebreitet ein Anzug auf dem Teppich. Jackett und Hose waren akkurat übereinander angeordnet, als ob ein Mensch dort liegen würde. Die Jackettschöße waren aufgeschlagen und gaben den Blick auf ein Hemd frei, das ehemals weiß gewesen war. Jetzt triefte es in dunkelroter Feuchtigkeit. Aus seinem Kragen erwuchs ihm ein Kopf aus rotverschmierten Scherben, die zu einem Kreis zusammengesetzt waren. In dessen Innerem lagen Splitter, die das Zeichen BA 98 ergaben.

Eriks Gesichtszüge waren erschlafft, seine Augen in ihre

Höhlen gesunken. Er sah aus wie ein schon lange bettlägeriger Kranker. Christine glaubte, Falten in seinem Gesicht zu erkennen, die vorher nicht vorhanden waren. Wortlos kniete er sich über den Anzug wie über einen Menschen und starrte die Scherben an. Auf einigen klebten Papierfetzen. «Merde, fuck!»

Er sprang wieder auf die Beine und in wenigen Sätzen zum Kleiderschrank, riss die Türen auf und wühlte mit tiefgebeugtem Rücken in den Regalen.

«Die Flasche passte nicht in den Zimmersafe. Wer tut seine Wertsachen schon in den Zimmersafe? Ich habe sie unter meine Klamotten gelegt.»

Wahrscheinlich hätte er genauso vor sich hin geplappert, wenn Christine nicht im Zimmer gewesen wäre. Sie stand immer noch am Fenster und schaffte es erst langsam, den Blick vom liegenden Anzug abzuwenden. Im Museum für Moderne Kunst wäre sie auch vor ihm stehen geblieben: fasziniert vom Grauen. Der Rotweingeruch, den das Hemd verströmte, stieg unangenehm in die Nase.

«Redest du vom 86er Mouton?»

Erik nahm die Hände aus dem Schrank. «Ist kein Weltuntergang.»

Was für eine alberne Antwort angesichts der Situation. Erik, der kluge Erik, schien seine Bodenhaftung verloren zu haben.

«Weißt du, was hier passiert ist?», fragte Christine.

«So in etwa.» Seine Stimme klang wieder fester.

«Es geht wieder um ein Geschäft, nicht wahr? Du hast Versprechungen gemacht, die du nicht einhalten konntest.»

«So ungefähr.»

Obwohl die Situation anderen seiner Fettnäpfchen ähnelte, unterschied sie sich. Sein Bemühen, locker und wie jemand zu erscheinen, der die Lage im Griff hatte, wirkte unbeholfen. Christine spürte förmlich, wie das Blut in seinen Adern pulsierte – und seine Angst. Er ging an ihr vorbei, bückte sich abermals über den toten Anzug und sammelte die Scherben auf.

«Jemand ist in dein Hotelzimmer eingebrochen und hat hier irgendeine verrückte Sache veranstaltet. Hat den wertvollen Mouton über deinem Anzug ausgekippt und mit Scherben Botschaften geformt. Habe ich das richtig verstanden, Erik?»

Sein Hinterkopf nickte hektisch. «Ja, ja, aber – mach dir keine Gedanken darüber. Ich biege das wieder hin. Zumindest ist der Teppich okay. Die müssen das überm Waschbecken gemacht haben.»

Mit einer Handvoll Scherben stand er auf, ging zum Papierkorb neben dem Sekretär und ließ sie hineinfallen.

«Wir sollten die Polizei rufen», sagte Christine.

Erschrocken sah er auf. «Das geht auf keinen Fall. Das würde nichts bringen, nur alles schlimmer machen.»

«Pack deine Sachen», sagte Christine.

«Was?»

«Ich helfe dir beim Packen. Du kannst heute Nacht bei mir auf dem Schloss übernachten.»

«Was soll ich da?»

«Diese Leute kommen wieder, und dann sicher nicht, um ein Hemd mit Rotwein zu versauen. Du kannst hier nicht weiter wohnen, Erik. Was würde wohl passieren, wenn du in diesem Hotelzimmer bleibst? Selbst wenn sie nicht wiederkommen? Erik, du benimmst dich wie ein Süchtiger.»

Der Gedanke, Erik mitzunehmen, war Christine plötzlich gekommen, und ebenso plötzlich hatte sie ihn ausgesprochen. Eriks Widerstand löste sich schnell auf. Kaum fing sie an, seine Sachen zusammenzupacken, half er ihr dabei. Die Lage musste ernst sein.

Dieses Mal nahmen sie den Fahrstuhl nach unten. Die Rezeption war inzwischen wieder besetzt, und Erik bezahlte beim verblüfften Nachtportier seine Rechnung.

Auf dem Weg zum Schlossweingut Meckling ließ Christine ihn vorausfahren, weil sie sonst unablässig im Rückspiegel geprüft hätte, ob er noch auf dem richtigen Weg war.

Das Schloss sah düster und unbewohnt aus, als die Wagen mit grellem Scheinwerferlicht über den Platz fuhren. Alle waren fort oder mit sich selbst beschäftigt, so schien es.

Sie brachten das Gepäck zur Ferienwohnung, und jetzt kostete es Christine Überwindung, das Licht einzuschalten. Aber natürlich lagen hier keine toten Anzüge. Vielmehr übten die funktionale Einrichtung, die Holzmöbel mit den bunten Polstern, der kleine Fernseher und die Bastteppiche eine beruhigende Wirkung aus.

«Die Couch dort», Christine deutete mit dem Finger darauf, «kann man ausziehen.» Sie hatte keine Lust, ihm sein Bett zu machen, legte aber Bettwäsche heraus, die reichlich im Wandschrank gestapelt war. Erik setzte sich auf die rechtwinklige Sofakombination gegenüber dem Fernseher und starrte apathisch vor sich hin. Toll, der tragisch Leidende, dachte Christine und hatte Lust, in ihr Schlafzimmer zu gehen, die Tür zu schließen und bis morgen nicht mehr zu öffnen. Aber das erschien ihr auch ungerecht. Außerdem würde sie sich aufgeregt und mit vielen Fragen stundenlang im Bett wälzen. Und so entschied sich Christine für etwas, was sie vor wenigen Minuten auf keinen Fall tun wollte: eine Flasche Wein zu öffnen. Sie hatten nicht besonders viel getrunken heute, ein paar Schlucke bei der Probe, jeder ein Glas beim Abendessen. Im Kühlschrank lag eine Flasche Wehlener Spätlese 04 eines Mosel-Weingutes, das nicht zu den herausragenden, aber zu den besonders guten zählte. Christine öffnete sie.

Erik saß immer noch grübelnd auf dem Sofa, als Christine mit der Flasche und zwei Gläsern zurückkam. Sofort starrte er auf das Etikett. «Nimm größere Gläser.»

Was für ein Ausspruch. Ein Befehl! Selbst an einem ganz normalen Abend unpassend und befremdend. Und doch ärgerte Christine sich nicht. Wenn es um Wein ging, hatte Erik einen Tunnelblick. Er konnte nicht anders. Sie tauschte die Gläser aus und schenkte ein.

«Diese Zeichen aus Glasscherben neben deinem Bett – BA 98, soll das für eine Beerenauslese aus dem Jahr 1998 stehen?»

«Genau. Von Raura.»

«Raura?»

«Ich war absolut sicher, liefern zu können, und dann war meine Quelle plötzlich nicht mehr zu erreichen.»

«Du meinst nicht zufällig den Kellermeister von Weingut Raura?»

Sein verblüffter Blick sagte Christine, dass sie recht hatte.

«Ich habe seit einiger Zeit gute US-Kunden. Die liefern weiter an Millionäre in den Staaten, die süchtig sind nach dem deutschen Stoff. Süß muss er sein und selten. Leider konnte ich ein paarmal Abmachungen nicht einhalten, meine Schuld. Wegen der Raura-Weine musste ich sie schon mehrmals vertrösten. Sie glauben mir nicht mehr und vermuten, ich hätte nach dem Abschluss einen anderen Kunden gefunden, der mehr zahlt, und wolle sie um ihren Wein betrügen.»

Christine nahm einen Schluck von der Wehlener Sonnenuhr. Das riesige Glas tat dem Wein gut. Es war, als ob der Mund eine weite Landschaft mit vielen zarten Farben schmecken könnte.

«Um wie viel Geld geht es?»

«Vier Beerenauslesen à 200 Euro.»

«Sehr witzig.»

«Ehrlich. Die Weine haben vor drei Jahren noch 35 Euro das Stück gekostet. Jetzt sind sie ausverkauft, nachdem sie bei manchen Leuten zum Kult wurden. Die offiziellen Weinführer haben lange verpennt, was auf dem Gut für großartige Weine gemacht werden.»

«Gib ihnen irgendetwas anderes, etwas doppelt so Teures, und dann höre auf mit diesem Unsinn.»

Erik schüttelte den Kopf. «Du siehst doch, was sie mit dem Mouton gemacht haben. Ich wollte mich nächste Woche mit ihnen treffen und hatte ihnen die Flasche als Ausgleich für die vielen Pannen in letzter Zeit versprochen. Die wollen genau die vier Flaschen, die es angeblich nirgendwo mehr gibt. Stelle es dir so vor wie in der Malerei. Wer Anfang des vorigen Jahrhunderts das Genie eines damals noch unbekannten Impressionisten erkannte und für 500 Franc ein Bild von ihm kaufte, hätte es nicht gegen weit teurere Gemälde eingetauscht. Heute kostet das Bild zig Millionen Dollar, und wieder gibt es Leute, die es unbedingt haben wollen. Anfangs sind immer die mit dem richtigen Spürsinn im Vorteil, später die mit dem meisten Geld. Aber es geht nicht um Geld, sondern um das Einzigartige.»

Er blickte missmutig in sein Glas und schwenkte es mit leichten Bewegungen des Handgelenks. «Ich fürchte außerdem, dass an mir ein Exempel statuiert werden soll. Ich bin in der Szene bekannt, und sie wollen nicht zulassen, dass die Verlässlichkeit auf dem grauen Markt erschüttert wird. Womit sie ja recht haben.»

«Was hast du jetzt vor?»

«Ich muss versuchen, noch ein paar Beerenauslesen aufzutreiben. Und da gibt es nur eine Chance, bei Raura selbst. Ich wette, dass er noch welche hat, hast du ihn gefragt? Laut dem Kellermeister sollen es sogar noch ein paar Kisten sein.

Ich sage ihm einfach die Wahrheit. Immerhin verfolge ich sein Weingut seit Jahren, gehöre praktisch zu den Entdeckern. Und Auktionen wie die meinen offenbaren den Marktwert seiner Weine. Er könnte die Preise von heute auf morgen verdoppeln oder verdreifachen, und die Leute würden sagen: Verständlich.»

«Du meinst, er sollte dir aus Dankbarkeit die Beerenauslesen geben.»

«Ich will natürlich dafür zahlen.»

Christine musste lachen. Sie konnte schwer an sich halten bei der Vorstellung, wie der verwegene Chris Raura dem nicht mehr ganz so verwegenen Erik die Tür öffnete und sich dessen Vorschlag anhörte.

«Entschuldige Erik, aber Raura wird dir eher eine reinhauen. Die Geschäfte und Preistreiberei von dir und anderen hasst er. Leute wie du widern ihn an. Vergiss deinen Plan.»

Er machte den Mund auf, um etwas zu erwidern, schloss ihn aber sofort wieder und nahm einen winzigen Schluck aus seinem Glas. Die Gefasstheit eines Todeskandidaten, dachte Christine. Sie hatte keine Lust mehr, etwas zu trinken, und stand auf.

«Ich gehe jetzt ins Bett. Ich werde versuchen, dir zu helfen, morgen.»

Heute Ürzig, morgen Trier

Christine wachte vor acht Uhr auf. Sie lauschte, aber aus der Wohnung war kein Geräusch zu hören. Wahrscheinlich schlief Erik noch. Sie richtete sich im Bett auf und griff nach der Handtasche auf dem Stuhl daneben. Keine einzige der Telefonnummern der Menschen, die sie an der Mosel kennengelernt hatte, hatte sie auf ihrem Handy abgespeichert. Sie musste erst in einem Berg Zetteln wühlen, um die Nummer der Rauras zu finden.

Sonja Raura meldete sich gleich. Die Winzerin schien erfreut, Christines Stimme zu hören. Die Frauen verabredeten, dass Christine mit einem «weinverrückten Freund» heute Vormittag das Weingut besuchen würde.

Nach dem Gespräch stapelte Christine die Kopfkissen an der Wand und lehnte sich mit dem Rücken dagegen. Sie streckte sich auf der Bettdecke aus, fischte Theodor Sontmanns Karte aus der Tasche und wählte seine Nummer. Auch Theo meldete sich. Nachdem Christine ihren Namen gesagt hatte, erwiderte er nur: «Hallo.» Seine Stimme klang nüchtern und distanziert.

Während Christine alles Mögliche erzählte, ließ er sie einfach reden, gab höchstens mal ein «Hm» von sich und räusperte sich in den Gesprächspausen, statt etwas zu sagen.

«Wir wollten uns doch in Trier treffen», sagte Christine schließlich. «Wollen wir einen Termin abmachen?»

«Du arbeitest jetzt für Beatrix, habe ich gehört.»

«Ja, ist das schlimm?»

«Kommt darauf an.»

«Was soll das, Theo, ich mache hier nur einen Job. Ich möchte dich aber auch besuchen, um einige Dinge mit dir zu bereden. Sie haben vielleicht mit Tomas' Tod zu tun.»

«Aha.»

«Du könntest mir vielleicht helfen, einiges zu verstehen.»

«Vielleicht. Nun gut, treffen wir uns. Wann hast du Zeit?»

«Wie wäre es morgen?»

«Freitag, abgemacht.»

Als Christine im Morgenmantel ins Wohnzimmer ging, hörte sie aus dem Bad die Dusche rauschen. Das Bettzeug lag säuberlich gefaltet auf der Ausziehcouch, aber offensichtlich hatte Erik es benutzt. Christine kochte Kaffee und deckte den Tisch. Die Gläser von gestern hatte Erik in den Geschirrspüler gestellt, den Rest der Flasche in den Kühlschrank. Vollständig angezogen und erfrischt wirkend, kam er Minuten später aus dem Badezimmer und küsste Christine auf die Wange. Sie unterhielten sich, als wäre nichts gewesen, als seien sie ein Paar, das an der Mosel Urlaub machte.

Christine wartete, bis sie beide etwas gegessen hatten, und sagte dann: «Lass uns heute zu den Rauras fahren. Ich habe uns angemeldet.»

«Das ist gut, ich wollte ja sowieso hin.»

«Erik, wenn du willst, dass ich dir helfe, musst du mir eines versprechen. Andernfalls können wir den gemeinsamen Besuch gleich absagen, und du kannst selbst sehen, wie du dein Problem löst.»

«Was soll ich versprechen?»

«Du erwähnst kein einziges Mal die Trockenbeerenauslese 1998. Du hältst deine Klappe, was die ganze Angelegenheit angeht. Okay?»

«Okay.»

Bevor sie losfuhren, ging Christine ins Büro, schaute nach Post und teilte den Sekretärinnen mit, dass sie erst am späten Nachmittag zurückkehren würde.

Im Hof trafen die letzten Rebenladungen ein, meist von entlegenen und schwer zugänglichen Hängen der verstreuten Meckling'schen Besitzungen. Christine versuchte wie jeden Tag, rote Trauben zu entdecken. Doch bislang war ihre Einschätzung nicht widerlegt worden, dass noch niemals ein Anhänger mit roten Reben über diesen Hof gefahren war. Deren Vinifizierung spielte sich sicherlich im Geheimen oder bei Kirchstein ab. Harald müsste inzwischen darüber Bescheid wissen. Beatrix sowieso. Mehrmals hatte Christine daran gedacht, einfach nachzufragen, und war sofort wieder von der

Idee abgekommen. Sie durfte nicht preisgeben, was sie durch Tomas Mecklings Hilfe herausgefunden hatte.

Harald Lod und Peer Steiger liefen emsig auf dem Hof herum, sie schienen gut miteinander zu kooperieren. Ein weiteres Mysterium. Der glutvolle Harald und der schwammige Peer Steiger erledigten Hand in Hand die Alltagsarbeit. Harald, Peer, Beatrix – was für ein Triumvirat. Auch Bert Gernsheim hatte zu Steiger engen Kontakt gehabt. Gernsheim hatte seinen Namen des Öfteren genannt, auch auf der Weinmesse waren die beiden zusammen gewesen. Steigers Rolle war Christine vollkommen schleierhaft. Sie setzte große Hoffnungen in das Treffen mit Theodor Sontmann, es bot im Moment die einzige Aussicht auf mehr Licht in diesem Dunkel. Ihm vertraute sie. Offenbar vertraute er ihr allerdings nicht mehr besonders.

Christine wollte mit ihrem Auto zu den Rauras fahren. Sie kannte die Straßen zwischen den Moselorten inzwischen gut, wodurch die Fahrten aber nicht langweiliger wurden, im Gegenteil. Sie konnte die Details der Landschaft jetzt besser würdigen und staunte, wie nah die Reben der Straße oft waren. Sie kamen an Graach vorbei, auch einer von Christines Lieblingsorten. Schön und überhaupt nicht eitel.

Sie parkte wie beim letzten Mal unterhalb von Ürzig und lief mit Erik schweigend die ansteigenden Gassen hinauf. Er hatte keine Augen für die berühmten Lagen, die fast aus jeder Perspektive zu sehen waren, sondern richtete die ganze Zeit den Blick zu Boden.

Als Christine die Türklingel der Rauras betätigte, öffnete Sonja Raura lächelnd und mit einem erfreuten Seitenblick auf den zerknirscht, aber interessant aussehenden jungen Mann.

«Ich koche uns Kaffee, ja? Mögen Sie?»

«Gern.»

Erik schaute sich unsicher und mit Ehrfurcht in dem Verkostungsraum um. Was mochte in ihm vorgehen? Er war jetzt mittendrin im Weingut Raura, am Ursprung eines Mythos, mit dem er viel Geld verdient hatte und der ihn jetzt in Gefahr brachte. Christine fühlte sich wohl dabei, wieder auf einem der mit schwarzem Leder gepolsterten Stühle zu sitzen, mit Blick auf die Kräutertöpfchen, die in anderen Verkostungsräumen aus Furcht vor geruchlicher Beeinflussung verbannt worden wären, auf die zerlesenen Taschenbücher und den Innenhof.

Sonja bot selbstgebackenen Apfelkuchen an. Erik machte ein schicksalsergebenes Gesicht. Er konnte nicht ahnen, dass Christine Sonja gebeten hatte, keinen Wein zum Probieren anzubieten. Normalerweise hätte Erik kein Gut der Erde besucht, ohne sich ein Bild über die Kollektion zu machen. Doch in der jetzigen Situation wagte er nicht, darum zu bitten, und überließ in allem Christine die Regie.

«Mein Freund Erik ist ein langjähriger Bewunderer Ihres Weingutes», sagte Christine. «Durch ihn habe ich den Namen Raura überhaupt zum ersten Mal gehört.»

Dann betrat Chris Raura den Raum, ein weißes T-Shirt spannte über seinem drahtigen Oberkörper. Er sah etwas irritiert auf die Kaffeetafel in seinem Verkostungsraum und begrüßte seine Gäste. Sonja schenkte ihrem Mann eine Tasse ein und schnitt Kuchen für ihn ab.

Der schmale, feingliedrige Erik und der stämmige Chris Raura betrachteten sich mit prüfenden Blicken. Sie kamen nur schwerfällig miteinander ins Gespräch. Christine war froh, als sie sich endlich mit den Besonderheiten der verschiedenen Raura-Jahrgänge befassten. Ein Spezialgebiet von Erik, bei dem sich seine Befangenheit löste und sich auch Chris Raura der Begeisterung für seine Weine hingab. Wahrscheinlich hatte ihm noch nie jemand so genau seine eigenen Weine erklären können.

«Es wird Zeit für mich», sagte Raura, nachdem er das zweite Stück Kuchen verdrückt hatte.

«Erik würde sich so gerne mal den Keller zeigen lassen», sagte Christine. «Ob das noch geht?»

Erik öffnete verblüfft den Mund, denn davon wusste er nichts. Sicherheitshalber warf Christine ihm einen Blick zu, woraufhin er ergeben den Kopf senkte. Chris Raura sah auf seine Uhr.

«Eine Viertelstunde habe ich noch. Also los!»

Die beiden Männer verließen hintereinander den Verkostungsraum. Die Frauen sahen ihnen nach.

«Ein netter junger Mann», meinte Sonja Raura. «Ein enger Freund? Was ist mit ihm?»

«Ein guter Freund. Ich wollte, dass du ihn dir ansiehst. Der gute Mann hat ein Problem.»

«Das klingt nach einer ungewollten Schwangerschaft oder so.»

«Etwas ganz anderes. Erik ist ein Weinzocker.»

Während Christine nun von Eriks Geschäften, seinem Handel mit Raura-Weinen und den daraus folgenden Problemen erzählte, hörte Sonja in einer Art Entsetzensstarre zu, bis sie sagte: «O Gott, und die beiden sind zusammen im Keller … Chris bringt ihn hoffentlich nicht um.» Sie lachte gequält.

«Ich denke, Erik weiß, dass er schweigen sollte. Ich möchte ihm helfen, dieses Mal jedenfalls. Es soll aber auch nicht zu einfach für ihn sein. Ich glaube nicht, dass nur Geschäftssinn oder Gier hinter seinem Verhalten steckt. Es ist wie eine Art Spielsucht.»

Sonja Raura zupfte an ihren kurzen blonden Haaren. «Die Vorstellung, dass wir diese Schwarzmarkt-Schieber auch noch unterstützen …»

«Kriminell ist es ja nicht. Noch nicht. Wenn man den Dingen aber ihren Lauf lässt … Ich habe Angst, dass noch mehr passiert. Jetzt ließe es sich noch einfach verhindern.»

«Aber trotzdem kann man doch nicht einfach nur aus Angst … Das würde ja alles und jedes rechtfertigen.»

Von draußen war ein sanftes Rauschen zu hören. Der vom Wetterbericht angekündigte Regen hatte eingesetzt. Es sollte auch ein Gewitter geben. Christine lächelte.

«Aber was ist dagegen zu sagen, einen gefallenen Engel wieder auf die Beine zu stellen? Wie gesagt, er ist ein sehr guter Freund. Mir liegt viel an ihm. Habt ihr immer noch so viel zu tun?»

Sonja reckte das Kinn in die Höhe.

«Wir sind mit dem Keltern fertig. Jetzt beginnt schon die Vorbereitung auf das nächste Jahr, die Stöcke herrichten, Schäden beseitigen und so. Dann die Besucher, die Bestellungen und Verkostungen, und schon steht das Weihnachtsgeschäft vor der Tür. Manchmal wünsche ich mir eine katastrophale Dürre, wegen der die ganze Ernte ausfallen würde und wir drei Monate Urlaub machen könnten. Aber so was soll man sich nicht wünschen.»

«Aber Gutes darf man sich ja wünschen.»

Sonja verschränkte die Arme vor der Brust und grinste.

«Und das hat mit deinem Engel zu tun, richtig?»

Zehn Minuten später kündigte angeregtes Stimmengewirr die Rückkehr der Männer an. Als sie den Verkostungsraum betraten, lag immer noch dieser Ernst auf ihren Gesichtern, den Christine oft bemerkte, wenn Männer sich über Wein unterhielten. Manchmal war es der Ernst wie von Wissenschaftlern oder Bankkaufleuten, manchmal der von Abenteurern, die eine Expedition planen oder hinter sich gebracht haben. In Eriks und Chris Rauras Stimmen klang aber auch etwas Beschwingtes mit – gute Laune.

Chris Raura verabschiedete sich zu einem geschäftlichen Termin. Er warf ein schwarzes Jackett über sein T-Shirt, küsste seine Frau und winkte Christine und Erik zu, bevor er verschwand.

«Wir müssen auch los», sagte Christine.

Sonja nickte und stand auf.

«Und ihr habt gar nichts probiert. Ich packe euch ein paar Sachen zusammen, und wir reden beim nächsten Mal darüber. Ihr seid Leute mit eigener Meinung, nicht wahr? Es ist nicht gut, wenn Chris immer nur die Lobhudeleien hört. Er muss immer wieder auf den Pott gesetzt werden, das spornt ihn an.»

Die Frauen verabschiedeten sich herzlich mit Wangenküssen. Auch Erik bekam welche ab und durfte den von Sonja zusammengestellten Pappkarton durch den Regen zum Auto tragen.

Auf der Moselstraße schien wieder die Sonne.

«Es war sehr interessant», sagte Erik, nachdem sie einige Kilometer zurückgelegt hatten. Es klang ernüchtert.

«Hast du dich an unsere Abmachung gehalten?»

«Christine, du kannst dich immer auf mich verlassen. Ich habe mit ihm nur interessiertes Blablaba gemacht.»

«Gut. Du fängst morgen dort an – als Praktikant. Sechs Wochen den Berg ausmisten, Verkostungen mit hübschen Urlauberinnen durchführen, Flaschen verfrachten und Kartons schleppen. Und so weiter.»

«Was soll ich?»

Christine warf einen Seitenblick auf seine entgeisterte Miene. Wie von einem Chefarzt, dem angetragen wurde, seine Station künftig mit frischem Kaffee zu versorgen.

«Sonja nimmt dich als Praktikant. Mit Hängen und Würgen, sozusagen. Ihr Mann muss noch zustimmen, aber das geht wohl klar.»

Erik lachte nervös. «Christine, ich habe weiß Gott andere Sorgen. Du hast es nicht verstanden, und das macht ja auch nichts. Aber mache dich bitte nicht über mich lustig.»

Christine hielt schon eine Weile nach einem Platz zum Parken Ausschau und fand ihn endlich: eine kleine Sandfläche neben einer steinernen Weinbergsmauer. Christine stoppte den Wagen. Auf der anderen Seite der Straße floss die Mosel träge vorbei.

«Komm mal mit», sagte sie und stieg aus. Erik folgte ihr. Sie öffnete den Kofferraum, in dem der Pappkarton lag, den Sonja Raura ihnen mitgegeben hatte. «Lass gucken, was drin ist.»

Erik zog und zerrte an den Deckelklappen und riss schließlich eine mitsamt ihrem Klebestreifen auf. Dann zog er eine Flasche heraus.

«Raura Beerenauslese 1998», sagte Erik erschüttert.

«Vier Stück», erwiderte Christine. «Für sechs Wochen Praktikum.»

Er umarmte Christine, bis sie ihn an den Schultern von sich wegschob.

«Du machst keinen Scheiß da, ja? Du schließt deine laufenden Transaktionen ab und fängst keine neuen an. Kann ich mich auf dich verlassen?»

«Christine, du kannst dich felsenfest auf mich verlassen.»

Was für ein Tag. Christine unterbrach die Rückfahrt in Kues, wo sie bei einem Metzger ein großes Schweinekotelett einkaufte. «Heute koche ich was für uns.» Es sollte einen typischen moselländischen Spießbraten geben, mit Salat dazu. Eine einfache Sache, eigentlich. Doch als Christine in ihrer Küche mit einem scharfen Messer vor dem großen Fleischstück stand, grübelte sie, wo sie ansetzen sollte, um eine Tasche einzuschneiden. Erik kam hinzu, zog die Brauen hoch und schwieg. Er traute sich schon überhaupt nicht mehr,

Ratschläge zu geben. Gut so. Christine stach zu und ließ das Messer energisch durch die zarten Fasern gleiten.

So, wie sie es in einem Kochbuch gelesen hatte, würzte sie das Fleisch, füllte es mit Schinken, Knoblauch und Zwiebeln, briet es an und tat es in den vorgeheizten Ofen. Erik wusch den Feldsalat, Christine mixte ein Öl-Essig-Dressing und schaltete den Fernseher ein. Kurz vor der Tagesschau war das Essen fertig. Christine schnitt zwei Stücke Braten ab, die durchgegart und saftig aussahen, und servierte sie auf dem Wohnzimmertisch. Sie guckten Nachrichten und aßen dabei, sahen danach noch einen Krimi und unterhielten sich über harmlose Dinge. Es war ein Abend wie im Urlaub, und Christine versuchte, nicht an den nächsten Tag zu denken. Dann würde sie Theodor Sontmann in Trier treffen. Sie fürchtete, Unangenehmes zu erfahren.

Der Treffpunkt gab Christine zu denken. «Komm einfach am Nachmittag in den Palastgarten. Es ist sinnlos, eine genaue Uhrzeit abzumachen, manchmal gibt es große Staus, wenn man nach Trier rein will. Das Wetter scheint sich zu halten, ich geh im Park spazieren oder bin in der Nähe in einem Geschäft. Warte einfach auf mich.»

Mit diesen Erklärungen hatte er sicher recht. Aber Christine hatte gehofft, dass Theo sie in seine Wohnung einladen würde. Offensichtlich wollte er sie nicht so nah bei sich haben und sah die Begegnung mehr als eine Pflicht an.

Sie hatte Theodor Sontmann nach dem Frühstück angerufen, das sie und Erik konzentriert wie zwei Angestellte einnahmen, die gleich zur Arbeit müssen. Sonja Raura hatte kurz zuvor angerufen und erklärt, dass sie und Chris sich über den neuen Praktikanten freuten. Erik machte ebenfalls den Eindruck, dass er seine Tätigkeit auf dem Weingut inzwischen in einem guten Licht sah.

Christine erreichte Trier ohne Verzögerungen. Doch der dichte, hektische Verkehr in der Stadt erstaunte sie. Sie hatte die Betriebsamkeit und Größe unterschätzt und fürchtete, sich zu verfahren. Schilder wiesen darauf hin, dass sie sich nah der Innenstadt befand, Autos parkten dicht hintereinander. Als sie irgendwo einen freien Stellplatz sah, parkte sie ihren Wagen. Sie stopfte den Stadtplan in ihre Handtasche und folgte zu Fuß im leichten, hellen Herbstmantel den Verkehrshinweisen Richtung Innenstadt. Und wurde immer ärgerlicher auf Theodor Sontmann.

Der Weg führte an kleinen Läden, Imbissen, Tankstellen und Geschäftshäusern entlang und wollte nicht enden. Christine überquerte mehrere Kreuzungen und sah auf ihren Plan. Sie befand sich jetzt auf der Paulinstraße. Das war der richtige Weg! Hier ging es direkt zur Porta Nigra, dem riesigen antiken Stadttor aus römischer Zeit.

Christine erreichte das Tor, nachdem sie eine weitere hässliche Kreuzung überwunden hatte. Die Porta Nigra sah nicht nur alt und antik aus und genau so, wie ein römisches Tor laut Historienfilmen aussehen musste, sondern es schien wie aus einer anderen Welt entsprungen. Christine hätte der Anblick eines mitten in der Stadt gestrandeten, von Muscheln und Tang überzogenen Walkörpers nicht stärker überrascht.

Warum hatten sie nicht hier den Treffpunkt vereinbart? Sie ging an den Besuchergruppen vorbei, die staunend nach oben blickten. Auf ihrem Weg über die breite Fußgängerzone mit ihren eleganten Geschäften und alten großbürgerlichen Häusern schaute sie sich selbst auch noch mehrmals nach dem antiken Tor um.

Palastgarten. Jetzt war der Weg nicht mehr schwer zu finden. Er führte an ausladenden Kirchen vorbei, und Christine machte trotz ihrer Nervosität Abstecher. Liebfrauenkirche. So sah die also aus. Sie stieß auf kleine Gassen und Plätze, die sie in Rom erwartet hätte. Trier zeigte aber auch nüchterne Seiten, die wahrscheinlich aus den Zerstörungen des Zweiten Weltkrieges und dem Wiederaufbau resultierten. Ihr gefiel die Stadt.

Wieder ein Blick auf den Plan. Das kolossale Gebäude gegenüber musste die Basilika sein. Und dahinter lag der Palastgarten mit dem kurfürstlichen Palais. Christine stieg neben der Basilika eine Treppe hinauf, vor ihr erhob sich die opulente rosafarbene Fassade des Palais mit seinen weißen Fensterrahmen, Säulen und goldenen Verzierungen. Vor der herrschaftlichen Terrasse wuchsen wie Puddings geformte Buschelemente und ein riesiger, streng geometrischer Rasen. Christine schlenderte entlang der Laubengänge, die den Rasen abgrenzten, und blickte schneeweißen, traumwandlerischen Statuen ins Gesicht. Dann spazierte sie zum benachbarten, wie ein Kanal angelegten See. Er war von großen Bäumen und Grünflächen mit weißen, verschnörkelten Sitzbänken umgeben. Auf einer saß Theodor Sontmann in brauner Lederjacke und las in einem Buch.

Er sah nicht, wie Christine sich ihm näherte, und so stand sie plötzlich vor ihm und sagte: «Hallo.»

«Hallo, Christine.»

Ohne Überraschung, ohne eine Spur Freude in seinem Gesicht steckte er das Buch in eine Umhängetasche, stand auf und reichte ihr die Hand. «Wollen wir ein Stück gehen?»

Christine nickte. Sie gingen schweigend los, und sie ließ ihren Blick auf einer Mini-Fontäne ruhen, die in der Mitte des Gewässers plätscherte. Dann fiel ihr auf, dass in diesem Teil des Gartens niemand wie ein Tourist aussah. Auf den Bänken saßen Menschen, die Einkaufstaschen oder einen Hund dabeihatten oder Enten fütterten.

Es wurde Zeit, etwas zu sagen. Dachte Theo wohl auch. «Bist du das erste Mal in Trier?»

«Ja. Eine ungewöhnliche Stadt.»

«Hm, ja, ich wohne inzwischen so lange hier. Kannst du dir vorstellen, dass ich nie in Hamburg gewesen bin?»

«Nein.»

«Stimmt aber.»

Er leitete sie zu einem breiten Sandweg, der aus den Palaisanlagen hinausführte. Rechts standen Bäume und links eine alte hohe Mauer aus graubraunem Gestein. In regelmäßigen Abständen passierten sie Laternen mit hohen schwarzen Stielen und modernen Glasschirmen.

«Christine, ich gebe zu, dass dein Verhalten mich überrascht hat.»

Sie sah ihn an. Mit seinen mittellangen, lässig zur Seite geworfenen Haaren und dem Schnurrbart erschien er wie eine Mischung aus Dandy und Abenteurer.

«Welches Verhalten?» Christine hatte ihn zum letzten Mal bei Tomas Mecklings Beerdigung gesehen, das war lange her.

«Deine Mitarbeit auf Schlossgut Meckling. Du gehörst gewissermaßen zum Clan jetzt, nicht wahr?»

Christine entfuhr ein verächtliches Lachen. «Ach was. Ich habe eine Gelegenheit ergriffen, Geld zu verdienen. Darum geht es mir aber inzwischen überhaupt nicht mehr.»

«Ah ja? Du arbeitest nur aus Idealismus für Beatrix und für den flüssigen Lohn der sagenhaften Meckling-Weine?»

Christine stöhnte. «Spar dir deine Ironie. Ich denke mal, dass uns die Überlebenden des Clans gleichermaßen unheimlich sind.»

«Unheimlich – das Wort kam mir noch nicht in den Sinn. Aber noch einmal: Wieso arbeitest du dann für sie?»

Christine blieb stehen. «Besser kann ich nicht herausfinden, was auf dem Gut geschieht und geschah.»

«Geschieht und geschah …»

«Was weißt du über Kirchstein?»

«Kirchstein», wiederholte er laut.

«Auf Schlossweingut Meckling sind Rotweine gelagert, obwohl das Gut angeblich keine Rotweine produziert. Bert Gernsheim hat mir kurz vor seinem Tod eine Flasche gegeben. Und Tomas Meckling kurz vor seinem Tod den Schlüssel zu dem Lager. Ist das nicht seltsam?»

«Allerdings.» Er ging weiter und deutete mit dem Finger geradeaus. «Da du noch nicht in Trier warst, dachte ich, es könnte dich vielleicht interessieren: die berühmten römischen Thermen.»

Christine sah einen verfallenen antiken Prachtbau mit riesigen Torbögen.

«Heute nicht.»

Sie machten kehrt und liefen zurück in Richtung Innenstadt.

«Du glaubst, etwas stimmt nicht auf Schloss Meckling – habe ich dich richtig verstanden?», fragte Theo.

Christine nickte. «Du hast mich richtig verstanden.»

«Und du willst herausfinden, was los ist. Deshalb bist du noch auf dem Gut.»

«Natürlich will ich herausfinden, was los ist.»

«Ich glaube kaum, dass du herausfinden kannst, was ich weiß.»

«Dann schieß mal los, Theo.»

Er lachte. «Nicht hier.»

Wenig später wies er sie auf einen großen, von Mauern umgebenen Gebäudekomplex hin. «Das Priesterseminar.»

«Wolltest du wirklich Pater werden?»

«Wahrscheinlich eher Ghostwriter für die päpstlichen Enzykliken. Das hätte ich mir vorstellen können, eine Kammer auf dem Vatikan, Studien nachgehen, Denkschriften verfassen, spazieren gehen. Die Theologie hat mich fasziniert, aber ich bin dann doch Anwalt geworden.»

«Und warum?»

«Viele Gründe. Eine Sache spielte dabei eine Rolle, die Ende der 70er Jahre passiert ist. Außer mir wusste nur Tomas davon. Und jetzt nur noch ich. Denke ich.»

Er hielt einen Schlüsselbund in der Hand und wies zu einem dunkelorange gestrichenen Wohnhaus, dessen Fassade sich in Höhe des dunklen Dachs trapezförmig zuspitzte. Theo schloss die Tür auf und führte Christine in eine große Wohnung im dritten Stock. Helle Wände, dunkle Möbel. Viele mit Lederpolstern. Erlesenes Holzparkett wie in einem Schloss, das nur in Filzpantoffeln besucht werden darf. Christine ließ sich in einen Schaukelstuhl fallen. Sie war erschöpft von der ganzen Lauferei.

«Du wohnst hier nicht zur Miete?»

«Das Haus gehört mir.»

Theo stellte sich ans Fenster und blickte interessiert hinaus auf die Straße. Als ob sich dort Autofahrer um einen Parkplatz streiten würden.

«Christine, ich glaube dir. Der Gedanke, da kommt eine junge Frau aus Hamburg und versucht, die Geheimnisse von Schloss Meckling zu lüften, hat aber etwas Komisches. Das reicht alles Jahrzehnte zurück, hat Kreise gezogen, die auch mich berühren, und ist von außen, wenn man nicht selbst drinsteckt, schwer zu durchschauen.»

«Aber du steckst mit drin und kannst es mir erklären.»

«Ich weiß nicht, ich habe so etwas nie probiert.»

Er löste sich vom Fenster, legte eine Hand ans Kinn und stützte den Ellenbogen mit der anderen Hand ab.

«Wir waren ja mal ganz wilde Kerle, der Tomas und ich.» Er zwinkerte ihr zu, als ob er fürchtete, sie könne seine Ironie überhört haben. «Gegen NATO-Doppelbeschluss, gegen Pershings, gegen AKWs. Das ganze Programm. Ich habe damals überlegt, ob wir nicht was hochgehen lassen sollten. Ganz harmlos … eine kleine Bombe nachts vor dem Firmentor eines AKW-Betreibers, nichts weiter. Sprengkraft der Argumente, habe ich zu Tomas gesagt. Er war dagegen. Ich habe trotzdem Sprengstoff besorgt und Horst, einen guten Freund von uns beiden, dazu überredet, ein Bömbchen zu basteln.»

«Und dann?»

«Die Ladung ist ihm um die Ohren geflogen. Sofort tot. Die Polizei hat ermittelt und ist von einem wirren Einzeltäter ausgegangen. Einer der besten Freunde von Tomas und mir. Die Kapelle gegenüber Schloss Meckling – sie ist praktisch ihm geweiht. Aber ich bin ja kein Pater. Ich habe mich nicht der Polizei gestellt, und Tomas hat mich nicht verraten. Aber er war außer sich. Ich habe mich gegen die Kirche entschieden und bin Anwalt geworden. Nun ist auch Tomas tot.»

Christine konnte nicht beurteilen, wie tief Theos Schuld ging. Wer eine Explosion plante, musste natürlich damit rechnen, dass etwas Schlimmes passiert, das lag in der Natur der Sache. Aber für den Tod eines Menschen verantwortlich zu sein musste schrecklich sein.

«Dass Tomas mich nicht verriet, war selbstverständlich. Dass er mir verzieh, nicht. Er hat es irgendwann getan, sicher. Aber er konnte sich in Zukunft noch mehr auf mich verlassen, als Freunde sich gemeinhin aufeinander verlassen. Selbstverständlich über den Tod hinaus. Umgekehrt war ich für ihn zu jemandem geworden, dem er nicht mehr bedingungslos vertraute.»

Theo zog die Lederjacke aus, die er immer noch trug. Christine hatte ihren leichten Mantel über den Schoß gelegt. Er kam zu ihr, nahm ihr den Mantel ab und ging damit in die Diele.

«Möchtest du etwas trinken?»

«Nein danke.»

«Wenn Tomas und ich eine rechtliche Sache für das Weingut erledigt hatten, haben wir übrigens nie Moselweine getrunken, immer nur große Bordeaux», rief er, während er zurückkam. «Für den Abschluss des nächsten Projektes hatte ich schon eine bestimmte Flasche im Auge. Jetzt bleibt sie zu, ich werde sie nie anrühren.»

«Was immer das für ein Projekt war – führt seine Tochter es nicht fort?»

«Wie kommst du darauf, dass Beatrix Tomas' Tochter ist?»

Ein Schauer lief Christine über den Rücken.

«Weil er es mir gesagt hat. Weil es allgemein bekannt ist.»

«Ach ja?» Theo hatte sich vor ihr aufgebaut und blickte, die Hände in den Hosentaschen, auf sie herab. «Ja, die meisten glauben tatsächlich, dass Beatrix seine Tochter sei. So hat er sie vor Jahren, als sie ständig an seiner Seite auftauchte, vorgestellt: *meine Tochter.* Oft hat er auch gesagt: *meine Adoptivtochter.* Hat niemanden wirklich interessiert. Ach ja, er hatte wirklich vor, sie zu adoptieren, er hat es bloß immer wieder aufgeschoben. Es sollte passieren, irgendwann, um rechtliche Dinge zu vereinfachen.»

Was erzählte er da? Christine setzte sich so gerade hin, wie es ihr im Schaukelstuhl möglich war.

«Beatrix soll nicht Tomas Mecklings Tochter sein? Wieso hat er es dann erzählt?»

«Es war für ihn einfacher, als zu sagen: Ich liebe zwei Frauen, und mit denen lebe ich auch zusammen. Früher, als er noch jünger war, hat er nicht gelogen. Da hätte er auch mit zehn Frauen zusammengelebt, ohne Märchen zu erzählen. Und keine Sorge, auch seine Frau hat sich gut unterhalten. Die beiden waren echte 68er-Nachfahren, keine Grenzen, keine Eifersucht. Jedenfalls vorgeblich. Sie haben in Indien geheiratet, bei einer esoterischen Zeremonie. Nach deutschem Recht waren Esther und Tomas nicht Mann und Frau.»

Christine hob die Hand zur Stirn.

«Da staunst du, was? Die Beatrix und die Esther. Im Fall von Esther muss man sagen, dass da eigentlich nie wirklich gelogen wurde. *Wir haben in Indien geheiratet*, erzählten sie. Und es war für sie eine richtige Heirat. Als er dann das Schlossgut übernahm, hat er seinem Liebesleben den Anstrich einer bürgerlichen Familie gegeben. Er war jetzt Geschäftsmann und achtete auf seinen Ruf.»

Christine stieß sich von den Lehnen des Schaukelstuhls ab und stand auf.

«Das kann doch alles nicht wahr sein. Und die beiden Frauen haben das einfach mitgemacht?»

Theo lachte. «Ist doch besser, als es sonst ist. Geliebte hier, Frau dort, ständig Stress. Zwischen den dreien geschah alles offen und ehrlich. Na, Tomas und seine Frau haben im Lauf der Jahre mehr ein kameradschaftliches Verhältnis entwickelt. Sie wollten sich nicht trennen. Das ging nur, wenn sie sich ihre Freiheiten ließen.»

Christine dachte an Beatrix. Diese ungestüme, willensstarke Frau. Keine, die bei einem lauen Geschäft mitmacht.

«Was ist mit Beatrix?»

«Für die war ihre Rolle als Tochter eine ernste Sache. Tomas hat sie ins Testament eingesetzt, als künftige Weingutschefin. Und irgendwann sollte sie eine richtige Meckling werden. Ich habe ja noch erlebt, wie es mit den beiden früher war. Beatrix hat Tomas angehimmelt, und das Schloss und der Weinberg waren für sie wie ein wahr gewordenes Märchen. Sie ist übrigens tatsächlich eine Waise.»

Christine ging ans Fenster. Es regnete, die Straße mit den herausgeputzten Bürgerhäusern hatte an Farbe verloren.

«Und nun habe ich Tomas verraten und dir Sachen erzählt, die ich für immer für mich hätte behalten sollen», sagte Theo.

«Zum Glück hast du es getan. Willst du wegen irgendwelcher Gelübde oder Ehrgedanken dein Leben lang in einer Art Schweigeknast leben? Irgendwann rächt sich das immer, die Lügen, die geheimen Abmachungen und die gegenseitigen Vorteile, die man sich dafür verspricht. Theo, ich habe das Gefühl, du lebst in einer Scheinwelt aus zusammengekauften Ikonen und philosophischen Phantasien. Jeder wahre Philosoph würde dir deine Einstellung um die Ohren hauen.»

«So schlimm bin ich nicht, Christine. Es ist etwas dran, aber mehr als diese Informationen habe ich auch nicht zu bieten. Wie du weißt, hat Tomas in den Wochen vor seinem Tod viel für die Zukunft geplant. Was genau, wusste nur er selbst. Wir haben viele E-Mails ausgetauscht in der letzten Zeit, in denen er rechtliche Dinge von mir wissen wollte. Er wollte, dass es wasserdicht ist, und dann wollte er zuerst die Menschen in seiner Nähe einweihen. Vielleicht lässt sich herausfinden, was er vorhatte.»

«Was ist mit *Kirchstein*?»

Theo schüttelte den Kopf. «Kirchstein sagt mir nichts. Tomas hat mich auch da nicht eingeweiht. Über Beatrix weiß ich nur Bescheid, weil ich damals das Testament aufgesetzt habe.»

«Wenn ihr euch per E-Mail ausgetauscht habt und Tomas einen Plan machte, dann hat er ihn doch irgendwo aufgeschrieben.»

«Mit Sicherheit. Er hat ja sein kleines Büro im Schloss. Man müsste an seinen Computer kommen.»

«Vielleicht findet sich dabei auch das Motiv für seine Ermordung.»

«Ich hoffe nach wie vor, dass es kein Mord war, sondern ein Unfall. Wenn es allerdings kein Mord war, wäre Tomas zu Recht sauer auf mich, weil ich dir so viel verraten habe.»

Draußen prasselte der Regen mittlerweile heftig gegen die Fensterscheiben. Christine graute vor der Rückfahrt, sie fühlte sich erschöpft. Sie griff nach Theos Hand, die einen Moment leblos in ihrer lag. Dann drückte er sie. Christine legte den Arm um seinen Hals und zog sein Gesicht an ihres. Sie sah über seine Schulter hinweg zum regendunklen Fenster. «Ich fahre jetzt zurück. Ich werde versuchen, etwas herauszubekommen.»

«Vielleicht ist das wichtig», sagte Theo, «Tomas sprach und schrieb mir gegenüber immer von dem *Projekt Moselblut*, wenn es um die Zukunft des Gutes ging. Möglicherweise findest du unter diesem Stichwort etwas. Ich denke nicht, dass er mit vielen Leuten darüber gesprochen hat. Und wahrscheinlich denkt jeder, der ein wenig darüber weiß, andere wüssten mehr. Dafür, dass ich sein Anwalt war, weiß ich ziemlich wenig.»

Als Christine auf den Gehsteig trat, waren weit und breit keine Menschen zu sehen. Autos fuhren mit hektisch arbeitenden Scheibenwischern vorbei, und Christine zog, während sie loslief, den Stadtplan aus ihrer Tasche. Sie hatte keinen Schirm dabei, es wäre besser gewesen, bei Theo ein Taxi zu bestellen. Aber wohin jetzt? Sie wusste ungefähr, wo sie ihr Auto geparkt hatte, aber nicht den Straßennamen. Sie musste sich in Richtung der Porta Nigra halten und dann zur Paulinstraße wenden.

Auf den größeren Straßen und Fußgängerzonen waren wieder mehr Leute unterwegs. Einige schützten sich überhaupt nicht vor dem Regen und bewegten sich gelassen, als ob der Abend schön und sonnig wäre. Christine flüchtete sich ab und zu unter einen Hauseingang, um sich zu erholen. Irgendwann musste sie einen großen Platz mit zahlreichen Marktständen überqueren. An seinem Rand sah sie ein Haus mit einer Dönerbude. Sie hatte Hunger und betrat den Laden. Zwei gewaltige Fleischspieße drehten sich hinter dem

Tresen. Auf kleinen Plakaten stand, woher der Laden sein Fleisch bezog und wie einwandfrei dessen Qualität sei. Der junge, türkischstämmige Mann hinterm Tresen zog mitleidig die Stirn in Falten, als er Christine sah. Sie war völlig durchnässt. Sie bestellte einen Kalbsdöner mit Tsatsiki-Soße.

«Hier essen?», fragte der Mann.

«Zum Mitnehmen.»

Wenig später eilte sie weiter und mühte sich, die Aluminiumverpackung vom Riesenbrötchen zu lösen. Hatte der Regen etwas nachgelassen? Sie biss in den Döner, lief schneller und rastete kurz unterm Vordach eines Schuhgeschäfts. Wieder weiter, dann wieder ein paar Bissen im Schutz eines vorspringenden Balkons. Als sie die Paulinstraße erreicht hatte, warf sie den Rest des Döners in einen Papierkorb. Mehrmals glaubte sie, hinter der nächsten Seitenstraße endlich ihr Auto zu entdecken, aber jedes Mal irrte sie sich. Endlich tauchte es auf. Christine riss die Tür auf, warf sich hinter das Lenkrad, ließ den Motor an und drehte die Heizung auf volle Leistung.

Während der Fahrt aus der Stadt geriet sie in einen Stau. Es dauerte quälend lange, bis sie die Autobahn erreichte. Später, auf den kleinen Landstraßen im Moseltal, musste sie sich konzentrieren. Der dichte Regen machte die Kurvenfahrten anstrengend, und sie war erleichtert, als sie den Hof von Schlossweingut Meckling erreichte.

Christine schloss ihre Wohnung auf, wo in der Küche noch das Geschirr vom Frühstück stand. Sie war gern mit Erik zusammen gewesen, jetzt war sie wieder allein.

Tomas hatte also an Plänen gebastelt, hatte Mails verschickt und Sachen aufgeschrieben. Hatte er neue Verträge für die Mitarbeiter des Schlosses im Sinn, oder wollte er sich mit neuen Handelspartnern zusammentun? Oder das Schlossweingut verkaufen – sich wieder aus dem Staub machen, nach

Indien oder Neuseeland, vielleicht mit einer neuen Frau? Hatte einer dieser möglichen Beweggründe einen Menschen dazu veranlasst, ihn zu ermorden?

Christine musste herausfinden, ob er etwas aufgeschrieben hatte. Dieser Wunsch engte ihr Denken ein, sie spürte den Drang körperlich. Vielleicht hatte Nikolaus von Cues sich ähnlich gefühlt, wenn ihm noch ein Baustein für eine Theorie gefehlt hatte? Ach, er musste genug Anfeindungen und Gefahren überstehen, für die er ebenfalls Lösungen brauchte.

Christine zog ihre nassen Sachen aus und ging unter die Dusche. «Merde», rief sie beim Abtrocknen und musste lachen. Erik hatte das Wort kürzlich gebraucht, als er sein Aussehen kommentiert hatte. Sie betrachtete sich im Spiegel. Die Haare hingen nass von ihrem Kopf, ihre Nase kam ihr nackt und fremd vor. Ihre Augen hatte sie unwillkürlich zu zwei schmalen Schlitzen zusammengezogen. Christine betrachtete sich und fand, dass ihr Aussehen zu ihrem Vorhaben passte.

Aber jetzt musste sie entspannt lächelnd auftreten. Sie steckte ihre Haare hoch, schminkte sorgfältig ihr Gesicht und wählte eine fröhliche, ins Orange gehende Lippenstiftfarbe. So eine Ausstrahlung, wie ihre Ex-Kollegin Tatjana Neiders sie hatte, die war jetzt richtig. Sie zog Jeans und eine himmelblaue Bluse an, dazu Pumps mit niedrigen Absätzen. Eine Büroarbeiterin, die es gerne bequem hatte. Es nieselte, aber Christine zog absichtlich keine Jacke über und nahm auch keinen Schirm mit, als sie nach draußen trat. Sie lief zuerst hinüber ins Büro, damit ihre Inszenierung so echt wie möglich aussah.

Die Sekretärinnen waren längst zu Hause, Christine schloss auf, schaltete Licht und ihren Computer an. Sie wartete eine Weile, blätterte in Broschüren, um die Zeit zu dehnen, doch konnte sich auf nichts konzentrieren.

Jetzt!

Christine ließ den Computer und das Licht an und ging hinüber zum Schloss, wo sie auf den Klingelknopf drückte, der von einer kleinen Scheibe aus Bronze eingefasst war. Hier läuteten oft Besucher des Schlosses und wurden dann auf das gegenüberliegende Büro- und Verkostungsgebäude verwiesen.

Nach einer Weile öffnete Peer Steiger die Tür und sah sie verwundert an.

«Ich muss mal an den Zentralrechner, mir ist eine Datei mit den aktuellen Weinbergsdaten verlorengegangen», sagte Christine und trat einen Schritt auf ihn zu. Peer Steiger wich zur Seite.

Sie steuerte zielstrebig den Raum in der Diele hinter der Küche an, den Tomas Meckling ihr gegenüber einst als «Büro» bezeichnet hatte. Der kleine Raum war vollgestopft mit Büchern und alten Akten und enthielt einen Computer. Er wurde anscheinend von niemandem mehr benutzt.

Steiger schien ihr die Geschichte mit dem Zentralrechner abzunehmen. Christine setzte sich auf den hölzernen Drehstuhl, über dessen rippenartige Rückenlehne ein Kissen gebunden war, und schaltete das Gerät ein. Nach einer Weile zeigte der Bildschirm eine unübersehbare Anzahl von Dateien.

«Alles in Ordnung?» Peer Steiger stand in der Tür und machte ein unentschlossenes Gesicht.

«Ja, ich find mich schon zurecht.»

Christines Blick flog über die Namen der Dateien. Oft trugen sie nur unverständliche Kürzel. Unmöglich, alle zu öffnen. Und wer wusste, wie viele sich noch irgendwo verbargen? *Moselblut, Moselblut …*

«Falls Sie die Analysewerte vom aktuellen Jahrgang wollen – ich bin noch dabei, die zu erfassen.»

«Nee, es geht um grundsätzliche Daten, Flächen und so. Ein Weinmagazin macht vielleicht einen Report über uns.»

«Ach so.»

Christine aktivierte die Suchfunktion und tippte *Moselblut* ein.

«Ich bin im großen Saal, wenn Sie mich brauchen.»

«Danke.»

Was war mit ihm los? Er wirkte so anlehnungsbedürftig. Christine drückte auf die Return-Taste und wartete. Ein Ordner erschien: *Moselblut.* Christine klickte ihn an, und er gab weitere Ordner und Dateien frei. Sie klickte mit der Maus hin und her. Ein Ordner enthielt nur E-Mails – den Schriftwechsel zwischen Theo und Tomas. Endlich kam Christine auf die Idee, die Daten zeitlich ordnen zu lassen. Die aktuellste mit Namen *diesunddas.doc* öffnete sie. Es handelte sich um einen Text von fast hundert Seiten. Christine flog mit den Augen darüber, versuchte das Wichtigste in Kürze zu erfassen, so, wie sie es in der Redaktion oft für Recherchen in Zeitnot gelernt hatte.

«Ich glaube, seit Tomas Mecklings Tod hat niemand mehr an dem Computer gesessen.»

Christine fuhr herum. Peer Steiger stand schon wieder in der Tür. Sein Rollkragenpullover hing faltig über seinem Bauch. Sie antwortete nicht, sondern las so schnell sie konnte. Steigers Schritte näherten sich. Dann hörte sie, wie er ein Buch aus einem Regal zog und blätterte. Christine las angespannt weiter. Und sie hatte sich damals über den Kellner im Hotelfoyer geärgert! Eine geradezu paradiesische Situation im Vergleich zu jetzt.

Verstand sie Graf Mecklings Berechnungen, Abkürzungen und skizzenhaften Erläuterungen richtig? Die Zeitpläne für die Anschaffung neuer Technik und Neupflanzungen von Reben? Es sah so aus, als wollte er die Produktion des Weingutes in den nächsten Jahren vollkommen umstellen. Von Rotwein war die Rede.

Peer Steiger verließ endlich wieder das Büro.

Christine sah sich auf dem Schreibtisch um. Der Computer hatte ein CD-Laufwerk, aber hier lag keine einzige CD. Und sie war so dumm gewesen, keine mitzunehmen … Sie brauchte den Text. Auf einem Regal neben dem Schreibtisch stand ein Drucker. Wie lange würde es dauern, knapp hundert Seiten auszudrucken? Der Drucker machte einen modernen Eindruck. Sie entschied, es zu wagen.

Das Gerät machte beim Einschalten ein Geräusch, das wie der Soundeffekt aus einem Science-Fiction-Film klang. Christine tippte einfach auf die Druckfunktion des Textverarbeitungsprogramms. Es klappte, der Drucker legte los. Er arbeitete schnell, mit einem klaren, präzise klingenden Surren.

32 Seiten waren geschafft, als Steiger erneut hereinkam. Aufmerksam beobachtete er, wie der Drucker ein beschriebenes Blatt ausspie, das nächste bedruckte, es ebenfalls ausspie. Langsam kam er näher, den Blick lauernd auf den wachsenden Papierstapel gerichtet. Christine zog den Kopf ein. Sie bereute ihre Idee mit dem Ausdrucken und tat, als lese sie entspannt vom Bildschirm. Direkt unter der Datei *diesunddas.doc*, nur ein paar Tage vor jener abgespeichert, war eine mit Namen *test.doc* aufgelistet. Christine klickte sie an, und auf dem sich öffnenden Dokument tauchte die Überschrift auf: *Mein letzter Wille – Testament.*

«Was ist das?» Peer Steiger stand neben dem Drucker und blickte auf den anwachsenden Papierstapel hinab. Schnell schloss Christine *test.doc* wieder.

«Ich glaube, da steht einiges drin, was sich über das Gut sagen lässt, Eckdaten sozusagen.»

Peer Steiger verdrehte den Kopf, um die aus seiner Position seitenverkehrten Sätze zu erfassen, bis sie vom nächsten Bogen überdeckt waren.

«Was ist das denn?» Er hob einen Bogen auf, las, nahm einen weiteren und reckte seinen Hals über den Computerbildschirm. «Wie sind Sie an dieses Dokument gelangt?», fragte er mit schwacher, erstaunter Stimme.

«Ich habe hier einfach nur herumgesucht.»

Peer Steiger schaltete den Drucker ab. «Das ist alles Schnee von gestern und nicht für die Öffentlichkeit bestimmt. Frau Sowell, ich muss Sie bitten, hier keine privaten Dokumente anzusehen!»

Er klemmte sich den ausgedruckten Stapel unter den Arm und drängte sich zwischen Christine und den Computer. Sie stand auf. Seine Augen flimmerten nervös, er schien zunehmend aufgebracht.

«Er hat das alles hier aufgeschrieben», murmelte Steiger. «Nicht zu glauben.»

Er ließ sich auf den von Christine freigegebenen Stuhl fallen und fuhr mit der Maus energisch auf dem Bildschirm herum. «Frau Sowell, Sie müssen sich Ihre Infos woanders beschaffen. Und diese Sachen hier … Die sorgen nur für überflüssige Aufregung. Behalten Sie sie für sich.»

Sollte Christine ihn im Gegenzug darum bitten, niemandem von ihrem Besuch zu erzählen? Nein, damit würde sie sich nur verdächtiger machen. Und er würde sie sowieso verraten. Besser war es, bei der naiven Masche zu bleiben.

«Alles klar, Herr Steiger, tut mir leid. Ich werde morgen die Sekretärinnen bitten, mir wegen der Infos zu helfen. Es eilt ja nicht.»

«Einen schönen Abend noch.»

Christine ging durch die Diele zum Ausgang und ärgerte sich, die entscheidenden Informationen doch nicht erhalten zu haben. Aber sie hatte keine Angst gehabt. Erstaunlich – es tat geradezu gut, eine offene Konfrontation erlebt zu haben.

Der Regen war wieder stärker geworden. Nein, Christine

gehörte nicht zu denen, die durch ihn spazierten, als sei er überhaupt nicht da. Sie lief schnell zu ihrer Wohnung und bemühte sich, den Pfützen auszuweichen. Hinter sich schloss sie ab. Sie trocknete sich die Haare und rief Theo Sontmann an, um ihm alles zu erzählen.

«Du bist sehr mutig gewesen, Christine.»

«Ich denke, Peer Steiger hat mir die Rolle der dummen Nuss abgenommen, die nicht weiß, was sie da macht. Beatrix allerdings …»

«Beatrix wird ihre Schlussfolgerungen ziehen. Von Rotwein hat Tomas mir gegenüber öfter gesprochen, aber nur allgemein. Dass die Zukunft des deutschen Weins rot sei. Und das Testament … Gut möglich, dass er an Änderungen feilte. Er hat mich nach dem neuesten Stand bezüglich Pflichtteilen seiner ferneren Verwandtschaft befragt oder wie bindend betriebliche Nachfolgeregelungen sind und so weiter.»

«Was ist mit Bert Gernsheim? Hast du mit ihm hier Kontakt gehabt?»

«Ich habe ihn ab und zu auf dem Gut gesehen. Tomas hat lobend über ihn gesprochen, das war's. Christine, du solltest nicht länger auf Schloss Meckling wohnen. Es gibt immer noch zwei Möglichkeiten: Unfall oder Mord. Aber im zweiten Fall …»

«Ja, ja, ich werde sehen. Aber wenn ich jetzt weggehe, bekomme ich nichts mehr von dem mit, was hier geschieht. Dann bin ich raus aus dem Spiel.»

Obwohl der Döner gut gewesen war, lag er Christine im Magen. Sie aß zu wenig in der letzten Zeit.

Flüchten von Schlossweingut Meckling? So weit war es noch nicht. Tomas Meckling hatte also geplant, ins Rotweingeschäft einzusteigen. Und hatte damit gewartet, Theo und Christine einzuweihen. Peer Steiger schien aber ebenso davon gewusst zu haben wie Bert Gernsheim. Sie gehörten zu einer Art innerem Kreis. Vielleicht seit Jahren schon.

Die Nachfolgerin

In der Nacht kam das Gewitter. Donnerschläge erschütterten Christines kleines Schlafzimmer. Immer wieder stand sie auf, blickte aus dem Fenster. Der Regen ging wie ein schwarzer Wasserfall vor ihrem Fenster nieder, von den näher kommenden Blitzen durchzuckt. Am frühen Morgen schlugen sie so dicht ein, dass das Wiesenstück vor Christines Wohnung für eine Sekunde taghell aufleuchtete. Irgendwann schlief sie ein. Zum Glück war heute Samstag.

Als sie nach zehn Uhr aufwachte, zogen schwarzdunkle Wolken über den Himmel. Beatrix stand noch nicht vor Christines Tür, um sie zur Rechenschaft zu ziehen. Und je länger sie es nicht tat, desto unwahrscheinlicher wurde es. Es war eine gute Idee gewesen, einfach an den Computer zu gehen. Es war so dreist, dass in den Augen der anderen wahrscheinlich nur die Erklärung dahinterstecken konnte, die Christine geliefert hatte. Die fehlende CD und der fehlgeschlagene Ausdruck waren Pech.

Der Kühlschrank war fast leer, selbst der Kaffee reichte nur noch knapp für eine Tasse. Christine verzichtete darauf, ihn aufzubrühen, und entschied, in Bernkastel zu frühstücken und danach einzukaufen. Das Paket von Gernsheims Schwester fiel ihr ein. Es lag noch im Kofferraum, wo Erik und sie es nach seiner Flucht aus dem Hotel verstaut hatten. Sie wollte endlich wissen, was darin war.

Über den Schlossplatz fegten Windböen, und alle schienen sich verkrochen zu haben. Christine lief in geduckter Haltung zu ihrem Wagen, öffnete die Tür des Kofferraums und hielt sie mit einer Hand fest, damit der Wind sie ihr nicht auf den Kopf schlug. Das Paket war leicht. Zurück in ihrer Wohnung, legte sie es auf den Küchentisch und schnitt es mit einem Kartoffelmesser auf.

Oben lagen Postkarten und Briefe, die Christine Bert von Reisen geschickt hatte. Darunter Zeitungsartikel mit ihrem Namen. Gernsheims Schwester hatte ihre Aufgabe sehr genau genommen. Schließlich fand Christine ein großes, buntgemustertes Tuch, das nicht ihr gehörte. Was hatte das zu bedeuten? Christine musste bei nächster Gelegenheit Erik nach der Telefonnummer der Frau fragen, um auf den Irrtum hinzuweisen.

Die Bilder auf den Postkarten kamen Christine vor, als ob sie aus einer fernen Epoche stammten. Dabei waren sie in den letzten zwei, drei Jahren abgeschickt worden … Peloponnes, Mykonos, Sardinien, Südengland. Sie verspürte den Wunsch, eine Woche lang nur zu schlafen und zu essen und sich verwöhnen zu lassen, egal, an welchem Ort.

Sie legte den Schal oben in ihren Schrank, zog eine schwarze Lederjacke über und verließ das Weingut.

Die kurvenreiche Piste vom Schloss hinunter zur Moselstraße wirkte noch abgeschiedener als sonst. Die Bäume bogen sich unter dem Wind, und Christine musste an die seit ihrer Kindheit vertrauten Herbststürme Norddeutschlands denken. Vielleicht war es keine gute Idee gewesen, bei diesem Wetter loszufahren. Hoffentlich flog ihr kein Ast gegen die Windschutzscheibe oder ein Baum auf das Dach. Bei so einem Mistwetter war auch der Unfall mit dem Trecker in den Bergen passiert, von dem sie sich bis heute nicht vorstellen konnte, dass es wirklich ein Unfall gewesen war.

Die Winzer konnten froh sein, ihre Ernte eingebracht zu haben. Man hörte immer nur vom Einfluss der Sonne und des Regens auf die Reben, aber was war mit dem Wind? Sie würde sich einmal mit Erik darüber unterhalten. Wenn aufgrund der Klimaveränderung Wein immer nördlicher angebaut werden würde und zugleich Stürme zunahmen, dann würden die Reben auch mehr Wind abbekommen. Trockenheit sorgte dafür, dass sich ihre Wurzeln tief eingruben und reichlich Geschmacksstoffe in die Trauben transportiert wurden. Wie veränderte sich der Wein, wenn seine Wurzeln dicker und muskulöser werden mussten, um sich vor Stürmen zu schützen?

Die Mosel war jetzt schon ab und zu über die Bäume hinweg zu sehen, während Christine weiter ihren Gedanken nachhing. Hinter ihr fuhr ein Jeep, der drängelte. Immerhin war es beruhigend, dass außer ihr noch jemand auf der Straße unterwegs war. Auf einer längeren Geraden drosselte sie das Tempo, um das Fahrzeug überholen zu lassen. Es schoss mit aufbrausendem Motor an ihr vorbei.

Hinter der nächsten Biegung sah Christine etwas am Himmel stehen, das keine Wolke sein konnte. Sie blickte wieder auf die Straße, lenkte und musste den Hals recken, um das Phänomen erneut ins Auge fassen zu können. Rauch war das, schräg im Wind liegend, auf der anderen Moselseite.

Auf den nächsten Kilometern verdeckten dichte Bäume die Sicht dorthin. Dann folgte ein letztes, abschüssiges Stück mit einigen Häusern links und rechts bis zur Moselstraße. Der Rauch war wieder zu sehen. Christine wurde von einer schlimmen Ahnung erfasst.

Sie erreichte unten die Kreuzung, schaute nach links und rechts. Weit und breit kein anderes Fahrzeug. Sie bog rechts in die Moselstraße, fuhr nur ein kurzes Stück und überquerte die Gegenfahrbahn, um den Wagen direkt oberhalb der Uferböschung abzustellen. Dann stieg sie aus.

Der Wind wehte hier weniger heftig als befürchtet, trotzdem flogen Christine ihre Haare vor die Augen. Sie raffte sie zur Seite und hielt sie fest, während sie fassungslos den Berg auf dem anderen Moselufer hinaufstarrte.

Die Kapelle brannte. Hell und leicht stieg der Rauch in die Höhe, bis ein Windstoß ihn erfasste und mit sich trug. Möglicherweise brannte die Kapelle auch schon nicht mehr, sondern kokelte nur noch vor sich hin. Feuerwehrfahrzeuge waren zu erkennen und, wenn Christine genau hinguckte, hektisch umherlaufende Leute. Das Kapellendach gab es nicht mehr.

Christine lief zu ihrem Wagen zurück und rief Theo an. Seine Mobilbox erklang. Sie sprach nicht darauf, was hätte sie sagen sollen außer: «Du, ich sehe gerade, deine Kapelle ist abgebrannt»?

Er wusste sicher längst, was passiert war. Wahrscheinlich war er einer der Strichmännchen, die dort drüben umherliefen. Das Unwetter … besaß so eine Kapelle eigentlich einen Blitzableiter? Wahrscheinlich nicht. Eine Tragödie für Theo, er hatte doch so viel Arbeit und Geld in das Gebäude hineingesteckt. Und ein Jammer um diesen schönen Raum, in dem sie noch vor kurzem voller Bewunderung gesessen hatte. Vielleicht ließ sich einiges retten oder wieder aufbauen. Es sah allerdings nicht gut aus.

Einem gewissen Horst war sie also «geweiht» gewesen … Wenn Theo doch an Gott glaubte, würde er den Brand vielleicht als Zeichen sehen, dass es nicht so einfach war, von der Vergangenheit erlöst zu werden. Und wenn es sich um keinen Blitzeinschlag handelte?

Der Wunsch, an einem warmen Platz in Bernkastel zu frühstücken, war Christine vergangen. Was sollte sie tun, bis sie endlich mit Theo sprechen konnte? Ja, einkaufen. Das Neonlicht und die endlosen Regale eines Discounters würden zu ihrer Stimmung passen.

Christine fuhr zu einem Laden in der Nähe von Kues und irrte darin eine Weile umher. Kaffee brauchte sie, aber einen großen Einkauf machen? Sie hatte das Gefühl, dass ihr Aufenthalt an der Mosel nicht mehr lange dauern würde.

Vor den Regalen mit den Zeitschriften hielt sie inne, ließ den leeren Einkaufswagen stehen und suchte nach *Convention.* Es fiel leicht, die Zeitschrift wurde gut präsentiert. Aha, verschiedene ihrer früheren Kolleginnen steuerten jetzt Texte für das Ressort *food & travel* bei. Man hatte noch keinen Ersatz für sie gefunden. Sie schlug das Impressum auf und sah die bekannten Namen. Christine Myersberger war nach wie vor Chefredakteurin, Tatjana Neiders schrieb für *love & emotion,* Inga Krone war auch noch dabei, und … Christines Name stand ebenfalls noch im Impressum. *food & travel. Verantwortlich: Christine Sowell.* Eine richtige Kündigung gab es bislang ja auch nicht. Und man konnte sie rechtlich am einfachsten loswerden, wenn sie innerhalb von drei Monaten keinen einzigen Artikel ablieferte. Bis dahin waren es noch einige Wochen.

Christine fing an, Dinge in ihren Einkaufswagen zu werfen. Kaffee, Toast, etwas Aufschnitt, etwas Käse, eine Flasche Wasser. Dann lief sie schnell zur Kasse. Vielleicht konnte sie jetzt Theodor Sontmann erreichen.

In ihrem Wagen drückte sie auf ihrem Handy die Wahlwiederholung. Er meldete sich tatsächlich.

«Du weißt, was passiert ist?», fragte Christine.

«Ich bin auf dem Weg dorthin. Blitzschlag, wahrscheinlich, sagt die Feuerwehr. Tja, Zufälle soll es ja geben. Pass bloß auf, Christine. Wer weiß, wer hinter dem Blitzschlag steckt.»

«Pass auch auf. Kann ich dich über diese Nummer immer erreichen? Ich muss wissen, was passiert ist.»

«Ja, wenn ich nicht drangehe, rufe ich in kurzer Zeit zurück.»

Christine startete den Wagen und fuhr auf dem Weg zurück, über den sie gekommen war. Sie hatte keinen Hunger, merkte aber, dass ihre Kräfte nachließen. Sie brauchte einen Kaffee und etwas zu essen. Danach würde sie noch einmal Theo anrufen und eventuell zur Kapelle fahren. Was sollte sie auf dem Schloss? Es war am besten, irgendwo in ein Lokal zu gehen.

Sie passierte die Abzweigung hinauf zum Gut und blieb auf der Moselstraße. Es beruhigte die Nerven, sich ohne Ziel neben dem Fluss zu bewegen, der in die entgegengesetzte Richtung strömte. Vor ihr, noch in großer Entfernung, fuhr ein weißer Transporter, doch die Distanz zu ihm verringerte sich. Bald konnte sie auf der Heckklappe den grünen Schriftzug *Schlossweingut Meckling* erkennen. Vielleicht war er zum Gutsladen in Traben-Trarbach unterwegs. Heute, am Samstag, wurde normalerweise aber keine Ware ausgeliefert.

Christine folgte dem Wagen in großem Abstand und verlor ihn vor der Traben-Trarbacher Stadtgrenze aus den Augen. Sie fuhr die lange, begrünte Strecke in den Ort hinein und sah den Transporter erneut. Er stand ein paar Meter vor dem Stadtladen von Gut Meckling an der Straße. Die Warnleuchten blinkten, und die Hecktüren waren geöffnet. Beatrix und Harald luden Kartons aus. Christine bog in eine Seitenstraße ab, bevor sie das Geschäft hätte passieren müssen. In der Nähe des Moselufers fand sich ein gebührenpflichtiger Parkplatz. Christine löste ein Ticket und lief durch die Seitenstraße wieder hinauf zur Hauptstraße.

Der Lieferwagen parkte nach wie vor mit offenen Hintertüren. Harald und Beatrix standen im Eingang des Geschäfts, jeder einen Karton im Arm, und redeten mit jemandem. Christine näherte sich vorsichtig im Schutz einer Urlaubergruppe mit aufgespannten Regenschirmen. Im nächsten Moment verschwanden Beatrix und Harald im Laden, während der Mann vor der Tür wartete.

Die Urlaubergruppe zog am Transporter vorbei. Christine blieb hinter den geöffneten Hecktüren stehen und blickte in den Laderaum. Er war inzwischen bis auf einige Plastikplanen leergeräumt. Der wartende Mann blätterte in einem kleinen Büchlein. Er war korpulent, trug einen Anzug, seine Statur und seine Halbglatze kamen Christine bekannt vor – es handelte sich um den Privatermittler, der zuerst auf Harald Lods Gut aufgetaucht war und sie später im Keller von Schloss Meckling überwältigt hatte. Wieso unterhielt sich Harald plötzlich freundlich mit dem Mann? Er hatte ihn doch als ein Instrument böser Mächte beschrieben, die seine Existenz zerstören wollten!

Harald und Beatrix kamen auf die Straße zurück. Sie schloss die Ladentür ab, während sich die Männer mit ein paar Sätzen über irgendetwas verständigten. Der Privatermittler wies zu einem in der Nähe stehenden Wagen, Harald nickte, und Christine schnappte Wörter auf wie «einfach hinterher».

Blitzschnell entschloss sie sich, sprang in den Laderaum und drückte sich so eng wie möglich in die rechte vordere Ecke. Ein paar Sekunden verstrichen. Dann wurden die Türen mit einem schmatzenden Rums zugeschlagen. Trübe fiel Licht durch das Fenster im Heck. Der Motor sprang an, und Christine spürte, wie der Wagen über die Straße schaukelte.

Es war leider nicht zu verstehen, was die beiden im abgetrennten Fahrerhaus miteinander redeten. Der Wagen bewegte sich gleichmäßig, und obwohl sich Christine an nichts festhalten konnte, wagte sie es, sich aufzurichten, um durch das Fenster der Hintertüren zu schauen. Sofort zog sie den Kopf wieder zurück, denn direkt hinter dem Lieferwagen fuhr das Auto des Privatermittlers. Alles sah danach aus, dass er, Beatrix und Harald sich vor dem Trarbacher Laden getroffen hatten, um gemeinsam zu irgendeinem wichtigen Ort zu fahren.

Sie wagte es erneut, hinauszuschauen. Falls der Typ überhaupt auf das Heckfenster achtete, würde er Christine vermutlich kaum erkennen. Der Lieferwagen ging in eine Kurve, sie fuhren ein Stück geradeaus, und dann war links und rechts die Mosel zu sehen – von der Brücke nach Trarbach aus. Christine setzte sich wieder hin. Was würde Nikolaus von Cues streng logisch denken? Tomas Meckling wollte im großen Stil Rotwein anbauen. Im Schlosskeller lagerten auch Rotweinflaschen, von denen aber die Welt nichts wusste. Wahrscheinlich stammten sie von einem Weinberg, der offiziell dem Winzer Kirchstein gehörte. Und Harald? Er wurde im wahrsten Sinne des Wortes von Gläubigern verfolgt. Christine fiel dazu keine Schlussfolgerung ein.

Sie stemmte sich mit den Händen erneut in die Höhe. Die Wagen hatten Traben-Trarbach verlassen und fuhren nun durch einsame Landschaften, durchquerten Dörfer mit schmalen, einst für Pferde und Fuhrwerke gebauten Straßen, auf denen spielende Kinder ihnen zögernd Platz machten. Überall am Straßenrand gab es kleine Weinbaubetriebe, die außerhalb der Gegend wahrscheinlich kaum jemand kannte. Aber sie existierten.

Der nachfolgende Wagen hielt auf den Landstraßen mehr Abstand als in der Stadt. Irgendwo bogen sie ab und ruckelten durch eine schöne Wildnis aus Bäumen und Büschen. Christine hatte keine Ahnung, wo sie waren. Ein schrammendes Geräusch über ihrem Kopf erschreckte sie. Im Rückfenster sah sie, wie Baumzweige vom Dach des Autos wegschnellten. Der Wagen hinter ihnen fuhr im Zickzack, um großen Löchern auf dem teilweise weggewaschenen Weg auszuweichen. Es handelte sich eher um einen Wanderweg.

Schleifende und kratzende Geräusche waren nun auch an den Seitenwänden des Wagens zu hören. Blattwerk, das der Wagen mit seiner Schnauze zur Seite drängte, sprang vor dem Rückfenster wieder hervor. Christine gefiel die Situation nicht. Sie hatte gedacht, in eine andere Stadt oder zu einem Weingut gefahren zu werden, zu einem Ort, der Rückschlüsse darauf zuließ, was vor sich ging. Nun fuhren sie immer tiefer in eine Art Urwald hinein.

Nervös nahm sie ihr Handy aus der Handtasche und tippte auf die Wahlwiederholung. Die Mailbox von Theodor Sontmann meldete sich. «Hallo, Theo», sprach sie darauf, «ich habe Harald und Beatrix mit diesem Privatermittler beobachtet, von dem ich dir erzählte. Jetzt will ich sehen, was die vorhaben, und habe mich in Traben-Trarbach in den Meckling-Transporter geschmuggelt. Wir sind Richtung Bernkastel und dann in irgendeine Wildnis beim Fluss gefahren. Mir kommt die Sache unheimlich vor. Das wollte ich dir nur sagen, ich hoffe, es geht alles gut. Ich muss das Handy jetzt abschalten, ich kann keinen Anruf entgegennehmen. Tschüs – oh, wie ich hoffe, dass wir bald einen Moselriesling zusammen trinken!»

Sie steckte das Handy wieder in ihre Handtasche. Die Wagen verlangsamten nach einiger Zeit ihr Tempo. Der Transporter machte eine scharfe Kurve nach links und blieb stehen. Im Fenster waren Bäume zu sehen und hinter ihnen die Mosel. Vor den Bäumen verlief eine schmale Lichtung, in die der Wagen des Privatermittlers einbog und parkte. Christine ging in Deckung.

«Und wo sollen hier Rebflächen sein?», hörte sie den Mann rufen.

«Immer mit der Ruhe», schallte Haralds Stimme zurück. «Da entlang.»

Nach einigen Sekunden wagte Christine wieder einen Blick hinaus. Der Privatermittler, Beatrix und Harald liefen an den Bäumen vorbei zum Wasser, wo ein Ruderboot an der Uferböschung lag. Für Christine waren nur noch ihre Rücken und

Gesten zu erkennen. Gefangen im Laderaum, hatte sie keine Chance, irgendetwas zu erfahren. Sie musste hier raus.

Ob sich der Lieferwagen auch von innen öffnen ließ? Sie tastete die Türen ab und behielt gleichzeitig die drei Personen im Auge. An dieser Flussschleife wuchsen die Bäume bis dicht an die Mosel, und ihr buschiges Laub hing über das Ufer hinaus. Christine erinnerte sich an solche Ufer bei Ürzig, aber sicher gab es sie auch woanders.

Die drei hatten das Ufer mit dem Boot erreicht, Harald und der Privatermittler unterhielten sich lebhaft.

Beatrix bückte sich plötzlich und nahm ein Ruder aus dem Holzboot. Sie verrenkte ihren Körper wie für eine gymnastische Übung, ihr Becken schwang durch die Luft und mit ihm, im hohen Bogen über ihrem Kopf, das Ruder. Das Ruderblatt bewegte sich zielsicher auf den Hinterkopf des Privatermittlers zu und schlug mit einem trockenen Krachen auf. Der Mann sackte augenblicklich in die Knie und plumpste rücklings zu Boden.

Der Anblick schockierte Christine, als hätte sie selbst einen Schlag abbekommen. Beatrix legte das Ruder zurück in das kleine Boot und zog ihr Tuch wieder fester um ihren Hals. Auf einmal wurde Christine klar, was es mit dem gemusterten Tuch auf sich hatte, das Bert Gernsheims Schwester ihr hatte zukommen lassen: Es war das Tuch, mit dem sie ihn nach der Mordtat zugedeckt hatte. Sie hatte es im Weinladen vorgefunden. Die Polizei und Berts Schwester nahmen aber an, es gehöre ihr. Dabei gehörte das Tuch der Mörderin, sie musste es vor ihrer Flucht aus dem Laden zurückgelassen haben.

Hatte Beatrix nicht ein Tuch in dieser Art auf der Weinmesse in Hamburg getragen? Hatte Christine nicht später am Tatort eine Assoziation gehabt, die sie nicht einordnen konnte? Wenn Christine sich jetzt scharf zu erinnern versuchte, glaubte sie, Beatrix am Messestand mit dem bunten Muster am Hals zu sehen. Natürlich konnte man sich in solchen Dingen täuschen, in diesem Fall ließ sich die Wahrheit aber leicht feststellen. Es gab viele Fotos von der Veranstaltung und dem Stand der Mecklings.

Christine merkte zu spät, dass Harald durch das Dickicht direkt auf den Lieferwagen zugerannt kam. Sie tastete nach ihrer Handtasche, sie musste jetzt Hilfe rufen. Sie bekam das Handy zu fassen, drückte die Einschalttaste. Die beiden Hintertüren sausten auseinander, und Harald starrte ihr mit entgeisterter Miene entgegen.

«Was ist das denn? Beatrix! Beatrix!», schrie er, stürzte sich im nächsten Augenblick auf Christine und packte sie mit einem so festen Griff an der Kehle, dass sie röcheln musste. Das Handy schlug krachend auf dem Boden des Laderaums auf. Harald drehte ihre Arme brutal auf den Rücken und zerrte sie ins Freie. Christine wehrte sich nicht.

Dann war auch Beatrix da. «Scheiße!» Sie sprang in den Laderaum und raffte die Plastikfolien zusammen. «Er lebt noch, wir müssen zurück.»

Harald zog Christine im festen Klammergriff mit sich. Er ging schnell, und sie hatte Mühe, auf der holperigen Strecke zur Mosel nicht zu stolpern. Ihre Situation war ausweglos, schoss es ihr durch den Kopf. Beatrix lief mit den Plastikfolien voraus.

Die Uferregion war dicht vom Laub überwachsen. Weder das Ruderboot noch der in einiger Entfernung auf dem Boden liegende Privatermittler konnten von den Schleppern und den Ausflugsschiffen, die zwischen Traben-Trarbach und Bernkastel-Kues zirkulierten, gesehen werden. Beatrix schmiss die Planen neben dem Mann hin und fesselte seine Hände mit Klebeband. Dann wandte sie sich mit einer schnellen Drehung zu Christine um, die ihre Arme in Haralds Griff zu lockern versuchte, und schlug ihr ins Gesicht.

«Du hast mich von Anfang an verfolgt, Miststück!»

Die Wut entstellte Beatrix' Schönheit. Da funkelte nichts mehr in ihren Augen, es war ein schwerer, brutaler Blick. «Mein erster Instinkt war richtig: dich sofort kaltzumachen.»

Der Schlag war nicht besonders hart gewesen, verfehlte aber seine einschüchternde Wirkung nicht. Christine fiel es schwer zu sprechen. «Du warst es, die mich damals mit dem Trecker abgedrängt hat.»

«Das war doch Kinderkram. Bert Gernsheim und du, ein tolles Gespann auf der Weinmesse. Und nach seinem Tod sehe ich dich an unserem Geschäft in Traben-Trarbach vorbeispazieren, als stolze Nachfolgerin.»

Christine konnte sich daran nicht erinnern. Zu dem Zeitpunkt wusste sie überhaupt nicht, dass Schlossweingut Meckling einen Laden in Traben-Trarbach unterhielt. Es musste am zweiten Tag ihres Aufenthaltes in der Stadt gewesen sein, vor ihrem Besuch im Mittelmosel-Museum.

«Was für eine Nachfolgerin? Ich habe nicht die geringste Ahnung, wovon du sprichst, Beatrix.»

«Ja, haha.» Sie lachte aus vollem Hals und bog ihren Oberkörper dabei zurück. «Du hattest nie von etwas eine Ahnung, nicht? Hat mein Vater dir nicht erzählt, dass Gernsheim hier groß an seiner Seite einsteigen und ich allenfalls noch Lohnkraft sein sollte, was? Was glaubst du, wie ich mich da fühlte? Das wollte mein Vater ja alles selbst gar nicht, das wurde ihm in den Kopf gesetzt. Er hatte sich wieder beruhigt. Und dann tauchst du an der Mosel auf, der Nächste bitte. Ich habe dich im Auge behalten. Prompt kurvst du auf unseren Steillagen herum. Ach, das war dumm von mir, Kurzschluss …»

«Ihr hattet einen Unfall?», fragte Harald tonlos.

«Später merkte ich, dass du gar nichts gegen mich in der Hand hast, ja nicht mal die Pläne von meinem Vater und Gernsheim kennst.»

«Er ist nicht dein Vater.»

Beatrix kniff die Augen zusammen. «Das hat dir der Pater erzählt. Ist jetzt auch egal. Ich hatte eine Weile gehofft, wir könnten Freundinnen werden. Zusammenarbeiten, etwas Großes aufbauen. Aber daran lag dir nie was. Und deshalb wirst du zusammen mit dem miesen Erpresser da die ewige Ruhe in der Mosel finden. Es gibt schlechtere Friedhöfe.»

Christine spürte, wie Haralds dicht an sie gedrängter Körper unruhig wurde. «Beatrix, vielleicht gibt es eine andere Möglichkeit», sagte er.

«Und welche soll das sein, mein Herr? Möchtest du wegen der Ziege nicht nur dein Gut verlieren, sondern auch im Gefängnis landen?»

«Wenn sie, wenn Christine dem Typen da den Rest gibt, ist sie selbst eine Mörderin.»

Beatrix' Gesicht hellte sich auf. In Gedanken versunken, ging sie ein paar Schritte, bevor sie sagte: «Und wir geben seiner Leiche etwas bei, was sie eindeutig als Mörderin identifiziert. Blut vielleicht.»

«Wenn sie etwas sagt, bringt sie sich selbst ins Gefängnis.»

Christine spürte immer noch Haralds Nervosität. Sie waren sich lange nicht mehr körperlich so nahe gewesen.

Beatrix nickte und ging zum Ufer. Sie wanderte wie selbstvergessen an der Böschung entlang und schien eine Weile nur das sanft heranschwappende Wasser zu betrachten. Dann bückte sie sich und hob einen großen Stein auf. Mit ihm ging sie zum Ruderboot, bückte sich abermals und klemmte sich ein Messer unter den Arm. Damit kam sie zurück zu Harald und Christine.

«Lass sie los.»

Harald gehorchte. Beatrix umgriff Christines linke Hand, legte den Stein hinein und Christines rechte Hand obenauf.

«Du wirst zu ihm hingehen und ihm den Schädel zerschmettern. Wenn du es nicht tust, liegst du in fünf Minuten auf dem Grund der Mosel.»

Beatrix ließ los. Christine hielt den Stein mit beiden Händen fest. In einer schnellen, kaum nachvollziehbaren Bewegung bekam Beatrix das Messer in die Hand und fügte Christine einen Schnitt an der Handkante zu. Christine schrie auf, hielt aber den Stein weiterhin fest. Aufmerksam beobachtete Beatrix, wie das Blut über den Stein floss und zu Boden tropfte. Sie ging einen Schritt zurück und sagte: «Los, du hast eine Minute Zeit.»

Christine lief vorwärts wie ein Automat, sie wusste nicht, was sie sonst tun sollte. Ihre Hand tat weh und blutete ziemlich stark. Beim Gehen fielen große Tropfen auf ihre Hosenbeine, ihre Schuhe.

Der dickliche Mann vor ihr auf dem Boden war nicht bewusstlos. Er blinkerte aufgeregt und voller Angst mit den Augenlidern. Die Arme und gefesselten Hände lagen ausgestreckt über seinem Kopf. Schritt für Schritt näherte sich Christine. Der Stein in ihren Händen war groß und schwer. Drei Kilo, vier Kilo?

«Mach schon», befahl Beatrix hinter ihrem Rücken. Der Privatermittler starrte sie in Todesangst an, dann wandte er den Blick ab. Christine erinnerte sich genau. Damals auf Haralds Hof in Winningen. Die Weinprobe, der Besuch im Keller. Der Privatermittler auf dem Hof und wie Harald ihn mit dem Hund verfolgte. Der Fremde flüchtete auf den Hang und holte schließlich etwas hervor, was wie eine Pistole aussah. Christine schmiss den Stein neben den Mann in das Gras, ließ sich auf die Knie fallen und griff unter das Jackett des Mannes.

«He, was soll das, du Miststück», hörte sie hinter sich Beatrix schreien. «Ich bringe dich um.»

Christine spürte kaltes Metall in einem Halfter. Die Waffe ließ sich problemlos herausziehen.

«Der Hebel hinten», sagte der Mann. «Sie müssen entsichern.»

Christine sprang mit der Waffe in beiden Händen auf die Beine und drückte einen Hebel herunter. Beatrix und Harald liefen auf sie zu, er voran mit zusammengepressten Lippen und stierem Blick, sie mit aufgerissenem Mund und gebleckten Zähnen hinterher.

«Stehen bleiben!», schrie Christine.

Die beiden rannten weiter wie Irrsinnige auf sie zu. Christine schoss.

Sie hatte noch nie eine scharfe Waffe in der Hand gehabt und nur mal auf dem Jahrmarkt und bei Verwandten in Österreich mit dem Luftgewehr gezielt – vor langer Zeit, als Kind. Jetzt ging es nicht darum, einen Teddy zu gewinnen, sondern zwei Menschen zu stoppen, die zu allem fähig waren. Christine war sicher, dass sie treffen würde.

Harald sah plötzlich aus, als hätte ihn jemand furchtbar beleidigt. Er taumelte noch einige Schritte vorwärts, blieb schwer atmend stehen und fasste an seine Schulter. Wie in Trance trottete er weiter.

«Hau ab, du Arschloch, sonst kriegst du noch eine in den Kopf.»

Jetzt sah er aus, als ob er weinte. Immer wieder betrachtete er seine Schulter.

«Dafür bring ich dich um», sagte Harald. «Dafür bringe ich dich um.»

Christine legte erneut die Waffe an und zielte auf seinen Kopf. «Hau ab. Ich schieße in einer Sekunde.»

Er wich wankend zurück, strauchelte, fing sich.

Beatrix' Gesicht sah erschüttert aus. Sie fing Harald auf und umarmte ihn. Der korpulente Privatermittler schaffte es, auf die Knie zu kommen. Mühsam stand er auf und humpelte zum Waldsaum.

Harald hatte sich verblüffend schnell erholt. Als Christine aufsah, rannte er, das Messer über seinem Kopf haltend, auf sie zu. Sein Hemd war blutverschmiert, und er stieß einen kehligen Laut aus. Er war bereits so nah, dass Christine seine Pupillen sehen konnte, und sie schleuderte ihm die Pistole mitten ins Gesicht. Harald verstummte, sein Kopf flog nach hinten wie von einem Kinnhaken getroffen. Er sackte in die Knie, kam aber wieder hoch. Hinter ihm spurtete Beatrix heran.

Jetzt rannte auch Christine. Sie sprang in wilden, weiten Sätzen davon und brach in das Dickicht des Waldes ein. Es gab hier keine Wege, nur Zweige, die ihr ins Gesicht peitschten, und unerwartete Kuhlen und Löcher im Boden. Die einzige Orientierung bot die abwärtsströmende Mosel. Die Stimmen von Beatrix und Harald schallten durchs Gehölz. Sie schrien sich wie bei einer Treibjagd Instruktionen zu: «Ich bin beim Wasser.» – «Ich krieg sie rechts.» Erschreckend laut krachten ihre Schritte durch das Unterholz.

Die Uferregion bot Deckung, obwohl die Verfolger dicht hinter Christine sein mussten. Sie war lange nicht mehr in einem derartigen Tempo gespurtet, die Moselkulisse, die ab und zu zwischen den Bäumen auftauchte, veränderte sich erstaunlich schnell. Immer wieder schlug sie Haken wie ein Hase, weil sie fürchtete, sonst plötzlich von Harald am Hals gepackt zu werden. Sie spürte, wie ihr Körper bereits von blauen Flecken und Wunden übersät war, weil immer wieder Äste und Zweige gegen ihren Körper schlugen oder sie stachen.

Christine konnte nicht mehr. Sie musste stehen bleiben und versuchte, über ihren keuchenden Atem hinwegzuhören. Nur Vogelstimmen und das Rauschen des Windes drangen an ihr Ohr. Sie lief weiter, weniger schnell, schon fast humpelnd. Eine dicke Baumwurzel tauchte auf, Christine sprang im letzten Moment über sie hinweg und schlug ungünstig mit dem rechten Fuß auf. Ein stechender Schmerz schoss in den Knöchel. Sie trottete weiter, den rechten Fuß nur noch halb aufsetzend, aber sie kam irgendwie voran.

Jetzt gab es ein neues Geräusch. Eine Windböe? Es war das Dröhnen eines Motors. Christine lief langsamer, um es orten zu können, blieb stehen. Das Geräusch kam vom Wasser. Christine zwängte sich zwischen Büschen hindurch zur Uferböschung und blickte panisch umher. Ein Motorboot raste über die Mosel, ein flaches Schlauchboot mit Außenbordmotor. Sie strengte ihre Augen an. Das Boot kam rasant näher, und sie erkannte Theodor Sontmann und wie seine Haare im Fahrtwind flatterten. Christine ging ganz nah ans Wasser heran, streckte die Arme aus und bewegte sie auf und nieder, als wollte sie einen Jumbo-Jet auf der Landebahn einweisen. Das Boot raste an ihr vorbei, drosselte das Tempo, vollzog einen Kreisbogen über fast den gesamten Flusslauf und tuckerte auf Christine zu.

Die Uferböschung bestand aus bröckligem Gestein mit hohen, gelbbraunen Grasbüscheln. Christine kletterte vorsichtig hinab, setzte sich auf einen flachen Brocken und schob ihre Beine ins Wasser. Es war kalt, linderte aber augenblicklich den Schmerz in ihrem Knöchel. Theo fuhr noch näher heran und starrte mit einem entsetzten Gesichtsausdruck auf sie. Er trug einen schwarzen Neoprenanzug.

Christine stieß sich von der Böschung ab, tauchte bis zu den Waden ins Wasser und watete auf seinen ausgestreckten Arm zu. Als sie bis zu den Knien in der Mosel verschwunden war und das Wasser gegen ihre Oberschenkel klatschte, konnte sie seine Hand greifen, zog ihn mit dem Boot zu sich heran und krabbelte hinein. Er half nach und steuerte das Boot wieder zur Flussmitte, wo es rasch an Fahrt gewann.

«Ich bin sofort los nach deinem Anruf», sagte er. «Zieh das

an.» Er deutete auf einen zweiten Neoprenanzug im Bug des Bootes. «Das Wasser ist noch frischer als der Fahrtwind. Deine Sachen kannst du sowieso wegschmeißen.»

Christine zog Schuhe und Strümpfe aus und betrachtete den lädierten Fuß. Er machte einen normalen Eindruck.

«Was ist mit deiner Hand?», schrie Theo gegen den Fahrtwind an.

Sie war völlig blutverschmiert, aber die Wunde eingetrocknet.

«Freundlichkeit von Beatrix.»

Christine hielt die Hand ins Wasser. Dann entledigte sie sich Hose und Bluse und begann, sich in den Taucheranzug zu zwängen.

«Wir müssen zu Schloss Meckling.»

«Was ist passiert?»

«Harald und Beatrix haben versucht, diesen Privatermittler zu ermorden. Anscheinend weiß er inzwischen nicht nur, dass Harald hohe Schulden hat, sondern einiges mehr, und versuchte, mit ihnen ins Geschäft zu kommen.»

Theo deutete nach vorn. Die Ausläufer der Ürziger Steillagen tauchten auf. Auf den gewaltigen Gesteinsbrocken war bereits das weiße Kreuz des Ürziger Würzgartens zu sehen.

«Wir alarmieren hier die Polizei.»

«Nein! Ich habe keine Beweise. Und ich habe auf Harald geschossen, ihm eine Kugel in die Schulter verpasst.»

Mit großen besorgten Augen steuerte Theodor Sontmann den Außenborder an Ürzig vorbei.

«Dieser Detektiv sagt bestimmt nicht bei der Polizei aus. Der hat selbst genug Dreck am Stecken. Pack schlägt sich, Pack verträgt sich – vielleicht tun sie sich wieder zusammen, gegen mich. Verstehst du? Ich stand schon unter Mordverdacht, und jetzt habe ich geschossen. Sie brauchen alle nur gegen mich auszusagen.»

Endlich hatte sie den Anzug über den Körper gezogen und hockte sich erschöpft gegen die Seitenwand des Bootes.

«Was willst du auf Schloss Meckling?»

«Beatrix hat Bert Gernsheim umgebracht, da bin ich sicher. Ein Schal, den sie am Tatort liegen ließ, wird beweisen, dass sie exakt zur Tatzeit bei ihm war. Sie hat ihn auf der Weinmesse getragen, ich bin mir ganz sicher. Sie ist uns damals wahrscheinlich gefolgt oder wartete auf Bert vor dem Laden. Nur zwischen dem Moment, als er den Laden aufschloss, und seinem Tod kann sie das Tuch dort verloren haben. Ich muss es haben, solange ich noch auf das Schloss komme. Und am besten auch noch den Computer in Tomas' Arbeitszimmer, bevor Beatrix ihn verschrotten lässt.»

«Himmel!»

«Du brauchst nicht mitzukommen.»

«Ich muss. Und ich will. Wichtig ist, dass du dich gleich gut festhältst.»

Christine schaute nach vorn. Das gewaltige Sperrwerk bei Zeltingen näherte sich.

«Da müssen wir durch?»

«Wenn du nicht zu Fuß gehen willst.»

Theo tuckerte im gemächlichen Tempo auf die Schiffsschleuse rechts vom Sperrwerk zu und scherte dann zur Seite. «Den lassen wir vor.»

Eine der Personenfähren nach Bernkastel zog an ihnen vorbei. Hinter den Fenstern saßen Passagiere mit Weingläsern in den Händen. Einige standen auf dem Außendeck und starrten auf Christine und Theo herab.

«Wahrscheinlich hat sie mich und Erik nach dem Mord sogar noch auf den Laden zugehen sehen und ist hastig über den Hinterhof geflohen. Und fürchtete später, ich wüsste etwas, was ihr gefährlich werden könnte. Die Sorge löste sich erst auf, als mich der Kripo-Mann aus Hamburg befragte und sie dabei war. Von einem Augenblick auf den anderen wurde sie schrecklich nett zu mir!»

Theo nickte und steuerte das Schlauchboot hinter dem Schiff in die enge Fahrrinne. Hohe Wände umgaben sie, vom Moselufer war nichts mehr zu sehen. In Abständen führten Metallsprossen nach oben. Theo manövrierte das Boot auf eine der Leitern zu und hielt sich daran fest. Männer an Deck des Ausflugsschiffes beobachteten sie mit mitleidigen Gesichtern und diskutierten.

«Die rechnen sich unsere Überlebenschancen aus», murmelte Christine. Es gefiel ihr nicht besonders gut hier.

Wellengang kam auf, und sie drehte sich um. Der schwarze Bug eines Lastkahns schob sich in den Schleusenkanal und genau auf sie zu. Meter für Meter kam er näher, bis er dicht vor dem Schlauchboot zum Halten kam. Theos Halsmuskeln traten hervor, während seine Hand fest die Leitersprosse umklammerte, um das Boot ruhigzuhalten.

Plötzlich wurden sie nach oben gehoben. Der steigende Wasserspiegel verschluckte eine Sprosse nach der anderen, bis sie über den Kanal hinweg wieder Bäume sehen konnten. Die Schiffsschrauben der Fähre lärmten los und wirbelten das Wasser auf. Langsam schob sich das Passagierschiff aus dem Kanal. Theo fuhr in gemessenem Abstand hinterher. Zu beiden Seiten breitete sich wieder das Moselufer aus.

Theo scherte nach links neben die Fähre aus, und innerhalb von Sekunden befand sich sein Motorboot auf gleicher Höhe mit ihr. Dann schoss es vorwärts, setzte sich mit einem eleganten Schwung vor das große Schiff und ließ es innerhalb von wenigen Minuten weit hinter sich.

Nach einiger Zeit hoben Christine und Theo im selben Augenblick die Köpfe und blickten zu dem Weinberg hinauf, auf dem die ausgebrannte Kapelle stand.

«Es gibt nicht mehr viel zu retten», sagte Theo.

Er steuerte zum rechten Moselufer und wählte einen Anlegeplatz in der Nähe des Weges, der zum Schloss hochführte. Christine ließ ihre nasse Kleidung im Boot und stapfte mit ihm an Land.

Schlossgespenster

Die Neoprenanzüge waren eine gute Tarnung im abendlichen Zwielicht. Christine und Theodor eilten im Laufschritt über die Steigung durch den Wald zum Schloss. Oben schlüpften sie schweißgebadet durch den kleinen Durchgang in der Schlossmauer. Alle Gebäude lagen im Dunkeln.

«Da links um die Ecke, da liegt meine Wohnung», flüsterte Christine. «Da ist der Schal.»

«Wer weiß, ob er dort noch ist.»

«Mist, ich habe keinen Schlüssel. Meine Tasche liegt im Lieferwagen.»

«Wir werden schon irgendwie reinkommen.»

Als sie vor der Tür standen, betastete Theo deren hölzerne Oberfläche und prüfte das Schloss. Dann machte er einen Schritt rückwärts. Im nächsten Moment schoss sein Fuß mit der Schuhsohle voraus. Das Holz splitterte, und die Tür flog aus dem Schloss.

«Wo hast du das denn gelernt?»

«Wie gesagt, wir wollten einst Guerilleros werden.»

Christine schaltete kein Licht ein. Sie musste an ihren letzten Besuch in Eriks Hochhauswohnung denken und wie er aus Angst vor Gudrun die Lampe ausmachte. Sie hatte das Paket mit dem Schal heute Morgen einfach neben dem Bett stehen lassen. Dort befand sich alles immer noch. Sie legte ihn vorsichtig in eine Plastiktüte und tat diese in eine Umhängetasche, die sie sich in Hamburg extra für ihre Moselreise gekauft, aber bislang nicht benutzt hatte. Sie steckte außerdem zwei CDs hinein.

«Und jetzt zum Schloss.»

«Ist das wirklich noch nötig?» Theo stand in der offenen Tür und blickte sich unentwegt nach draußen um.

«Ich will Tomas' Konzepte, seine Pläne für das Gut … Bert sollte hier groß einsteigen, davor hatte Beatrix Angst. *Moselblut* – ich denke, bei dem Wein hatte Bert die Hand im Spiel, mit ihm hat er vermutlich Tomas überzeugt. Nicht mehr nur Riesling, nicht mehr nur Weißwein, sondern richtig üppige Rote sollten angebaut werden. Vielleicht sollten sie sogar wichtiger werden als die Weißen.»

«Mag sein, Christine. Aber der Aufwand ist groß im Verhältnis zum Risiko. Du willst ins Schloss und mit dem Computer wieder hinaus? Wie soll das gehen? Und was sollen Tomas' Pläne letztlich beweisen?»

«Kopien von den Dateien reichen mir, um der Polizei meine Darstellung glaubhaft zu machen. Noch wichtiger als die Pläne ist Tomas' Testament. Ich bin sicher, dass er ein neues aufgesetzt hat, in dem Beatrix nicht mehr vorkommt.»

In der Hand spürte sie einen pochenden Schmerz. Sie hatte die Wunde in die Mosel gehalten – schwammen dort Keime, die zu Entzündungen und schweren Komplikationen führen konnten? Wahrscheinlich nicht, das war doch ein sauberer Fluss, oder? Trotz der vielen Schiffe und der vielen Städte?

«Wie geht es deiner Hand?»

«Alles okay.»

«Tja …», sagte Theo, «zu deiner Theorie passt, dass Beatrix bis vor kurzem glauben durfte, Besitzerin von all dem Zaster, dem Schloss und den Bergen zu werden.» Er macht eine gute Figur in seinem Neoprenanzug, schoss es Christine durch den Kopf, sein Körper ist nicht zu fett. «Ich denke, Tomas hat sich aber umentschieden.»

Christine ging ins Bad und klebte ein Pflaster auf die Wunde. Die Wahrheit war zum Greifen nah, doch schwer zu beweisen.

«Kommst du mit?», fragte Christine.

«Natürlich.»

Sie gingen hinaus, und Christine drückte hinter sich die kaputte Tür in den Rahmen. Schweigend liefen sie an den Gutsgebäuden entlang, bis das Schloss am Ende des großen Platzes auftauchte. Der Himmel war immer noch nicht ganz dunkel. Kein Auto parkte hier.

«Was tun wir jetzt? Klingeln?»

«Keine gute Idee. Außerdem scheint niemand da zu sein. Ich dachte, du knackst jede Tür.»

«Die Eingangstür sicher nicht. Wenn wir rein wollen, wird es anstrengend.»

«Also gut.»

Sie rannten mit eingezogenen Köpfen am Rand des Platzes und schließlich an der Seitenfassade des Schlosses entlang. Vor einem der Seitenbalkone blieb Theo stehen.

«Die Türen und Fenster im Parterre sind vergittert. Dies ist die einzige Chance.»

«Ich verstehe nicht.»

«Du musst auf meine Schultern steigen und auf diesen Balkon klettern. Dann musst du das Glas der Balkontür einschlagen, die Tür von innen öffnen – schon bist du im Schloss. Oder wir lassen die ganze Sache sein.»

«Also los.»

Theo kniete sich hin und nahm Christine auf die Schultern. Dann umfasste er ihre Unterschenkel, stand schwer atmend und schwankend auf und stemmte sie in die Höhe, während Christine die Hände zum schmiedeeisernen Geländer des Balkons ausstreckte und sich an den Gitterstreben festhielt. Sie schaffte es, sich auf seinen Schultern aufzurichten, und während er weiterhin kräftig von unten nachhalf, zog sie sich am Balkon hoch, hangelte sich über die Brüstung und plumpste auf die Plattform des grazilen, alten Balkons. Schnell rappelte sie sich auf und blickte in die Tiefe.

«Ich kann dir leider nicht folgen», sagte Theo. «Ich passe hier auf.»

«Danke. Nachher trinken wir noch einen Schluck.»

Sie drehte sich um, holte mit dem Fuß aus und schlug ihn mit Wucht gegen die Glastür. Splitter schossen in den dunklen Raum. Christine griff durch die zerborstene Scheibe, erfasste einen altertümlichen Türhenkel und drückte ihn herunter. Die Balkontür öffnete sich, und sie durchquerte ein schmuckloses Zimmer, in dem Tische und Stühle übereinandergestapelt waren.

Ruhiger atmen, dachte Christine, ruhiger. In der Diele war es dunkel, sie klammerte sich am Treppengeländer fest und zwang sich, langsam hinabzusteigen, Schritt für Schritt. Am Ende stand sie im Eingangsbereich von Schloss Meckling.

Christine lief an der Küche vorbei zu Tomas Mecklings Arbeitszimmer. Die Tür stand dieses Mal nicht offen, war aber nicht verschlossen. Sie nahm die Umhängetasche ab, setzte sich auf den Bürostuhl vor dem Computer und schaltete ihn ein.

Wie von ihr erwartet, waren die *Moselblut*-Dateien gelöscht worden. Aber wie die meisten Computer enthielt auch dieser ein Programm zur Wiederherstellung gelöschter Dateien. Sie aktivierte es und tippte *Moselblut* ein. Das System versprach, die Dateien wiederherzustellen. Ein Kreis auf dem Bildschirm fing an, sich zu drehen. Es konnte länger dauern.

Ab und zu wurde sie aufgefordert, Eingaben mit der Maus zu machen. War da ein Geräusch? Es war nur ein Knarren im

Stuhl, ausgelöst durch Christines unruhig wippendes Bein. Wie lange würden Beatrix und Harald brauchen, um zurückzukehren? Sicher waren sie im Krankenhaus. Allzu schwer konnte seine Verwundung nicht sein, wenn er kurz darauf wieder so schnell laufen konnte. Aber eine Kugel in der Schulter war allemal eine ernste Angelegenheit. Peer Steiger wohnte an den Wochenenden häufig nicht auf dem Schloss und hatte davon gesprochen, in den nächsten Monaten, wenn der Wein vor sich hin reifte, lediglich Besuche auf dem Gut machen zu wollen.

Ein Textfeld blinkte auf dem Bildschirm. Die Wiederherstellung der Dateien war abgeschlossen. Christine kopierte sie auf eine CD, schaltete den Computer aus und nahm ihre Tasche. Nichts wie weg hier.

Lange hatten ihre Augen auf den strahlenden Computerbildschirm gestarrt. Jetzt fiel die erneute Umstellung auf die Dunkelheit schwer. Auf dem Weg zur Küche konnte sie ihre eigenen Beine kaum sehen. Unter dem Neoprenanzug bewegten sich ihre Schuhe wie zwei graue Schatten. Dass die Küchentür offen stand, irritierte Christine nicht. So verhielt es sich immer, wenn sie hier vorbeigekommen war. Mitten im Schritt schlugen ihre Unterschenkel gegen etwas Hartes, das ihr die Füße wegzog. Christine verlor das Gleichgewicht, fiel kopfüber und schlug auf dem harten Fliesenboden auf.

Licht ging an, und benommen richtete Christine ihren Oberkörper auf. Vor ihr standen Beatrix mit einem Besenstiel und Peer Steiger mit einem langen Küchenmesser in der Hand.

«Ganz ruhig sitzen bleiben», sagte Steiger, während er sich nach der Umhängetasche bückte. «Wieder beim Datenklau?»

Beatrix nahm ihm die Tasche aus der Hand, öffnete sie und kramte mit unbeweglichem Gesichtsausdruck darin herum.

«Sieh dir den Kampfanzug an», murmelte sie. «Wolltest du

uns alle umbringen, Christine? Pass gut auf, Peer, und sei vorsichtig. Ich alarmiere die Polizei.»

Beatrix bewegte sich zum Ausgang des Schlosses, statt vom Büro aus zu telefonieren. Christine konnte sich denken, warum. Sie hatte das Halstuch gesehen und wollte es verschwinden lassen. Seltsam, dass sie schon wieder hier angekommen war. Wenn sie mit Harald im Krankenhaus war, hätte man sie wegen der Schusswunde doch bestimmt länger festgehalten und die Polizei hinzugezogen.

«Beatrix ist eine Mörderin, und sie haut gerade mit einem wichtigen Beweisstück ab. Wir müssen sie aufhalten, Herr Steiger.»

«Machen Sie sich nicht lächerlich, Frau Sowell.»

Er gab einen seltsamen Anblick ab, in seinem festlichen Anzug mit Krawatte und dem riesigen Messer in der Hand. Christine lag, auf einen Ellenbogen gestützt, ausgestreckt vor ihm.

«Sie sind diejenige, die hier spioniert und Daten klaut und wahrscheinlich noch viel schlimmere Dinge getan hat. Beatrix alarmierte mich auf einem Empfang, weil Harald von einer Weinbergsbesichtigung mit Ihnen nicht zurückkehrte und nirgends zu erreichen ist. Sie fürchtet, mit ihm geschah dasselbe wie mit Ihrem Vater.»

Bei seinen Worten wurde Christine flau. Beatrix hatte die Situation wie eine Schachspielerin für sich ausgenutzt. Es sah schlecht für Christine aus, und es wurde mit jeder Minute schlechter. Beatrix würde die einzigen Beweisstücke für ihre Verbrechen vernichten und alles daransetzen, die Indizien gegen Christine zu lenken und sie als Mörderin dastehen zu lassen, die Harald antun wollte, was sie auch Bert Gernsheim und Tomas Meckling angetan hatte. Wo war Harald Lod?

Peer Steigers Beine zuckten unruhig.

«Ich habe den Eindruck, dass Sie in die kriminellen Taten

der beiden nicht eingeweiht sind, Herr Steiger. Tun Sie nichts Falsches. Sie arbeiten mit einer Mörderin zusammen, die dabei ist, ihre Spuren zu verwischen.»

«Sie spinnen ja.»

«Sie sind vielleicht der Nächste. Sie gehören noch zur alten Riege mit Gernsheim und Tomas Meckling. Was ist mit dem *Moselblut*?»

Er blickte verärgert auf sie herunter. «Das haben Sie ausspioniert.»

«Nein, Bert hat mir in Hamburg eine Flasche gegeben.»

«Ihnen? Es wird keinen *Moselblut* mehr geben. Die Sache ist mit Tomas gestorben. Wer weiß, vielleicht, weil Sie es bezweckten.»

«Mal ehrlich, Herr Steiger, Sie glauben, ich hätte irgendwelche Leute umgebracht?» Christine setzte sich auf. Er wich ein Stück zurück.

«Was weiß ich.»

«Sie machen mit Verbrechern gemeinsame Sache, Herr Steiger, das ist die Wahrheit. Ich kann der Polizei Hinweise zu den Taten geben, ich kann weitere Morde verhindern. Und Sie vereiteln das, berauben mich meiner Freiheit, nur, weil Beatrix das von Ihnen verlangt.»

«Sie haben Daten geklaut.»

«Ach, Quatsch. Was ist mit Kirchstein? Stecken Sie doch mit drin? Es wird alles ans Licht kommen, und ich werde der Polizei alles sagen, was ich weiß. Sie landen im Gefängnis, Peer Steiger.»

«Was reden Sie da?» Er lachte, als wäre eine Verhaftung das Letzte, was einem Mann wie ihm widerfahren könnte. Doch eben das spiegelte vielleicht seine Unsicherheit, und die war Christines Chance. «Die Kirchstein-Sache ist völlig harmlos, auch wenn wir sie geheimgehalten haben. Bert Gernsheim war ja dabei, wollen Sie den auch anschwärzen?»

Immer wieder wischte er mit dem Rücken seiner linken, freien Hand über sein Gesicht. Auf seinem Hals glänzte Schweiß, und seine Augen blickten leicht schielend ins Leere. Offensichtlich dachte Peer Steiger scharf nach.

«Was war das für eine Sache mit Kirchstein und dem *Moselblut*? Mit Bert Gernsheim und Ihnen?»

«Halten Sie jetzt endlich den Mund. Das tut nichts zur Sache.»

Beide erschraken, als die Türglocke schellte. Peer Steiger blieb regungslos.

«Wollen Sie nicht öffnen?»

Es klingelte erneut. Christine hatte keine Ahnung, ob es etwas Gutes oder Schlechtes bedeutete. «Vielleicht steht die Polizei schon vor der Tür.»

Er senkte den Kopf und wischte sich mit dem Jackettärmel über das Gesicht.

«Stehen Sie auf, ganz langsam. Dann gehen Sie voraus.»

Christine gehorchte. Sie erreichten den Empfangsbereich mit der dunkelgrünen Eingangstür, von der ein roter Läufer zum Treppenaufgang führte. Steiger deutete mit der Messerspitze zur Treppe. Christine nahm auf der dritten Stufe Platz und beobachtete, wie er das Eisenschloss entriegelte und die Tür aufschob. Im sich vergrößernden Spalt erschienen die gegenüberliegenden Schlossgebäude und hoben sich hell vom inzwischen dunklen Nachthimmel ab.

Steiger lugte vorsichtig durch den Spalt, bevor er die Tür ganz öffnete. Es war niemand da. Er sah sich zu Christine um, die regungslos auf der Treppe kauerte, trat nach draußen und verdrehte den Kopf schnell nach links und rechts. Dann ging er wieder zurück ins Schloss und zog die Tür mit sich. Sie war fast zu, als eine Faust von der Seite hereinschoss und Peer Steiger unter der Wange traf. Sein Kopf klappte nach hinten weg, das Messer fiel aus seiner Hand, und er sackte mit dem

Gesäß voran zu Boden. Die Tür öffnete sich wieder, und in geduckter, kampfbereiter Haltung kam Theo in seinem Neoprenanzug zum Vorschein. Als er Christine sah, legte er die Hand auf seine Brust und machte ein aufatmendes Gesicht. Sie sprang hoch und hob das Messer auf.

«Tut mir leid», sagte Theo zu Peer Steiger, der benommen zu ihm aufschaute. «Ich werde ungern mit einem Messer empfangen.»

«Zum Glück!», sagte Christine.

«Die beiden müssen durch den Weinkeller ins Schloss gekommen sein. Plötzlich sah ich, wie Beatrix das Schloss verließ.»

«Sie hat leider meine Tasche.»

«Heute Nacht seid ihr alle im Knast.»

Peer Steiger lag zusammengekrümmt auf der Seite und rieb sich die Wange.

«Aber vorher beschäftigen wir uns mit dir.» Christine hockte sich vor ihn hin. «Was ist mit Kirchstein?»

Sein Gesicht war blass geworden, und er atmete schwer, während er starr auf das Messer blickte.

«Was ist damit?», wiederholte Christine ernst.

«Was soll schon sein?», rief er gereizt. «Gernsheim hatte die Idee, schon seit Jahren. Rotwein an der Mosel. Nicht einfach nur Spätburgunder. Cabernet, Syrah, das ganze südliche Zeug. Wir haben ihn für verrückt erklärt damals, doch er fing immer wieder damit an. Der Klimawandel würde alles verändern. Winzer müssten sich jetzt schon die besten Lagen für später sichern. Was nicht unbedingt die besten Rieslinglagen von heute seien.»

Steiger stöhnte laut. «Ich will jetzt gehen!» Er versuchte, auf die Beine zu kommen.

Theo legte seine Hand auf Steigers Schulter und drückte ihn hinunter. «Weiter.»

«Es gibt nichts weiter. Tomas war skeptisch und wollte auch keine Sorten auf seinen Lagen anpflanzen, die nicht zugelassen sind. Aber dann hat er doch ein Stück Land von Kirchstein gepachtet. Ich war so eine Art Verbindungsmann. Alles ganz geheim, Kirchstein hat ein Vermögen dafür bekommen.» Steiger blickte mit ausdrucksloser Miene zu einem der beiden schmalen Seitenfenster des Eingangsbereichs.

«Wir haben die Reben in Koblenz gekeltert und nur die Flaschen auf dem Gut eingelagert. Was Bert über das Klima sagte – das ist alles eingetreten. Alle Winzer wissen es inzwischen. Und Tomas war begeistert, sagte, jetzt sei er wieder Revoluzzer, der erste, der die neue Zeit einläutet. Alles sollte anders werden, und Bert sollte so eine Art Geschäftsführer sein. Doch dann … Auch nach Berts Tod wollte Tomas weitermachen.»

«Aber dann war er selbst tot, und Beatrix machte alles rückgängig», sagte Christine. «Kein Wunder, dass sie die Pläne nicht mochte. Begreifen Sie es denn immer noch nicht, Herr Steiger? Wichtiger Teil des Vorhabens war, dass Beatrix doch nicht die nächste Besitzerin von Schlossweingut Meckling werden sollte. Bert Gernsheim wird Tomas Meckling die Augen geöffnet haben, dass sie völlig ungeeignet ist. Sie glaubte, nur Bert umbringen zu müssen, damit alles wieder wie früher wurde. Aber für Tomas war längst eine neue Welt angebrochen, also musste er auch sterben. Und Sie, Herr Steiger, haben sich ja schnell mit der neuen Situation angefreundet.»

Er schwieg. Theodor Sontmann schnaufte ungeduldig.

«Das bringt uns jetzt alles nicht weiter», sagte er. «Christine, gut, die Beweisstücke sind weg, das ist eben so. Wir müssen zur Polizei, du sagst, was du weißt, und dann nehmen die Dinge ihren Lauf.»

Steiger starrte schon wieder zu dem Fenster, und Christine folgte seinem Blick. Irgendwo in der Ferne bewegten sich Lichter.

«Beatrix hat längst die Polizei gerufen. Sie ist eine angesehene Winzerin, und ich bin eine Mordverdächtige, die heute auch noch jemanden angeschossen hat. Theo, sie zimmert an einer Story, um mich hinter Gitter zu bringen, am besten lebenslang.»

«Ah ja, geschossen», murmelte Peer Steiger. «Ich wusste es.»

Theo massierte seine Schläfe.

«Wohin ist Beatrix gelaufen?», fragte Christine.

«Vielleicht wollte sie runter in den Wald, in die Richtung.»

«Warte hier, Theo. Ich versuche mein Glück.»

Er griff nach ihrem Arm. «Christine.»

«Ist schon gut, Theo. Bis später.»

Sie trat auf den Platz hinaus. Auf der gegenüberliegenden Seite war eines der Bürofenster erleuchtet. Sie beeilte sich, in den Schutz der seitlichen Fassaden zu gelangen. Zu spät fiel ihr ein, dass sich ihr dunkler Neoprenanzug vor den hellen Mauern womöglich gut abzeichnete. Mit zusammengebissenen Zähnen bewältigte sie die qualvoll lange Strecke.

Befand sich Beatrix in dem Büro? Oder war sie noch unterwegs im Wald, um das Halstuch zu verscharren? Ein Feuer würde sie in der Nacht wahrscheinlich nicht entfachen. Vielleicht warf sie einfach alles in die Mosel?

Endlich erreichte sie die andere Seite des Platzes. Hier führte eine gepflasterte Gasse weiter in Richtung Wald. Wenn Beatrix dort die Sachen versteckt hatte, könnte sie dann jetzt schon wieder im Büro sein? Vielleicht war sie vorher dort gewesen, um die Polizei zu alarmieren, und hatte das Licht angelassen. Theo erzählte aber, sie sei vom Schloss direkt in Richtung Wald gelaufen …

Christine lief unschlüssig weiter. Beatrix war schlau, wahrscheinlich liebte sie einfache Lösungen, auf die andere nicht so bald kamen. Im Wald konnte eine frisch zugeschüttete Grube leicht gefunden und alles wieder ausgegraben werden – das Risiko war zu hoch. Die Müllcontainer. Sie standen am Beginn der Gasse vor einer Lagerhalle. Christine öffnete den Behälter für Hausmüll und fand nach einigem Wühlen ihre Tasche, dann auch das Tuch und die CDs. Sie packte alles wieder zusammen.

«Ich wusste es. Du hattest die ganze Zeit das Tuch bei dir und daran gedacht, mich irgendwann fertigzumachen.» Beatrix' Stimme klang müde, aber fest. Sie hatte sich von hinten angeschlichen.

«Nein, Beatrix, so war es nicht.»

«Gib mir das.»

«Du überschätzt dich, Beatrix. Das Spiel ist aus.»

«Wer weiß.» Sie strich eine Haarsträhne hinter ihr Ohr und sah mit einem verträumten Ausdruck auf ihre Schuhspitzen. «Du und Harald, ihr wart ja mal gut befreundet. Wenn du ihn retten willst, solltest du mir die Tasche geben.»

«Was soll das heißen?»

«Er ist da im Gehölz an der Mosel zusammengeklappt. Er blutete stark und wurde ohnmächtig. Ich konnte ihm nicht helfen.»

«Du hast ihn einfach liegen gelassen?»

«Moment mal, du hast geschossen, und du hast ihn liegen gelassen. Was meinst du, wie lange Rettungskräfte brauchen, um ihn in der Wildnis zu finden, wenn sie die Stelle nicht genau kennen? Außer, du sagst der Polizei, wo es war.»

«Woher soll ich es denn wissen?»

«Ich werde dir die Fahrstrecke dorthin auf der Karte zeigen. Die Polizei muss gleich da sein, ich komme dann mit suchen, und du hältst dich einfach immer an meiner Seite, dann stoßen wir auf ihn. Dein dritter Mord wird dann vielleicht nur ein versuchter sein. Ich rate dir, nicht über mich zu plappern, denn sonst überlege ich es mir anders. Auch wenn dir niemand glaubt.»

Bluffte Beatrix nur? Hatte sie Harald wirklich zurückgelassen? Leider passte alles zusammen. Christine konnte sich auf kein Spiel einlassen, sie musste alles tun, um zu verhindern, dass Harald wegen ihr ums Leben kam. Sie übergab Beatrix die Tasche und wusste, dass diese ihren Teil des Geschäfts erfüllen würde. Es war ein so genialer wie skrupelloser Plan, Harald nicht ins Krankenhaus zu bringen, sondern Christine «gestehen» zu lassen, wo er lag. Beatrix' Version der Geschichte mit Christine als Serienmörderin konnte kaum besser untermauert werden.

«Komm mit», sagte sie.

Draußen war zu hören, wie sich Fahrzeuge näherten. Im Büro brannte Christines Schreibtischlampe, und ihr Computer lief – Beatrix hatte ihn offenbar durchforstet.

«Du wärst bereit, ihn dort umkommen zu lassen?»

Beatrix zuckte mit den Achseln. «Jetzt überlebt er ja vielleicht. Er wusste allerdings zu viel.»

«Du hast Bert Gernsheim und Tomas Meckling umgebracht.»

«Hör bloß auf. Ich wollte mit Gernsheim nur reden, ihm ein Geschäft vorschlagen. Der Knacker hat mich angegiftet. Auch für Tomas' Tod kann ich nichts. Er fährt mit mir die Berge hoch, um mir von neuen Plänen zu erzählen, und eröffnet mir plötzlich, er wolle künftig das Berufliche vom Privaten trennen. Und dafür habe ich jahrelang das alles mitgemacht?»

«Du hast ihn abstürzen lassen.» Sie schauten auf. Blaulicht zuckte draußen auf dem Platz.

«Wir haben schon lange nicht mehr miteinander geschlafen. Vielleicht wollte er dich als Nächste. Aber dass er mir alles wegnehmen will und dabei so tut, als wäre alles in Ordnung und wir weiterhin dicke Freunde, damit habe ich nicht gerechnet. Er ist da oben zu irgendwelchen blöden Reben geklettert. Nein, ich habe nichts getan. Ein Windhauch nahm ihn mit. Jetzt schnell, guck dir das an.»

Auf einer Moselkarte zeigte Beatrix ihr eine Stelle bei Ürzig, irgendwo am Ufer. Es gab dort eine Landzunge und eine Stichpiste, die sich Christine einprägte. Sie gingen hinaus.

Zwei Polizeifahrzeuge mit Blaulicht und ein schwarzer Wagen fuhren auf dem Platz vor. Uniformierte Beamte sprangen heraus. Aus dem dunklen Auto stieg Kriminalrat Krose in einem modisch kurzen Mantel. Er machte ein bekümmertes Gesicht, als Christine auf ihn zulief.

«An der Mosel liegt ein Mann mit einer Schussverletzung. Harald Lod. Ich habe ihn angeschossen.»

Beatrix' Äußeres hatte eine Wandlung durchgemacht. Ihr Gesicht schimmerte blass in der Nacht. Ein schmerzensreicher, aber kaum hörbarer Seufzer kam aus ihrem Mund. «Sie ist eine Wahnsinnige», sagte sie. «Sie hat es mir gestanden. Ich habe ihr gesagt, dass sie keine Chance hat, dass wir nur noch Harald retten können.» Die uniformierten Polizisten eilten herbei.

«Ich zeige Ihnen, wo es geschah», sagte Christine zu Krose. «Er braucht Hilfe.»

Aus dem Fond von Kroses Wagen stieg ein Mann mit Kopfverband. «Das ist nicht mehr nötig», rief er. Es war der korpulente Privatermittler. «Wir haben Herrn Lod längst ins Krankenhaus bringen lassen. Gestatten: Paul Puske, Bundeskriminalamt.»

Es war so warm, als könne sich die Herbstsonne den Sommer nicht abgewöhnen, und viele Bäume trugen noch grüne Blätter. Christine trug nur eine leichte Jacke und schaute auf das Getränk in ihrem Glas: Raura-Eiswein aus dem letzten Jahr.

«Ich warte auf den ersten Winter, in dem es überhaupt keinen Frost mehr gibt», sagte Chris Raura. «Vielleicht schon in diesem. Wer weiß, vielleicht trinken wir gerade den letzten Eiswein-Jahrgang für lange Zeit.»

«Aber es gibt doch Tiefkühltruhen», erwiderte Erik, das Glas lässig am Stiel schwenkend. Sie saßen zusammen mit Ehepaar Raura und Theodor Sontmann im Innenhof von Weingut Raura. Es war einer der letzten Tage für Christine an der Mosel. Übermorgen wollte sie nach Hamburg zurückkehren und dann Urlaub machen. Irgendwo im Süden.

Erik grinste, aber sein Einwurf war kein bloßer Witz gewesen. «Eigentlich unverständlich, das ganze Gewese darum. Es geht doch nur um Minusgrade, die das Wasser in den Trauben binden, sodass alle anderen Inhaltsstoffe konzentrierter in den Wein gelangen. Ob das Wetter dafür verantwortlich ist oder ein Kühlaggregat, ist doch egal.»

«Ohne mich», sagte Chris Raura. «Da bin ich esoterisch veranlagt. Es muss der echte Frost in den Bergen sein, der die Trauben zu Wuchtbrummen macht. Sorry, ich glaube, die Natur weiß am besten, wann sie solchen Wein will. Alle Bedingungen müssen zusammenpassen. Das kann ich zwar nicht beweisen, aber wer dran glaubt, dem schmeckt der Wein garantiert besser.»

Sie lachten, wurden jedoch bald wieder ernst, um nach der Abschweifung wieder Christine zuzuhören, die vom letzten Stand der Dinge berichtete. Sie hatte erfahren, dass Paul Puske als verdeckter Ermittler ursprünglich auf sie angesetzt gewesen war, um ihre Verstrickung in den Mord an Bert Gernsheim zu klären. Bald aber erschienen ihm Beatrix und Harald viel verdächtiger.

«Puske trieb ein gefährliches Spiel. Er glaubte an eine Verschwörung im großen Stil. Als guter V-Mann wollte er Geschäftspartner von Beatrix und Harald werden, um die Sache von innen aufzudecken. Damit die beiden ihn an sich heranlassen, hat er sie in die Enge getrieben. Nach dem Motto, er habe Verbindung zu einer Organisation, die Kredite aufkauft. Er müsse nur weiterleiten, dass Harald sich nicht ums eigene Gut kümmere, dann könne man es ihm aufgrund vertraglicher Bedingungen sofort wegnehmen. Auch deutete er an, mehr über den Tod Tomas Mecklings zu wissen als jeder andere. Dass er ihn mit Beatrix an jenem Tag zum Berg fahren sah und so weiter. All das kostete ihn fast das Leben.»

Christine hatte von Kriminalrat Krose erfahren, dass ihr für Puskes Rettung eine Medaille für Zivilcourage verliehen werden sollte.

«Wie nahm Beatrix ihre Verhaftung auf?», fragte Sonja.

«Gar nicht. So reglos habe ich sie noch nie erlebt.»

«Ich bin mal gespannt, wie lange sie sitzen muss», meinte Theo. «Wahrscheinlich ist sie bald schon wieder raus, weil sie mit ihrem Anwalt mangelnde Schuldfähigkeit eingefädelt hat.»

Christine nickte. «Ich bin auch gespannt. Sie hat den Mord an Bert Gernsheim gestanden – aber es sei angeblich eine Affekthandlung gewesen, nachdem Bert sie beleidigt habe. Da habe sie die erstbeste Weinflasche genommen – den *Château Gernsheim* – und zugeschlagen. Zu dieser Version passt aber nicht, dass sie die Flasche vorher in eine Plastiktüte steckte, um verräterische Flecken und Splitter auf ihrer Kleidung zu verhindern, und dann mit der Tüte flüchtete. Sie war so dumm, das der Polizei zu erzählen.»

«Obwohl es eine klassische Verteidigungsstrategie ist», sagte Theo. «Wenn du die Wahrheit für deine Zwecke nutzen willst, dann bleibe auch von vorne bis hinten bei ihr. Es könnte sich für Beatrix auszahlen, den Mord an Tomas aus freien Stücken zu gestehen. Dann kann sie besser verkaufen, es sei ebenfalls nur Totschlag gewesen. Sobald sich aber in dem Fall auch ein Schal von ihr findet, hinter einem Rebstock oder so …»

«Wie Beatrix zuschlägt, das können Puske und ich bezeugen», sagte Christine. «Ihr Versuch, mich zu einem Mord zu erpressen, reicht schon für lebenslänglich. Und Harald … daran darf ich gar nicht denken. Beatrix wird sicher auch wegen Mordes an Tomas angeklagt.»

Gegen 19 Uhr erhoben sie sich von den Klappstühlen, weil Christine alle zum Essen nach Bernkastel eingeladen hatte, wohin sie mit dem Schiff fahren wollten. Ihr Handy vibrierte, und verblüfft erkannte sie die Nummer auf dem Display. «Da muss ich mal kurz ran.»

«Sowell.»

«Christine, hier Gesine Myersberger. Wir haben gehört, was da passiert ist. Das gibt es ja gar nicht.»

«Doch, doch.»

«Also, du hast da ja praktisch Morde aufgeklärt. Hättest du nur einen Ton gesagt! Und wir haben hier die ganze Zeit auf Weinartikel von dir gewartet.»

Christine schwieg.

«Du brauchst jetzt bestimmt erst mal Erholung, ich wollte dich auch nur um Erlaubnis bitten für einen großen Aufmacher: *Redakteurin von Convention überführt Serientäterin.* Oder so ähnlich. Ja, und dann musst du natürlich selbst darüber schreiben, wenn du dich wieder fit fühlst.»

Christine wusste nicht, was sie antworten sollte. Tschüs auf immer? Sie wollte wieder schreiben, ob bei *Convention* oder woanders. Immerhin hatte Gesine Myersberger ihr nie die Kündigung geschickt.

«Lass uns das nächste Woche besprechen, Gesine. Wenn ich in Hamburg bin.»

Kurze Zeit später standen Christine und Theo an der Reling des Schiffes und starrten auf den Flusslauf, über den sie vor wenigen Tagen mit dem Schlauchboot gerast waren. Gebannt erlebten sie die Fahrt durch die Staustufe noch einmal, sie passierten die ausgebrannte Kirche und die Stelle, an der sie aus dem Schlauchboot gesprungen waren und die Geschichte zu ihrem Ende kam. Die Zukunft von Schlossweingut Meckling war ungewiss. Das Schiff fuhr daran vorbei, und als schließlich die Anleger von Bernkastel auftauchten, war dies wie die Einladung in eine neue Welt. Die Mosel war schön.

«WINE CRIME»

BÜCHER MIT TÖDLICHEM ABGANG

Geschichten von Winzern und ihren Weinen,
von kulinarischen Genüssen – und von Mord!

Paul Grote
Tod in Bordeaux
Kriminalroman
rororo 23744

Im Wein ist Wahrheit – oder Tod?

Martin kann es kaum fassen: Gestern erst hat er sich von seinem besten Freund, einem Winzer im Bordelais, verabschiedet, nun ist Gaston tot. Erschlagen von Paletten in einem Lager. Angeblich ein Unglück, doch Martin traut der Sache nicht. Wer ist ihm auf der Rückfahrt nach Frankfurt gefolgt? Warum wurde ihm der Wein, den Gaston ihm mitgegeben hatte, gestohlen? Zurück in Frankreich, scheint Martin auf einmal gar nicht mehr willkommen. Nur Charlotte, die Tochter des benachbarten Winzers, nimmt seine Fragen ernst …

Paul Grote
Bitterer Chianti
Kriminalroman
rororo 23998

Tödliche Weinlese in der Toskana

Eine Foto-Reportage für einen Weinführer in der Toskana. Ein Auftrag ganz nach dem Geschmack des Hamburger Fotografen Frank Gatow. Alles läuft wunderbar, bis ein Winzer und sein Sohn kurz vor Franks Besuch spurlos verschwinden. Frank wird von den Carabinieri verdächtigt, er muss seine Unschuld beweisen. Da kommen ihm zwei Winzerinnen unerwartet zu Hilfe …